DEVA GANTT

Der Fluss der Erinnerung

Buch

Nach dem vorzeitigen Tod der jungen Hausherrin Colette herrscht tiefe Trauer über das hochherrschaftliche Anwesen der Familie Duvoisin. Als Frederic Duvoisin ohne Vorwarnung seine Schwägerin und langjährige Geliebte Agatha heiratet, sind Colettes Kinder entsetzt und finden nur bei ihrer Gouvernante Charmaine Schutz. Agatha fühlt sich von ihren Neffen und Nichten gestört und führt ein unbarmherziges Regiment im neuen Haushalt. Darüber hinaus bricht erneut ein Konkurrenzkampf zwischen Colettes Stiefsöhnen Paul und John um das Familienerbe aus – und plötzlich sehen sich alle gezwungen, sich für eine Seite zu entscheiden. Im Zentrum der Intrigen steht die unschuldige Charmaine, die mit gefährlichen Wahrheiten konfrontiert wird und neue Seiten einer Familie entdeckt, die sie einst zu kennen glaubte – und sie muss entscheiden, wer von den Duvoisins ihre Bewunderung, ihren Hohn, ihre Hingabe oder sogar ihr Herz verdient …

Autorinnen

Hinter dem Pseudonym DeVa Gantt verbergen sich die Schwestern Debra und Valerie Gantt, die aus New Jersey stammen. Nachdem sie lange Zeit vergeblich versucht haben, einen Verlag zu finden, beschlossen sie ihre Trilogie um die Duvoisin-Familie auf eigene Faust zu veröffentlichen. Der Erfolg gab ihnen recht, und schon standen große amerikanische Verlage bei ihnen Schlange! Wenn sie nicht gerade schreiben, arbeitet Debra als Geschäftsführerin eines Pharmazieunternehmens und Valerie als Lehrerin. Beide leben in New York.

Von DeVa Gantt bereits erschienen:
Im Sommer der Stürme (37399)

DeVa Gantt

Der Fluss der Erinnerung

Roman

Aus dem Amerikanischen
von Monika Koch

blanvalet

Die amerikanische Originalausgabe erschien 2008
unter dem Titel »Decision and Destiny: Colette's Legacy« bei Avon Books,
an imprint of HarperCollinsPublishers, New York.

MIX
Papier aus verantwortungsvollen Quellen
FSC® C014496

Verlagsgruppe Random House FSC-DEU-0100
Das FSC®-zertifizierte Papier *Holmen Book Cream* für dieses Buch
liefert Holmen Paper, Hallstavik, Schweden.

1. Auflage
Taschenbuchausgabe Juni 2011 bei Blanvalet,
einem Unternehmen der Verlagsgruppe Random House GmbH, München.

Published by arrangement with Avon,
an imprint of HarperCollins Publishers LLC.
Umschlaggestaltung: HildenDesign, München
Umschlagmotiv: © Artwork HildenDesign, München,
unter Verwendung eines Motivs von Darryl Brooks / Shutterstock
Redaktion: Ilse Wagner
ED · Herstellung: RF
Satz: Uhl + Massopust, Aalen
Druck und Einband: GGP Media GmbH, Pößneck
Printed in Germany
ISBN: 978-3-442-37519-6

www.blanvalet.de

Für Mom

als Dank für unermüdlichen Beistand und Ermutigung bei all unserem Tun – insbesondere beim Schreiben der Colette-Trilogie.

DIE PERSONEN

AUF CHARMANTES:

Die Familie Duvoisin

Frederic Duvoisin – Patriarch und Herr auf Charmantes; Sohn von Jean Duvoisin II., Gründer von Les Charmantes (†); Bruder von Jean Duvoisin III. (†)

Elizabeth Blackford Duvoisin – Frederics erste Frau († 1808)

John Duvoisin – einziger Sohn von Frederic und Elizabeth; Erbe des Familienvermögens (* 1808)

Paul Duvoisin – Frederics unehelicher Sohn (* 1808)

Colette Duvoisin – Frederics zweite Frau (* 1810, † 1837)

Yvette und Jeannette Duvoisin – Zwillingstöchter von Frederic und Colette (* 1828)

Pierre Duvoisin – jüngster Sohn von Frederic und Colette (* 1834)

Agatha Blackford Ward Duvoisin – ältere Schwester von Frederics erster Frau Elizabeth; Zwillingsschwester von Dr. Robert Blackford; John Duvoisins Tante; Frederics dritte Frau

Weitere Bewohner des Herrenhauses

Charmaine Ryan – Heldin des Romans (* 1818 in Richmond, Virginia), Gouvernante von Frederics Kindern; einzige Tochter von Marie und John Ryan

Rose Richards – Kinderfrau von Yvette, Jeannette und Pierre; frühere Kinderfrau von John und Paul; einstmals von Jean Duvoisin II. für den jungen Frederic eingestellt

Professor Richards – Roses verstorbener Mann; ehemaliger Lehrer von John und Paul; einstmals von Jean Duvoisin II. als Lehrer für den jungen Frederic eingestellt

George Richards – Enkel von Rose und Professor Richards; enger Freund von John und Paul Duvoisin; Geschäftsführer auf der Insel (* 1809)

Die Dienerschaft

Jane Faraday – Haushälterin

Travis Thornfield – Butler und Frederics persönlicher Diener

Gladys Thornfield – Travis' Frau; Agathas Zofe

Millie und Joseph Thornfield – Kinder von Travis und Gladys

Felicia Flemmings – Hausmädchen

Anna Smith – Hausmädchen

Fatima Henderson – Köchin

Gerald – Stallmeister

Bud – Stallknecht

Inselbewohner

Dr. Robert Blackford – Arzt; Agathas Zwillingsbruder; älterer Bruder von Elizabeth Duvoisin; Johns Onkel

Harold Browning – Aufseher und Vorarbeiter

Caroline Browning – Harolds Frau; Loretta Harringtons Schwester

Gwendolyn Browning – Haralds und Carolines einzige Tochter
Stephen Westphal – Finanzfachmann; Leiter der Bank
Anne Westphal London – Stephen Westphals verwitwete Tochter in Richmond, Virginia
Father Benito St. Giovanni – Priester auf der Insel
Jake Watson – Hafenvorarbeiter
Buck Mathers – Hafenarbeiter
Madeline Thompson (Maddy) – Geschäftsfrau
Wade Remmen – Sägemühlenbetreiber
Rebecca Remmen – Wades jüngere Schwester; Freundin von Gwendolyn Browning
Martin – Hufschmied
Dulcie – Besitzerin der Bar

IN RICHMOND, VIRGINIA:

Marie Ryan – Charmaines Mutter, als Kind im Heim von St. Jude Thaddeus ausgesetzt († 1835)
John Ryan – Charmaines flüchtiger Vater
Father Michael Andrews – Priester in St. Jude
Sister Elizabeth – Nonne und Lehrerin in St. Jude
Joshua Harrington – Charmaines erster Dienstherr
Loretta Harrington – Joshuas Frau; Caroline Brownings Schwester
Jonah Wilkinson – Kapitän der *Raven* und Kauffahrer der Familie Duvoisin
Edward Richecourt – Anwalt der Familie Duvoisin

Der Vollständigkeit halber:

Adele Delacroix – Colettes Mutter (†)
Pierre Delacroix – Colettes Bruder (†)
Pascale – Colettes Freundin aus der Kindheit

I

Dienstag, 22. August 1837

Seelenfrieden! Oh, erlösendes Vergessen! waren Charmaines letzte Gedanken, bevor ihr die Lider zufielen. Als ob einer ihr Flehen erhört hätte, sank sie zum ersten Mal seit drei langen Nächten wieder in einen tiefen, erholsamen Schlaf.

Vogelgezwitscher im großen Eichbaum vor dem Fenster weckte sie. Doch sie blieb noch einen Moment lang liegen, um die Melodie der Natur auf sich wirken zu lassen, die einen strahlend schönen Tag verhieß. Einen Tag, wie geschaffen für ein Picknick. Nach einer Weile erhob sie sich und spähte vorsichtig ins benachbarte Zimmer, doch die Kinder schliefen noch tief und fest. Um keine Minute des herrlichen Tages zu versäumen, begann sie schon einmal mit ihrer Morgentoilette.

Die Antwort auf Loretta Harringtons Brief lag oben auf der Kommode. Als sie die Seiten noch einmal in die Hand nahm und kurz überflog, erwachten die tumultartigen Szenen der letzten drei Tage zu neuem Leben.

Mit großer Freude habe ich Ihren Brief gelesen… Mir geht es so weit gut… Die Kinder sind mir eine ständige Freude, und meine Stellung gefällt mir sehr gut… Allerdings verstehe ich bis heute nicht, wie Mr. Duvoisin eine so kaltherzige Person wie diese Agatha Ward heiraten konnte… Ich gehe ihr nach Möglichkeit aus dem Weg… Paul ist nach wie vor der vollendete Gentleman… Manchmal glaube ich, dass er – abgesehen von Rose und George Richards – der einzige Freund ist, den ich hier im Haus habe… Vergangene Woche ist George endlich nach Charmantes zurückgekehrt. Auf keinen Fall sollten Sie die Hoffnung hegen, dass er für mich in Frage käme… Solche Gedanken liegen mir fern… Vor ein paar Tagen ist auch John Duvoisin heimgekehrt – und das, wie man sich erzählt, gegen den ausdrücklichen Wunsch seines Vaters. Sein Benehmen hat meine Vorbehalte gegenüber der Ehe nur noch bestärkt. Inzwischen kann ich sogar Frederic Duvoisins Verachtung für sein eigen Fleisch und Blut nachempfinden. John ist ein ungehobelter Kerl, den man nur verachten kann. Er verbringt ganze Tage in seinem Zimmer und trinkt oft bis zum Morgengrauen. Ich meide die Begegnung mit ihm, wann immer ich kann. Doch er taucht stets in den unmöglichsten Augenblicken auf, und dann muss ich jedes Mal wieder erkennen, dass ich seinem Sarkasmus nichts entgegensetzen kann. Seine Ablehnung meiner Person hat mehrere Gründe. Er weiß zum Beispiel über meinen Vater Bescheid – zweifellos durch seine zukünftige Braut, die verwitwete Anne Westphal London… Kennen Sie diese Person? Allerdings bin ich längst nicht sein einziges Opfer. John Duvoisin hackt praktisch auf jedem herum. Sogar auf seiner Tante und jetzigen Stiefmutter… wenn man so will. Sie können Mr. Harrington ausrichten, dass er mit seiner Einschätzung nie richtiger gelegen hat als bei diesem Menschen. Bitte bestellen Sie allen, die ich kenne, meine besten Grüße…

Seufzend steckte sie den Brief in den Umschlag zurück. Dann setzte sie sich an den Frisiertisch und fuhr mit langen Bürstenstrichen durch ihre Locken.

Mit einem Mal wurde die morgendliche Stille durch unflätige Flüche unterbrochen. Hastig sprang Charmaine hoch und eilte in den Korridor. Gefolgt von einem Holzeimer, der von einer Wand abprallte und dabei seinen Inhalt auf die Stufen entleerte, floh Joseph Thornfield in Riesensätzen die Treppe hinunter.

»Du verdammter Dummkopf! Ich bade zwar für mein Leben gern, aber deswegen will ich noch lange nicht den Sopran im Knabenchor singen!«

Unwillkürlich folgte Charmaines Blick dem Gebrüll – und sie riss überrascht die Augen auf. Triefend nass beugte sich John Duvoisin über das Geländer und schimpfte dem jungen Diener hinterher. Bis auf das Badetuch, das er sich um die Hüften geschlungen hatte, war er nackt. Aber diese ungehörige Blöße schien ihm gar nicht bewusst zu sein. Ohne es zu wollen, verglich Charmaine Johns Körper mit dem seines Bruders – ihrem obersten Maßstab, was das männliche Erscheinungsbild anging – und musste widerstrebend zugeben, dass die beiden sich durchaus miteinander messen konnten: dieselben breiten Schultern, dazu muskulöse Arme und Beine und ein straffer Bauch, der im Augenblick allerdings leicht gerötet war. Es dauerte ein paar Sekunden, bis sie merkte, dass sie nicht länger auf seinen Rücken starrte. Als ihre Blicke sich trafen, zog Charmaine eine Grimasse. Doch John grinste nur. Den Schmerz hatte er angesichts des unverhofften Publikums offenbar schnell vergessen.

»Ihre Bäckchen glühen ja wie Äpfelchen, *my charm*. Hat mein Bruder Sie denn noch nicht mit der männlichen

Anatomie vertraut gemacht? Oder habe ich durch meine Ankunft etwa die erste Lektion unterbrochen?«

Gekränkt stürmte Charmaine in ihr Zimmer und knallte die Tür so laut ins Schloss, wie sie nur konnte. Aber der Erfolg war gleich null. Es dauerte noch fast eine ganze Minute, bis das Gelächter endlich verhallte.

Als sie ihr Zimmer zum zweiten Mal verließ, war es noch immer früh am Morgen. Doch die Hoffnung auf ein ungestörtes Frühstück war dahin. Johns Gebrüll hatte alle Bewohner des Hauses aufgeschreckt. Alle bis auf Agatha, die allein in ihrem Salon frühstückte. Als Charmaine und die Kinder auf der Treppe mit Paul, George und Rose zusammentrafen, betete sie inständig, dass wenigstens John sich verspäten möge. Doch in letzter Zeit war keines ihrer Gebete erhört worden, und so dauerte es nicht lange, bis auch der andere Bruder auf der Bildfläche erschien, kaum dass die übrige Familie im Speisezimmer versammelt war.

»Guten Morgen, allerseits!«, grüßte John fröhlich und zwinkerte Charmaine zu.

Sie bedachte ihn mit einem finsteren Blick, doch er achtete nicht weiter darauf, sondern setzte sich zu den Kindern an den Tisch, die ihn begeistert begrüßten. Charmaine blieb unschlüssig stehen, weil Paul und George noch unter der Tür standen und offenbar etwas zu besprechen hatten.

John entging rein gar nichts. »Frühstücken Sie auch, Mademoiselle, oder wollen Sie nur zusehen? Sie stehen da wie ein armes Hündchen, das einen Bissen vom Tisch des Herrn ergattern möchte.«

Der Vergleich schmerzte wie Salz in einer Wunde und machte Charmaines Vorfreude auf den schönen Tag endgültig zunichte. Sie nahm all ihren Mut zusammen und trat einen Schritt näher.

»Wie konnte ich das nur vergessen!« John schob seinen Stuhl zurück. »Die Lady erwartet natürlich, dass ihr der Gentleman den Stuhl zurechtrückt. Da mein verehrter Bruder augenblicklich verhindert ist, muss ich das wohl tun!«

Er kam um den Tisch herum und zog einen Stuhl hervor. Dann wedelte er mit der Serviette über das Polster und krönte seine Vorstellung mit einer unterwürfigen Verbeugung und der auffordernden Geste, doch bitte Platz zu nehmen. Charmaine tat es so gleichmütig wie möglich, doch als sie ihre Serviette entfaltete, bemerkte sie, dass Paul die Lippen zusammenpresste und sich nur mit Mühe beherrschte.

John kehrte auf seinen Platz zurück und plauderte in regem Wechsel mit George und Rose und mit den Kindern. Das restliche Frühstück verlief ohne größere Zwischenfälle, bis Jeannette plötzlich Charmaines Brief an Loretta Harrington hervorzog.

»Soll ich Joseph den Brief geben, damit er ihn zur Post bringt, Mademoiselle?«

Charmaine zuckte zusammen. »Ja, bitte«, antwortete sie dann hastig.

Zu spät! Johns Interesse war geweckt. Er zog eine Braue in die Höhe. Dieser Gesichtsausdruck verhieß nichts Gutes. Als Jeannette hinter Johns Stuhl vorbeigehen wollte, hielt er sie auf und nahm ihr den Umschlag aus der Hand. »Was haben wir denn da?«

»Einen Brief, wie du ja wohl unschwer siehst«, bemerkte Paul ungehalten.

»Einen Brief? Was du nicht sagst! Vielen Dank für die Aufklärung, lieber Bruder. Ich habe beinahe vergessen, wie ein Brief aussieht, aber Miss Ryan offenbar nicht, oder?«

Charmaine erbleichte, als John sich mit dem Umschlag gegen die Lippen klopfte. »So, so. Mrs. Joshua Harrington in Richmond, Virginia. Harrington … Wo habe ich den Namen schon gehört? Ach ja … im vergangenen Jahr beim Treffen der Kaufleute. Joshua Harrington hat damals gegen die Tarife für Importe protestiert. Ich erinnere mich genau. Ein ziemlich ungeduldiger Mensch. Eher klein – und das nicht nur in körperlicher Beziehung.«

»Ich hatte genau den gegenteiligen Eindruck«, wandte Paul ein.

»Wie dem auch sei, Paul, aber groß kann man ihn wahrlich nicht nennen, oder?«, meinte John.

George kicherte, doch Paul sah verdrießlich drein. »Ich spreche von seinem Charakter.«

»Nicht doch, Paulie«, widersprach John. »Keine Ahnung, wie du zu dieser Meinung kommst. Bei unserem Gespräch hat er jedenfalls äußerst ungeduldig reagiert.«

»Hast du dich vielleicht über ihn lustig gemacht?«

»Weshalb sollte ich so etwas tun? Meiner Meinung nach hat der Mann keinen Humor. Das ist alles. In Anbetracht seines biblischen Vornamens habe ich ihm nur geraten, vor seiner nächsten Rede besser noch einmal Rücksprache mit Gott zu halten. Anschließend wollte er nichts mehr mit mir zu tun haben, was mir nur recht war.«

Paul schloss die Augen und schüttelte entrüstet den Kopf.

»Im Augenblick ist das wohl eher nebensächlich, nicht wahr, Mademoiselle?«, bemerkte John mit neuem Ernst. »Sie möchten diesen Brief zur Post geben, was normalerweise zu Josephs Aufgaben gehört. Da er jedoch das Chaos in meinem Zimmer beseitigen muss, erbiete ich mich freiwillig, den Brief an seiner Stelle zum Laden zu bringen.«

»Wie edel von dir«, bemerkte Paul, bevor Charmaine überhaupt antworten konnte. »Aber vermutlich legt Miss Ryan Wert darauf, dass ihr Brief zuverlässig überbracht wird.«

»Nicht doch, Paulie! Du willst mir doch wohl nicht unterstellen, dass ich ihn unterwegs verlieren könnte?«

»Sagen wir es lieber so: Dazu bin ich zu höflich. Da du jedoch – im Gegensatz zu mir – heute nicht in die Stadt musst, werde ich den Brief mitnehmen.«

»Auch wenn du es nicht für möglich hältst, Paulie, ich habe sehr wohl Besorgungen zu machen und muss außerdem noch eigene Briefe zur Post bringen. Wenn ich Miss Ryans Brief befördere, kann ich wenigstens beweisen, dass ich nicht der Halunke bin, für den sie mich noch immer hält. Der Brief wird zuverlässig an sein Ziel gelangen.«

»John …«

»Gib doch endlich zu, dass du aus ganz anderen Gründen in den Laden willst. Habe ich recht, Paulie? Vielleicht ein *Tête-à-Tête* mit Maddy Thompson?«

»Ich verabscheue diese Spielchen, lieber Bruder. Wenn dir so viel an der Beförderung des Briefes liegt, dann tu dir keinen Zwang an.«

»Spiel jetzt bloß nicht den Beleidigten!«, rief John, woraufhin die Mädchen kicherten.

Für Charmaine war die Angelegenheit jedoch keineswegs erledigt. »Wenn ich gewusst hätte, welchen Wirbel der Brief auslöst, hätte ich ihn oben gelassen.« Ihr Lachen klang künstlich. »Ich bringe ihn lieber selbst zur Post.« Sie beugte sich nach vorn, um John den Brief aus der Hand zu nehmen, doch der brachte ihn außer Reichweite.

»Die Kinder haben doch jetzt Unterricht, oder nicht? Da müssen persönliche Angelegenheiten leider zurückstehen. Aber keine Sorge! Ich gebe Ihnen mein Wort als Gentleman: In meinen Händen ist Ihr Brief absolut sicher. Doch falls Sie noch immer Bedenken haben – George kann für meine Diskretion bürgen. Im Gegensatz zu einer bestimmten Person, die jedoch ungenannt bleiben soll, habe ich mich noch nie so weit vergessen, die Briefe anderer Menschen zu lesen.«

Charmaine errötete.

»Außerdem muss ich nicht diesen Brief lesen, um zu wissen, was Sie von mir halten. Das haben Sie schon mehrmals unzweifelhaft zum Ausdruck gebracht.«

Charmaine zog sich mit den Kindern ins Spielzimmer zurück. Je mehr Zeit verging, desto inständiger hoffte sie, dass John endlich das Haus verließ und sie noch rechtzeitig den Korb für ihren Lunch mit den Kindern bei Fatima bestellen konnte. Inzwischen war es fast elf Uhr. Während Paul und George noch immer im Arbeitszimmer über ihren Papieren saßen, hatte John offenbar die Zeit in seinem Zimmer vertrödelt. Wo war nur der Eifer hin, den er beim Frühstück an den Tag gelegt hatte?

Charmaine konzentrierte sich auf die Mathematik, um nicht länger an die Misslichkeiten denken zu müssen: an das verspätete Picknick und an Johns Angebot, den Brief zu befördern. Ob er ihn unterwegs las? Selbst wenn er es tat, würde sie es nie erfahren! Es war dumm gewesen, ihren Hass so unverhüllt einem Stück Papier anzuvertrauen – jetzt hielt es der Teufel persönlich in der Hand!

John Duvoisin – der Teufel persönlich. Ja, sie hasste diesen Mann! Sie hasste seine überhebliche Art, hasste, wie er sie verspottete und bloßstellte und auch noch

Spaß daran hatte. Sie hasste, dass er alles von ihr zu wissen glaubte, und sie hasste, mit welcher Wonne er Menschen unglücklich machte. Ja, sie hasste ihn. Sie hasste ihn ebenso, wie sie ihren Vater hasste. Sie hasste, hasste, hasste ihn! Colettes Worte verfolgten sie: *Zuerst werden Sie ihn hassen …* Zuerst? Und dann? Hatte sie nicht angedeutet, dass jeder ihn liebte, der ihn besser kennenlernte? Lächerlich! Charmaine hatte John vom ersten Augenblick an gehasst, und das würde sich bis in alle Ewigkeit nicht ändern. Im Gegenteil. Sie sehnte den Tag herbei, an dem er endlich wieder seine Sachen packte und nach Richmond zurückfuhr. Wenn es nach ihr ging, konnte das gar nicht früh genug geschehen.

Charmaine merkte auf, als plötzlich Türen zuschlugen und Schritte durch den Flur hallten. Rasch überließ sie Yvette und Jeannette den Aufgaben und trat auf die Veranda. Für Anfang August wehte eine angenehm kühle Brise, die in den Blättern der großen Eiche raschelte. Sie sah zu den Koppeln hinüber und wurde mit dem Anblick von Paul belohnt, der die Hände in die Hüften stützte und offenbar etwas mit George und zwei Stallburschen zu besprechen hatte. Seine Haltung strahlte eine natürliche Autorität aus – von den breiten Schultern und dem schlanken Körper bis hin zu den muskulösen Schenkeln, die sich unter seiner Reithose abzeichneten. Die blank polierten Reitstiefel vollendeten das Bild. Charmaine musste die Augen schließen, weil ihr Herz plötzlich wie wild klopfte. Sie dachte an ihren ersten Tag auf der Insel, als sie Paul an Bord der *Raven* erspäht und das Spiel der Muskeln auf seinem gebräunten Rücken bewundert hatte – ein unvergesslicher Anblick, der sie an die römischen Statuen in europäischen Museen erinnert hatte.

Dann dachte sie an den gestrigen Abend, an den Kuss

im Garten, und wieder raste ihr Herz. Obgleich sie im letzten Moment zurückgeschreckt war, erinnerte sie sich voller Glück an die leidenschaftliche Umarmung und hatte noch immer den lockenden Ton seiner Stimme im Ohr. Rasch holte sie Luft und mahnte sich zur Vorsicht. Dies war ein Spiel mit dem Feuer, und es war sicher klüger, solche Begegnungen in Zukunft zu vermeiden. Wie schwer ihr das werden würde, merkte sie schon im nächsten Augenblick, als Paul den Arm um die Schultern eines der Stalljungen legte und sie sich augenblicklich in seine starken Arme zurückträumte.

In diesem Moment fiel die Haustür ins Schloss und zerstörte das Traumbild. Vorsichtig spähte Charmaine über das Geländer – und zuckte im selben Augenblick zurück. Es war der Teufel persönlich, der die Stufen hinuntereilte. Er trug eine braune Lederkappe und ein weißes Hemd, dazu eine hellbraune Reithose und passende Stiefel. Seine Haltung wirkte locker und doch so überheblich, dass Charmaine versucht war, ihm jede Niederlage zu wünschen. Sie kannte ihn erst seit drei Tagen, und trotzdem war klar, dass sich dieser Wunsch nie erfüllen würde, denn niemand anderer strahlte eine solche Selbstsicherheit aus. Nicht einmal Paul. Wieder hallten ihr Colettes Worte im Ohr: *Dieser Mann ist ein Rätsel … eines von vielen*. Du lieber Himmel, eines war wahrlich genug!

John hatte die Wiese fast überquert, als Paul sich aus dem Kreis der Männer löste und auf ihn zuging. Charmaine stockte der Atem, weil Paul offenbar eine bissige Bemerkung machte, die sie allerdings nicht verstand. John wedelte mit einem Brief vor Pauls Gesicht herum. *Mit einem einzigen Brief!* Dann sagte er etwas, woraufhin Paul sich zur Fassade des Hauses umdrehte. Es dauerte keine Sekunde, bis er sie entdeckt hatte und ein Lächeln über seine Lippen glitt. Charmaine schüttelte den Kopf. John musste gewusst haben, dass sie auf dem Balkon stand. Aber woher? Oder hatte er es gar nicht gewusst? Hatte er Paul nur ärgern wollen und Glück gehabt?

John verschwand im Stall, und als er ein paar Minuten später wieder auftauchte, führte er seinen schwarzen Hengst am Zügel. Phantom – laut der Zwillinge. Das Tier schien sich gegen die Trense zu wehren; sein schwarzes Fell glänzte im Sonnenlicht.

Als ein Pferdeknecht ein weiteres Pferd aus dem Stall führte und George die Zügel übergab, warf Paul besorgt die Hände in die Höhe. »Es dauert bestimmt nicht lange!«, rief George, nachdem er aufgesessen war.

Jeder schien gespannt darauf zu warten, dass John dem Beispiel seines Freundes folgte. Dabei wagte niemand, nicht einmal Paul, diesen »Dämon« zu reiten. Die Stallburschen hatten ihn so getauft, weil er ständig ausbrach, über die Zäune sprang oder ihnen entwischte, die anderen Pferde biss und sie alle Mühe hatten, ihn von den anderen abzusondern. Wie es aussah, wollte John genau das tun, wofür Paul zum Glück zu vernünftig war. Charmaine nahm sich vor, lauthals zu lachen, wenn er abgeworfen wurde.

Der Hengst witterte die Freiheit und scharrte ungeduldig mit den Hufen, während John unbeeindruckt weiter mit George redete. Beiläufig zog er etwas aus seiner Hemdtasche und hielt es dem Tier unter die Nüstern. Phantom schnupperte und knabberte gierig. John strich kurz über die seidige Flanke und schwang sich dann mit einer fließenden Bewegung in den Sattel. Das Tier bockte, doch John parierte sofort mit dem Zügel. Laut wiehernd schüttelte Phantom seine Mähne und begann, sich um sich selbst zu drehen. Charmaine lachte leise in sich hinein. Ein erfahrener Reiter war John nicht. Zumindest diese kleine Schwäche hatte sich gezeigt!

»Er braucht dringend Bewegung«, rief George. »Er wurde seit Ewigkeiten nicht mehr geritten.«

»War mein Bruder etwa zu feige, um ihn ordentlich zu bewegen?«

»Blödsinn, John! Mein Hals war mir wichtiger. Wenn er dich abwirft, bist du selbst schuld. Der lässt sich nur anständig reiten, wenn er völlig erschöpft ist.«

»Das werden wir ja sehen! Ich bin überzeugt, dass er sich in kürzester Zeit wieder an sämtliche Tricks erinnert.«

Als ob er seine Worte unterstreichen wollte, beugte John sich nach vorn und tätschelte Phantom den Hals. Ein kleiner Druck gegen die Flanken – und schon trabte der Hengst auf Paul zu. Mit ausgestrecktem Arm zauste John das Haar seines Bruders und lachte, als Phantom einen weiten Bogen auf der Zufahrt beschrieb und seine Hufe rhythmisch auf das Pflaster schlugen. Ein Ruck am Zügel – und sofort schoss der Hengst vorwärts und sprengte mit wehendem Schwanz und fliegender Mähne durch das Tor davon. George gab seinem Pferd die Sporen, setzte John nach und verschwand Sekunden später in der Staubwolke, die Phantom bei seinem ungestümen Abgang aufgewirbelt hatte.

Als Charmaine kurze Zeit später das Haus verließ, überkam sie ein Gefühl der Freiheit. Auch die Kinder waren bester Stimmung. Fröhlich jagten sie den Schmetterlingen nach oder pflückten exotische Blüten, die in üppiger Fülle überall auf den Wiesen wuchsen. Trotz der Hitze war der Himmel blau und klar, und der Wind trug den

Duft des nahen Ozeans bis zu ihnen herüber. Nach langen Stunden in der Abgeschiedenheit des Kinderzimmers empfand Charmaine das tropische Paradies als reine Wohltat.

Ihr Weg führte sie in nordwestlicher Richtung über freies Land bis zu einem Picknickplatz, den die Zwillinge als Ziel des heutigen Ausflugs auserkoren hatten. Nach einiger Zeit gelangten sie an ein Wäldchen, das nur von einem schmalen Pfad aus rauem Felsgestein durchschnitten wurde. Der Weg schien ins Nichts zu führen, doch zwischen den Bäumen war er nicht mehr so düster, wie Charmaine zuerst befürchtet hatte. Anfangs führte er einen kleineren Abhang empor, wurde jedoch schnell flacher, bis er völlig unerwartet auf eine mit Gras bewachsene Lichtung oberhalb eines Steilufers mündete. Drei Seiten der Lichtung waren von dichtem Laubwerk umgeben, doch Richtung Westen bot sich ein atemberaubender Ausblick auf den Ozean.

»Oh, wie wunderschön! Wie einzigartig!«, stieß Charmaine hervor und sah mit einem tiefen Seufzer in die leuchtenden Gesichter der Mädchen. »Diese herrlichen Blumen! Und dann erst das Meer – seht nur, wie es in der Sonne glitzert!«

Jeannette und Yvette kicherten um die Wette, während Charmaine den Picknickkorb abstellte. Im Schatten eines alten Kapokbaums breiteten sie ihre Decke aus, und dann förderten sie alles zutage, was Fatima eingepackt hatte: gebratenes Huhn, frische Orangen, Bananen und außerdem noch Kekse und Limonade. Unwillkürlich verglich Charmaine diese Herrlichkeiten mit dem ärmlichen Abendessen von früher, wo es nur Suppe mit Brot gegeben hatte, was noch dazu für mehrere Tage reichen musste. Ein Festessen wie dieses hatte es höchstens am

Weihnachtsabend gegeben. Im Stillen dankte sie Gott für ihr Glück und wünschte, dass ihre Mutter das alles noch miterlebt hätte.

Nach dem langen Marsch stürzten sich alle wie halb verhungert auf das Essen. Selbst Pierre langte kräftig zu. Charmaine musste lachen, als er sich noch einen dritten Keks in sein fettverschmiertes Mäulchen stopfte. Sie konnte ihm gerade noch Gesicht und Hände abwischen, bevor er sich ihrem Griff entwand, auf die andere Seite der Decke kroch und völlig erschöpft einschlief.

Um der Langeweile im Arbeitszimmer zu entgehen, schlenderte John hinüber in die Küche. Die Mittagszeit war lange vorbei, doch es sah nicht so aus, als ob es in absehbarer Zeit etwas zu essen gäbe. Er hatte Georges Einladung zum Lunch bei Dulcie's ausgeschlagen, weil er keine Lust verspürt hatte, sich zu den Zechern zu setzen, die dort verkehrten. Er zog es vor, allein zurückzureiten. Er hatte sich inzwischen ans Alleinsein gewöhnt, und meistens behagte es ihm sogar. Doch im Augenblick war er hungrig.

»Hallo, Master John«, rief Fatima über die Schulter, während sie ein Tablett mit Muffins aus dem Ofen zog und auf den Tisch stellte.

»Hallo, Cookie.« Er setzte sich. »Ganz schön heiß hier drin. Es wäre wirklich besser, wenn der Herd draußen im Küchengebäude stünde.«

»Bringen Sie Ihren Vater bloß nicht auf dumme Gedanken! Ich koche lieber im Haus. Das spart mir eine Menge Lauferei. Und lassen Sie gefälligst die Finger von meinen Muffins!«, drohte sie, als sie seinen Blick bemerkte. »Die gibt es erst heute Abend.«

»Die Muffins interessieren mich nicht, aber es ist schon fast zwei Uhr. Wann gibt es Lunch?«

Als Fatima sich bückte und ächzend im Feuer stocherte, schnappte sich John ein Muffin und versteckte es unter dem Tisch.

»Heute Mittag habe ich den Tisch nicht gedeckt, Master John.«

»Und warum nicht? Streiken Sie für mehr Lohn?«

»Sie sollten mich wirklich besser kennen, Master John. Ihrem Vater und Mrs. Agatha habe ich den Lunch auf einem Tablett nach oben geschickt, aber mit Ihnen habe ich nicht gerechnet.«

»Und was ist mit den Kindern und ihrer Gouvernante?« Als Fatima in der Vorratskammer Kartoffeln in ihre Schürze sammelte, stahl er sich noch ein Muffin.

»Miss Charmaine und die Kinder machen ein Picknick.« Sie leerte den Inhalt ihrer Schürze auf den Tisch. »Ich habe ihnen einen Korb hergerichtet.«

»Ein Picknick?«

Misstrauisch beäugte Fatima ihr Gegenüber. »Ich weiß, was Sie jetzt denken, Master John.«

»Und was wäre das, Cookie?«

»Wenn Sie hungrig sind, mache ich Ihnen gern etwas zu essen, Master John, aber lassen Sie Miss Charmaine in Ruhe.«

»Was bringt Sie nur auf solche Gedanken?«

»Ich habe genau gehört, wie Sie gestern Abend auf ihr herumgehackt haben. Miss Charmaine ist ein nettes Mädchen, aber sie kennt Sie nicht. Lassen Sie sie lieber in Ruhe, bevor Sie die junge Frau aus dem Haus treiben.«

Fatima griff nach einem Laib Brot, um John ein Sandwich zuzubereiten.

»Ein nettes Mädchen, wie?« John hob ein Muffin an die Lippen. »Das höre ich von allen Seiten. George ist ganz hingerissen, und mein Bruder …«

In diesem Moment sah Fatima, was John beabsichtigte. »Meine Muffins!«, bellte sie. »Legen Sie die Muffins sofort wieder aufs Blech! Sonst hole ich den Stock.«

Bevor sie den Tisch umrundet hatte, rannte John bereits mit triumphierendem Lachen aus der Hintertür. Die Hühner stoben gackernd auseinander, und er hatte alle Mühe, um sich nicht in den Wäscheleinen zu verfangen.

»Fort mit Ihnen!«, schimpfte Fatima und fuchtelte mit einem Messer in der Luft herum. »Lassen Sie sich nur ja nicht vor dem Dinner hier blicken!«

John tippte an den Rand seiner Kappe und verbeugte sich übermütig. Dann ging er über die Wiese davon und vertilgte die noch warmen Muffins, was seinen Hunger erst richtig weckte. Aber er wusste ja, in welche Richtung er sich wenden musste – wo ein ausgezeichneter Lunch auf ihn wartete! Er lachte. Der Nachmittag schien unterhaltsamer zu werden als ursprünglich angenommen. Arme Miss Ryan! Sie und er ganz allein – und weit und breit kein Paul, um sie zu retten. Nun gut. Zumindest die Kinder würden sich über seinen Besuch freuen. Es war ganz einfach, denn er wusste genau, wo er sie finden würde.

Charmaine saß entspannt auf der Decke und sah sich um. »Wie romantisch«, murmelte sie und träumte sich bereits in Gedanken mit Paul in dieses Paradies. »Wann habt ihr das Plätzchen denn entdeckt?«

»Wir haben es nicht entdeckt«, stellte Yvette fest, »sondern Johnny, aber das ist schon Ewigkeiten her.«

Sobald Charmaine den Namen hörte, irrten ihre Blicke umher und versuchten, das dichte Laubwerk zu durchdringen. *Er wird nicht plötzlich aus den Büschen springen*, beruhigte sie sich. *Er ist vor dem Lunch in die Stadt geritten, und wir haben lange vor seiner Rückkehr das Haus verlassen. Er hat keine Ahnung, wo wir sind …*

»Was ist los, Mademoiselle?«, fragte Jeannette.

»Gar nichts, meine Süße. Erzähle mir mehr. Wann war euer Bruder zum ersten Mal mit euch hier?«

»Damals ging es Mama noch gut, und wir waren noch klein.«

»Wenn ich die Augen ganz fest zukneife«, sagte Yvette, »kann ich sie sehen …«

Jeannette tat es ihrer Schwester nach, und Charmaine bewunderte ihre blühende Phantasie. »Ihr habt gesagt, dass John die Lichtung entdeckt hat. Wisst ihr vielleicht auch, wann das war?«

Yvette nickte. »Als kleiner Junge hat er oft mit George die Gegend unsicher gemacht. Dabei haben sie die Steilküste und die Lichtung entdeckt und sich gegenseitig versprochen, keinem etwas zu verraten. John hat erzählt, dass er immer hierher geflüchtet ist, wenn er sich über Paul oder Papa geärgert hat. Dies war der einzige Ort auf der Insel, den Paul nicht kannte. Als wir alt genug waren, um ein Geheimnis zu bewahren, durften wir auch mitkommen. Aber wir mussten versprechen, dass wir es Paul nie erzählen.«

Charmaine biss die Zähne zusammen. Wie abscheulich – die Kinder so gegen Paul zu beeinflussen.

»Ich habe entschieden, dass wir Ihnen vertrauen können«, fügte Yvette mit nachdenklichem Blick hinzu. »Und wenn …«

»Und wenn …«, hakte Charmaine misstrauisch nach.

»Wenn Johnny uns vermisst, sucht er ganz bestimmt hier nach uns.«

Wenn Johnny uns vermisst? Dazu muss er erst einmal nach Hause kommen, und dann muss er merken, dass wir nicht da sind. Da beides eher unwahrscheinlich war, schob Charmaine den Gedanken beiseite und stimmte zu, als die Kinder Verstecken spielen wollten. Yvette und Jeannette rannten davon, Charmaine musste suchen, und abgeschlagen wurde auf der Decke. Charmaine hielt sich die Augen zu und zählte bis fünfzig. Dann spähte sie den Waldrand entlang, ob vielleicht eine unachtsame Bewegung das Versteck der Mädchen verriet.

Auf ein vernehmliches Rascheln hin folgte sie dem Pfad, auf dem sie gekommen waren. Dann lockte sie das Knacken eines Zweigs weiter zu einem Beerendickicht neben dem Weg. Um die Mädchen zu überraschen, rannte sie in vollem Tempo um das Dickicht herum – und landete völlig unerwartet in Johns Armen. Ihr Haarknoten löste sich, und die Locken fielen ihr über die Schultern.

»Aber, aber«, rief John überrascht. »Eine solche Freude über mein Kommen habe ich wirklich nicht erwartet!«

Wütend machte Charmaine sich frei und drehte ihm demonstrativ den Rücken zu.

»Wollen Sie mich denn nicht wenigstens fangen?«

»Ganz bestimmt nicht!«, fauchte Charmaine und stapfte zur Lichtung zurück. Dabei zerrte sie sich wütend die Nadeln aus dem Haar. Aber leider ließ sich der Mann nicht so leicht abschütteln.

»Johnny, Johnny!«, riefen Yvette und Jeannette wie aus einem Mund und kamen aus ihren Verstecken angerannt. »Du hast uns also wirklich gefunden!«

»Als ich zum Lunch nach Hause kam, hat Cookie verraten, dass sie euch einen Picknickkorb gepackt hat.«

»Du darfst gern mitessen!«, rief Jeannette und deutete auf die Reste.

John ging zur Decke und betrachtete den schlafenden Pierre. Dann nahm er einen der Teller und belud ihn mit allerlei Köstlichkeiten, bevor er sich auf einen Baumstamm setzte, um in aller Ruhe zu speisen. Yvette leistete ihm Gesellschaft, während Jeannette noch ein paar Kekse auf einen Teller häufte.

Keiner beachtete Charmaine, die innerlich kochend ihre Frisur richtete. Offenbar hatte John nicht die Absicht, in absehbarer Zeit wieder zu verschwinden. Nach einer gewissen Zeit fand sie ihre Sprache wieder. »Überraschen Sie die Menschen immer ungefragt?«

»Nur, wenn es sich lohnt. Und mit Vorliebe, wenn sie ahnungslos sind.«

»Und was genau soll das heißen?«

»Nehmen wir zum Beispiel Sie: So viele Geheimnisse habe ich schon entdeckt.« Er zwinkerte und fegte ihren Missmut mit einem Hühnerknochen beiseite, den er über die Schulter ins Gebüsch warf. »Heute habe ich es allerdings nur auf den Lunch abgesehen. Es schmeckt einfach köstlich. Und die paar Blasen, die ich mir eingehandelt habe, nehme ich dafür gern in Kauf.«

Charmaine biss sich auf die Lippe und machte sich ans Aufräumen. Sie war froh, als die Mädchen John ablenkten und Geschichten über Amerika hören wollten.

Ihre Stimmen weckten Pierre. Verschlafen setzte sich der Junge auf, rieb sich die Augen und lächelte, als er John erkannte. Er gähnte. Dann stand er auf, rannte zu seinem großen Bruder hinüber und hieb ihm seine kleine Faust auf die Schulter.

»Aber Pierre!« Charmaine war fassungslos. Noch nie hatte der Junge die Hand gegen jemanden erhoben. Was, wenn John ihr wegen seines ungehörigen Benehmens Vorhaltungen machte? Aber genau das Gegenteil war der Fall. John spielte den Verletzten und ließ sich mit lautem Stöhnen ins Gras fallen, wo er reglos liegen blieb.

Beklommen näherte sich Pierre in kleinen Schritten und sah nicht, wie seine Schwestern einander zuzwinkerten. Als er sich vorsichtig hinunterbeugte, riss John plötzlich die Augen auf. »Buh!« Pierre zuckte zusammen, aber gleich darauf gluckste er vor Wonne und war erst nach drei weiteren Buhrufen zufrieden.

Als John genug vom Spiel hatte, zog er den Jungen auf seinen Schoß und setzte ihm seine Kappe auf. Doch sie war viel zu groß und rutschte über Augen und Nase herunter, sodass nur noch Pierres Grinsen zu sehen war.

Charmaine ließ sich gegen einen Baumstamm sinken und beobachtete die Szene. Pierre erwärmte sich zunehmend für seinen großen Bruder. Genau das fehlte ihr noch zu ihrem Glück – noch ein Kind mehr, das den lieben langen Tag nach John verlangte!

Übermütig spitzte der Kleine unter der Kappe hervor. »Wie bist du hierhergekommen?«

»Auf Fang natürlich, kleiner Dummkopf«, bemerkte Yvette altklug und sah John an.

»Fang?«, fragte Charmaine.

»Johnnys Pferd«, sagte Yvette.

»Pferd?«, wiederholte Charmaine und sah ihn vorwurfsvoll an. »Von diesen Blasen erholen Sie sich bestimmt nicht mehr.«

»Ich habe gesagt, dass ich Blasen habe, aber nicht, wo.«

Die Mädchen gluckSten vor Lachen.

Charmaine fand das weniger lustig. »Ihr Pferd heißt Fang? Und der Hengst von heute Morgen? War das nicht Phantom?«

»Das ist alles richtig. Wegen seiner schlechten Manieren nennen ihn die Stallknechte auch Phantom oder Dämon, wie Sie bestimmt schon gehört haben, *my charm*.«

Wie der Herr, so der Hengst, dachte Charmaine.

Johns Lächeln wurde breiter. »Wie dem auch sei – offiziell heißt er jedenfalls Fang.«

»Klingt eher wie ein Hundename«, bemerkte Charmaine sarkastisch.

»Hund oder Pferd, jedenfalls ist es ein Tiername.« Als Charmaine ihnen den Rücken zudrehte, zwinkerte John den Mädchen zu. »Außerdem hat der Hengst den Namen aus einem ganz bestimmten Grund erhalten.«

Yvette lief zu Charmaine hinüber und ergriff ihre Hand. »Kommen Sie mit, Mademoiselle. Sie werden den Grund auf den ersten Blick verstehen.«

Charmaine ließ sich von Yvettes Eifer anstecken und ging hinter ihr den Pfad entlang. Über die Schulter sah sie, dass die anderen folgten. Jeannette lief neben John her, und der kleine Pierre thronte auf seinen Schultern.

Der Junge wollte ihr von seinem luftigen Platz aus zuwinken, doch im nächsten Moment überlegte er es sich anders und hielt John mit beiden Händchen die Augen zu. Rasch löste dieser die Fingerchen von seinem Gesicht. »Ich kann nichts mehr sehen, Pierre! Wenn ich stolpere, kullern wir doch wie Humpty Dumpty durch den Wald.« Charmaine musste lachen, als sich der Dreijährige daraufhin in Johns Haar festkrallte.

Kurz darauf entdeckten sie Fang, der zwischen hohen Halmen auf der Wiese graste. Der Wind zauste seinen mächtigen Schweif.

»Na los, schneller!«, rief Yvette und rannte los.

»Yvette, warte!«, rief John ihr nach.

Sie blieb stehen und stemmte die Hände in die Hüften. »Dann beeil dich gefälligst!«

Als John sie erreichte, setzte er den Jungen ab und sah das Mädchen eindringlich an. »Ich habe dir eingeschärft, dass du dem Hengst nicht zu nahe kommen darfst, wenn ich nicht dabei bin. Ich dachte, das hättest du verstanden.«

Yvette senkte den Kopf. »Aber …«

»Kein Aber, Yvette. Fang kann gefährlich sein, wenn er erschrickt. Du darfst dich ihm nur nähern, wenn ich dabei bin. Verstanden?«

»Verstanden«, entgegnete sie kleinlaut.

Über so viel Fürsorge war Charmaine überrascht. John tätschelte Yvette den Rücken und stülpte ihr seine Kappe auf den Kopf, was ihm ihre grenzenlose Zuneigung eintrug. Dann nahm er sie bei der Hand und rief nach Charmaine.

»Das also ist Fang«, bemerkte Charmaine. Doch als das Tier seine Mähne schüttelte, zuckte sie zurück.

John legte den Arm um den schwarzen Hals des Hengstes und begann mit der Vorstellung. »Fang, dies ist Miss Ryan. Sie kommt aus Richmond. Miss Ryan, und dies ist Fang, mein treuer Hengst.«

Die Zwillinge kicherten und Pierre ebenfalls.

Plötzlich tat das Pferd einen Schritt nach vorn und ließ zu Johns Entzücken ein lautes Wiehern hören. Charmaine erstarrte. »In der Pferdesprache heißt das: Ich freue mich, Ihre Bekanntschaft zu machen«, erklärte er zum Gaudium der Kinder.

Da musste sogar Charmaine lächeln.

»Gefällt er Ihnen, Mademoiselle?«, fragte Jeannette.

»Er ist wahrlich beeindruckend«, erklärte sie etwas nervös. »Aber einen Grund für den Namen kann ich nicht erkennen. Fang klingt wirklich nach Hund.«

John zog Charmaine am Handgelenk ein Stück näher. »Es gibt nur einen, allerdings beeindruckenden Grund, der ihm diesen Namen eingetragen hat.«

Sie zuckte zurück, als sie die Wärme seiner Haut spürte, und entzog ihm ihre Hand.

»Fang kam mit einem übergroßen scharfen Schneidezahn auf die Welt. Stimmt es, Mädchen?«

Die beiden nickten eifrig.

»Ein übergroßer Schneidezahn?« Ungläubig sah Charmaine John an. »Sie scherzen.«

»Aber nein. Fang ist berühmt dafür, dass er ständig in Finger oder Pferde beißt. Deshalb bleibt ihm jedermann fern. Sein Zahn ist seine Waffe.«

Die Zwillinge kicherten unentwegt. Wie war sie nur in diese lächerliche Situation geraten? Hätten die Kinder nicht solchen Spaß gehabt, wäre sie am liebsten umgekehrt.

»Sie glauben ihm das nicht?«, fragte Yvette. »Aber es stimmt!« Sie sah zu ihrem Bruder auf. »Zeig ihn ihr doch.«

John zog den Kopf des Hengstes in die Höhe und packte die Nüstern. Als sich Fang gegen den Griff wehrte, wich Charmaine einen Schritt zurück.

»Warum gehen Sie weg? Wollen Sie die Sensation des Jahrhunderts denn nicht sehen? Im Zirkus müssten Sie dafür viel Geld bezahlen.«

»Ich möchte Ihnen wirklich keine Umstände machen.« Sie zögerte. »Ich bin sicher, dass ich auch ohne die Sensation des Jahrhunderts sehr gut leben kann.«

»Na los, Mademoiselle«, drängte Yvette. »Er beißt Sie schon nicht.«

Charmaine überlegte, ob sich die Bemerkung auf Fang oder John bezog. Dann entschloss sie sich zum Mitmachen, damit die Quälgeister endlich Ruhe gaben.

John bot dem Pferd ein Stück Zucker auf der flachen Hand an. Der Hengst zog die Lippen zurück und nahm das Stück vorsichtig auf, aber Charmaine konnte nichts Ungewöhnliches erkennen.

»Na, haben Sie ihn gesehen?«

»Ehrlich gesagt, nein.«

»Aber wieso denn nicht? Er war doch mindestens so deutlich zu sehen wie Ihre Nase!«

»Immer mit der Ruhe, Yvette«, wies John das Mädchen zurecht. »Nicht gar so heftig. Ihr seid schließlich im Vorteil, weil Miss Ryan nicht genau weiß, wo sie hinsehen muss. Sie müssten schon etwas näher kommen.«

Als John dieses Mal die Hand ausstreckte, zog er die Lippen des Hengsts noch etwas weiter zurück, und Yvette deutete genau auf die interessante Stelle. »Hier! Sehen Sie ihn? Sehen Sie den großen Zahn?«

Charmaine sah überhaupt nichts, aber das enttäuschte Seufzen des Mädchens spornte sie nur weiter an.

Irgendwann ließ John Fangs Kopf los und presste seine Stirn gegen den kräftigen Hals. Charmaine runzelte die Stirn. *Ging es ihm nicht gut?* Dann sah er zum Himmel empor und grinste, bis ihm die Tränen in die Augen traten. In diesem Moment begriff sie, dass er lachte. Auch die Zwillinge krümmten sich vor Vergnügen und brachten kein Wort mehr heraus. Selbst Pierre ließ sich anstecken und kicherte.

»Sie sind die erste Erwachsene, die auf diesen Trick hereingefallen ist«, sagte Yvette keuchend.

Charmaines Laune sank. Alle amüsierten sich auf ihre Kosten! Warum war dieser Mann nur so erpicht darauf, sich auf ihre Kosten einen Spaß zu machen? In ihrer Verzweiflung packte sie Pierres Hand und eilte mit schnellen Schritten zurück auf die Lichtung.

»Mademoiselle!« Jeannette rannte ihr nach. »Sie sind uns doch nicht böse, oder? Es war doch nur ein Spaß!

Wenn wir gewusst hätten, dass Sie es nicht lustig finden, hätten wir es nicht gemacht.«

Charmaine unterdrückte die Tränen und ließ sich von der herzlichen Umarmung des Mädchens trösten. Bis John und Yvette sie eingeholt hatten, blieb genügend Zeit, um sich zu fassen. Keinesfalls sollte John merken, dass er ihr schon wieder die Tränen in die Augen getrieben hatte.

John beobachtete, wie Charmaine sich verstohlen die Augen abtupfte. *Welch geschickte Schauspielerin. Jetzt soll ich mich wohl schuldig fühlen, weil ich sie zum Weinen gebracht habe.* Er schüttelte den Kopf und lachte in sich hinein. *Ihre Figur und ihr widerspenstiges Haar sind bei weitem das Aufregendste an ihr. Und den langen Blick, um einen Mann zu beunruhigen, beherrscht sie in Vollendung. Kein Wunder, dass Paul und George hingerissen sind. George, der Korrekte, und Paul, der Held, der sie erobern könnte. Und Johnny? Nun ja, mit Johnny war das nicht so einfach. Doch wenn sie spielen will – warum nicht? Johnny hat nichts zu verlieren. Sie denkt, dass sie Paul schon in der Tasche hat, aber mit einem wie ihm hatte sie es noch nie zu tun. Also gut, Miss Ryan, dann los. Sie werden schon noch merken, wie es sich mit Johnny spielt.*

»Na, los, wer als Erster bei der Decke ist!«, rief Yvette. »Der Letzte muss den Korb tragen.« Sie bog auf den Pfad ein, und Jeannette und Pierre stürzten ihr nach.

John holte Charmaine ein. »Haben Sie etwa keinen Humor?«

Sie sah ihn nicht an, sondern starrte wortlos in die Ferne. Aber so leicht ließ John sich nicht abwimmeln. Er vertrat ihr den Weg. Als sie den Kopf wegdrehte, hielt er ihr Kinn fest und zwang sie, ihn anzusehen. Sie schlug seine Hand zur Seite. »Fassen Sie mich nicht an!«

Er lachte leise, doch als sie an ihm vorbeiging, eilte er ihr nach. »Es tut mir leid, wenn wir Sie verärgert haben«, entschuldigte er sich zu ihrer großen Verwunderung. »Die Zwillinge lieben diesen Scherz über alles, und ich dachte, dass Sie den Spaß verstehen würden.«

Da Charmaine nicht wusste, wie ernst es ihm war, schwieg sie lieber und war froh, als sie die Lichtung erreichten.

»Du hast überhaupt nicht versucht, uns einzuholen!«, beschwerte sich Yvette.

Pierre rannte ihnen entgegen. John schwang den Kleinen durch die Luft und setzte ihn ab. »Aber, aber, Yvette. Wenn ich dich eingeholt hätte, hättest du doch den ganzen Tag lang eine Schnute gezogen.«

»Auch wenn du es versucht hättest, hättest du uns nicht besiegt!«

Sie zog die Kappe vom Kopf und hielt sie ihm hin. »Na los, nimm sie dir doch, aber pass auf, dass Pierre sie nicht erwischt.«

Als John die Hand ausstreckte, wich sie aus, doch als er sie einzuholen drohte, warf sie die Kappe durch die Luft zu ihrer Schwester.

John grinste. »Okay, Jeannie, gib mir die Kappe.«

Das Mädchen zögerte, doch als John auf sie losstürzte, rannte sie quietschend davon, und gleich darauf flog die Kappe wieder durch die Luft.

Begeistert ging John auf das Spiel ein und postierte sich geschickt zwischen den beiden Mädchen. Aber Yvette durchschaute seine Absicht und warf die Kappe stattdessen zu Charmaine, die wohl oder übel mitspielen musste. Sofort fuhr John zu ihr herum.

»Geben Sie mir die Kappe, *my charm*«, bat er und streckte die Hand aus.

»Tun Sie es ja nicht, Mademoiselle!«, schrie Yvette. »Werfen Sie sie lieber zu mir!«

Charmaine gehorchte und atmete erleichtert auf, als John von ihr abließ. Beim nächsten Wurf verfehlte die Kappe ihr Ziel und fiel dicht neben Pierre auf die Erde. Der Junge hob sie auf und warf sie kichernd in Charmaines Richtung, aber gleichzeitig so ungeschickt, dass John sie beinahe zu fassen bekam. Blitzschnell ließ Charmaine die Kappe hinter ihrem Rücken verschwinden und wich einen Schritt zurück. Als John immer näher kam und ihr schon fast jede Sicht nahm, stieß ihr Fuß plötzlich gegen einen Baumstamm. Sie saß in der Falle!

Er war nur noch wenige Inches von ihr entfernt. Als ihr Blick von den geöffneten Hemdknöpfen zu dem glatt rasierten Gesicht glitt, wurden Erinnerungen an ihre erste Begegnung wach. Irgendwie schien er seit dieser Nacht gewachsen und wirkte womöglich noch eindrucksvoller als an dem Morgen, als er in sein Zimmer gestürzt war und sie mit Colettes Brief in der Hand ertappt hatte. Er kam noch näher und stützte mit triumphierendem Grinsen beide Hände gegen den Stamm, sodass sie sich nicht mehr rühren konnte. Zum ersten Mal fiel ihr auf, wie gut er aussah, wie locker ihm das Haar ins Gesicht fiel und ihm ein jungenhaftes Aussehen verlieh. Er schien ihre Gedanken zu lesen. Das Grinsen wurde breiter, und auf seinen Wangen bildeten sich tiefe Grübchen. Mit einem Mal brauste ihr das Blut in den Ohren, und sie fühlte, wie sie errötete.

»Bekomme ich meine Kappe freiwillig zurück, *my charm*?«, fragte er heiser. »Oder muss ich Gewalt anwenden?«

Zitternd händigte sie ihm sein Eigentum aus. Er blieb noch einen Augenblick lang dicht vor ihr stehen, während er die Kappe wieder in die richtige Form brachte und sich leise beschwerte. »Ich fürchte, sie hat im Kampf etwas gelitten und wird nie wieder so sein wie zuvor.«

Yvette war wütend. »Sei froh, dass du sie überhaupt zurückbekommen hast!« Sie funkelte Charmaine an. »Sie haben sich ja nicht einmal gewehrt! Spielverderberin!«

»Immer mit der Ruhe, Yvette«, mahnte John. »Alles Gute muss irgendwann zu Ende gehen. Selbst unsere Spielchen.« Obgleich die Bemerkung an Yvette gerichtet war, sah er Charmaine vielsagend an. Mit diesen Worten setzte er die Kappe wieder auf und ging zu Pierre hinüber und zauste ihm liebevoll den Schopf.

Die Zwillinge schlichen sich heimlich von hinten an, um die Kappe wieder an sich zu bringen, doch ihr großer Bruder ließ sie nicht mehr in Reichweite herankommen, so hoch sie auch sprangen und hüpften. Charmaine hatte die Mädchen nie ausgelassener erlebt.

»Ihr führt wohl immer etwas im Schilde, was?«, tadelte John die Schwestern im Spaß.

»Genau wie du, Johnny!«, rief Yvette.

»Wie ich? Was führe ich denn im Schilde?«

»Du führst doch immer etwas im Schilde«, stellte Yvette fest, als sei das allgemein bekannt. »Jedenfalls hat Papa das gesagt.«

Ein Schatten glitt über Johns Gesicht. Unwillkürlich trat Charmaine einen Schritt näher, weil sie fürchtete, dass er das Mädchen schlagen könnte. Doch John wollte es nur genauer wissen. »Hat er dir das gesagt?«

»Nein, nicht mir. Aber Paul.«

»Aber du warst dabei?«

»Nicht wirklich. Paul musste etwas Wichtiges mit Papa besprechen, und ich wollte unbedingt wissen, was es war. Also habe ich mir ein Glas aus der Küche geholt und in der Toilette neben Vaters Ankleidezimmer an der Wand gelauscht. Es hat prima geklappt, und ich konnte jedes Wort hören. Paul hat sich über etwas geärgert. Ich glaube, über ein Schiff, das du ohne richtige Papiere hierher nach Charmantes geschickt hast. Egal. Damals hat Papa jedenfalls gesagt, dass du nie etwas Gutes im Schilde führst.«

Mit einem Mal lachte John los. »Mit einem Glas an der Wand«, murmelte er und schüttelte den Kopf.

Yvette nickte. »Weißt du denn nicht mehr, dass du mir das einmal gezeigt hast?«

»Das ist richtig. Du bist ganz schön gerissen.«

Charmaine war erstaunt und zugleich wütend. »Yvettes Lauschaktion am Samstag war also meine Schuld, aber diesen Vorfall finden Sie großartig, nur weil Sie die Idee dazu geliefert haben. Ist das so?«

John lachte nur und wandte sich an Yvette. »Ein guter Rat an meine kleine Spionin: Mach ruhig so weiter, aber lass dich nie erwischen! Wenn Paul die Sache mit dem Glas herausfindet, wird er dich zusammen mit den Säufern im Keller des Versammlungshauses einsperren!«

»Wohin allerdings Sie gehören!«, schimpfte Charmaine.

»Was soll das denn heißen?«, fragte John.

»Sie sollten besser nachdenken, bevor Sie den Kindern Ihre miesen Tricks beibringen. Das könnte eines Tages auf Sie zurückfallen.«

»Das muss ich mir merken!« Mit gespieltem Ernst tat er, als ob er Papier und Feder aus der Tasche zöge und notierte: »Miss Ryan, die absolute Autorität, was Moral und Tugend betrifft, rät mir, mein Tun zu überdenken, sonst …«

»Sonst was?«, fragte Yvette.

»Sonst wird Paulie mir eine Abreibung verpassen. Ist das so richtig, Mademoiselle?«

Charmaine runzelte die Stirn, sagte aber nichts, da ihre Mahnung offenbar nicht auf fruchtbaren Boden gefallen war.

Als sie auch weiterhin beharrlich schwieg, lachte John leise und verabschiedete sich von den Kindern. Dann wandte er sich zu ihr um, zog die Kappe vom Kopf und presste sie auf sein Herz. »Ich danke Ihnen sehr, dass ich an diesem Picknick teilnehmen durfte, Miss Ryan. Ich bin sicher, dass Sie den Nachmittag ebenso genossen haben wie ich. Doch bitte verlangen Sie nicht, dass ich länger bleibe, als mir das möglich ist.«

Genossen, fürwahr! Angesichts der absurden Feststellung hätte sie beinahe laut gelacht. Sie seufzte erleichtert, als er sich endlich zum Gehen wandte und auch die Kinder ihn nicht umstimmen konnten. Kaum dass er zwischen den Bäumen verschwunden war, brachen sie ebenfalls auf und machten sich auf den Rückweg.

2

Samstag, 26. August 1837

Der Tag war noch kaum eine Stunde alt, als Charmaine und die Kinder bereits wieder das Haus verlassen hatten. Spät am Abend hatte George den Kindern verraten, dass Chastity in Kürze ihr Fohlen bekommen würde, und so waren sie schon beim ersten Tageslicht auf den Beinen und bestürmten Charmaine, sie endlich in den Stall zu bringen. Dort konnten sich die Zwillinge vor Freude und Glück kaum beruhigen, doch Pierre war des Spektakels nach einiger Zeit müde.

Zur Abwechslung ging Charmaine mit dem Kleinen nach draußen, und als sie ihn in großen Kreisen durch die Luft wirbelte, lachte er ausgelassen. Schwindlig und völlig erschöpft sanken sie schließlich ins Gras, und Charmaine herzte den Kleinen und küsste ihn zärtlich auf das Köpfchen. Rasch krabbelte Pierre weg, war blitzschnell wieder auf den Beinchen, strahlte Charmaine an und forderte mit geröteten Wangen: »Noch mal.« Und schon drehte er ihr den Rücken zu und reckte die Ärmchen in die Luft.

»Aber, Pierre, dir wird nur schlecht werden«, wandte sie schwer atmend ein.

»Bitte! Nur noch ein Mal!«, bettelte er und sah aus braunen Augen zu ihr empor.

»Das hast du beim letzten Mal auch gesagt.« Sie stach ihn mit dem Finger in den kleinen Bauch und kitzelte ihn bei jedem Wort. Pierre wand sich und lachte. »Na gut.« Seufzend stand Charmaine auf. »Aber es ist wirklich das letzte Mal, einverstanden?«

Er zuckte nur die Schultern und legte den Kopf schief, sodass man ihm einfach nichts abschlagen konnte. Lachend drückte Charmaine den Jungen an sich, und dann wirbelte sie ihn erneut herum, dass sein Jauchzen von der Fassade des Hauses widerhallte. Als sie ihn absetzte, neigte er den Kopf zur Seite und sah sie an. Und mit einem Mal schlang er die Arme um Charmaines Beine und drückte sie so fest, wie sie es zuvor mit ihm gemacht hatte.

Unwillkürlich traten Charmaine die Tränen in die Augen. »Ich liebe dich, mein Kleiner – so sehr!«

Als sie ihn losließ, erspähte er einen Schmetterling. Sofort hopste er von Blüte zu Blüte hinter ihm her und betrachtete ihn genauer, sobald er sich auf der nächsten Blume niedergelassen hatte. Charmaine sank auf die Wiese, und ihre Blicke folgten dem Jungen bei seinem sorglosen Tun.

Verdutzt kehrte John in sein Schlafzimmer zurück. Fröhliches Kinderlachen hatte ihn aufgeweckt und auf die Veranda gelockt. Mit angehaltenem Atem hatte er beobachtet, mit welcher Liebe und Zärtlichkeit Charmaine Ryan mit Pierre gespielt hatte, und war zu seiner großen Überraschung zu der Überzeugung gelangt, dass der verwaiste Junge offensichtlich die beste Ersatzmutter gefunden hatte, die man sich wünschen konnte. Womöglich war die Gouvernante ja doch keine von Pauls üblichen Liebschaften. Nachdenklich rieb er sich den Nacken. Ob er die junge Frau falsch eingeschätzt hatte?

Irgendwann war der Schmetterling vergessen, und stattdessen warf Pierre mit kleinen Steinchen. In der morgendlichen Kühle vermittelte Charmaine ein Bild der Ruhe, wie sie einfach nur still dasaß und den Jungen beobachtete. Doch in ihrem Innern überschlugen sich die Gedanken.

Die Woche war sehr viel ruhiger zu Ende gegangen, als sie begonnen hatte. Seit dem Picknick am Dienstag war ihr manches klar geworden. Auf jeden Fall war es sinnlos, sich vor John verstecken zu wollen. Drei Tage lang hatte sie sich seitdem in Selbstbeherrschung und Zurückhaltung geübt, was nicht leicht gewesen war. Doch inzwischen gelang ihr immer öfter, einfach den Mund zu halten. Sie hatte auf die harte Art lernen müssen, dass Wortgefechte mit John nicht zu gewinnen waren. Dazu kamen seine Retourkutschen einfach zu schnell, und das nagte an ihr.

Was Paul anging, so war er in den letzten Tagen ein wenig auf Distanz gegangen und hatte sich wieder in seine Arbeit gestürzt. Sie waren keinen Moment lang allein gewesen, was vermutlich am besten war. Auf keinen Fall wollte sie noch einmal von John, in den Armen seines Bruders liegend, überrascht werden. Trotz seiner vielen Arbeit hatte Paul jeden Abend am Dinner teilgenommen, wofür sie ihm dankbar war. Doch heute war er schon bei Tagesanbruch nach Espoir aufgebrochen und wurde erst spät zurückerwartet, sodass sie John beim Dinner wohl oder übel allein gegenübertreten musste.

Die beschauliche Ruhe war augenblicklich dahin, als die Zwillinge aus dem Stall stürmten und rufend und winkend über die Wiese angerannt kamen. »Mademoiselle Charmaine, wollen Sie das neue Fohlen denn nicht streicheln?«

»Ich denke, dass Mutter und Kind jetzt erst einmal Ruhe brauchen. Außerdem müssen wir ins Haus zurück und endlich etwas essen.«

»Bitte, Mademoiselle, nur noch ein bisschen!«, bettelte Jeannette.

»Wir müssen Johnny unbedingt erzählen, dass Phantom der Vater ist«, rief Yvette.

»Phantom ist der Vater des Fohlens? Wirklich?«

»Aber natürlich! Weshalb ist sein Fell denn sonst so pechschwarz?«

»Tja, weshalb sonst?«, murmelte Charmaine.

Nach dem ausgedehnten Frühstück begann Pierre zu quengeln, bis Charmaine ihn schließlich zu einem zeitigen Schläfchen ins Bett legte und dann die Mädchen noch einmal in den Stall begleitete. Das Fohlen war wahrlich eine Augenweide: überlange Beine und rabenschwarzes Fell. Es trank gerade zum ersten Mal, als George in den Stall zurückkam. Da Charmaine die Mädchen bei ihm gut aufgehoben wusste, kehrte sie ins Haus zurück, um nach Pierre zu sehen.

Aber der Kleine lag nicht in seinem Bett. Rasch sah Charmaine ins Spielzimmer, aber dort war er auch nicht, dann in ihr Zimmer. Wieder nichts. Wo konnte er nur sein? Sie rannte zur Treppe und mahnte sich zur Ruhe. Pierre ging es mit Sicherheit gut. Er war wach geworden und aus dem Bett geklettert, um sie zu suchen. Ob er wieder in Pauls Räumen war?

Doch das Geräusch von splitterndem Glas verriet, dass sie sich geirrt hatte. Es war vom anderen Ende des Korridors gekommen, aus Colettes ehemaligem Salon, wo Pierre öfter gespielt hatte, bis man es ihm verboten hatte. Sekunden später war Charmaine an der Tür des Salons – und verfluchte ihr Glück, als genau in diesem Moment die gegenüberliegende Tür geöffnet wurde und die Herrin des Hauses die Räume ihres Mannes verließ.

Agatha zog die Stirn kraus, doch als Kinderkichern an ihr Ohr drang, schubste sie Charmaine wütend zur Seite und stieß die Tür auf. Pierre krabbelte zwischen Glasscherben und Blumen auf dem Boden herum.

»Du ungezogener Balg!«, zischte Agatha, stürzte sich auf den Jungen und riss ihn an den Armen in die Höhe. »Ich werde dich lehren, Dinge zu berühren, die dir nicht gehören!«

Charmaine fiel ihr in den Arm. Vor Überraschung ließ Agatha den Kleinen los, der sich augenblicklich hinter seine Gouvernante flüchtete, sich zitternd gegen ihre Beine presste und das Gesicht in ihren Rockfalten vergrub.

»Wie können Sie es wagen!«, empörte sich Agatha.

»Ich … Es tut mir leid …«

»Es tut Ihnen leid? Ist das alles, was Sie zu sagen haben? Der Junge entzieht sich Ihrer Aufsicht, dringt in mein Zimmer ein und zerbricht eine unersetzliche Vase – doch statt einzugreifen und für Ordnung zu sorgen, glauben Sie, dass es mit einer lahmen Entschuldigung getan ist?«

»Das Ganze war nur ein unglückliches Zusammentreffen. Die Kosten für die Vase können Sie mir gern von meinem Lohn abziehen.«

»Ich soll Ihnen die Kosten vom Gehalt abziehen?« Agathas Stimme klang schneidend scharf. »Ich fürchte, Sie unterschätzen den Wert dieses Stücks. Aber selbst wenn ich es ersetzen könnte, würde ich solche Aufsässigkeit nicht tolerieren. Sie reden mit mir, als ob Sie Mitglied dieser Familie wären! Ja, Sie greifen mich sogar an! Ich werde Ihnen zeigen, wer Sie sind – Sie kleine Angestellte!«

»Ich würde mir nichts dergleichen herausnehmen ...«

»Gehen Sie zur Seite, Miss Ryan, und überlassen Sie den Jungen mir. Da Sie offenbar nicht in der Lage sind, für seine Erziehung zu sorgen, ist es an der Zeit, dass Ihnen jemand zeigt, wie man das macht.«

»Nein ... bitte!«, bat Charmaine und schützte Pierre mit ihren Armen.

»Ich sagte, treten Sie zur Seite!« Agatha wollte den Jungen hinter Charmaines Rücken hervorziehen, doch je wütender sie zerrte, desto lauter wimmerte er. »Sonst entlasse ich Sie auf der Stelle!«

Charmaine blieb keine Wahl. Agatha konnte ihre Drohung wahrmachen, vor allem heute, da Paul nicht auf Charmantes war. Zutiefst beschämt ließ sie die Arme sinken.

»Mama! Mama!«, schrie Pierre in seiner Verzweiflung und klammerte sich an Charmaines Beine.

Aber Agatha zerrte ihn fort und schleppte ihn zum Frisiertisch. Dort legte sie das Kind quer über ihren Schoß und zog ihm die Hose herunter. Dann packte sie ihre Haarbürste und schlug zu.

»Hören Sie auf!«, schrie Charmaine. »Bitte, nicht!« Doch Pierres Weinen übertönte ihren schrillen Schrei. Bei jedem Schlag brüllte er lauter und vergoss einen wahren Strom von Tränen. Schließlich fiel Charmaine Agatha in den Arm. »Lassen Sie den Jungen sofort los!«

»Was, zum Teufel, tun Sie da?«

Charmaine erschrak, und Agatha duckte sich, als plötzlich John wie der Leibhaftige dazwischenfuhr. Pierres kleiner Popo und sein Rücken waren mit roten Striemen bedeckt. Mit kalter Verachtung sah John seine Tante an.

»Was ist nur in Sie gefahren?«

Agatha ließ den Kleinen los, der sich augenblicklich in

Charmaines Arme flüchtete. Dann richtete sie sich auf und strich in dem Versuch, einen letzten Rest Würde zu wahren, ihre Röcke glatt.

»Der Junge braucht eine feste Hand«, erklärte sie gebieterisch, während sie die Bürste in ihren Rockfalten zu verbergen suchte.

»Eine feste Hand?« John packte Agathas Handgelenk und entriss ihr die Bürste. »Eine grausame Hexe sind Sie! Sie hätten wahrlich verdient, dass ich diese Bürste gegen Sie erhebe!«

Agatha zuckte zusammen, als er die Bürste quer durch den Salon schleuderte. »Wie kannst du es wagen! Ich bin die Herrin dieses Hauses und erwarte Respekt. So redest du nicht mit mir! Ich verlange eine Entschuldigung!«

»Eher wird die Hölle gefrieren, bevor ich mich bei einer wie Ihnen entschuldige!«

»Wie kannst du es wagen!«

»Wie können Sie es wagen, diesen Jungen wegen einer Vase zu misshandeln?«, fauchte er. »Ich warne Sie, Agatha! Wenn Sie noch ein einziges Mal die Hand gegen eines der Kinder in diesem Haus erheben, werde ich sie Ihnen abreißen und an die Hunde verfüttern!«

»Wie kannst du nur! Wie kannst du nur!«

Ohne sie auch nur eines Blickes zu würdigen, drehte John sich zu Charmaine um, die den kleinen Pierre an ihre Brust gedrückt hielt. Der klammerte sich an ihren Hals und hatte das Gesicht tief in ihrem Haar vergraben. Sein Heulen war inzwischen zu leisem Schluchzen verebbt. Tröstend strich John über den kleinen Rücken und fasste Charmaine am Ellenbogen. »Kommen Sie, gehen wir, bevor ich ihr noch den Hals umdrehe.«

Er drängte die Gouvernante hinaus und zögerte nur kurz, als Frederic mit finsterem Gesicht unter der Tür erschien. Aber John ließ sich nicht aufhalten, und so trat der ältere Mann zur Seite. Charmaine konnte die Kälte zwischen den beiden Männern förmlich spüren. »Er hat mich beleidigt, Frederic! Du hast nicht gehört, wie er mich vor dem Personal beschimpft hat! Ich bin …«

John und Charmaine eilten den Korridor entlang. Als sie beim Kinderzimmer anlangten, sah sie zu ihm auf und machte sich auf eine Reihe wütender Fragen gefasst. »Wo sind die Mädchen?«, fragte er stattdessen.

»Bei George im Stall. Sie bewundern das neue Fohlen.«

Charmaine war überrascht, als keine weiteren Fragen folgten und John nur zum Glockenzug ging, um einem der Hausmädchen zu läuten.

Charmaine legte Pierre ins Bett und setzte sich zu ihm. Um Trost zu finden, schlang der kleine Junge die Arme um sein Kissen, was ihr schlechtes Gewissen noch verstärkte. Sie hatte das Kind enttäuscht. Der Kummer brach ihr beinahe das Herz. »Es tut mir so sehr leid«, flüsterte sie.

Pierre schob seinen Daumen in den Mund und schloss die Augen vor der Welt.

In diesem Moment fühlte Charmaine eine Hand auf ihrer Schulter und sah zu ihrem Retter auf. »Danke«, stieß sie hervor. Nie hätte sie gedacht, dass sie das einmal zu John Duvoisin sagen würde.

Mit ernster Miene sah er sie an. »Und wofür?«

»Dass Sie Mrs. Duvoisin Einhalt geboten haben, dass …«

»Ich bin leider etwas spät gekommen.«

Charmaine sah auf den kleinen Körper hinunter und war sich ihrer Schuld sehr wohl bewusst. Niemals hätte sie den Jungen dieser heimtückischen Person übergeben dürfen. »Wie konnte sie ein unschuldiges Geschöpf nur so misshandeln?«

»Es ist unsagbar grausam«, sagte John. »Peitschenhiebe sind noch zu gut für sie.«

Als es klopfte, ließ er Anna eintreten. »Wir brauchen eine Schüssel mit kaltem Wasser und einige Lappen.«

Das Mädchen knickste und verschwand, und einige Minuten später war sie mit dem Gewünschten wieder da. John rollte die Ärmel hoch. Er tauchte einen Lappen ins Wasser, wrang ihn aus und legte ihn als kalte Kompresse auf den kleinen Popo.

»Das hilft gegen die Schwellung.«

Pierre schrak hoch und stöhnte. Charmaine kniete neben dem Bett nieder und streichelte seinen Rücken, während John die Umschläge auf der misshandelten Haut wechselte.

»Es tut mir sehr leid, Mainie.«

»Das weiß ich doch, Pierre. In Zukunft solltest du wirklich nicht mehr hingehen.«

»Das tue ich auch nicht mehr. Nie mehr.«

»Das ist gut«, murmelte sie und drückte ihm einen Kuss auf die Stirn.

Als Pierre den Kopf im Kissen vergrub, nahm sie John die Kompresse aus der Hand. Die Striemen waren bereits deutlich schwächer geworden. Trotzdem fürchtete sie, dass Pierre ein oder zwei Tage lang nicht würde sitzen können.

»Machen Sie sich keine allzu großen Sorgen, Miss Ryan«, sagte John, als ob er ihre Gedanken gelesen hätte. »Bei Kindern heilt das sehr schnell, außerdem finden wir sicher ein weiches Kissen.«

»Das alles hätte einfach nicht passieren dürfen! Ich hätte ihn nicht aus den Augen lassen dürfen, und ich hätte niemals zusehen dürfen, wie diese Frau die Hand gegen ihn erhob – trotz ihrer Drohungen.«

»Sie sind zu hart gegen sich, Mademoiselle. Die Sache wäre viel schlimmer ausgegangen, wenn Sie nicht dagewesen wären. Sie haben Pierre vor Agatha gerettet, und er weiß das. Es macht keinen Sinn, wenn Sie sich selbst bestrafen.«

Sie staunte über seine einfühlsamen, tröstenden Worte. Und ebenso wunderte sie sich, dass er ihr keine Vorwürfe machte, weil Pierre ihr entwischt war.

»Besser?«, fragte er stattdessen.

Sie nickte ein wenig verwirrt.

»Gut. Dann gehe ich jetzt. Und vertreten Sie mich gut, ja?«

Als sie schon wieder nickte, lächelte er – warm und ohne jeden Spott. Dann war er fort, und sie saß ungläubig da und konnte kaum fassen, wie sehr er ihr geholfen hatte.

Sonntag, 27. August 1837

John und Pierre saßen zusammen im Speisezimmer am großen Tisch, während fast alle Mitglieder der Familie und die Dienerschaft zur Messe gegangen waren. Weil die Holzbänke so hart waren, hatte John vorgeschlagen, dass er sich zu Hause um den Kleinen kümmern wollte.

John beugte sich nach vorn und betrachtete den Dreijährigen ebenso eindringlich wie dieser ihn. Ein wirklich netter Junge, dachte er. »Was schlägst du vor? Was sollen wir jetzt eine Stunde lang machen?«

»Fischen.«

»Fischen? Woher weißt du denn, was das ist?«

»Von Georgie. Ihr habt doch immer mit Gummy im Hafen gefischt.«

John lachte und wunderte sich insgeheim über Pierres Gedächtnis. »Eines Tages gehen wir fischen«, sagte er, »aber dann mit einem Ruderboot.«

Pierre neigte den Kopf zur Seite. »Was ist ein Ruderboot?«

»Ein kleines Boot, in dem nur ein paar Leute Platz haben«, erklärte John. »Damit kann man auf einem See oder einem Fluss fischen. Vielleicht schenke ich dir eines zum Geburtstag. Würde dir das gefallen?«

»Hm.« Pierre nickte begeistert.

»Also gut. Dort, wo ich wohne, gibt es einen breiten Fluss, den James. Würdest du gern dort mit mir angeln?«

Pierre überdachte, was sein Bruder gesagt hatte. »Wo du wohnst?«

»Ja, genau – in Virginia. Ich muss nämlich bald wieder nach Hause fahren.«

»Warum?«

»Weil ich dort arbeiten muss.«

»Warum?«

»Weil ...« John wusste nicht weiter und musste lachen. »Das ist eben so. Würdest du gern mitkommen? Wir würden mit einem Schiff über den Ozean segeln und dann direkt in den James River und im Hafen der großen Stadt anlegen, wo mein Haus steht. Würde dir das gefallen?«

Nachdenklich sah Pierre seinen großen Bruder an. »Würde ich in deinem Haus wohnen?«

»Würdest du denn gern bei mir wohnen?«

»Nur, wenn Mainie mitkommt.«

»Nur, wenn Mainie mitkommt«, murmelte John leise. »Also gut, das müssen wir uns noch überlegen.« Zärtlich zauste er Pierres Haar.

Father Benito redete und redete, und Charmaine ertappte sich dabei, wie sie ins Träumen geriet. Agatha saß in der Reihe vor ihr, und Charmaine erinnerte sich wieder an Johns Auftritt im Salon. *Hexe*… das Wort hatte gewirkt. Bis heute Morgen hatte Mrs. Duvoisin ihren Salon nicht mehr verlassen, wofür Charmaine gar nicht genug danken konnte. Aber Frederics Reaktion stand noch aus und machte ihr Sorgen. Bisher hatte er sie noch nicht zur Rede gestellt, doch das würde sicher noch kommen.

John. Zwar entschuldigte sein beherztes Eingreifen seine früheren Verfehlungen in keiner Weise, aber es hatte wenigstens eine willkommene Atempause zur Folge. Charmaine senkte den Kopf, und als sie ein stilles Gebet für John sprach, hatte sie das Gefühl, als ob ihre Mutter sie darin bestärkte. Selbst gestern beim Dinner war er netter gewesen als sonst. In Abwesenheit von Paul und Agatha hatten sie in entspannter Atmosphäre gespeist, und John und George hatten zum Gaudium der Kinder in einem fort Witze erzählt und allerlei Unsinn getrieben. Den ganzen Abend über hatte sie keine spöttische Bemerkung hinnehmen müssen, und entsprechend unbesorgt hatte sie John heute Morgen mit der Sorge um Pierre betraut. Vielleicht lag ja das Schlimmste hinter ihnen, und sie hatten eine Art Waffenstillstand erreicht.

Nach dem Ende der Messe steuerte Stephen Westphal auf Paul zu.

»Was führt Sie denn zu uns in die Kapelle, Stephen?«, fragte Paul erstaunt.

Seit dem verhängnisvollen Dinner im letzten Dezember hatte sich Mr. Westphal nicht mehr in Les Charmantes blicken lassen. Er musterte Charmaine nur kurz. »Da ich Sie während der Woche nirgendwo erreichen konnte, hoffte ich, Sie heute hier zu treffen.«

»Und worum geht es?«

Agatha gesellte sich zu ihnen, und Stephen Westphal begrüßte sie mit einem Nicken. »Vielleicht sollten wir das besser im Arbeitszimmer besprechen. Es geht um etwas Geschäftliches. Außerdem ist die Sache vertraulich.«

»Sie können offen sprechen«, sagte Paul, den Westphals Geheimnistuerei sofort misstrauisch machte.

»Nun gut. Einige der Konten in Richmond, die Sie auflösen wollten, bestehen bereits nicht mehr.«

»Bestehen nicht mehr? Was soll das heißen?«

Westphal räusperte sich. »Die Gelder wurden bereits im März abgezogen, und zwar von Ihrem Bruder. Allem Anschein nach existiert bei der Virginia State Bank kein Guthaben mehr.«

Verdutzt rieb Paul seinen Nacken.

»Das ist ja fürchterlich!«, rief Agatha.

»Keine Sorge«, beschwichtigte Westphal sofort. »Ich habe Edward Richecourt beauftragt, sich mit der Bank of Richmond in Verbindung zu setzen. Die dortigen Konten bestehen nach wie vor. Von dort wurden auch die Rechnungen der Schiffswerften beglichen. Für die Zukunft halte ich es allerdings für ratsam, sämtliche Konten zu überprüfen, bevor weitere Zahlungen angewiesen werden.«

»Das können wir gleich erledigen, sobald ich meinen Bruder finde«, sagte Paul. »Vermutlich schläft er noch.«

»Er ist schon auf«, meldete sich Yvette zu Wort. »Er spielt im Speisezimmer mit Pierre.«

»Mit Pierre?« In diesem Moment fiel Paul erst auf, dass der Dreijährige fehlte. »Etwa allein?« Besorgt sah er Charmaine an. »Sie haben ihn allein bei John gelassen?«

»Ja …« Charmaine war ein wenig verunsichert. »Dort ist er doch gut aufgehoben.«

Wortlos verließ Paul die Kapelle. Stephen warf Agatha einen fragenden Blick zu, bevor er Paul nacheilte. Beklommen folgten die Mädchen und Charmaine. Warum hatte Paul sie so entgeistert angesehen, als ob Pierre in Gefahr sei? John würde seinen kleinen Bruder doch nie in Gefahr bringen!

Als sie das Speisezimmer erreichten, thronte Pierre glücklich auf dem Schoß seines Bruders.

»Was ist los, Paulie?«, fragte John, als sein Bruder mit seinem kleinen Gefolge hereinplatzte. »Du siehst aus, als ob du ein Gespenst gesehen hättest!«

Paul schnaubte nur.

Fragend sah Charmaine von einem Bruder zum anderen, doch in ihren Mienen war nichts zu lesen. Ihre Unruhe wuchs. *Pierre geht es bestens – warum also die Aufregung?*

»Ich freue mich sehr, Sie zu sehen, John«, sagte Stephen Westphal in die Stille hinein und streckte John die Hand entgegen.

»Ist das wahr?« John machte keine Anstalten, sich zu erheben, und übersah auch die Hand geflissentlich.

»Aber natürlich«, erwiderte der Banker irritiert und ließ den Arm sinken. »Anne hat in ihren Briefen oft von Ihnen berichtet. Es freut mich, dass sich Ihre Geschäfte so blendend entwickeln.«

John schnaubte. »Blendend? Hat sie das so geschrieben?«

»Nun … ja.«

Westphal nestelte an seinem Kragen. Er hatte völlig vergessen, wie ungehobelt John sein konnte. Zehn Jahre in Amerika hatten den rauen Umgangston nicht verbessert.

»Hat Ihre Tochter auch erwähnt, dass Sie mich durch

ganz Virginia verfolgt hat und ich nach New York gereist bin, um ihr zu entkommen?«

»Nein … nein, natürlich nicht«, sagte Westphal entrüstet. Er ließ ein gekünsteltes Lachen hören, als ob John nur gescherzt hätte. »Sie lässt mich in dem Glauben, dass … nun, dass …«

»Nun, Mr. Westphal, wie ich sehe, macht Ihre Tochter Ihnen falsche Hoffnungen. Erlauben Sie, dass ich etwas richtigstelle: Ich habe nicht die Absicht, um die Hand Ihrer Tochter anzuhalten. Gibt es noch anderes, worüber man Sie im Unklaren lässt?«

Zu Charmaines Entzücken rötete sich das Gesicht des Mannes vor Wut. »Ich weiß nicht, was ich dazu sagen soll«, stotterte er. Als John schwieg, machte Westphal auf dem Absatz kehrt und eilte ins Foyer hinaus.

»Mir geht er ebenfalls auf die Nerven«, sagte Paul, während sich alle setzten. »Trotzdem hättest du ihm nicht so unverblümt die Meinung sagen müssen.«

»Ach nein? Glaube mir, es ist so am besten. Im Gegensatz zu Mrs. London hat er meine Botschaft genau verstanden und wird seiner Tochter vielleicht begreiflich machen, dass sie nur ihre Zeit vergeudet. Ich bin ihrer Nachstellungen müde und will die Sache endgültig beenden.«

Paul schüttelte stumm den Kopf und wechselte das Thema. »Ich muss mit dir über unsere Konten bei der Virginia State Bank reden. Du hast zwei davon geschlossen. Aus welchem Grund?«

John lehnte sich zurück. »Es erschien mir unklug, unser gesamtes Geld im Süden zu belassen, also habe ich einen Teil nach New York transferiert. Warum fragst du?«

»Ich habe Wechsel auf diese Konten ausgestellt und

wüsste gern, warum du mich nicht über deine Maßnahmen informiert hast.«

»Von den Wechseln hatte ich keine Ahnung. Warum hast du mir das denn nicht gesagt?«

Paul ließ die Diskussion an diesem Punkt lieber auf sich beruhen und griff stattdessen nach der Zeitung.

Die Kinder hatten gerade ihre Sonntagskleider gegen bequeme Sachen für den Stall eingetauscht, als es an der Tür klopfte.

Jeannette öffnete. »Papa!«

Charmaine knotete Pierres Schnürsenkel in aller Ruhe fertig. Dann stand sie auf und machte sich innerlich auf Frederics Vorwürfe gefasst.

»Guten Morgen, Jeannette. Wo wollt ihr denn hin?«

»In den Stall. Wir wollen das neue Fohlen besuchen!«

»Chastity hat seit gestern ein Fohlen«, erklärte Yvette. »Wir waren so oft dort, dass es uns schon für seine Besitzer hält. Vielleicht könnte ich es ja bekommen?«

»Das kann ich jetzt noch nicht sagen, mein Kind«, antwortete ihr Vater mit ernster Miene. »Wenn das Fohlen seinem Vater nachschlägt, könnte es als ausgewachsener Hengst eines Tages zu mächtig für dich sein.«

Yvette zog eine Schnute, doch Frederic lachte leise in sich hinein. »Warum lauft ihr nicht schon zur Koppel voraus? Ich möchte noch kurz mit eurer Gouvernante reden.«

Eine weitere Ermunterung war nicht nötig, und schon rannten die Mädchen davon. Nur Pierre spielte noch auf allen vieren mit seinen Klötzchen.

Frederic musste Charmaines Anspannung gespürt haben, denn er kam ohne Umschweife auf den Punkt. »Ich möchte mich ausdrücklich für das Benehmen meiner

Frau entschuldigen, Miss Ryan. Das wird nicht wieder vorkommen.« Charmaine stand da wie vom Donner gerührt, doch Frederic hatte nur Augen für seinen Sohn. »Wie geht es ihm?«

»Jeden Tag besser, Sir. Ich hatte ihn zu einem Nickerchen ins Bett gelegt, doch als ich nach ihm sah, war er fort. Ich nehme an, dass er in Mrs. Duvoisins Salon gelaufen ist, weil dort früher seine …«

»Sie müssen sich nicht rechtfertigen, Charmaine. Ich bin mit der Art und Weise, wie Sie meine Kinder umsorgen, sehr zufrieden und mache mir nicht die geringsten Sorgen.«

Als der unangenehme Teil erledigt war, rief Frederic seinen Sohn zu sich und verlangte einen Kuss, den der Kleine ihm nur gar zu gern gab.

Am Abend kam John nach oben, um den Kindern eine gute Nacht zu wünschen. Von der Schwelle aus beobachtete er, wie Charmaine sich abmühte, um den zappelnden Pierre in seinen Schlafanzug zu stecken. Doch der Kleine wand und wehrte sich nach Kräften und kicherte, als er John entdeckte.

Charmaine schmunzelte. »Wie man sieht, hat er sich bereits blendend erholt.«

»Johnny«, rief Yvette, bevor er etwas erwidern konnte, »stimmt es, dass du Mr. Westphals Tochter nicht heiraten willst?«

»Ja, das stimmt.«

»Zum Glück! Ich will nämlich nicht, dass du überhaupt heiratest. Und sie schon gar nicht!«

Yvettes unverblümte Offenheit ließ John schmunzeln.

»Ist sie wirklich so reich, wie ihr Vater sagt?«

»Ihr verstorbener Mann war sehr vermögend, und eines

Tages wird sie auch noch das Geld ihres Vaters erben«, antwortete John. »Warum fragst du?«

»Warum will sie dich denn heiraten, wenn sie schon reich ist?«

John lachte aus vollem Hals. »Weil ich so liebenswert bin, natürlich.«

Charmaine verdrehte die Augen – obwohl sich John genau in diesem Augenblick zu ihr umdrehte.

»Das glaube ich nicht!«, widersprach Yvette. »Das ist doch kein Grund.«

»Manche Menschen haben nie genug – ganz gleich, wie viel sie besitzen. Also heiraten sie immer noch mehr Geld dazu.«

»Aber du machst das nicht, Johnny, oder?«

»Wenn ich überhaupt heirate, meine Süße, dann nur eine Frau, der es egal ist, wie viel Geld ich besitze, und die glücklich ist, dass sie mit mir verheiratet ist. Genau das wünsche ich eines Tages auch dir.«

Charmaine war überrascht und senkte den Kopf. Er sollte nicht sehen, wie sehr ihr gefiel, was er den Mädchen sagte.

»Wie bei Cinderella?«, fragte Jeannette mit leuchtenden Augen.

John nickte. »Ja, genau wie bei Cinderella.«

»Aber die böse Stiefmutter«, meinte Yvette, »lässt dich nicht den Boden fegen, oder, Johnny?«

John lachte. »Auf gar keinen Fall. Ihren Besen fasse ich nicht an! Womit sollte sie denn sonst fliegen?«

Montag, 28. August 1837

Da Fatima noch auf dem Markt war und die Kinder Hunger verspürten, richtete Charmaine ihnen einen kleinen Imbiss her. Als Felicia und Anna in die Küche kamen, sah sie kurz auf, bevor sie sich wieder den Sandwiches widmete.

Charmaines Gleichmut reizte Felicia. »Wie ich schon gesagt habe«, legte sie los, »gefalle ich ihm ganz bestimmt. Warte nur ab. Ich muss nicht einmal so tun, als ob ich noch unschuldig wäre. Der mag doch keine altmodischen Mädchen. Was glauben Sie, Mademoiselle? Habe ich Chancen?«

Ohne aufzusehen, butterte Charmaine die Brotscheiben. »Chancen worauf?«

Felicias Lachen klang gekünstelt. »Da haben wir es! Sie spielt schon wieder die Naive! Mit Ihrem vornehmen Getue halten Sie sich wohl für was Besseres, oder? Seit Sie in den unteren Stock gezogen sind, geht das jetzt so. Denken Sie doch, was Sie wollen – aber Sie sind trotzdem nur eine Bedienstete. Genau wie Anna und ich. Sie sollten den Leuten nichts vormachen. Sie sind schließlich nur die Tochter eines Mörders und sogar noch schlechter als wir!«

Charmaine schnitt eine Grimasse. Sie war verletzt und zugleich sprachlos. Was hatte sie nur getan? Was hatte dieses gehässige Gerede nach so vielen Wochen wieder zum Leben erweckt?

»Ich wüsste gern, worauf Sie es eigentlich abgesehen haben, Mademoiselle«, fuhr das reizlose Geschöpf fort. »Sie haben Paul fast ein ganzes Jahr lang umgarnt – aber ohne Erfolg. Wollen Sie ihn jetzt eifersüchtig machen, indem Sie sich den größeren Fisch angeln? Was meinst du, Anna? Ist sie darauf aus?«

Annas Nicken befeuerte Felicias Phantasien.

Sie grinste und redete mit Anna, als ob Charmaine Luft für sie sei. »Mademoiselle Ryan wird sich ganz schön wundern, wenn sie glaubt, dass sie John auf dieselbe Weise umgarnen kann, wie sie das bisher bei seinem Bruder gemacht hat.«

»John?« Charmaine stockte der Atem. »Den überlasse ich Ihnen mit Freuden!«

»Wie großzügig von Ihnen!« Felicias Augen waren so hart wie Granit, und ihre Stimme war kalt wie Eis. »Ich registriere alle Veränderungen im Haus. Heute noch verfeindet – und am nächsten Tag dicke Freunde. Wie haben Sie das gemacht? Haben Sie hinter Pauls Rücken heimlich die Röcke gehoben?«

Angewidert packte Charmaine das Tablett und eilte über die Dienertreppe davon.

»So ist es richtig, Mademoiselle«, rief Felicia ihr nach. »Rennen Sie nur zurück zu den Kindern, und überlassen Sie die Männer mir. Doch wenn Sie weiter Ihre Spielchen treiben wollen, so halten Sie sich gefälligst an Paul und lassen Sie John in Ruhe!«

Kochend vor Wut erreichte Charmaine das Kinderzimmer, doch im nächsten Moment schob sie den Gedanken an Felicia beiseite und zwang sich zu einem Lächeln, als sie das Tablett vor Pierre und Rose auf den Tisch stellte. Dann setzte sie sich neben Jeannette, die in ein Buch vertieft war. »Das scheint ganz schön spannend zu sein.«

»Hm?« Abwesend hob die Kleine den Blick. »O ja, Mademoiselle! Glauben Sie, dass ein Mensch zum Vampir werden kann?«

»Zu einem Vampir? Handelt das Buch von Vampiren?«

»Ja. Vampire sind schrecklich. Es sind lebendige Tote«, erklärte sie mit großen, bangen Augen. »Am Tag schlafen sie im Grab, aber wenn es dunkel wird, stehen sie auf und suchen nach Opfern …«

»Hör auf, Jeannette, solche Geschichten jagen deinem Bruder doch Angst ein! Warum liest du überhaupt solche Bücher?« Sie nahm Jeannette das Buch aus der Hand und blätterte darin. »Wo hast du das denn bloß her?«

»Yvette hat es vor ein paar Tagen in der Bibliothek gefunden«, erklärte Jeannette. »Sie will es lesen, sobald sie mit Frankenstein fertig ist.«

»Frankenstein?« Entgeistert sah Charmaine zu Yvette hinüber, die vor den französischen Türen auf dem Boden lag und las.

»Die Geschichte ist noch gruseliger als die über die Vampire«, sagte Yvette. »Hören Sie nur …« Und dann folgten einige abscheuliche Einzelheiten.

Charmaine hatte genug gehört. Sie ging zu Yvette und nahm ihr das Buch aus der Hand. »Mary Shelley … Wo hast du das Buch her?«

»Von Johnny. Mary Shelley schreibt, dass sich eine Leiche über sie beugt …«

»Eine Leiche?« Charmaine schnappte nach Luft. »Weshalb sollte jemand, und erst recht eine Frau, eine so furchtbare Geschichte zu Papier bringen?«

»Um eine Wette zu gewinnen.«

»Wie bitte?«

»Johnny hat gesagt, dass Mary Shelley und ihre Freunde gewettet haben, wer die gruseligste Geschichte schreiben kann.«

»Und hat sie gewonnen?«

»Ich glaube, ja. Sie würden sich doch auch gruseln, wenn Dr. Frankenstein Tote zum Leben erweckt, oder?«

»Er erweckt Tote zum Leben? Aber, Yvette! Das ist Gotteslästerung!«

»Er holt die Leichen aus dem Grab …«

»Es reicht, Yvette!«, schimpfte Charmaine und klappte das Buch zu.

Rose pflichtete ihr bei.

»Von jetzt an will ich kein Wort mehr über entweihte Gräber und zum Leben erweckte Tote hören«, erklärte Charmaine. »Und damit wir uns richtig verstehen: Dieses Buch hebe ich auf, bis du älter bist.«

»Aber das geht nicht, Mademoiselle! Ich muss es zu Ende lesen, sonst …«

»Sonst?« Charmaine bemerkte den Blick, den Yvette ihrer Schwester zuwarf. »Heraus mit der Sprache, oder du siehst das Buch nie wieder!«

»Das ist unfair!«, schimpfte das Mädchen. Und nach kurzer Überlegung fügte sie hinzu: »Na gut. Joseph behauptet, dass ich feige bin und schon vor dem Ende heulen würde. Ich muss es also bis zum Ende lesen!«

»Warum lässt du dich ärgern? Joseph ist fünf Jahre älter als du und weiß genau, wie er dich reizen kann.«

»Das ist nicht wahr! Und wenn ich die Wette gewonnen habe, ist er der Feigling!«

»Welche Wette? Dabei ist hoffentlich kein Geld im Spiel, oder etwa doch?«

Yvette schüttelte den Kopf, aber Charmaine war nicht überzeugt. Trotzdem gab sie Yvette das Buch unter der Bedingung zurück, dass sie nach der Wette nicht mehr über diese makaberen Geschichten reden würde.

Dienstag, 29. August 1837

John steckte den Kopf ins Kinderzimmer. »Rose fühlt sich nicht wohl.«

»Ich weiß«, entgegnete Charmaine ruhig.

»Sie hat den Unterricht der Mädchen erwähnt. Wenn es Ihnen recht ist, könnte ich mich in der Zeit um Pierre kümmern.«

Charmaine war über diese Lösung zwar nicht glücklich, aber schließlich war sie einverstanden. Es dauerte keine dreißig Minuten, bis die Mädchen John zu ihren Schreibpulten gelockt hatten und er seine Aufmerksamkeit unter den Kindern aufteilen musste.

Anfangs hatte Charmaine John keinen Einblick in ihren bisherigen Unterrichtsstoff gewähren wollen, weil sie Kritik an ihrem unvollkommenen Wissen fürchtete. Doch John schien das alles gar nicht zu interessieren. Stattdessen entführte er die Kinder auf Phantasiereisen in unerforschte Gebiete und weckte ihre Neugier, indem er einen atemberaubenden Teppich aus rätselhaften Tatsachen und neuen Erkenntnissen wob. Sie fuhren mit der Dampflokomotive von Richmond nach Washington, wo sie in einen Heißluftballon kletterten und die restliche Strecke nach New York zurücklegten. Dort besuchten sie ein Baseballspiel, aßen mitten im August ein Eis und fuhren mit dem Omnibus zum Zirkus, wo sie eine Meerjungfrau und einen Mann mit zwei Köpfen bewunderten. Anschließend verlegte sich John auf seltsame Geschichten, die er in Versen vortrug, und als ihm kein Reim mehr einfallen wollte, erfand er einfach neue Wörter, bis das Lachen der Kinder von den Wänden widerhallte und ihre Gesichter vor Begeisterung leuchteten.

Als sich der Unterricht dem Ende näherte, war Charmaine tief beeindruckt. Sie hatte noch nie erlebt, dass sich ein Mann so auf Kinder einließ, wie John das tat. Er hatte ihre Herzen von Neuem erobert, wenn das überhaupt möglich war. Die Kinder profitierten von seinem Wissen, und er konnte sich in die Oase ihrer Zuneigung flüchten, wenn ihm von allen Seiten Abneigung entgegenschlug.

Charmaine war begeistert davon, wie John die Kinder fesselte. Sie hatte sie noch nie so glücklich erlebt – nicht einmal zu Colettes Lebzeiten. Neidlos musste sie anerkennen, dass er der bessere Lehrer war. Doch wie hätte sie auch mit ihm konkurrieren können? Und wollte sie das überhaupt? Sein Alter, seine Lebenserfahrung und das Privileg eines großen Vermögens waren Vorteile, die ihn zum idealen Lehrer für die Mädchen machten – und genauso für Pierre.

Als die Zwillinge John am Ende des Unterrichts baten, am nächsten Tag wieder mit ihnen zu lernen, sah er Charmaine an und wartete stumm auf ihre Zustimmung. *Ihre Zustimmung!* Fast hätte sie gelacht. Er hatte ihr Einverständnis doch gar nicht nötig. Warum also hatte er sie trotzdem angesehen? Woher rührte der plötzliche Respekt? Was war der Grund für sein verändertes Benehmen?

Je länger sie überlegte, desto verwirrter wurde sie. War Pierres Misshandlung der Grund, dass John sie plötzlich wie eine Lady behandelte? Zumindest war dieser Vorfall der Wendepunkt gewesen, dachte sie. Vom ersten Tag an hatte John sie für eines von Pauls billigen Mädchen gehalten, doch was hatte ihn inzwischen anderen Sinnes werden lassen?

Was auch immer der Grund war – sie hatte jedenfalls nicht die Absicht, ihr Glück zu hinterfragen. Und sie wollte es auch nicht gefährden, indem sie John vom Unterricht ausschloss. Solange er sie gut behandelte, würde sie seine Freundlichkeit erwidern. Zumindest verhieß der heutige Tag eine bessere Zukunft!

Freitag, 1. September 1837

Kurz vor Mitternacht öffneten sich die französischen Türen ein weiteres Mal auf geheimnisvolle Weise. Zitternd vor Angst rannte Jeannette zu Charmaine hinüber.

»Vielleicht hat Yvette ja die Tür geöffnet«, vermutete Charmaine. »Heute war es schließlich furchtbar heiß.«

»Das habe ich nicht gemacht!«

Nach Charmaines Geschmack kam der Widerspruch aus dem Nachbarzimmer etwas zu schnell. Dieselbe Szene hatten sie bereits vor zwei Wochen erlebt. Sicher war das Ganze nur ein Streich. In letzter Zeit spukten nicht nur Monster und Vampire in den Köpfen der Mädchen herum, sondern seit Neuestem auch Geister.

Mit einem Seufzer scheuchte die Gouvernante Jeannette zurück ins Bett und sah Yvette eindringlich an.

»Sie glauben, dass ich die Tür aufgemacht habe, nicht wahr?«

»Ich glaube, dass du Joseph beweisen wolltest, dass er feige ist und sich vor Geistern fürchtet.«

Yvette verschränkte die Arme und stritt alles ab.

Charmaine glaubte ihr kein Wort, aber Jeannette tat es und war kaum zu beruhigen. Als Schritte auf dem Korridor zu hören waren, fasste Charmaine den Entschluss, sich Hilfe zu holen. »Wenn dein Bruder sagt, dass es keine Geister gibt, glaubst du es dann?«

Es erfolgte ein halbherziges Nicken.

Charmaine sah auf Pierre hinunter, der sein kleines Stofflamm umschlungen hielt. Er schlief tief und fest und hatte von der Aufregung nichts mitbekommen. Rasch schlüpfte sie in ihren Morgenmantel und schlich hinaus auf den Korridor.

Die Tür zu Pauls Ankleidezimmer war nur angelehnt, und aus dem Spalt sickerte sanfter Lichtschein in den Flur. Sie hob die Hand, um zu klopfen, aber dann zögerte sie.

»Haben Sie es sich anders überlegt?«

Sie fuhr herum und seufzte erleichtert, als sie John die letzten Stufen heraufkommen sah. »Haben Sie mich erschreckt!«

»Das glaube ich gern«, bemerkte er sarkastisch. »Ein guter Rat: Der Weg über die Veranda fällt weniger auf.«

»Die Veranda?«, wiederholte Charmaine verständnislos, aber dann dämmerte es ihr. »Oh, Sie missverstehen da etwas. Ich wollte Ihren Bruder lediglich um einen Gefallen bitten.«

»Um einen Gefallen?« Ein schiefes Grinsen spielte um seine Lippen. »Sollte er denn nicht eigentlich Sie bitten?«

»Sir, Sie missverstehen mich.«

John schüttelte den Kopf. »Das glaube ich nicht.«

»Sir?«

»Mademoiselle?«

Es gab keinen anderen Weg. Außerdem war er ohnehin der Beste, wenn es galt, seine verzweifelte Schwester zu beruhigen. »Haben Sie einen Augenblick Zeit?«

»Die ganze Nacht.«

Verlegenheit überkam sie. »Ach, vergessen Sie es. Ich komme auch allein zurecht.«

John stutzte und holte sie an der Kinderzimmertür ein. »Wobei kann ich Ihnen helfen, Miss Ryan?«

Nachdem sie ihm die Lage erläutert hatte, betrat er das Zimmer und ging zu Jeannettes Bett.

»Miss Ryan hat mir gesagt, dass du dich fürchtest.«

»Die Balkontüren gehen immer von allein auf«, klagte Jeannette und sah zu ihrer Schwester hinüber, die zwar wach war, aber nichts dazu sagte.

Johns Blick richtete sich auf Yvette. »Und du weißt nicht, wer sie aufgemacht hat?«

»Nein. Beim letzten Mal habe ich jemanden gesehen. Aber heute Nacht habe ich nur etwas gehört.«

»Vielleicht hast du dir das ja alles eingebildet – nach den vielen Geistergeschichten, die du gelesen hast.«

»Ganz bestimmt nicht. Als es das letzte Mal passiert ist, hatte ich die Geschichten noch gar nicht gelesen. Außerdem öffnen sich Türen nicht von allein.«

»Manchmal schon«, sagte John.

»Wirklich?«, fragten beide Mädchen wie aus einem Mund.

»Aber natürlich.« Er erklärte ihnen, wie ein Windstoß eine Tür in Bewegung setzen konnte, und kurz darauf lächelte Jeannette und gestand, dass sie sich nun nicht mehr fürchtete.

»Aber wie konnte sich der Riegel von allein öffnen?«, fragte Yvette.

»Diese Türen schließen sehr schlecht. Da kann es schon vorkommen, dass ein Riegel nicht ganz einschnappt. So war es vermutlich auch heute Nacht. Würden Sie dem zustimmen, Miss Ryan?«

»Absolut.«

Yvette brummte nur und streckte sich aus.

John ging zu den französischen Türen hinüber und öffnete sie. »Morgen wird es wieder sehr heiß. Genießt lieber die kühle Brise, solange sie noch weht.«

»Nein!«, rief Jeannette. Als sie merkte, dass Pierre unruhig wurde, sprach sie leiser. »Bitte, mach die Türen zu, Johnny, und zwar richtig. Sonst fürchte ich mich.«

»Ich dachte, das wäre vorbei.«

»Ich habe Angst, dass jemand hereinschleicht… so wie beim letzten Mal.«

»Der Einzige, der noch so spät in der Nacht ums Haus schleicht, ist George, wenn er in Cookies Vorratskammer nach Leckereien sucht«, bemerkte John.

Die Mädchen kicherten fröhlich, wie John erwartet hatte. Doch leider weckten sie damit ihren kleinen Bruder.

Die Sache artet allmählich zu einer mitternächtlichen Party aus, dachte Charmaine und seufzte.

John bemerkte ihr Missfallen und wandte sich dem Kleinen zu. »Komm, schlaf wieder ein.« Er streichelte ihm sanft übers Haar. »Ihr müsst keine Angst haben, Kinder. Es ist alles in Ordnung. Miss Ryan schläft gleich nebenan, und ich bin auch nicht weit fort. Ihr müsst nur rufen.«

»Ich danke Ihnen«, flüsterte Charmaine, als sie ihn an die Tür begleitete. Seine Nähe verwirrte sie.

»Sie können mich jederzeit rufen.«

»Johnny?«, rief Jeannette. »Glaubst du, dass es Monster gibt?«

Er sah zu ihr zurück. »Aber natürlich.«

»Hast du schon eines gesehen?«

»Heute Morgen beim Frühstück, zum Beispiel.«

»Wirklich?«

»Hast du es denn nicht gesehen?«

»Nein.«

»Ich verstehe nicht, wie du es übersehen konntest«, fuhr er mit todernster Miene fort. »Es hat doch am Ende der Tafel gesessen und seine riesige Nase in die Luft gereckt.«

Die Mädchen brachen in Gelächter aus, und sogar Charmaine kicherte leise.

»Wisst ihr eigentlich«, begann John und ging noch einmal zu den Betten der Kinder hinüber, »dass Paul sich schrecklich vor Cookie gefürchtet hat, als sie zu uns kam?«

»Warum?«

»Als die Köchin eingestellt wurde, waren wir noch ziemlich klein – ungefähr fünf oder sechs Jahre alt. Paul hielt Cookie für den Boo-Bock.«

»Wer ist der Boo-Bock?«

»Ein Monster, natürlich«, erklärte John und erzählte dann eine längere Geschichte davon, wie er Paul eingeredet hatte, dass die freundliche Cookie ihn vergiften wollte. Wie gebannt hingen die Kinder an seinen Lippen und lachten hin und wieder – ganz besonders, wenn ihr Vater Paul mit der Rute drohte, falls er sich weiter so respektlos benahm. Charmaine wusste zwar, dass die Geschichte als Ablenkung gedacht war, doch sie ahnte, dass keine dieser Grausamkeiten erfunden war.

John bemerkte ihre verächtliche Miene. »Zu meiner Entschuldigung kann ich nur sagen, dass Paul sich mit ähnlichen Streichen schadlos gehalten hat.«

»Kein Wunder, nach dieser erfolgreichen Lehrstunde!«

»Das ist wahr. Es tut mir leid, wenn Ihnen meine Geschichte nicht gefallen hat.«

Charmaine bedauerte ihre Bemerkung. »Es tut mir leid, aber ich habe keine Brüder und kann vielleicht nicht beurteilen, wie Jungen sich benehmen. Ich danke Ihnen ausdrücklich für Ihre Hilfe.«

»Nun gut, dabei wollen wir es belassen.« John zwinkerte den Mädchen zu.

»Wenn du da bist, fürchte ich mich überhaupt nicht mehr«, sagte Jeannette. »Kannst du nicht heute Nacht hier schlafen, Johnny?«

»Und wo, wenn ich fragen darf?«

»In Pierres Bett. Ihm macht das bestimmt nichts aus. Nicht wahr, Pierre?«

Der Kleine schüttelte schlaftrunken den Kopf. »Nein. Das macht mir nichts aus.«

»Siehst du? Bitte, bleib hier!«

John tat, als ob er überlegen müsste, und Charmaines Sorge wuchs, als sie an die Verbindungstür und den leichten Zugang zu ihrem Zimmer dachte.

»Das war ganz schön unfair. Ihr habt es eurem Bruder eingeredet.«

»Das stimmt nicht«, wehrte sich der Kleine, dessen Bäckchen im Lampenlicht rosig schimmerten. »Ich will es auch.«

Charmaine wartete auf Johns Antwort und beobachtete gerührt, welche Sanftheit, ja, Verletzlichkeit sich auf seinen Zügen malte. »Offenbar bin ich überstimmt. Wenn Miss Ryan keine Einwände hat, muss ich wohl hierbleiben.« Er sah sie an.

Unter seinem prüfenden Blick schlang sie die Arme um sich. »Ich habe nichts dagegen«, murmelte sie.

Er nickte und wandte sich ab. In diesem Augenblick war er seinem Vater unglaublich ähnlich – dieselbe magnetische Ausstrahlung. Es war beinahe unheimlich. *John und Frederic sind sich in vielem ähnlich … aber sie würden es beide vehement bestreiten, sobald jemand das laut ausspricht*. Kein Wunder, dass sie so oft aneinandergerieten. Zwei so starke Persönlichkeiten in einer Familie konnten wahrscheinlich nur schwer miteinander auskommen, ohne dass es zu Auseinandersetzungen kam.

Diese Einsicht bewog Charmaine, sich den Mann noch einmal näher anzusehen. Er saß neben Pierre auf dem Bett und zog seine Stiefel aus. Rein äußerlich hatte John große Ähnlichkeiten mit seinem Vater: dasselbe dichte Haar, ein ausgeprägtes Kinn, eine scharfe Nase und schmale Lippen. So gesehen war auch Paul unverkennbar ein Duvoisin. Doch im Gegensatz zu John besaß er charakterlich so gut wie keine Ähnlichkeit mit seinem Vater. Mit Johns Selbstsicherheit und Zielstrebigkeit konnte Paul nur schwer mithalten.

John nestelte an seiner Gürtelschnalle. »Wollen Sie mich noch ins Bett bringen, *my charm*? Oder darf ich auf etwas Diskretion hoffen?«

Die Zwillinge kicherten, und Charmaine lief feuerrot an, als ihr bewusst wurde, wie ungeniert sie ihn angestarrt hatte. »Ich … es … es tut mir entsetzlich leid!«, stotterte sie. »Ich wollte … ich meine, ich wollte Sie doch nicht …«

»Dessen bin ich sicher«, unterbrach er sie lachend.

Als sie merkte, dass er im Begriff stand, sein Hemd auszuziehen, eilte sie zur Tür. Doch als sie sich kurz umsah, um den Kindern eine gute Nacht zu wünschen, stellte sie fest, dass er das Hemd nur aus der Hose gezogen und sich bereits neben Pierre ausgestreckt hatte.

»Wir kampieren heute zusammen, mein Kleiner.«

So leicht brachte man sie nicht in Verlegenheit! Entschlossen ging Charmaine zu Jeannettes Bett hinüber. »Ich will dich nur noch schnell zudecken.« Mit diesen Worten zog sie die Decke nach oben und gab dem Mädchen einen Kuss. Dann war Yvette an der Reihe. »Und dass ihr nicht mehr redet«, ermahnte sie die Kinder leise. Dann trat sie an Pierres Bett und hob das Stofflämmchen auf, das zu Boden gefallen war. Sie legte es ihm in den Arm und küsste ihn auf die Stirn.

John spielte den Enttäuschten. »Bekomme ich keinen Kuss?«

Die Zwillinge kicherten.

»Ich küsse nur liebe Jungen.«

Wieder kicherten die Zwillinge.

»Aber ungezogene Jungen küssen besser.«

Das Gekicher wurde lauter.

»Gute Nacht, Master John.«

Die Fröhlichkeit der Kinder folgte ihr bis in ihr Zimmer.

»Hört lieber auf zu lachen«, warnte John, »sonst versohlt mir Miss Ryan noch den Allerwertesten. Einen Kuss kann ich ja ertragen, aber Schläge nicht. Niemals!«

Paul war erschöpft, doch er fand keinen Schlaf. Der Tag war unerträglich heiß gewesen, und die Luft in seinen Räumen war stickig. Im Augenblick stand er auf der Veranda und sog die kühle Nachtluft ein. Es war unmöglich, das Arbeitstempo auf Charmantes im selben Rhythmus beizubehalten und gleichzeitig Espoir aufzubauen. Zum Glück war George wieder da. Aber gleichzeitig waren neue Probleme aufgetaucht. Das Größte betraf die neu angelegten Tabakfelder. Aber selbst das wäre nur halb so schlimm, wenn er nicht gleichzeitig auf Espoir gebraucht würde. Die Lieferungen waren eingetroffen, man hatte mit den Bauarbeiten begonnen und auch schon das erste Zuckerrohr gepflanzt. All das machte seine Anwesenheit für eine weitere Woche erforderlich. Sein Bruder kannte sich mit Tabakpflanzungen aus. Ob er bereit war, ihm während seiner Abwesenheit auszuhelfen?

Stimmen mischten sich in Charmaines Träume, doch als sie plötzlich verstummten, schrak sie hoch. Es war dunkel. Aber dann kehrten die Stimmen zurück. Sie kamen aus dem Zimmer der Kinder – und eine war tief und wütend. Charmaine sprang aus dem Bett und riss die Tür auf.

John stand mitten im Zimmer, hielt einen zappelnden Joseph Thornfield am Kragen gepackt und deutete auf das zerknüllte Leintuch zu seinen Füßen.

»Ich habe es doch schon gesagt, Sir«, stotterte der Junge vor Angst. »Ich hatte nichts Böses im Sinn!«

»Du hattest nichts Böses im Sinn!«, wiederholte John ungläubig. »Du schleichst mitten in der Nacht als Geist über die Veranda – und willst mir weismachen, dass du nichts Böses im Sinn hattest?«

»So ist es, Sir.«

»John… ich meine, Sir«, verbesserte sich Charmaine, »bitte lassen Sie den Jungen laufen.«

»Ich soll ihn laufen lassen? Ja, sehen Sie denn nicht, was er vorhatte?«

»Das sehe ich sehr wohl, Sir, aber Joseph war das nicht allein. Stimmt es, Yvette?«

John runzelte die Stirn, doch als er den mordlustigen Blick gewahrte, mit dem Yvette den armen Joseph bedachte, dämmerte ihm der Zusammenhang.

»Es war doch nur eine Wette«, verteidigte sich Yvette. »Aber du hast mich nicht erschreckt, Joseph Thornfield, also hast du die Wette leider verloren.«

»Die Wette?« John schüttelte den jungen Mann am Kragen. »Heißt das, dass du – wer weiß wie oft – in dieses Zimmer gekrochen bist, nur um eine Wette zu gewinnen?«

»Nur heute Abend, Sir!«

»Du lügst!« Yvettes Augen funkelten. »Du hast Jeannette schon einmal erschreckt!«

»Das ist nicht wahr! Ich schwöre, dass ich das nicht getan habe! Dies war das erste Mal!«

»Das sagst du nur, damit du deinen Dollar nicht verlierst!«

»Das ist nicht wahr! Hier, nimm das Geld. Dann siehst du ja, dass es mir egal ist.« Er fischte einen zerknitterten Schein aus der Tasche und hielt ihn Yvette hin.

Blitzschnell nahm John den Schein an sich, obwohl er wusste, dass er für den Jungen sehr viel Geld bedeutete. »Ist das dein Einsatz?«

»Ja, Sir, aber …«

»Und du denkst, dass du die Wette verloren hast, weil du sie nicht erschreckt hast?«

»Nein, Sir, aber …«

»Warum, zum Teufel, gibst du ihr dann das Geld? Egal. Ich werde es für dich aufheben.« Er fuchtelte mit der Banknote unter Josephs Nase herum. »Wenn du mir beweist, dass du deinen Monatslohn nicht mehr für solch lächerliche Wetten riskierst, bekommst du das Geld zurück. Nimm jetzt das Laken und verschwinde, bevor ich meine Meinung ändere!«

»Ja, Sir!«

Rasch griff der Junge nach dem Leintuch und flitzte durch die französischen Türen auf die Veranda hinaus.

John fuhr mit den Fingern durch sein zerzaustes Haar, doch als seine Hand im Nacken angekommen war, hielt er inne und sah Charmaine an. Sie hatte ihr Haar zu einem dicken Zopf geflochten, der ihr über Schulter und Brüste fiel. Den Morgenmantel hatte sie in der Eile vergessen, und der dünne Stoff ihres Nachthemds verhüllte ihre hübsche Figur nur mangelhaft. Kein Wunder, dass

Paul diese Frau anziehend fand. Aber erobert hatte er sie noch nicht. Das verriet ihm der unschuldig staunende Blick ihrer großen Augen.

»Er ist doch noch ein Junge«, sagte sie, ohne zu ahnen, was sich in seinem Kopf abspielte.

»Das ist richtig«, stimmte John zu. »Trotzdem hat er mich zu Tode erschreckt, als er plötzlich zu Jeannettes Bett gekrochen ist. Im Grunde müsste ich die Wette einlösen.«

Charmaine lächelte, und Yvette kicherte.

»Nur schade, dass er nicht das richtige Bett gefunden hat.«

»Mich hätte er trotzdem nicht erschreckt«, bemerkte Yvette mit gewissem Hochmut.

»Aber ganz bestimmt nicht.« John musste lachen, als ihm der Irrsinn der Situation bewusst wurde. »Jetzt aber schnell zurück ins Bett. Mach ein bisschen Platz, Pierre.«

»Johnny?«

»Ja?« John sah zu Jeannette hinüber, die die ganze Zeit geschwiegen hatte.

»Joseph hat gesagt, dass er vorher noch nie hier im Zimmer war. Aber wer war dann beim letzten Mal hier?«

»Auch Joseph, würde ich sagen. Wahrscheinlich hatte er keinen Mut, das zuzugeben.«

»Das glaube ich nicht! Beim ersten Mal hatten Yvette und Joseph doch noch gar nicht gewettet!«

Fragend zog John die Stirn kraus. »Verwechselst du vielleicht die Tage?«

»Nein, unmöglich! Das erste Mal ist es in der Nacht passiert, als du angekommen bist – bei dem schrecklichen Gewitter. Der Sturm war so stark. Erinnern Sie sich, Mademoiselle?« Sie sah Charmaine an. »Sogar Sie haben sich gefürchtet. Sie sind in die Küche gegangen, um uns Milch und Kekse zu holen. Das wissen Sie doch noch, oder, Mademoiselle?«

»Ich erinnere mich sehr genau«, flüsterte Charmaine. Sie wusste, dass John sie ansah, und fürchtete, dass ihre Gedanken auf ihren brennenden Wangen geschrieben standen.

»Das erklärt zwar einiges, was mir seitdem durch den Kopf gegangen ist«, murmelte er versonnen. »Aber über den Zeitpunkt der Wette sagt es nichts.«

»Oh, doch!«, warf Yvette ein. »Am ersten Morgen hast du mir den Frankenstein gegeben, aber Joseph hat die Wette erst vorgeschlagen, als er sah, dass ich das Buch lese.«

»Frankenstein«, brummte John. »Also bin ich selbst schuld, wenn ich heute Nacht keinen Schlaf finde. Na gut. Ich kehre also zu meiner ursprünglichen Vermutung zurück. Ich werde den defekten Riegel gleich morgen reparieren.«

»Aber, Johnny! Ich habe wirklich jemanden hier im Zimmer gesehen!«, protestierte Jeannette.

»Aber nein, Jeannette, das hast du bestimmt nur geträumt. Ich kann dir versprechen, dass sich niemand hier eingeschlichen hat.«

»Aber es war jemand hier«, piepste Pierre.

»Wirklich?« John schmunzelte. »Und wer sollte das gewesen sein?«

»Das darf ich nicht sagen«, sagte der Kleine.

»Wie bitte?«

»Na ja… Manchmal… Manchmal kommt Mama und besucht mich.«

Alle hielten den Atem an.

Ungläubig berührte John den Jungen an der Schulter. »Was sagst du da?«

Aber Pierre lächelte unbeeindruckt.

»Was hast du gesagt? Wer besucht dich manchmal in der Nacht?«, versuchte John es noch einmal.

»Mama«, wiederholte Pierre glücklich. »Sie spielt mit mir und erzählt mir Geschichten.«

»Er lügt!«, fuhr Yvette auf, doch als ihre Gouvernante sie zum Schweigen mahnte, brummte sie nur. »Natürlich tut er das.«

»Und was erzählt sie dir?«, fragte Charmaine.

»Das darf ich nicht sagen.«

»Und warum darfst du das nicht?«, fragte John.

»Mama … Mama sagt, dass ich nichts verraten darf.«

»Kann es sein, dass du das alles geträumt hast?«, fragte Charmaine.

»Nein«, widersprach Pierre heftig. »Sie weckt mich immer. Manchmal kommt sie auch mittags. Ich durfte auch in ihr großes Zimmer mit … als Auntie mich verhauen hat …«

Als die alten Wunden wieder aufgerissen wurden, begann Jeannette zu weinen.

Sofort rutschte Pierre vom Bett herunter und schmiegte sich an seine Schwester. »Hör auf zu weinen, Jeannie. Es tut mir leid. Ich will nicht, dass du weinst.«

Ratlos sah Charmaine zu John, doch ein Blick auf sein leichenblasses Gesicht verstärkte die Gänsehaut, die ihr gerade über den Rücken kroch. Im Augenblick war von ihm nicht viel Hilfe zu erwarten. Was war geschehen? Angeblich waren Männer doch so stark.

»Er hat sicher geträumt«, erklärte sie ohne rechte Überzeugung.

Als sie kurz darauf wieder zu Bett ging, verfolgte Pierres bizarre Geschichte sie noch lange Zeit. Sie dachte auch an John. Wie gebannt hatte er auf die Verandatüren gestarrt, als ob Colettes Geist jederzeit hereinschweben könnte.

Samstag, 2. September 1837

Zu ihrer Überraschung erwachte Charmaine am nächsten Morgen so zeitig, dass sie hörte, wie Paul beim ersten Dämmerlicht nach unten schlich, um seinen Arbeitstag zu beginnen. Kurzerhand schlug sie die Decke zurück. Sie wollte mit ihm frühstücken. Vielleicht konnte er ja etwas Licht in die Kette der phantastischen Ereignisse bringen, die sie in der vergangenen Nacht in Atem gehalten hatten. Sicher würde Paul besonnener reagieren als John und ihr lachend eine logische Erklärung für alles präsentieren.

Beim Anziehen fragte sie sich, ob John wohl die ganze Nacht bei den Kindern geschlafen hatte. Lautlos schlich sie zur Verbindungstür und spähte vorsichtig nach nebenan. Alle vier schliefen noch tief und fest. Der kleine Pierre lag in Johns Armen, und sein Rücken drückte sich gegen seine Brust. Als Ersatz für das Lämmchen, das wieder auf dem Boden lag, umklammerte er die Hand seines großen Bruders.

Charmaine war von der Ähnlichkeit der beiden überwältigt. Pierre hatte zwar eher die Haarfarbe seiner Mutter geerbt, aber der Schnitt ihrer Gesichter und ihrer mandelförmigen Augen – Frederics Augen – war beinahe identisch. Johns Gesicht war völlig entspannt und wirkte überraschend jugendlich. Sie sah, wie sein gleichmäßiger Atem die zarten Löckchen auf Pierres Kopf bewegte, und dann wanderte ihr Blick weiter zu den beiden Händen, zu Johns sonnengebräunter und Pierres zartweißer Hand, die einander stark und zärtlich zugleich umfassten.

Vorsichtig wollte sie die Tür schließen und erstarrte, als die Angeln vernehmlich quietschten. Pierre erwachte von dem Geräusch und drehte sich um. Als er John in seinem Bett liegen sah, setzte er sich auf. Und dann beugte er sich ganz nah zu seinem Bruder hinunter und versuchte, eines seiner Augen zu öffnen. John rollte sich auf den Bauch und vergrub sein Gesicht unter dem Kissen, woraufhin der Dreijährige sofort auf seinen Rücken stieg.

»Gnade, Pierre«, stöhnte John, als der Kleine munter auf und ab hopste. »Wenn ich ein Pferd wäre, hätte ich im Stall geschlafen!«

Charmaine unterdrückte ein Kichern. Pierre rutschte von John herunter und quetschte sich in den Spalt zwischen seinem Bruder und der Wand. Dann schob er den Daumen in den Mund und kniff die Lider zusammen.

Als Charmaine ins Speisezimmer kam, saß Paul allein am Tisch, trank seinen Kaffee und las die Zeitung. Bei ihrem Anblick huschte ein Lächeln über sein Gesicht. »Welche Überraschung! Weshalb sind Sie denn schon so früh am Tag aus den Federn?«

»Ich weiß es nicht«, erwiderte sie, beeindruckt von seinem Charme. »Ich nehme an, ich konnte einfach nicht mehr schlafen.« *Dumme Antwort! Sag ihm einfach die Wahrheit… deshalb bist du doch hier!*

»Welches Glück, dass ich von Ihrer Schlaflosigkeit profitieren darf.«

Er erhob sich und rückte ihr den Stuhl zurecht. Sie atmete heftig. Seine Gegenwart lähmte sie, und der Duft seines Rasierwassers stieg ihr zu Kopf. Dagegen verblassten die gespenstischen Eindrücke der vergangenen Nacht.

Fatima brach den Bann, indem sie Paul sein Frühstück servierte, nach Charmaines Wünschen fragte und ihnen dann noch frischen Kaffee einschenkte.

»Ich bin froh um diesen ungestörten Augenblick«, sagte Paul. »Ich muss außerdem einiges mit Ihnen besprechen.«

»Mir geht es genauso ...«

Als er lächelte, zögerte sie und wartete, dass er zuerst das Wort ergriff.

»Am Montag werde ich nach Espoir segeln«, sagte er.

»Für lange?« Eine kindische Frage, aber er schien sich trotzdem darüber zu freuen.

»Nein, nur für zwei Wochen – oder auch drei. Ich habe die Insel in letzter Zeit etwas vernachlässigt, aber es gibt Wichtiges zu tun, das sich nicht länger aufschieben lässt.«

»Zwei Wochen?« Sie war enttäuscht. Wie schnell sich die frohe Stimmung dieses Morgens doch verdüsterte.

»Die Zeit wird schneller vergehen, als Sie glauben. Warum sind Sie so bedrückt? Doch nicht wegen John? Er hat Sie hoffentlich nicht wieder belästigt, oder?«

»Nein, nein, ganz im Gegenteil. Er war die Woche über ausgesprochen höflich zu mir.«

Paul runzelte die Stirn. »Das ist mir auch aufgefallen. Aber was bedrückt Sie dann?«

Charmaine wollte schon etwas sagen, aber dann überlegte sie es sich anders. »Es ist nichts.«

»Sind Sie sicher?«

»Aber natürlich. Sorgen Sie sich nicht. Es wird uns wunderbar gehen.«

Nachdenklich betrachtete er Charmaine, während Fatima den Teller vor sie hinstellte. »Was machen die Kinder?«

»In den letzten Tagen waren sie sehr glücklich – besonders in Johns Gesellschaft.«

»John?« Paul schien irritiert, dass sie einfach den Vornamen benutzte. *Wir werden ja sehen, wer der bessere Spieler ist.* »Das gefällt mir nicht. John sollte sich nicht sooft mit den Kindern abgeben. Er hat einen schlechten Einfluss auf sie.«

Noch vor einer Woche hätte Charmaine ihm zugestimmt. Aber in den letzten Tagen hatte John sich vorbildlich benommen.

»Ich werde das unterbinden. Ich will nicht, dass John aus meiner Abwesenheit Vorteile zieht.«

»Sie wollen das unterbinden?« *Leichter gesagt als getan!* Mit dem Aufpassen hatte es angefangen, dann waren die Unterrichtsstunden gefolgt, und nun hatte er sogar bei den Kindern geschlafen. Ein Blick in Pauls Gesicht – und sie wünschte, dass er nie die Wahrheit erfuhr. »Ich glaube nicht, dass Sie Ihren Bruder so einfach herumkommandieren können. Er kommt und geht doch, wie es ihm gefällt.«

»Ich werde mit ihm reden. Meiner Meinung nach wäre etwas mehr Zurückhaltung angebracht.«

»Aber nicht doch!«

Ihre Heftigkeit überraschte ihn. »Und warum nicht?«

»Ich wollte nur sagen, dass … dass das nicht nötig ist. Man sticht nicht unnötig in ein Hornissennest. John war in letzter Zeit sehr freundlich zu mir, und die Kinder freuen sich über seine Besuche. Wenn Sie ihm verbieten, sich in unser Leben einzumischen, wird er genau das tun. Sie kennen ihn doch. Wenn Sie dagegen nichts sagen, wird ihm die Sache von allein langweilig.«

Paul dachte nach. »Wahrscheinlich haben Sie recht«, sagte er dann zu ihrer Erleichterung. »Nun gut. Während meiner Abwesenheit muss John mich ohnehin auf Charmantes vertreten. Das sollte ihn den Tag über beschäftigen. Dennoch sollten Sie sich in Acht nehmen. Ich kenne meinen Bruder gut, und ich kenne seine kleinen Spielchen. Er könnte auch die Kinder benutzen, um mit Ihren Gefühlen zu spielen. Aber ich lasse nicht zu, dass er Sie verletzt.«

Sicher war diese Ritterlichkeit echt, dachte Charmaine. Trotzdem lächelte sie nur halbherzig, aß rasch ihren Teller leer und verabschiedete sich von Paul.

Oben im Korridor trat John mit verschlafenen Augen aus seiner Tür. Mit Sicherheit freute er sich schon auf die nächste Nacht im eigenen Bett.

»Guten Morgen … oder was auch immer.« Er schloss den obersten Knopf an seinem Hemd. »Haben Sie überhaupt geschlafen?«

»Ja, kurz vor der Dämmerung bin ich eingenickt. Schlafen die Kinder noch?«

»Nein, sie sind hellwach und betteln schon die ganze Zeit, dass sie wieder das Fohlen besuchen dürfen. Außerdem planen sie eine Überraschung. Wir dachten, dass Sie noch schlafen, und ich habe ihnen eingeschärft, Sie nicht zu stören. Sie ziehen sich gerade allein an. Sogar Pierre – auch wenn er vielleicht seine Hose verkehrt herum anzieht. Als ich in mein Zimmer gegangen bin, steckte sein Bein gerade im Ärmel seines Hemds. Trotzdem hat er meine Hilfe abgelehnt.«

»Ich verstehe.« Charmaine kicherte.

»Ich kann gern mit den Kindern frühstücken, wenn Sie sich noch ein Weilchen ausruhen möchten.«

Etwas mehr Zurückhaltung. Charmaine erschrak. Womöglich saß Paul noch beim Frühstück. »Vielen Dank, aber das ist nicht nötig«, erwiderte sie etwas heftig. »Trotzdem danke ich Ihnen für das Angebot«, fügte sie noch schnell hinzu.

»Gibt es einen Grund, warum ich nicht mit den Kindern frühstücken soll?«

»Nein«, log sie, um sein Misstrauen nicht zu wecken. Musste sie von nun an immer die Balance zwischen den beiden Brüdern wahren? Innerlich stöhnte sie. »So früh am Morgen kann ich Ihre Hilfe unmöglich in Anspruch nehmen. Aber begleiten dürfen Sie uns natürlich gern. Die Aufsicht der Kinder liegt nun einmal in meiner Verantwortung.«

»Das ist richtig«, sagte er, doch seine gerunzelte Stirn ließ Zweifel daran aufkommen.

»Er ist so schön!«, rief Jeannette und streichelte das Fell des Fohlens.

»Nicht nur schön«, berichtigte ihre Schwester, »sondern prachtvoll. Erinnerst du dich an Rusty, Johnny?«

»Aber natürlich«, antwortete er, während er Phantom sattelte. »Warum?«

»Weißt du noch, als du Jeannette und mir das Reiten beigebracht hast?«

»Hm.«

»Seit er tot ist, sind wir nie mehr zusammen geritten. Die anderen Pferde sind alle zu groß für uns.«

John schnallte den Sattelgurt fest. »Ja, so ist das nun einmal.«

»Wenn wir doch wieder ein Pony hätten …«

»Was willst du damit andeuten, Yvette?« Er drehte sich zu ihr um. »Hoffst du, dass ich euch ein Pony kaufe?«

»Oh, das wäre wunderbar, Johnny!« Ihr Gesicht glühte förmlich vor Begeisterung. »Zwei Ponys wären natürlich noch besser. Eines für mich und eines für Jeannette. Bitte, sag ja!«

Jeannette strahlte mit ihrer Schwester um die Wette, und John musste unwillkürlich lächeln. »Mal sehen«, sagte er dann und griff nach Phantoms Zügeln. »Na los, macht ein bisschen Platz. Ich muss in die Stadt und einige Geschäfte bei der Bank erledigen.«

»Ausgerechnet am Samstag und so früh am Morgen?«

»Mal sehen, ob ich den guten Mr. Westphal dazu zwingen kann, seine Bank vor neun Uhr aufzusperren. Womöglich treffe ich ihn ja noch in Nachthemd und Schlafmütze an.«

Jeannette und Yvette kicherten.

John wollte gerade den Stall verlassen, als Charmaine und Pierre eintraten. Sie hatte einen Brief in der Hand, den sie am Tag zuvor an Gwendolyn Browning geschrieben hatte, und wollte John bitten, ihn mitzunehmen, wenn er ohnehin in die Stadt ritt.

»Was höre ich denn da?« Er lachte leise. »Sie wollen mir ein so persönliches Anliegen anvertrauen?«

Sofort bedauerte Charmaine ihre Bitte. »Es tut mir leid, dass ich überhaupt gefragt habe!«

»Aber, aber.« Wieder lachte er. »Deswegen müssen Sie doch nicht gleich beleidigt sein. Geben Sie den Brief schon her. Ich werde ihn zuverlässig abgeben.«

Ihre Blicke waren so scharf wie Dolche. Dass er nie eine Gelegenheit ausließ, um sich über sie lustig zu machen!

Je länger sich der Vormittag hinzog, desto quengeliger wurden die Kinder. Nach dem Lunch schlug Charmaine ein Schläfchen vor. Yvette protestierte zwar, doch fünf Minuten später schlief auch sie tief und fest. Charmaine nahm das Vampirbuch an sich, das Yvette inzwischen ausgelesen hatte, und schlich auf Zehenspitzen aus dem Zimmer. Sie wollte das Buch in die Bibliothek zurückbringen und sich selbst ein neues aussuchen.

Zu ihrer Überraschung saß John am Schreibtisch in der

Bibliothek und hatte den Kopf in den Händen vergraben. Er war so tief in Gedanken versunken, dass er ihre Gegenwart gar nicht bemerkte.

»Sir?«, fragte sie leise.

Er hob den Kopf, aber gleich darauf wandte er den Blick ab und wischte sich mit dem Ärmel über die Augen. Sie waren glasig, ja, gerötet, was nach einer schlaflosen Nacht kein Wunder war. Ob er noch immer an die seltsamen Vorfälle dieser Nacht dachte?

»Sir, geht es Ihnen gut?«

»Sir?«, äffte er sie nach und sah sie endlich an. »Ich dachte, wir hätten diese Förmlichkeit letzte Nacht hinter uns gelassen. Nennen Sie mich einfach John. Das gefällt mir besser.«

»Also gut«, sagte sie etwas zögernd, weil sie an Pauls Warnungen denken musste.

»Ich bin vor zwei Stunden aus der Stadt zurückgekommen, aber unseren kleinen Geist habe ich noch nicht gesehen. Ob er nur in der Nacht zum Vorschein kommt?«

»Was wollen Sie denn von Joseph?«

»Seinetwegen war ich heute Morgen auf der Bank, und jetzt würde ich ihm gern die Quittung geben, bevor er behauptet, dass ich ihm sein Geld gestohlen habe.«

»Die Quittung?« Charmaine war erstaunt. »Haben Sie seinen Dollar etwa auf ein Konto eingezahlt?«

Unwillig sah er sie an. »Ja, auf ein Sparkonto.«

»Natürlich.« Sie nickte und grinste.

»Ihrer Meinung nach war ich sicher zu mild, nicht wahr?«

»O nein, Sir… ich meine, John.«

Die Gouvernante machte sich einen Spaß mit ihm, und das gefiel ihm nicht. »Sind Sie aus einem bestimmten Grund hier, Miss Ryan?«

Sie sah auf das Buch in ihrer Hand hinunter und wurde ernst. »Ich bin froh, dass Sie Joseph so verständnisvoll behandelt haben. Mit Yvette verhält sich das etwas anders.«

Er runzelte die Stirn. »Mit Yvette? Warum das?«

»Die Kleine ist sicher klug, aber ihre Eskapaden geraten zunehmend außer Kontrolle. Nach dem Tod ihrer Mutter war ich anfangs großzügig. Dieses frühreife Benehmen war auf jeden Fall besser als Lethargie, und ihre Streiche haben auch Jeannette wieder zum Lachen gebracht. In letzter Zeit jedoch hat sie jede Zurückhaltung verloren.«

John schnaubte. »Ich würde mich viel mehr um Jeannette sorgen.«

»Um Jeannette?«

»Richtig. Das Mädchen ist einfach zu gut, einfach viel zu freundlich. Im Gegensatz zu Yvette, die selbstbewusst für sich eintritt und sich nicht manipulieren lässt, ist sie ein unschuldiges Ding, das leicht zu verletzen ist.«

Charmaines Staunen verschaffte ihm eine kleine Pause. So viel hatte er eigentlich gar nicht sagen wollen. »Yvette wurde in eine vermögende Familie hineingeboren«, fügte er noch an, »und jetzt spielt sie das reiche Mädchen.«

»Das verwöhnte reiche Mädchen«, korrigierte Charmaine vorsichtig. »Ihrer Mutter würde das nicht gefallen. Colette hat von ihren Kindern immer gute Manieren verlangt und Mildtätigkeit und Fürsorge über den Reichtum gestellt. Yvette hat dies früher immer respektiert und auf den kleinsten Verweis ihrer Mutter reagiert.«

Johns Blick trübte sich. »Ihre Meinung in allen Ehren, Miss Ryan, aber ich halte Mut und Verwegenheit für klüger, als sich stets in Bescheidenheit zu üben.«

Montag, 4. September 1837

John lümmelte in einem Ledersessel und ließ eines von Pierres Klötzchen durch seine Finger gleiten. Ungeduldig wartete er auf das Ende von Pauls Vortrag, der ihm gegenüber hinter dem großen Schreibtisch thronte. Paul hatte schon gestern Abend mit ihm reden wollen, aber John hatte ihn gebeten, die Sache auf Montag zu verschieben, da er sehr müde war und lieber am Morgen vor sieben Uhr aufstehen wollte. Und da saß er nun, der Frühaufsteher und nicht gerade der ernsthafte Geschäftsmann, den Paul erwartete.

»So weit die Lage unserer Finanzen. Irgendwelche Fragen?« Paul sah von seinen Papieren auf und verlor sofort die Geduld. »Warum grinst du so?«

»Wegen dir, Paulie. Du nimmst das alles so furchtbar ernst.«

»Damit hast du, verdammt noch mal, recht …«

»Ich weiß wirklich nicht, wo Vater und ich ohne dich wären«, unterbrach John ihn vergnügt.

»Du sitzt nur da und grinst, aber dies ist kein Spiel. Eines Tages wird es ein bitteres Erwachen für dich geben, aber dann ist es vielleicht zu spät. Heule mir dann bloß nicht vor, dass dir ein Vermögen durch die Finger geglitten ist.«

»Wessen Vermögen, Paul? Vaters oder mein eigenes?«

»Du weißt genau, dass alles dir gehört, sobald Vater nicht mehr lebt.«

»Das einzige Vermögen, um das ich mich sorge, ist das, was ich selbst verdient habe.«

»Du selbst?«, spottete Paul. »Abgesehen von deinem Lohn kontrollierst du außerdem Vaters Schiffsunternehmen und die Plantagen. Das und sein guter Name sind dir doch eine große Hilfe, wenn es gilt, dein eigenes Vermögen zu mehren.«

»Ich wäre ja verrückt, wenn ich das nicht ausnützte«, entgegnete John ruhig. »Andererseits profitieren Vaters Geschäfte auch von meiner Großzügigkeit.«

»Wie soll ich das verstehen?«

»Nimm zum Beispiel die Lieferungen für die Inseln, die ich regelmäßig ohne Entgelt durchführen lasse: Mehl, Mais, Nahrungsmittel, Tabak ...«

»Was alles auf Duvoisin-Land gewachsen ist, John! Auf Land, das deiner Familie seit drei Generationen gehört ...«

»Und erzeugt von Arbeitern, die ich aus meiner eigenen Tasche bezahle. Dafür werde ich nicht entschädigt.«

»Das war deine Entscheidung!«, empörte sich Paul. »Niemand hat dich gezwungen, deine Sklaven freizulassen. Man könnte das Land für einen Bruchteil dessen bestellen, was du deinen Pächtern zahlst.«

»Ja, Paul, meine Narretei und mein Gewissen ...«

»Gewissen?«, schnaubte Paul höhnisch. »Welches Gewissen denn? Das sind doch nur Sklaven!«

»Das ist richtig, Paul, es sind nur Sklaven. Fatima ist auch nur eine Köchin und Buck nur ein Vorarbeiter. Du warst noch nie bei einer Sklavenauktion. Wenn du das auch nur ein Mal gesehen hättest, wärst du nur noch angeekelt und würdest diese Erniedrigung ablehnen.«

Paul atmete heftig aus. Diese Diskussionen führten zu nichts. Schon vor Jahren hatte Colette ihn gelehrt, dass die Gegner der Sklaverei logischen Argumenten nicht zugänglich waren.

»Lass es gut sein, John. Ich habe dich nicht um dieses Gespräch gebeten, um mit dir zu streiten. In diesem Punkt sehen wir die Dinge offenbar anders. Aber jetzt hast du mich lange genug abgelenkt.«

»Ich wusste ja nicht, dass du ein Ziel hattest.«

Paul überhörte die Bemerkung. »Die Vorräte auf der Insel schrumpfen zusehends. Trotz deiner sogenannten ›Großzügigkeit‹ haben wir seit Monaten keine Lieferungen mehr erhalten.«

»Das muss ein Irrtum sein. Bevor ich nach New York gereist bin, habe ich im Lagerhaus Anweisung gegeben, deine letzte Bestellung bis spätestens Mitte April auszuliefern. Deutlicher hätte ich mich nicht ausdrücken können …«

»Nun – hier ist jedenfalls kein Schiff angekommen.«

»… es sei denn, ich hätte es ihnen aufgemalt.«

Paul runzelte die Brauen. »Sag jetzt nicht, dass sich unsere Vorräte auf dem Schiff mit den fehlenden Papieren befanden!«

»Fehlende Frachtpapiere? Um die Papiere kümmere ich mich nicht.«

»Das ist richtig – du zeichnest höchstens Bilder darauf!«

John lachte leise. »Aber, Paulie, das war doch nur ein Scherz!«

»*Ein Scherz?* Nennst du das so?«

»Wo ist denn nur dein Humor geblieben? Warum beschwerst du dich eigentlich, da du die Ladung ja erhalten hast?«

»Weil ich«, stieß Paul zwischen zusammengebissenen Zähnen hervor, »die Ladung umgehend an dich zurückgeschickt habe, lieber Bruder!«

»An mich? Und warum, in Gottes Namen?«

»Du hast dieses Durcheinander verschuldet. Ich bezahle meine Männer nicht, um im Bauch des Schiffes herumzuwühlen und die Fässer aufzubrechen, um Inventarlisten anzulegen und herauszufinden, was uns gehört.«

»Wovon redest du?«

»Das Schiff ist ordnungsgemäß hier eingelaufen, und zwar von Liverpool aus mit einer Ladung, die für Richmond bestimmt war. Dein unfähiger Kapitän hat unsere Vorräte angeblich auf deinen Befehl hin im hintersten Teil des Frachtraums verstaut, sodass unsere Fässer beim Laden in Liverpool unter der neuen Fracht begraben wurden.«

»Ich gebe keine Anweisungen, wie die Fracht zu laden ist«, entgegnete John. »Das ist Stuarts Aufgabe, und der weiß, was er tut. Das Durcheinander muss also in England entstanden sein.«

Diese Entgegnung war deutlich. Vermutlich hatte man den Kapitän unter Druck gesetzt, möglichst bald den Anker zu lichten und den Hafen zu verlassen. Also hatte er versäumt, die Ladung seines Schiffes umzuschichten und die englischen Güter übereilt an Bord genommen.

»Die britischen Papiere waren in Ordnung«, fuhr John fort, »und die Fässer für die Inseln waren mit dem Wappen der Duvoisins markiert. Und dir war es nicht möglich, die Fässer für die Inseln anhand der Markierungen von der übrigen Fracht zu trennen?« Er lachte lauthals. »Stattdessen schickst du die ganze Ladung zurück!«

»Ich finde das nicht komisch, John!«

»Ich schon!« John wischte sich die Tränen aus den Augen. »Sag, Paulie, hast du vielleicht deine Hose mit einem Rock vertauscht, bevor du diesen Entschluss gefasst hast?«

Paul sah düster drein. »Lach nur, solange du willst! Als das Schiff mit der Ladung zurückkam, hast du dich wohl kaum über den Verlust gefreut, oder etwa doch?«

»Welchen Verlust? Zu dieser Zeit war ich nicht in Virginia, sondern in New York.«

»Guter Gott!« Paul explodierte. »Ist dir klar, was das bedeutet?«

John schmunzelte. »Entweder befinden sich die Fässer wieder im Lagerhaus und verlieren täglich an Wert. Was mich jedoch nicht trifft, da ich sie ohnehin nicht berechnet habe. Oder Stuart hat angenommen, dass du die Vorräte nicht brauchst, und Fässer samt Inhalt inzwischen versteigert. Das beschert uns Einnahmen, mit denen wir nicht gerechnet haben. An deiner Stelle würde ich beten, dass die Sachen noch im Lagerhaus sind. Sicher ist das keineswegs.«

»Verdammt, John, deine großartige Idee mit den neuen Schiffsrouten funktioniert einfach nicht! Ich verlange, dass du die Sache in Ordnung bringst, bevor der Tag vorüber ist!«

»Und wie soll ich das deiner Meinung nach machen?«

»Schreibe an Edward Richecourt und veranlasse, dass er umgehend eine neue Ladung auf den Weg bringt. Und zwar ohne Umweg über New York, Baltimore oder Europa. Das Schiff soll auf direktem Weg von Richmond nach Charmantes segeln, und zwar innerhalb der nächsten vier Wochen und mit korrekten Frachtpapieren. Außerdem erwarte ich, dass eines der Schiffe von nun an wenigstens ein Mal monatlich zwischen Charmantes und Richmond pendelt.«

»Ausgerechnet Edward Richecourt? Dieser unfähige Mensch hat doch keine Ahnung, wie man so etwas macht. Lass mich das auf meine Art erledigen. Wenn ich allerdings eines meiner Schiffe von der normalen Route abziehen muss, so werde ich dem Inselkonto sämtliche Kosten in Rechnung stellen. Wenn du verlangst, dass ein

Schiff halb leer zwischen den Inseln und Richmond pendelt und jeweils Steine als Ballast laden muss, so solltest du eines deiner neuen Schiffe dafür einsetzen. Auf diese Weise würde das Familienunternehmen auch von deiner Großzügigkeit profitieren.«

»Tu einfach, was ich von dir verlange, John. Für die Bezahlung werde ich schon sorgen.«

John stand auf, doch Paul hielt ihn zurück. »Das war noch nicht alles.«

»Nein? Was hast du denn noch auf dem Herzen?«

Paul überhörte den spöttischen Ton. »Ich wäre froh, wenn du während meiner Abwesenheit auf Espoir ein Auge auf Charmantes hättest. Besonders auf den Tabak, mit dem wir noch keine Erfahrung haben.«

»Warum, zum Teufel, hast du ihn dann gepflanzt?«

»Das ist mir selbst nicht ganz klar. Seit ich weiß, wie viel zusätzliche Arbeit daran hängt, wünschte ich, dass ich mich für Kakao entschieden hätte. Aber dafür ist es jetzt zu spät. Harold, George und Wade bewältigen die tägliche Arbeit gut, aber zusätzlich braucht Charmantes eine fähige und geübte Hand.«

»Willst du die Insel denn wirklich meinen unfähigen Händen anvertrauen?«

»Ich habe nie behauptet, dass du unfähig bist, John. Du ärgerst mich nur viel zu gern. Falls es Schwierigkeiten gibt – und das ist während meiner Abwesenheit die Regel –, verfügst du über mehr Autorität als George.«

»Keine Sorge. Du wirst nichts auszusetzen haben.«

»Gut.« Paul nickte zufrieden und war zum ersten Mal an diesem Morgen erleichtert. Dann fiel ihm noch etwas ein. »Es gibt noch etwas, John«, sagte er trotz Charmaines Bedenken. »Ich möchte mit dir noch über die Kinder sprechen.«

John sah seinen Bruder an. »Was gibt es?«

»Ich will nicht, dass du dich in ihr Leben einmischst, sie vom Unterricht ablenkst oder den Nachmittag über Kindermädchen spielst.«

»Ich wusste gar nicht, welch scharfe Augen du hast und woher du das alles weißt, obwohl du doch ständig arbeitest. Gibt es etwa einen Spion im Haus?«

»So etwas brauche ich nicht. Ich habe schließlich Augen im Kopf. Du weißt, dass es Vater nicht recht ist, wenn du zu viel Zeit mit den Kindern verbringst.«

»Dass es ihm nicht recht ist? Das ist mir einerlei. Ich werde die Kinder besuchen, und zwar, wann und wie oft ich das möchte. Das kannst du ihm ausrichten.«

»Verdammt, John! Wann hörst du endlich auf, ihn ständig zu verletzen?«

»Ich verletze ihn? Und was ist mit mir? Es hat Zeiten gegeben, da hast du zu mir gehalten!« Mit verächtlicher Miene fügte er hinzu: »Erinnere dich, Paul – er hat mit der Sache angefangen!«

»Und er hat dafür bezahlt.«

»Hat er das? Nun gut. So gesehen habe ich das auch.«

3

Sonntag, 10. September 1837

Eine Stunde vor der Messe erklärte Yvette, dass sie nicht daran teilnehmen wolle. »Die Bänke sind viel zu hart, und Father Benito redet immer dummes Zeug. Wenn Johnny nicht zur Messe geht, warum dann ich?« Charmaine redete dem Mädchen gut zu, sie beschwor es, und zuletzt drohte sie, die Sache mit ihrem Vater zu besprechen – aber ohne Erfolg.

John! Sie kochte innerlich. *Alles seine Schuld!* Seit seiner Ankunft hatte sie ihn noch kein einziges Mal in der Kapelle gesehen. Es war nur natürlich, dass Yvette Pauls Abwesenheit ausnutzte, um die Autorität ihrer Gouvernante gegen Johns auszuspielen. *Na gut, das werden wir ja sehen*, dachte sie, während sie zu Frederics Räumen stürmte.

Aber sie kam nicht weit. Im selben Moment verließ Agatha den südlichen Flügel und versperrte den Weg. Seit der Misshandlung des kleinen Pierre hatten sie so gut wie kein Wort mehr miteinander gewechselt, und Charmaine hatte nicht die Absicht, das jetzt zu tun. Mit kurzem Nicken wechselte sie die Richtung und ging stattdessen die Treppe hinunter.

Nachdem der erste Zorn verraucht war, kehrte die Vernunft zurück. An wen konnte sie sich wenden? Wer konnte eine bockige Achtjährige überzeugen, dass der Besuch der Messe für ihre Seele wichtig war? Rose? Vielleicht. John? Fast hätte sie gelacht. Er war schließlich die Wurzel allen Übels.

Andererseits wusste John von nichts. Wenn er von ihrem Problem hörte, würde er vielleicht sogar zusammen mit Yvette in die Kapelle gehen. Hatte er ihr nicht schon einmal geholfen?

Sie fand ihn im Esszimmer, wo er sich ganz allein ein ausgiebiges Frühstück genehmigte, während sich die übrige Hausgemeinschaft vor der heiligen Kommunion im Fasten übte. Unter der Woche hatte sie John kaum zu Gesicht bekommen, weil er Paul während seiner Abwesenheit vertrat. Trotzdem hatte er morgens, bevor er das Haus verließ, kurz mit den Kindern gespielt und sich auch abends hin und wieder mit ihnen beschäftigt. Es fiel ihr inzwischen zwar leichter, mit John zu sprechen, aber dieses Anliegen war besonders schwierig, und so trat sie nur zögernd an den Tisch.

»Verzeihen Sie, Sir.«

Er hob den Blick von der Zeitung. »Miss Ryan«, sagte er steif, weil ihm ihre Förmlichkeit auf die Nerven ging. »Kann ich etwas für Sie tun?«

»O ja, das können Sie wirklich.« Sie zauberte ein strahlendes Lächeln auf ihr Gesicht.

Die Mühe wurde belohnt. Er erwiderte ihr Lächeln. Hatte sie ihn entwaffnet, oder musste sie sich auf eine spöttische Bemerkung gefasst machen?

»Worum geht es denn?«, fragte er stattdessen.

»Ich möchte Sie einladen, mit uns zur Messe zu gehen.« Sorgfältig erwog sie jedes Wort. »Die Kinder würden sich über Ihre Gesellschaft freuen.«

Das Lächeln erlosch, aber eine Ablehnung war das noch nicht.

Sie nahm allen Mut zusammen, um seine Begeisterung

vielleicht doch noch zu wecken. »Unter anderem geht es um Pierre. Er ist manchmal etwas unruhig. Wenn Sie bei ihm wären… Sie verstehen sich doch so gut mit ihm…«

»Ach wirklich?« Mit stahlhartem Blick sah er sie an. »Ganz schön doppelzüngig, Miss Ryan, aber ich durchschaue Sie. Sie erflehen meine Hilfe, wenn Sie Ihnen nützt, und dann beklagen Sie sich bei meinem Bruder.«

»Ich fürchte, ich verstehe Sie nicht.«

»Ach nein? Nun gut, lassen wir das.«

Das Schweigen dehnte sich.

»Gibt es noch etwas, Miss Ryan? Ich würde sonst gern mein Frühstück fortsetzen.«

Mutlos ließ Charmaine die Arme sinken. »Wollen Sie es sich nicht noch einmal überlegen?«, brach es schließlich aus ihr heraus.

»Miss Ryan«, sagte er betont langsam, »als Junge musste ich unendlich viele Predigten von Father Benito über mich ergehen lassen. Das reicht mir bis in alle Ewigkeit. Damals hatte ich keine Wahl – aber nun werde ich den Teufel tun und mir auch nur eine einzige anhören! Ich brauche keine sogenannten Priester, um meine Seelenqual zu bemessen. Das vermag ich selbst am besten. Beantwortet das Ihre Frage?«

»Das kann doch nicht Ihr Ernst sein!«

»Haben Sie noch immer nicht begriffen, dass ich stets meine, was ich sage? Offenbar nicht. Aber ich sage es Ihnen gern noch einmal: Ich werde weder Sie noch die Kinder zur Messe begleiten. Nicht heute, nicht nächste Woche… niemals!«

»Aber Sie müssen doch in die Messe gehen!« Charmaine wurde immer wütender. Mit seinen heidnischen Reden brachte er das ganze Haus in Unordnung. Es war an der Zeit, dass ihm das jemand sagte. »Mag sein, dass

Sie sich keinen Deut um Ihr Seelenheil scheren, aber es ist nicht hinnehmbar, dass Ihnen die Seelen der Kinder nicht am Herzen liegen!«

Verwundert zog John eine Braue in die Höhe. »Was haben die Kinder damit zu tun?«

»Alles und noch mehr! Sie sollten die Auswirkungen Ihres schlechten Beispiels nicht unterschätzen. Was sollen die Kinder denken, wenn sie Woche für Woche erleben müssen, wie Sie Gott zurückweisen, indem Sie der Messe fernbleiben? Wie soll ich ihnen das erklären?«

»Eine Einladung stelle ich mir eigentlich anders vor«, spottete John. »Ich dachte, Sie sorgten sich um meine arme Seele.«

»Keine Angst«, entgegnete sie spitz. »Wie konnte ich nur so dumm sein und glauben, dass man Menschen wie Sie bekehren könnte!«

»Eine höchst christliche Unart«, bemerkte er kalt.

»Weshalb verspotten Sie meine Überzeugungen?«

»Weil diese Überzeugungen meiner Meinung nach nichts wert sind.«

»Oh, Sie … Sie …«

»Halunke? Ungläubiger?«, bot er an. »Nein, Teufel passt Ihrer Meinung nach sicher besser ins Bild.«

»Teufel passt perfekt!«, rief sie aufgebracht, doch im nächsten Moment bereute sie ihre Worte. »Es tut mir leid. Ich wollte Sie nicht beschimpfen.«

»Ach nein? Wollten Sie mir lieber eine Moralpredigt halten?« Ihr Angriff ärgerte ihn. Schließlich war sie nur eine Angestellte. Als sie schwieg, fuhr er fort. »Eines will ich ein für alle Mal klarstellen, Miss Ryan: Ich hasse alle – und besonders rechthaberische Frauen, die meinen guten Willen missverstehen und meinen, dass sie mich nach ihren Maßstäben formen können. Für den Moment haben

Sie und ich zu einer Art Waffenstillstand gefunden, aber ich verspreche Ihnen, dass ich diese Übereinkunft sofort aufkündige, wenn Sie mich manipulieren wollen.«

Der kalte Ton ließ keinen Zweifel daran, dass sie zu weit gegangen war. Sie hatte das Problem von der falschen Seite angepackt und musste um ihrer Selbstachtung willen einen Weg finden, um den freundschaftlichen Umgangston der letzten vierzehn Tage wiederzufinden. »Sir, das war wirklich nicht meine Absicht.«

»Und worum ging es eigentlich?«

»Das sagte ich bereits – es geht mir nur um die Kinder, vor allem um Yvette. Sie will nicht zur Messe gehen, ›weil Johnny auch nicht geht‹. Ich hoffte, dass sie ihre trotzige Haltung aufgeben würde, wenn Sie uns zur Kapelle begleiten.«

Charmaine konnte förmlich sehen, wie ihm alle möglichen Entgegnungen durch den Kopf schossen. Doch als er endlich antwortete, verschlug es ihr die Sprache.

»Lassen Sie Yvette doch einfach bei mir zu Hause. Die Gläubigen sollen sich nach dem Ritual der Messe verzehren, oder nicht?« Der Sarkasmus war nicht zu überhören. »Aus welchem Grund sollten wir Yvette also zwingen, wenn Father Benitos Predigten sie ohnehin nicht begeistern?«

Sie sprechen von der Seele eines Kindes, John! Eine Kinderseele, die verloren ist, wenn sie nicht an den heiligen Zeremonien teilnimmt, die Sie ins Lächerliche ziehen. Ich fasse es nicht, dass Sie einem Kind eine so schwerwiegende Entscheidung überlassen wollen!«

Trotz ihres neu entflammten Zorns blieb er ruhig. »Welchen Bedarf hätte denn eine unschuldige Achtjährige an diesem Heilsversprechen? Für eine unvoreingenommene Antwort ist Ihre Meinung zu festgefahren, Miss Ryan.

Welche Sünden könnte dieses Mädchen in seinem kleinen Leben bereits auf sich geladen haben, die sie für alle Ewigkeiten von Gottes Barmherzigkeit ausschließen? Welche Moral könnte Father Benito sie lehren, die ihr die eigene Familie nicht beibringen kann?«

»Ich bin sprachlos!«, empörte sich Charmaine. »Wenn ihre Mutter noch am Leben wäre, könnte ich Ihnen vielleicht zustimmen. Aber selbst Mistress Colette hat ihr christliches Leben nicht allein auf gute Taten beschränkt, sondern ihre Kinder Sonntag für Sonntag in die Kirche geführt. Verstehen Sie mich? Es wäre Colettes Wunsch gewesen.«

»Bei Gott, Frau!« Aufgebracht schlug John mit der Faust auf den Tisch. »Was bringt Sie auf den Gedanken, dass ich auch nur einen Penny für Mistress Colettes Wünsche geben könnte?«

»Weil ...«, stammelte Charmaine, »weil Mistress Colette eine liebenswerte, feinfühlige Person war, die ihren Glauben gelebt hat und auch ihre Kinder darin geborgen wissen wollte.« Sie redete und redete, obgleich sie am liebsten flüchten wollte. »Colette war die Frau Ihres Vaters und die Mutter Ihrer Geschwister. Also sollten Sie ihre Wünsche respektieren!«

»Miss Ryan«, unterbrach er sie heftig, »ich fürchte, Mistress Colette war völlig anders als die Frau, die Sie zeichnen, und meine Gefühle ihr gegenüber waren keineswegs edel. Sie hätte nie Mrs. Frederic Duvoisin werden sollen. So gesehen habe ich sie in dieser Rolle noch weniger geschätzt als die dritte Mrs. Duvoisin. Also lassen Sie die Gespenster ruhen. So früh am Morgen kann ich solch frommes Gerede beim besten Willen nicht verkraften!«

Ohne Gedanken an einen würdigen Abgang zu verschwenden, stürzte Charmaine wortlos davon.

Colette, liebe süße Colette! Wie konnte dieser Mensch sie nur so verunglimpfen? Sie konnte es nicht verstehen und musste an Pauls Worte denken: *Obwohl Colette immer lieb und freundlich zu ihm war, hat sie durch ihn leiden müssen.* So war es – das war die Wahrheit! Wie hatte sie nur glauben können, dass dieser Mann irgendwie anders sein könnte als der erste Eindruck, den sie gewonnen hatte? Welche Närrin sie doch war! Paul hatte sie gewarnt, und doch hatte sie seinen Rat in den Wind geschlagen und John gestattet, sich mit den Kindern anzufreunden. Kein Wunder, dass Paul besorgt war. John war ein schlechter Mensch, und zum Glück hatte sie ihn durchschaut, bevor es zu spät war.

Als Charmaine ins Kinderzimmer zurückkam, wirkte Yvette verunsichert. »Haben Sie mit Papa gesprochen?«

»Nein, aber mit deinem Bruder.«

»Mit Johnny?«

»Ich dachte, dass er dich überzeugen könnte, aber er hat sich geweigert. Er hat sich sogar über den Glauben deiner Mutter lustig gemacht. Wirklich schade, dass du mehr auf ihn als auf deine gütige Mutter hören willst.«

Jeannette rutschte vom Bett herunter. »Tut Yvette Mama weh, wenn sie nicht mit zur Messe geht?«

»Ich fürchte, ja«, flüsterte Charmaine.

»Habe ich es dir nicht gesagt, Yvette? Du darfst Mama nicht wehtun! Nur wenn sie sich über uns freut, kann sie Frieden finden.«

Rose kam herein. »Was ist los?«, fragte sie angesichts der betretenen Gesichter. »Selbst bei einer Beerdigung sind die Leute fröhlicher.«

Das war zu viel. Jeannette brach in Tränen aus, und Yvettes Miene verfinsterte sich zusehends.

Rose schnalzte mit der Zunge. »Was ist denn nur los, mein Kind? Weine doch nicht!«

»Yvette will nicht zur Messe gehen«, heulte Jeannette. »Es ist ihr egal, ob Mama …«

»Das habe ich nicht gesagt«, fiel Yvette ihr ins Wort. »Außerdem habe ich meine Meinung längst geändert. Ich gehe ja mit, Jeannette, hör bloß auf zu weinen. Bitte!«

Die Nacht war rabenschwarz, und der offene Wagen schwankte leicht, als er an Fahrt gewann. In der Dunkelheit war die staubige Straße kaum zu erkennen und so trügerisch, dass die unerfahrene Lenkerin von Angst ergriffen wurde. Sie zerrte an den Zügeln, woraufhin das Pferd scheute und wieherte. Doch dann verfiel es in eine langsamere Gangart. Obgleich etwas mehr Licht hilfreich gewesen wäre, wagte die Frau nicht, die Laterne anzuzünden. Irgendwann wurde die Straße ebener, und kurz darauf tauchte seitlich vom Weg schwacher Lichtschein zwischen den Bäumen auf. Ein kurzer Ruck am Zügel, und schon bog das Pferd mit verminderter Geschwindigkeit ab, bis es vor einem einsamen Gebäude inmitten des Waldes zum Stehen kam und der eigentliche Teil der Unternehmung begann. Die Lenkerin entstieg der Kutsche und strich ihre schwarzen Röcke glatt, die bis auf den Boden reichten. Obgleich sie vorsichtig auftrat, verriet der knirschende Kies unter ihren Sohlen jeden ihrer Schritte. Als sie die Stufen hinaufstieg, wurde die Tür bereits geöffnet.

»Sie haben sich verspätet«, tönte eine dunkle Stimme aus dem Inneren. »Um ganze sechs Stunden.«

Die Frau trat ein, und sofort schloss sich die Tür hinter ihr. Gleichmütig streifte sie die Handschuhe ab, schlug die Kapuze ihres Umhangs zurück und sah ihrem Gegenüber direkt in die Augen. »Ich habe gesagt, dass ich komme, und ich habe Wort gehalten.«

Sie war wütend, wie er an ihrem entschlossen vorgereckten Kinn und dem durchdringenden Blick erkannte, und zugleich beunruhigt, was ihre verächtliche Miene kaum verbarg.

»Offenbar sind Sie der Meinung, dass Sie mich warten lassen können«, bemerkte er kalt. »Aber ich warte nie auf jemanden. Am wenigsten auf Leute wie Sie!«

»Wie können Sie es wagen …«

»Mrs. Duvoisin«, entgegnete er verärgert. »Ich gebe Ihnen einen Rat: Versuchen Sie keine Spielchen. Sie sind aus einem höchst verwerflichen Grunde hier, der sich nicht plötzlich in Wohlgefallen auflöst, wenn Sie ihn nicht zur Kenntnis nehmen. Oder wenn Sie sich verspäten. Ich sage es nur ein Mal: Ich bin weder vergesslich noch tolerant. Seien Sie also beim nächsten Mal pünktlich, oder meine Geduld wird reißen, bevor noch die erste Stunde abgelaufen ist.«

»Beim nächsten Mal? Ich versichere, dass es kein nächstes Mal geben wird«, zischte sie erbost. »Sie sind verrückt, wenn Sie glauben, dass das so weitergeht.«

»Ganz im Gegenteil. Sie werden mich nicht nur weiterhin bezahlen, sondern von heute an sogar die doppelte Gebühr für mein Schweigen entrichten.«

»Ich habe Ihnen wirklich schon genug gegeben!«

»Wenn dem so wäre, so wären Sie heute Abend nicht hier, nicht wahr?« Er hielt inne, um seine Worte wirken zu lassen. »Ich entscheide, wann ich genug bekommen habe. Selbst die doppelte Summe ist für die Frau von Frederic Duvoisin nicht ungewöhnlich. Sehen Sie sich doch nur an, welche Höhen Sie inzwischen erklommen haben. Ist das denn nicht das Einzige, was zählt – in welchem

Maß Sie von den Plänen und Intrigen profitiert haben? Warum also teilen Sie Ihren Gewinn nicht mit einem, der Sie so gut versteht?«

»Ich habe keine Ahnung, wovon Sie reden!«

»Ach nein? Ob Ihr Mann sich wohl für Ihr Doppelleben interessiert? Es gibt auch noch eine andere Theorie, mit der ich öfter in Gedanken spiele... Womöglich fände Frederic einen Besuch von mir äußerst... nun, sagen wir, äußerst aufschlussreich?«

»Es gibt Mittel und Wege, um Sie daran zu hindern!«

Sein Blick wurde scharf. »Wollen Sie mich zum Narren halten, Madame? Ich hoffe nicht – und das zu Ihrer eigenen Sicherheit. Falls Sie versuchen sollten, mich loszuwerden, kommt die Wahrheit unweigerlich ans Licht.«

Er sah, wie ihre Angst wuchs, und nickte. »Genau. Ich habe Vorsorge getroffen. Aber nun will ich Sie endlich von Ihrer Last befreien.«

Er trat einen Schritt auf sie zu und nahm ihr den kleinen Beutel aus den Fingern. Er öffnete ihn, befingerte kurz den Inhalt und zog die Schnüre mit einem zufriedenen Nicken wieder zusammen. »Ausgezeichnet, fürwahr. Von heute an treffen wir uns jeden zweiten Samstag, pünktlich um drei Uhr. Ich freue mich schon auf Ihre Besuche. Gute Nacht, Mrs. Duvoisin.«

»Am Samstag? Warum ausgerechnet am Samstag?«

»Der Grund ist überaus einleuchtend. Falls Sie eine Verabredung versäumen, so kann ich am Sonntagmorgen mit einem Steinwurf gleich zwei Vögel erledigen.« Er lachte in sich hinein und freute sich sichtlich an seinem Wortspiel. »Ihr Mann wird sicher nicht erfreut sein, wenn er mich sieht. Unser letztes Treffen war ja schon verhängnisvoll genug. Das nächste könnte womöglich tödlich enden.« Sein scharfer Blick hielt sie in seinem Bann, bis sie sich fürs Erste geschlagen gab.

Montag, 18. September 1837

Die Kinder schliefen bereits, als Charmaine völlig erschöpft ins Bett sank. Die letzte Woche war nicht leicht gewesen, und diese hatte bereits schlecht begonnen. Es hatte jeden Tag geregnet, sodass sie ständig ans Haus gebunden waren. Doch schlimmer war noch, dass John die Kinder so gut wie nie besuchte, was Langeweile und Verdruss zur Folge hatte. Sie fragten ständig nach ihm, aber er entschuldigte sich immer aufs Neue mit der vielen Arbeit während Pauls Abwesenheit und stempelte seinen Bruder somit zum Tyrannen. Ungeachtet dessen flüchtete sich auch Charmaine in diese Schwindelei, sobald die Kinder sich beklagten. Sie wusste nicht recht, wie es nach Pauls Rückkehr weitergehen würde, aber darum musste sie sich heute noch nicht sorgen. Paul hatte ihnen eine Nachricht geschickt, dass er noch eine Woche länger auf Espoir aufgehalten wurde. Falls es weiter regnete, hieß das, dass sie auch weiterhin ans Haus gefesselt waren und John noch eine Woche lang beschäftigt war. Charmaine hegte den starken Verdacht, dass er ihnen in einer Art Trotz aus dem Weg ging. Sicherlich könnte er genau wie früher hin und wieder etwas Zeit für die Kinder abzweigen, wenn es ihn wirklich interessierte.

Wenn John sich einmal eine Meinung über jemanden gebildet hat, dann ändert er sie nur selten. Offenbar hatte er seine schlechte Meinung über sie nicht wirklich geändert. Und das trotz seiner Freundlichkeit bis zum letzten Sonntag. Wie hatte er es formuliert? Eine Art Waffenstillstand? Ein Waffenstillstand besiegelte das Abkommen zweier Feinde. Also betrachtete John sie noch immer als Feindin. Warum machte ihr das nur so zu schaffen?

Sie hatte kurz erwogen, ihm seine lästerlichen Bemerkungen zu vergeben, da sie in der Hitze des Gefechts gefallen waren. Aber als sie einander auf dem Weg zur Messe begegnet waren, hatte sie den Gedanken sofort wieder verworfen. »Wie ich sehe, haben Sie gesiegt, Miss Ryan«, hatte er spöttisch bemerkt und Yvette dabei angesehen. Das war zu viel! Sie hatte innerlich gekocht und sich kaum auf die Messe konzentrieren können. Dieser Mann war unverbesserlich. Nein, schlimmer noch, barbarisch, ohne Grundsätze und unfähig, sich mit zivilisierten Menschen zu verständigen. Ein solcher Mann verdiente keine Gnade.

Dennoch ging er ihr nicht aus dem Kopf, und sie dachte oft an Millie Thornfields Bemerkung, als diese ihr einmal das Bad gerichtet hatte. »Meine Mum mag Master John. Sie sagt, dass ein Mann, der seine Schwestern und Brüder so sehr liebt, ein gutes Herz hat.« Ob Johns Liebe zu den Kindern echt war? Oder waren seine Absichten hinterlistig? Stand er auf der Seite der Engel oder des Teufels? Sie schüttelte ihr Kissen auf und beschloss, auch weiterhin wachsam zu bleiben.

Donnerstag, 21. September 1837

Mit Mühe erklomm der kleine Pierre die Stufen der Veranda und schwankte ein bisschen, als er oben angekommen war. Dem Aussehen nach hatte er keine Ähnlichkeit mit dem jüngsten Lord der Insel, sondern eher mit einem Gassenkind ohne Familie und Obdach. Sein Gesicht war schwarz verschmiert, seine Kleider waren beschmutzt und die Schuhe voller Matsch. Keuchend und stolz schleppte er eine Angel, die doppelt so groß war wie er selbst, durch die Säulenhalle.

Urplötzlich wandelte sich der Tag zur Nacht, und nur ein paar Sekunden später öffnete sich der Himmel und schickte wahre Sturzfluten auf die Erde hinunter. Charmaine war überzeugt, dass ihre schlimmsten Befürchtungen wahr geworden waren. Sie nahm ihre Wanderung durch das Wohnzimmer wieder auf, bis einige Unruhe sie ins Foyer lockte.

»Oh, Miss Ryan, sehen Sie nur, was uns der Sturm ins Haus geblasen hat.« Travis Thornfield schob ihr das verdreckte Kerlchen hin. »Ich glaube, er braucht unbedingt Ihre Hilfe.«

»Ich kümmere mich um ihn«, erwiderte sie ohne Zögern. Als die Ängste schwanden, zitterte sie vor Erleichterung. »Wo hast du nur gesteckt, Pierre? Weißt du, wo ich überall nach dir gesucht habe?« Dem kleinen Kerl stiegen die Tränen in die Augen. »Ach, Pierre!«, schluchzte Charmaine und bereute ihre Vorwürfe. Ohne Rücksicht auf die verdreckten Sachen schloss sie den kleinen Mann fest in die Arme und herzte ihn, obwohl er ekelerregend nach totem Fisch roch. »Eigentlich müsste ich dich verhauen, weil du mir solche Angst gemacht hast.«

Sie hatte nicht bemerkt, dass John sich plötzlich über sie beugte. »Wenn Sie jemanden bestrafen, dann sollten Sie sich an mich halten.«

Charmaine richtete sich auf. »Wie konnten Sie den Jungen nur ohne meine Erlaubnis mitnehmen?«

»Aber, Miss Ryan«, versuchte er in pikiertem Ton zu

beschwichtigen, »hat Rose Ihnen denn nicht gesagt, dass er in guten Händen ist?«

»Das hat sie! Trotzdem hätten Sie meine Erlaubnis einholen müssen!«

»Ihre Erlaubnis?«

»Ganz richtig – meine Erlaubnis! Ich bin für den Jungen verantwortlich und nicht Sie! Ich wusste den ganzen Tag über nicht, wo Pierre war. Wer weiß, was ihm alles hätte zustoßen können!«

»Miss Ryan«, zischte John, »ich bin doch kein Luftikus. Ich bin durchaus in der Lage …« Er schüttelte den Kopf, doch er zwang sich zur Ruhe. »Ich entschuldige mich für Ihre Ängste – aber um Pierres Wohlergehen müssen Sie sich wirklich nicht sorgen.«

»Warum haben Sie ihn dann hinter meinem Rücken entführt?«

»Ich habe ihn doch nicht entführt.« John war empört. »Ich habe mich nur an Rose gewandt, weil ich genau diesen Disput vermeiden wollte, den wir jetzt führen.«

»Und wie hätte ich Pierres Vater erklären sollen, wo sich sein Sohn befand, wenn er im Kinderzimmer nach ihm gefragt hätte? Es hätte ihn bestimmt nicht begeistert, dass jemand seinen Sohn ohne mein Wissen entführen konnte.«

John ballte die Fäuste und hielt einen Augenblick lang die Luft an. »Aber er ist nicht gekommen, oder?« Als sie schwieg, entspannte er sich wieder. »Ich hoffe, dass Sie Ihre Lehren daraus ziehen und vielleicht eines Tages sogar zugeben können, dass man mir Kinder anvertrauen kann. Trotz Ihrer Bedenken – die mein Bruder vermutlich geschürt hat – habe ich Pierre gesund nach Hause gebracht. Zwar etwas schmutzig, aber dafür glücklich! Zumindest war er das, bis Sie ihm den Spaß verdorben haben.«

Mit großen Augen sah Pierre zu seiner Gouvernante auf. »Bitte, nicht böse sein, Mainie!« Er schnüffelte. »Wir haben geangelt. Es war so lustig.«

Das kleine Stimmchen rührte Charmaine. »Ich bin nicht böse auf dich.« Sie fasste den Jungen an der Hand und warf John einen finsteren Blick zu, bevor sie sich zur Treppe wandte.

Aber Pierre machte sich los. »Erst will ich meine Fische sehen!«

»Deine Fische?« Erst jetzt sah Charmaine die Angel und nahm auch einen deutlichen Fischgeruch wahr.

»Ja, die wir in meinem Boot geangelt haben.«

»In deinem Boot?« Charmaine sah, dass John lächelte.

»Johnny hat es mir zum Geburtstag geschenkt.«

»Wie großzügig von ihm«, bemerkte Charmaine, »aber du hast doch heute gar nicht Geburtstag.«

»Ich weiß, aber das Boot weiß das nicht. Wir haben so getan, als ob ich Geburtstag hätte.«

John grinste, und der kleine Pierre strahlte über das ganze Gesicht. Dagegen war Charmaines Zorn machtlos. »Und wo sind deine Fische?«

»Hier!« John hob einen Haken in die Höhe, an dem ein paar Fische baumelten.

»Ich will sie ins Wasser legen und sehen, wie sie schwimmen«, erklärte Pierre.

»O nein.« John lachte und hob die Fische hoch, dass Pierre sie nicht mehr erreichen konnte. »Wir bringen sie lieber zu Cookie. Sie soll sie uns zum Dinner braten.«

»Wir sollen sie essen?« Pierre war besorgt. »Das will ich aber nicht. Ich will, dass sie schwimmen.«

»Aber sie können …«, begann John, dann fuhr er fort: »… komm mit!«

Ein paar Minuten später starrten sie in eine große

Schüssel voll Wasser, in der die Fische lagen. Pierre stupste einen an und wunderte sich, dass nichts geschah. »Warum schwimmen sie denn nicht?«

»Weil sie tot sind«, bemerkte John gleichmütig.

»Tut ihnen das weh?«

»Ich glaube nicht. Vielleicht freuen sie sich sogar, wenn die beste Köchin der Welt sie ...«

»Ach, hören Sie auf, Master John«, wehrte Fatima ab.

»... und ein Kenner der feinen Küche und alles Essbaren wie unser George sie sich schmecken lässt!«

Wie auf ein Stichwort kam George in die Küche und wunderte sich über Pierres Kichern. »Worüber lacht er?« Sein Blick wanderte von der lächelnden Charmaine zur verlegenen Köchin und weiter zu seinem grinsenden Freund.

»Über tote Fische«, sagte John. »Nur über ein paar tote Fische.«

Sonntag, 24. September 1837

Als Frederic Duvoisin gegen Mittag ins Kinderzimmer kam, befürchtete Charmaine, dass der geplante Ausflug ins Wasser fallen könnte. Aber Frederic nickte nur, als die Mädchen ihm erklärten, dass sie am Nachmittag in die Stadt fahren würden.

»Ich bleibe nur einen Augenblick«, sagte er, woraufhin sich Charmaine in ihr Zimmer zurückzog, damit die Kinder und ihr Vater ungestört waren.

John hatte lange geschlafen, und es war bereits früher Nachmittag, als er endlich sein Zimmer verließ. Als er an der Kinderzimmertür klopfen wollte, ließ ihn die Stimme seines Vaters blitzschnell anderen Sinnes werden. Rasch änderte er sein Ziel. Lunch…

Vom Treppenabsatz aus fiel sein Blick auf einen großen Fremden in der Halle, der eingehend Colettes Porträt betrachtete. Seine Sonntagskleidung war sichtlich zerschlissen, aber seine selbstsichere, ja, arrogante Haltung ging John gegen den Strich. Als ob der Mann ein Recht hätte, sich in diesen Räumen aufzuhalten!

»Verzeihen Sie«, sagte er und ging die letzten Stufen hinunter. »Kann ich Ihnen helfen?«

Der Fremde löste seinen Blick von dem Bild und sah John an. »Ja, das können Sie.« Dann nahm er ihn genauer in Augenschein. »Sind Sie John?«

»Der bin ich.« John war verblüfft. »Und wer sind Sie?«

»Wade Remmen«, sagte der Mann und streckte ihm die Hand entgegen.

John trat einen Schritt nach vorn und schüttelte sie. »Aha – der berühmte Mr. Remmen«, sagte er mit leisem Spott. »Ich habe schon viel von Ihnen gehört.«

»Genau wie ich, und zwar mehr, als Sie sich träumen lassen.«

John zog eine Braue in die Höhe. *Selbstbewusst*, dachte er. *Kein Wunder, dass Paul ihm Verantwortung übertragen hat.* »Was kann ich für Sie tun, Mr. Remmen?«

Wade sah auf die Papiere in seiner Hand hinunter. Er reichte sie John. »Ihr Bruder sagte, dass Sie ihn in seiner Abwesenheit vertreten. Wie Sie wissen, wurde er aufgehalten. Die Papiere enthalten die Aufstellung aller Holzlieferungen der letzten vierzehn Tage und eine Liste der Lieferungen, die nach Espoir gegangen sind.«

John sah die Rechnungen nur flüchtig an. »Ich sorge dafür, dass mein Bruder sie bekommt.«

»Ich bedauere, aber ich muss die Listen unterschrieben

im Laden abliefern. Ich wäre Ihnen dankbar, wenn Sie die Papiere unverzüglich durchsehen könnten.«

»Mr. Remmen, heute ist Sonntag. Ich ehre diesen Tag.«

Wade runzelte kurz die Stirn. »Nun gut. Wenn Sie mir die Papiere morgen zur Mühle schicken, kann ich sie nach der Arbeit in die Stadt bringen.«

»Ich habe einen besseren Vorschlag«, sagte John. »Ich bringe sie morgen selbst zum Laden. Was halten Sie davon?«

»Ein ausgezeichneter Vorschlag.«

John geleitete den Mann zur Tür und starrte dann kurz auf die Papiere hinunter. Einen Augenblick später stürmte er, zwei Stufen auf einmal nehmend, die Treppe empor und platzte, ohne anzuklopfen, ins Kinderzimmer. Jeannette thronte auf dem Schoß ihres Vaters, Pierre spielte zu seinen Füßen, und Yvette las ihnen eine Geschichte vor. Die Gouvernante war nirgendwo zu sehen.

Frederic sah überrascht auf, als Yvette ihren Bruder mit dem Satz »Wo kommst du denn her? Joseph sagte, dass du noch schläfst« begrüßte.

»Ich habe etwas für Vater«, sagte er knapp und legte die Papiere auf das Pult, das dem Sofa am nächsten stand. »Wade Remmen hat diese Papiere soeben gebracht. Sie müssen bis morgen Vormittag unterschrieben sein.«

»Wade?«, rief Jeannette aufgeregt. »Ist er noch da?«

»Ich habe ihn soeben zur Tür geleitet.«

Hastig sprang die Kleine vom Schoß ihres Vaters und flitzte quer durch den Raum davon.

»Was ist denn los?«, rief Frederic ihr nach. Doch statt einer Antwort rannte Jeannette auf die Veranda, um noch einen Blick auf Wade Remmen zu erhaschen.

Yvette verdrehte die Augen. »Sie ist verliebt.«

Frederic lachte ungläubig. »Wirklich? In Mr. Remmen?«

»Nur weil Mama einmal gesagt hat, wie gut er aussieht.«

Frederics Augen verdüsterten sich.

»Was ist los, Papa?«, fragte Yvette.

»Nichts«, stieß Frederic heftig hervor.

John war ebenso verblüfft, doch als er das Gefühl hatte, dass sein Vater mit ihm sprechen wollte, war er blitzartig aus der Tür, ohne auf das Gejammer seiner Schwestern Rücksicht zu nehmen.

»Darf es sonst noch etwas sein, Miss Ryan?«

»Nein ...« Unentschlossen strich Charmaine über die teuren Stoffe, doch als Maddy Thompson die Ballen ins Regal räumen wollte, besann sie sich. »Wenn ich es recht überlege ... ich nehme den karierten Taft und den blauen Musselin.«

»Das wird aber nicht ganz billig.«

»Das ist mir klar«, murmelte Charmaine.

Ein wenig später trat sie mit ihrem Päckchen aus der Tür. Obwohl sie fast ihr ganzes Geld ausgegeben hatte, stand sie zu ihrem Entschluss. In vier Tagen hatten die Mädchen Geburtstag. Es war der erste Geburtstag ohne ihre Mutter, und den wollte Charmaine so fröhlich gestalten, wie sie vor neun Monaten den ihren gefeiert hatten. Sie seufzte. Der Gedanke an Colette ließ den Verlust plötzlich doppelt schmerzlich erscheinen. Um nicht melancholisch zu werden, dachte sie an die Mädchen. Als Liebesbeweis würde sie die nächsten Nächte mit Nähen verbringen.

Sie blinzelte in die Sonne und machte sich auf den Weg zum Mietstall. George saß noch immer auf den Planken des Gehwegs und spielte mit Pierre, während die Zwillinge auf den Fässern neben ihm herumkletterten. Charmaine packte das kleine Paket fester und bahnte sich einen Weg zwischen den vielen Spaziergängern hindurch.

»Haben Sie alles bekommen?«, fragte George.

»O ja, und ich danke Ihnen, dass Sie inzwischen die Kinder gehütet haben.«

»Es war mir eine Freude.« Er stand auf und nahm Pierre auf den Arm. »Es ist doch eine gute Sache, dass der Laden auch am Sonntag geöffnet hat, nicht wahr?«

Charmaine sparte sich die Antwort. Das Thema wurde auf der Insel eifrig diskutiert. Sie selbst hielt nichts von Besorgungen am Sonntag, aber heute machte sie eine Ausnahme, weil George ihr seine Dienste als Kindermädchen angeboten hatte. *Haltet den Tag des Herrn heilig*. Charmaine achtete dieses Gebot und war damit die große Ausnahme unter den Kirchgängern, die jeden Sonntag nach der Messe Father Benitos Drohungen der ewigen Verdammnis in den Wind schlugen und ihre Läden öffneten.

»Möchten Sie zum Haus zurück?«, fragte George. »Oder wollen Sie lieber Stephen Westphal besuchen?«

Sein Scherz entlockte ihr ein Kichern. »Ich fürchte, wir müssen zurück, sonst kommen wir zu spät zum Dinner.«

»Noch nicht«, protestierte Yvette, »wir haben doch Gummy noch nicht gesehen.«

»Wen?«

»Gummy Hoffstreicher. Erinnern Sie sich – der Junge, der George und Johnny immer die Sandwiches geklaut hat? Er kommt jeden Tag hier vorbei.«

»Aber, Yvette«, tadelte Charmaine. »Dieser Gummy ist doch ein Mensch und keine Sehenswürdigkeit! Wenn du ihn triffst, behandelst du ihn hoffentlich wie einen Menschen.«

Yvette verdrehte die Augen, was George zum Einlenken veranlasste. »Es tut mir leid, Charmaine, aber das Ganze war nur ein Scherz.«

»Das weiß ich, George, und ich mache auch nicht Sie dafür verantwortlich …«

Rufe aus Richtung des Hafens schnitten ihr das Wort ab, und um sie herum drängten die Menschen plötzlich zum Kai. »Was ist los?«

»Offenbar kommt ein Schiff.« George beschattete seine Augen, um besser sehen zu können.

Charmaine tat es ihm nach und konzentrierte ihren Blick auf einen weißen Fleck am äußersten Ende der Bucht. Dabei wurden sie von der Menge weiter zum Kai geschoben.

»Siehst du etwas?« Aufgeregt zupfte Yvette George am Ärmel. »Woher kommt das Schiff? Kannst du die Flagge erkennen? Ist es unseres?«

»Ja«, rief George. »Es müsste eigentlich die *Gemini* sein. Die *Raven* erwarten wir erst nächste Woche. Vermutlich ist Paul an Bord.«

»Na wunderbar«, brummte Yvette missmutig.

Die Bemerkung konnte Charmaines Freude nicht trüben. Sie sah zu, wie das Schiff immer größer wurde und die weißen Masten vor ihr emporwuchsen. Endlich würde alles in Ordnung kommen.

Zehn Minuten später legte das Schiff unter Ächzen längsseits am Kai an. Voller Bewunderung sah Charmaine zu, wie Paul die Mannschaft befehligte und wie damals, vor einem Jahr, beim Vertäuen des Schiffes half. Heute sah er womöglich noch besser aus, dachte sie, und dabei klopfte ihr Herz so heftig, dass sie die Augen abwenden musste.

Paul streifte sich das Hemd über, das er während der

Arbeit abgelegt hatte, und überließ den Matrosen die letzten Handgriffe. Als er über die Planken von Bord eilte, erspähte er zu seiner Überraschung das Begrüßungskomitee – vor allem Charmaine, deren Schönheit ihm schmerzvoll bewusst machte, wie sehr er auf Espoir die Gesellschaft einer Frau vermisst hatte. Als er auf sie zueilte, trafen sich ihre Blicke. War das *Lust*, was er in ihren Augen las? Als ob sie seine Gedanken erraten hätte, wandte sie das Gesicht ab. Paul dagegen konzentrierte sich ganz auf George, um seine Instinkte zu beruhigen.

»Willkommen, du müder Reisender«, begrüßte ihn dieser. »Wie gehen die Arbeiten auf Espoir voran?«

»Sehr gut, danke. Aber was ist das für ein unerwarteter Empfang?« Paul legte den Arm um Jeannette und sah wieder zu Charmaine hinüber. »Sie sehen wunderhübsch aus, Charmaine.«

»Sie nicht minder«, gab diese zurück. »Ich meine – Sie sehen gut aus.«

Die Mädchen lachten, als ihre Gouvernante errötete.

»Es geht mir auch gut. Besonders, wenn ich an Fatimas Kochkünste denke. Ich darf gar nicht erzählen, was Männer in einem Lager so alles kochen. Manches konnte man beim besten Willen nicht essen. Ich bin froh, wieder hier zu sein. Auf Espoir fühle ich mich noch nicht zu Hause.«

»Das kommt bestimmt noch«, sagte George. »Das braucht Zeit.«

»Vermutlich.« Er streckte die Arme nach Pierre aus. »Hast du mich denn vermisst, mein Kleiner?«

»Hm. Ich habe Hunger. Ich will nach Hause.«

»Und ich erst! Dann also los, gehen wir!«

George eilte zum Stall voraus, und Paul, Charmaine

und die Kinder folgten ihm gemächlich. »Ihr müsst mir unbedingt erzählen, was inzwischen passiert ist.« Die Worte waren zwar eindeutig an die Kinder gerichtet, doch sein Blick ruhte ständig auf ihrer hübschen Gouvernante.

Den Nachmittag über lief Frederic ruhelos in seinen Räumen auf und ab, und seine Zweifel wuchsen, je dunkler es wurde. Also war dieser Wade Remmen Colettes Liebhaber gewesen. Oder nicht? Sollte er den Mann rufen lassen, um ihn zu befragen? Er schnaubte. Der junge Mann würde alles abstreiten. Vielleicht konnte er ihm ja die Wahrheit an den Augen ablesen. Aber welche Folgen hätte das? Was konnte er tun? Was sollte er tun? Und was war mit den Kindern? Wollte er überhaupt, dass sie davon erfuhren? Wenn er die Sache verfolgte, würde alles unweigerlich ans Licht kommen. Doch die Kinder liebten ihre Mutter und hielten sie für einen Engel. Zu seinem Leidwesen musste er feststellen, dass er sie ebenfalls noch liebte. Trotz ihrer Untreue liebte er sie. Paul hatte recht: Colette *war* ein guter, ein wunderbarer Mensch. Und wenn sie sich wirklich noch einen Liebhaber genommen hatte, so doch nur seinetwegen und seiner bedauernswerten Verfassung wegen. Er wollte sie nicht länger für alles Elend verantwortlich machen, das ihm widerfahren war, und er weigerte sich, die Kinder mit Vermutungen über ihre untreue Mutter zu quälen. Sie sollten ihre Erinnerungen bewahren. Colette war tot und begraben – und die schmutzige Affäre ebenso. Nachdem er zu diesem Schluss gekommen war, streckte er sich auf seinem Bett aus und versuchte zu schlafen.

Eigentlich hatte Charmaine nähen wollen, doch nach drei vergeblichen Versuchen legte sie den Stoff beiseite. Sie konnte sich nicht auf die Arbeit konzentrieren, weil sie von beunruhigenden Gefühlen heimgesucht wurde. In einer Sekunde kribbelten ihre Fingerspitzen, und im nächsten Augenblick gaben ihre Knie nach. Sie dachte an den Augenblick im Hafen, an Pauls unbeschreiblichen Blick, und spürte wieder, wie ihr das Blut in den Kopf schoss und ihr ein wahrer Rausch in die Glieder fuhr. Selbst jetzt verging sie noch immer vor Sehnsucht. Guter Gott, was war nur los mit ihr?

Seit Pauls Ankunft hatte sie kaum ein Wort herausgebracht, und entsprechend froh war sie, als er sich nach dem Dinner mit John und George in die Bibliothek zurückzog und sie und die Kinder unauffällig verschwinden konnten. Zum Glück gingen die Kinder ohne große Proteste ins Bett und schliefen auch früher ein als sonst.

Am liebsten hätte sie im Garten noch ein wenig frische Luft geschnappt, doch sie schob den Gedanken sofort wieder von sich. Ein Spaziergang hätte vielleicht ihren Kopf geklärt, aber eine Begegnung mit Paul wollte sie nicht riskieren. Sie traute sich selbst nicht mehr über den Weg. Solange diese unerklärlichen Gefühle sie heimsuchten, wollte sie Paul um jeden Preis aus dem Weg gehen. Rasch kniete sie nieder, sprach ihre Gebete und legte sich schlafen.

Paul trat hinaus auf die Veranda. Es war ein produktives Gespräch gewesen, und morgen wollte er sich ansehen, was sein Bruder in seiner Abwesenheit geschafft hatte. George zufolge war er ihm eine unschätzbare Hilfe gewesen – besonders was die Produktion des Tabaks anging.

Wenn das der Wahrheit entsprach, würde er morgen nicht sofort in Arbeit versinken.

Dann dachte er wieder an Charmaine. Er sehnte sich nach einer Begegnung unter vier Augen, um zu vollenden, was er viel zu lange zurückgestellt hatte. Sie begehrte ihn so sehr, wie er sie begehrte. Doch sie hatte sich in ihr Zimmer zurückgezogen und ließ ihn zappeln. *Ob sie schon schlief?* Plötzlich verspürte er den Wunsch, das herauszufinden …

Die Kerze auf dem Nachttisch war fast heruntergebrannt, aber seine Augen gewöhnten sich rasch an das Dunkel. Er trat ans Bett und sah voll Sehnsucht auf sie hinunter … wie schön sie war! Dunkle Wimpern auf milchweißen Wangen, lockende, leicht geöffnete Lippen, eine Hand, die entspannt neben dem Kissen lag, und üppige Brüste unter dem dünnen Nachthemd. Wie sehr er sich danach sehnte, sie zu umarmen! Was würde sie tun, wenn er sie mit einem Kuss weckte? Sein Puls schlug schneller, als er seine Phantasie spielen ließ. Vielleicht würde sie sich wehren, was er erregend fände. Doch nein, das erste Mal sollte wie ein Erwachen sein, ein wunderbares Gefühl, nach dem sie immer wieder verlangte, vielleicht sogar flehte …

Mit diesem Gedanken zog er sich lautlos zurück. In dieser Nacht würde er keinen Schlaf mehr finden – *so viel war sicher*!

Charmaine riss die Augen auf und griff hilfesuchend nach ihrer Decke. Wie lange hatte sie die Luft angehalten? *Du hast sie gar nicht angehalten, Dummerchen! Du hast die Entspannung nur vorgetäuscht. Dabei hat dein Herzschlag so laut in deinen Ohren gedröhnt …* Sicher hat er das gehört! Wie hätte er es überhören können? Sie hatte auf einen Kuss gewartet, der niemals kam. Hatte gebetet, dass er es nicht tat – und genau das Gegenteil ersehnt. Und dann war er fort … *Fort!* Stöhnend drehte sie sich um und versuchte, ganz ruhig zu atmen, zu schlafen.

4

Donnerstag, 28. September 1837

»Willst du mich heiraten, Charmaine?«

Sanft klangen die Worte in ihrem Ohr und streichelten ihren Nacken, sodass sie im ersten Moment zu träumen meinte. Aber sie fühlte, wie er sie an sich zog, fühlte seinen Mund auf ihren Lippen und die verzweifelte Sehnsucht, die sowohl zu ihrem Körper als auch zu ihrem Herzen sprach…

Erschrocken fuhr sie hoch, und es dauerte fast eine ganze Minute, bis sich ihr heftig klopfendes Herz beruhigte. Als die Euphorie des Traumes der Wirklichkeit wich, stöhnte sie. Paul störte ihren Schlummer nun schon in der vierten Nacht, seit er sich in ihr Zimmer geschlichen und sie nur wortlos betrachtet hatte. Der immer wiederkehrende Traum war so lebendig, dass er sie noch Stunden später verfolgte.

Ein Traum, nur ein Traum! Wagte sie etwa, auf mehr zu hoffen – vielleicht auf die geflüsterten Worte, die sie bisher nur im Schlaf gehört hatte? Oder war die Unsicherheit ihr Schicksal – an einem Tag Hoffnungen zu hegen und am nächsten am Boden zerstört zu sein? Antworten gab es nicht, nur Wünsche und Sehnsüchte, die um das Wörtchen *vielleicht* kreisten. Statt noch lange zu grübeln, stieg Charmaine aus dem Bett und widmete sich ihren täglichen Pflichten.

Hufgeklapper lockte sie hinaus auf die Veranda, und

sie sah gerade noch, wie Paul auf seinen Schimmel stieg und durch das Tor galoppierte. Seit seiner Rückkehr war er ständig beschäftigt, sodass sie ihn kaum sah, als ob er sich noch auf Espoir befände. Ob er ihr absichtlich aus dem Weg ging? Nein, das war Unsinn. Sie wusste ja, wie viel er von sich verlangte. Es war gerade sechs Uhr morgens – und er war schon fort, vermutlich für den ganzen Tag. Wieder hieß es warten. Aber worauf? Auf den nächsten Besuch in ihrem Schlafzimmer? Da blieb er besser, wo er war.

Vergiss ihn, dachte sie und wandte sich ab, um sich anzuziehen. *Heute war der Geburtstag der Zwillinge. Das war genau die richtige Ablenkung*. Sie hatte ihnen versprochen, dass sie den Tag ganz nach eigenen Wünschen gestalten durften. Da würde schon keine Langeweile aufkommen.

Die Kinder hatten nichts von ihrer nächtelangen Arbeit mit Nadel und Faden mitbekommen und wussten auch nicht, dass sie die hübsch verpackten Geschenke erst vor ein paar Stunden auf dem Tisch im Speisezimmer aufgebaut hatte. Jeannette war bestimmt entzückt, wenn sie die Kleidchen für ihre Porzellanpuppe auspackte. Doch mit Yvette war die Sache schon schwieriger. Charmaine konnte nur hoffen, dass sie sich über die Reithose freute, die sie ihr genäht hatte. Agatha würde auf jeden Fall die Nase rümpfen, aber das war Charmaine egal. Außerdem war daran ohnehin nichts mehr zu ändern.

Als es an der Verbindungstür klopfte, stand Pierre davor und rieb sich den Schlaf aus den Augen. »Guten Morgen, kleiner Mann.« Sie nahm ihn in die Arme. »Deine Schwestern sind ganz schön faul, was? Sollen sie ihren Geburtstag verschlafen, oder wollen wir sie lieber aufwecken?«

»Aufwecken.« Er machte sich los und hüpfte auf Yvettes Bett.

Das Mädchen stöhnte, aber als sie begriff, dass der Geburtstag tatsächlich begonnen hatte, rannte sie quer durchs Zimmer und scheuchte ihre Schwester aus dem Bett. Als Charmaine etwas von Geschenken im Esszimmer sagte, waren die Mädchen blitzartig in den Kleidern und auf und davon.

Als Charmaine und Pierre zehn Minuten später ins Speisezimmer kamen, saßen die beiden mit leeren Händen am Tisch und starrten ihren älteren Bruder wütend an. Von Geschenken war weit und breit nichts zu sehen.

»Das ist unfair!«

John schlürfte seinen Kaffee und grinste. »Mag sein, aber dafür lustiger.«

Charmaine war verärgert. »Was soll das?«

»Guten Morgen, Miss Ryan«, begrüßte er sie fröhlich, ohne ihren Missmut zur Kenntnis zu nehmen.

»Guten Morgen«, erwiderte sie steif und setzte Pierre in seinen Stuhl.

John sah den Kleinen an. »Wie geht es dir, Pierre?«

»Gut. Gehen wir wieder angeln?«

»Heute nicht. Für heute habe ich andere Pläne.«

»Wo sind die Geschenke, die ich eingepackt habe?«, fragte Charmaine.

»Versteckt.«

»Versteckt? Und wer hat sie versteckt?«, fragte sie, obwohl das im Grunde nicht nötig war.

»Lassen Sie mich erklären, *my charm*. Erstens ist Suchen mindestens so spannend wie Auspacken, und zweitens sind ja nicht nur Ihre Geschenke versteckt. Rose hat mir auch noch ein paar gegeben, und außerdem gibt es noch zwei große, die ich …«

»*Wirklich?*«, riefen die Mädchen wie aus einem Mund. Ihre Enttäuschung war wie weggeblasen, und sie bombardierten ihren Bruder mit Fragen.

»Ich werde euch überhaupt nichts verraten.« Er lachte. »Es hat mich fast die ganze Nacht gekostet, um alles zu verstecken. Jetzt müsst ihr auf Schatzsuche gehen.«

»Auf Schatzsuche?«, fragten die Mädchen.

John bemerkte Charmaines Lächeln. »Offenbar gefällt Ihnen meine neue Präsentation?«

»Ehrlich gesagt, ja.« Sie konnte ihm nicht länger böse sein. Doch im nächsten Augenblick lenkte Yvette sie ab, als sie schon losstürmen wollte.

»O nein, junge Lady, zuerst wird gefrühstückt.«

»Aber …«

»Kein Aber«, mahnte John. »Außerdem gibt es noch einige Hinweise, die ihr vielleicht gern beim Frühstück hören möchtet.«

Yvette war sofort einverstanden, und die Mädchen aßen, so schnell sie konnten. Sogar Charmaine ließ sich mitreißen, als John alles versprach, aber im Grunde gar nichts verriet. Ob die Mädchen über ihre, Charmaines, Geschenke enttäuscht waren? Gegen Johns Schilderung der versteckten Herrlichkeiten wirkten sie armselig und klein.

»Eines müsst ihr noch wissen«, sagte John, als die Zwillinge vom Tisch aufstanden. »Bei einer Schatzsuche gibt es immer auch Feinde. Ihr müsst also aufpassen, dass ihr nicht erwischt werdet.«

»Erwischt? Von wem denn?«

»Von wem?« John lachte spöttisch. »Von Auntie Agatha zum Beispiel, der schlimmsten Feindin überhaupt!«

Wie leicht er die Kinder zum Lachen brachte!

»Lacht nicht«, ermahnte er sie mit ernstem Gesicht. »Wenn sie euch erwischt, ist der Spaß vorbei.«

»Ja, ja, schon gut.« Yvette zupfte Jeannette am Ärmel, und dann hüpften die beiden davon.

»Ich auch!« Pierre schob seine halbleere Schüssel weg.

Charmaine steckte die Serviette wieder fest. »Was, ich auch?«

»Ich will auch Geschenke sehen.«

»Wenn du aufgegessen hast.« Sie bot ihm einen Löffel voll Porridge an.

Aber Pierre packte den Löffel. »Ich will allein essen!«

Charmaine überließ ihm den Löffel und drückte ihm einen Kuss auf den Scheitel. Als sie sich ihrem eigenen Teller zuwandte, spürte sie, dass John sie ansah, und für eine Sekunde trafen sich ihre Blicke. Zu ihrer Überraschung blickte er rasch weg und widmete sich wieder seiner Zeitung.

»Guten Morgen allerseits!«, rief George schon im Foyer. Er erspähte die große Porridgeschüssel, zog sie zu sich heran und griff nach dem Servierlöffel. »Es will doch niemand mehr Porridge, oder?«

John amüsierte sich. »Iss ruhig alles allein auf. Die Schweine werden allerdings enttäuscht sein.«

George hörte gar nicht hin, sondern häufte noch Zucker und Sahne auf den Brei und aß dann zu Pierres Entzücken tatsächlich mit dem großen Löffel direkt aus der Schüssel.

»Ich nehme an, dass dich noch ein anderer Grund als nur das Frühstück hergeführt hat?«, fragte John.

»Noch ein anderer Grund? O ja. Das hätte ich fast vergessen. Der Geburtstag der Mädchen …«

Er sah, wie John leicht den Kopf schüttelte. *Zu spät!* Charmaine beäugte ihn misstrauisch. »Sie haben doch heute Geburtstag, oder?« Er wollte den Schnitzer gern ausbügeln.

»Das stimmt«, antwortete sie vorsichtig. »Aber das ist ja nichts Neues.«

»Ich frage mich nur, wie der Tag gefeiert wird? Haben Sie etwas Besonderes geplant?«

»Vorläufig nur die Geschenke und jetzt die Schatzsuche. Ich habe allerdings versprochen, dass heute der Unterricht ausfällt und die Mädchen selbst entscheiden dürfen, was sie machen wollen. Natürlich nur etwas Vernünftiges.«

»Natürlich.« George nickte und sah mit hochgezogenen Brauen zu John hinüber.

Charmaines Interesse war geweckt, aber John lächelte nur und lieferte keinerlei Anhaltspunkte.

»Ist alles gut gegangen, George?«, fragte er.

»Ich habe die Verladung heute Morgen überwacht, wenn es das ist, was du wissen willst.«

»Demnach ist alles in Ordnung?«

»So ist es. Ganz nach deinen Wünschen, nur …« George hob einen Finger in die Höhe. »Die Bezahlung ist noch nicht geregelt.«

»Wie bitte? Ich habe dir doch vor Wochen das Geld gegeben. Oder hast du das vergessen?«

»Nein, John, das habe ich nicht vergessen. Aber ich bin auch kein Idiot. Das Geld war für die P… äh, Ladung bestimmt, aber meine Ausgaben waren damit nicht gedeckt. Ich bin zwar dein Freund, aber gestern musste ich Paul eine Menge Zeit stehlen, um an deinem Projekt arbeiten zu können. Also schuldest du mir zumindest einen kleinen Ausgleich. Von Dank will ich gar nicht sprechen.« Er streckte John die geöffnete Handfläche entgegen.

Charmaine kicherte. Es sah aus, als ob er betteln wollte. Verblüfft verfolgte sie, wie John seine Brieftasche zückte und George ein Bündel Scheine in die Hand drückte, das ungefähr ihrem Wochenlohn entsprach. Welche Gefälligkeit war wohl eine so großzügige Gabe wert? George strich die Scheine glatt, zählte sie und grinste Charmaine an, als er sie in die Tasche steckte. War sie unfreiwillig Zeuge eines Geschäfts geworden? Irritiert sah sie zu John hinüber, doch der las bereits wieder in der Zeitung. Sie traute ihm nicht über den Weg. George dagegen war ihr Freund und wollte ihr nichts Böses. Außerdem würde er sie niemals anlügen. Sobald sie allein waren, wollte sie ihn ausfragen.

Ungeduldig hämmerte Pierre mit dem Löffel auf seinen leeren Teller. Rasch nahm Charmaine ihm das Werkzeug weg, was lautes Gebrüll zur Folge hatte.

»Es tut mir leid, Pierre, aber solchen Lärm macht man nicht.«

Aber das Geheul dauerte an. Pierre stieß die Milch weg, die sie ihm anbot, und drehte das Gesicht zur Seite, als sie ihm den Mund abwischen wollte.

Rasch stand John auf und kam herüber, woraufhin Charmaine den Löffel fester packte. Sicher wollte er ihre Autorität untergraben und ihn ihr aus der Hand reißen. Aber John beachtete sie gar nicht und hob Pierre in die Höhe. »Was soll das Theater? Du heulst doch nicht wegen eines Löffels, oder? Dann wärst du aber nicht der Pierre, den ich kenne. Ist das möglich? Der Pierre, den ich kenne, heult nämlich nie und ist immer freundlich, besonders zu Mainie. Habe ich recht?«

Die Tränen versiegten. »Ich bin aber Pierre«, jammerte der Kleine. »Aber ich muss Pipi.«

»Nein«, berichtigte John, »du musstest Pipi.«

»Ach, du lieber Himmel!« Plötzlich begriff Charmaine, warum er so gejammert hatte. »Komm, Pierre, wir gehen nach oben und ziehen dich um.«

Als sie die Arme nach dem Jungen ausstreckte, trat John einen Schritt zurück. »Ich trage ihn schon. Ihr Kleid muss nicht auch noch nass werden.«

Bevor sie etwas sagen konnte, ging er bereits in die Halle. Mit hängenden Schultern saß Jeannette auf der Treppe und hatte die Knie bis ans Kinn gezogen.

»Was ist los?«, fragte John. »Hast du schon alle deine Geschenke gefunden?«

»Nein.« Sie zog eine Schnute und starrte zu Boden. »Ich habe nur ein Geschenk gefunden… einen Stein. Yvette hat schon drei Sachen. Richtige Geschenke. Bonbons und ein Buch und eine Hose. Aber ich habe nur einen eingepackten Stein!«

»Vielleicht ist ja gar nicht mehr versteckt«, scherzte er.

»Sagen Sie doch so etwas nicht!«, zischte Charmaine. »Sonst heult sie auch noch.«

John nahm sich die Ermahnung zu Herzen. »Gib nicht so schnell auf, Jeannette. Es gibt ebenso viele Geschenke für dich wie für Yvette.«

»Aber wo sind sie denn? Ich habe doch schon überall gesucht!«

»Überall?«

»Ja, überall im Haus…« In diesem Augenblick dämmerte es ihr. »Sie sind gar nicht im Haus versteckt, oder?«

»Es gibt nur einen Tipp, habe ich gesagt.«

Aber das genügte. Blitzschnell stürmte Jeannette die Stufen hinunter und aus der Haustür. John musste den ganzen Weg bis zum Kinderzimmer schmunzeln.

Er hat ebenso viel Spaß wie die Mädchen, dachte Charmaine.

»Setzen Sie ihn aufs Bett«, rief sie über die Schulter und holte frische Sachen und ein Handtuch aus dem Schrank.

John lud seine nasse Last ab. Dann breitete er die Arme

aus und betrachtete sein nasses Hemd und seine durchweichte Jacke. Charmaine hielt mitten im Schritt inne, warf alles bis auf das Handtuch auf einen Stuhl und lief auf ihn zu. »O nein! Ihre Jacke ist ruiniert! Und erst Ihr Hemd!« Ohne lange zu überlegen, rieb sie das Hemd mit dem Handtuch trocken, doch als ihr bewusst wurde, was sie tat, ließ sie erschrocken die Hände sinken. Sie wich einen Schritt zurück und sah betreten zu ihm auf. »Es… es tut mir leid!«

Er rührte sich nicht, und seine Arme hielten noch unverändert den Raum umfasst, wo sie soeben noch gestanden hatte. Mit schiefem Lächeln genoss er ihre Verlegenheit.

»Ich … ich muss mich um Pierre kümmern.«

»O ja«, sagte er und lachte. »Und ich muss fort, bevor ich weiteres Unheil anrichte, das sich nicht nur mit einem trockenen Tuch reparieren lässt.«

Nach dem Umziehen gingen Charmaine und Pierre hinaus auf den Balkon, um nach Jeannette Ausschau zu halten. Unten öffnete sich die Haustür, und gleich darauf gerieten John und George in ihr Blickfeld. John hatte ein frisches Hemd angezogen, dazu eine rehbraune Hose, Reitstiefel und Kappe. Offenbar wollte er mit George ausreiten.

Charmaine konnte zwar kein Wort der Unterhaltung zwischen den beiden Männern verstehen, aber schon ihre Haltung bezeugte, welch tiefe Freundschaft sie verband. Auch nach sechs Wochen wunderte sich Charmaine noch immer. Ein leises Lachen, ein Kopfschütteln, eine Hand, die eine Bemerkung unterstrich, und der Arm, der sich um die Schulter des Freundes legte. Die meisten Brüder wären auf eine solche Freundschaft eifersüchtig.

Ein entzücktes Quietschen ertönte, als die Zwillinge

aus dem Stall auf ihren Bruder zustürmten. Yvette erreichte ihn als Erste und umschlang ihn mit aller Kraft. »Oh, sie sind wunderschön, Johnny! Wo hast du sie denn her?«

Seine Antwort war zu leise, als dass Charmaine sie verstehen konnte. Aufgeregt hüpften die Mädchen um ihren Bruder herum und zerrten ihn an den Armen zum Stall hinüber. »Wir können ja gleich loslegen!« Als John etwas sagte, blieben die Mädchen stehen. »Ja, gern!« Jeannette lachte.

»Komm, wir holen sie!«, rief Yvette. Als sie sich umdrehte und zum Haus hinübersah, entdeckte sie Charmaine auf der Veranda. »Da ist sie ja!«

Die Gruppe kam ein Stück weit über die Wiese auf sie zu. »Mademoiselle Charmaine!« Jeannette war ganz aus dem Häuschen. »Warten Sie nur, bis Sie sehen, was John uns geschenkt hat!«

»Bleiben Sie auf der Veranda!«, rief Yvette. »Wir bringen sie nach draußen!«

Als Yvette mit George im Stall verschwand, ahnte Charmaine, was kommen würde. »Warten Sie nur, was Sie gleich sehen werden«, rief Jeannette glückstrahlend, als sie mit John den anderen folgte. »Es sind die schönsten Geschenke der Welt! Schöner als alles andere und auch schöner als jeder Schatz!«

Im selben Moment führte George zwei Ponys aus dem Stall. Zwei wunderschöne Geschöpfe, die aufs Hübscheste herausgeputzt und geschmückt waren und schon rein äußerlich genau zu den Mädchen passten. Das eine war kohlrabenschwarz, kaute widerspenstig an seinem Halfter und schüttelte den Kopf. Das andere dagegen war so weiß wie Puder und äußerst sanftmütig, aber genauso schön wie das erste.

»Sie sind wirklich hübsch!«, rief Charmaine und ahnte schon, was als Nächstes kam.

»Johnny will mit uns reiten, wenn Sie es erlauben.«

»Wenn ihr schon Ponys habt, dann müsst ihr auch reiten.«

»Kommen Sie auch mit?«, rief Jeannette.

»Ich?« Charmaine war überrascht und gleichzeitig verlegen. »Macht das lieber ohne mich. Ich bleibe mit Pierre zu Hause und sorge mich um euer Wohlergehen.«

»O bitte, Mademoiselle, kommen Sie doch mit!«, bettelten die Zwillinge. »Ohne Sie macht es keinen Spaß. Außerdem haben Sie versprochen, dass wir heute bestimmen dürfen, was wir machen!«

»Das dürft ihr ja auch, sobald ihr wieder zurück seid. Schaut nicht so enttäuscht. Freut euch lieber, schließlich habt ihr zwei schöne Ponys geschenkt bekommen!«

»Aber Johnny hat auch ein Pferd für Sie gekauft!«

Charmaine wurde blass. »Ich fürchte, ich … ich verstehe nicht …« Aber sie verstand nur zu gut und suchte blitzschnell nach einer passenden Ausrede.

John sah ihr die Nöte an der Nasenspitze an. »Miss Ryan, ich bin davon ausgegangen, dass Sie als gewissenhafte Gouvernante darauf bestehen würden, die Kinder nicht aus den Augen zu lassen.«

Gleichzeitig führte George eine gescheckte Stute mit glänzendem Fell auf die Koppel, deren dunkle Mähne und Schwanz in der morgendlichen Brise wehten.

Charmaine war sprachlos. Mittlerweile war ihr klar, was sie am Frühstückstisch beobachtet hatte: die hochgezogenen Brauen, die rätselhaften Sätze und die Übergabe des Geldes. »Ein solches Geschenk kann ich nicht annehmen. Das schickt sich nicht.«

»Sehen Sie es einfach nicht als Geschenk an«, riet

John, »sondern als Arbeitsmittel, um Ihre Pflicht zu erfüllen – und schon schickt es sich!«

»Wie bitte?« Sie war verärgert.

»Von heute an werden die Zwillinge öfter reiten wollen, und ich kann ihnen nicht jedes Mal Gesellschaft leisten. Wie Sie mir ja bereits mehrmals klargemacht haben, liegt die Sorge um die Kinder in Ihrer Verantwortung! Also brauchen Sie auch ein Pferd, um die Kinder zu begleiten.«

»Beeilen Sie sich, Mademoiselle!«, drängte Yvette. »Wir können nicht den ganzen Tag warten. Die Ponys werden sonst ungeduldig.«

»Und wir auch!«, ergänzte Jeannette.

»Die Mädchen haben recht. Ziehen Sie sich etwas Bequemes an, das auch schmutzig werden darf, und beeilen Sie sich.«

»Ich kann nicht!« Es ärgerte sie, wie er über sie verfügte. »Ich muss bei Pierre bleiben.« Sie sah, wie Pierre vor lauter Langeweile auf dem Balkon hin und her rannte.

»Pierre kommt auch mit«, erklärte John.

»Aha, und wo soll er sitzen, wenn ich fragen darf?«

»Ich nehme ihn zu mir auf den Sattel. Kommen Sie, wir vergeuden die schönste Zeit des Tages. Ziehen Sie sich um und kommen Sie endlich, bevor es dunkel wird.«

»Es tut mir leid, dass ich Sie enttäuschen muss, aber auf dieses Tier setze ich mich nicht. Ich kann nicht mit ihm umgehen.«

»Mit ihr«, korrigierte John. »Das Pferd gehört wirklich Ihnen.«

»Das glaube ich nicht. Welcher Mann mit klarem Verstand würde ein so teures Tier für eine Gouvernante kaufen?«

»Ob Sie es glauben oder nicht, Miss Ryan, ich habe es getan. Und Sie werden uns auf diesem Ausritt begleiten!«, entgegnete er trotzig. »Als Gouvernante der Kinder gehört das zu Ihren Pflichten.«

»Ja, aber …«

»Aber was?«

»Ich kann doch gar nicht reiten!«, stieß sie hervor und war verletzt, als die Mädchen lachten und Yvette rief: »Habe ich es dir nicht gesagt!«

Ein finsterer Blick von John brachte die Zwillinge zum Schweigen. »Keine Sorge, das bringen wir Ihnen schon bei.« Das klang ruhig und überzeugend. »Die Stute ist ein sanftmütiges Wesen. Nein, weitere Entschuldigungen werden nicht angenommen. Wir warten am Stall, und wenn Sie in zehn Minuten nicht unten sind, komme ich Sie holen.« Er schob die Mädchen vor sich her zur Koppel zurück.

Charmaine seufzte. »Was sollen wir jetzt tun?«, fragte sie Pierre, als er das nächste Mal an ihr vorbeirannte.

Er blieb stehen und sah zu ihr auf. »Mitgehen.«

Sie lachte wehmütig. »Also gut, wenn du das sagst.«

Millie Thornfield zögerte kurz, bevor sie an Frederic Duvoisins Vorzimmertür klopfte. Als er sie hereinrief, atmete sie tief ein und fasste den Henkel des Korbs fester. Er sah von einer Zeitschrift auf und bat sie, näher zu treten. »Nun?«

»Ich habe die Hübschesten ausgesucht, Sir«, flüsterte Millie.

»Darf ich sie sehen?«

Sie stellte den Korb vor ihn hin. Als sie das Tuch abnahm, wachten die Kätzchen auf. Das orangefarbene gähnte und streckte sich, und das graue schlug mit dem Pfötchen nach dem anderen und entfesselte eine kleine Rauferei. Millie kicherte, doch als ihr bewusst wurde, wo sie sich befand, hielt sie erschrocken inne und war überrascht, als sogar der Hausherr lächelte.

»Ich danke dir, Millie. Das war eine wunderbare Idee. Meine Töchter werden sich sicher freuen.«

Zusammen mit Pierre kam Charmaine in einem einfachen Kleid zum Stall. Aufgeregt rief Jeannette, dass es bestimmt ein wundervoller Tag werden würde. Charmaine erschauerte bei dem Gedanken. Wenn doch nur Paul da gewesen wäre, um diesem Unsinn ein Ende zu machen. Aber er war nicht da, und sie war in jeder Beziehung seinem Bruder ausgeliefert.

Die Zwillinge hatten die Ponys Spook und Angel getauft und wollten von George wissen, wer welches Geschlecht hatte. In diesem Augenblick kam John mit Phantom aus dem Stall. »Angel ist ein Mädchen«, antwortete George, »und Spook ein Junge. Vermutlich erfüllen sie mehr als nur einen Zweck.«

»Was soll das heißen?«, fragte Jeannette harmlos.

Yvette schnalzte mit der Zunge. »Dass sie Fohlen bekommen wie Chastity und Phantom. Stimmt das, Johnny?«

»Ganz genau.«

»Dürfen wir dieses Mal zusehen?«, fragte sie, woraufhin Charmaine die Stirn runzelte. »Ich weiß nicht, wie das geht, aber ich würde es gern herausfinden.«

»Wirklich?« Als George verlegen an seinem Kragen zerrte, befürchtete Charmaine, dass er zu einem Vortrag über Empfängnis und Geburt ausholen wollte.

Aber John kam ihm zuvor. »Das muss noch ein wenig warten, Yvette«, sagte er. »Es wird immer später. Geh und hole den Picknickkorb, während ich Jeannette und Miss Ryan in den Sattel helfe.«

»Den Picknickkorb?«, fragte Charmaine.

»Aber natürlich, *my charm*. Was wäre ein Ausflug ohne Picknickkorb?«

»Aber kein Picknick – so viel ist sicher. Ich will mit Ihnen kein Picknick mehr machen. Das eine war wirklich mehr als genug. Vielen Dank.«

»Aber Sie wollen die Kinder doch nicht enttäuschen, oder? Ausgerechnet an ihrem Geburtstag.«

Sie saß in der Falle. Beim Frühstück hatten die beiden geschickt nach ihrem Programm für den Tag gefragt, und sie hatte John genau in die Hände gespielt. »Ich will mich aber nicht weit vom Haus entfernen«, schränkte sie ihre Zusage ein.

»Nein, nein, wir reiten nicht weit«, versuchte John sie zu beruhigen. Doch Charmaine ahnte, dass das gelogen war. »Na los, Yvette, worauf wartest du? Holst du den Korb?«

Rasch machte die Kleine kehrt und lief davon.

Im Kinderzimmer war es still, und auch im Schlafzimmer war niemand. »Stell den Korb nur ab, Millie«, sagte Frederic. »Ich dachte, die Kinder hätten Unterricht.«

»Soll ich sie suchen, Sir?«

Lautes Lachen weckte Frederics Aufmerksamkeit. »Das ist nicht nötig«, murmelte er und hinkte auf die Veranda. Schweigend stand er im Schatten der großen Eiche und verfolgte die Vorgänge auf der großen Wiese.

John schloss den Sattelgurt. Dann gab er Jeannette ein Zeichen, und Sekunden später thronte sie auf Angels Rücken und strahlte vor Glück. Er passte noch die Steigbügel an, bevor er einen Schritt zurücktrat. Jeannette kannte sich aus. Sie trieb das Pony an, und schon setzte es sich in Bewegung.

Als John sich zu Charmaine umdrehte, stieg Panik in ihr auf. Für einen Rückzug war es zu spät. Ihr flehender Blick ging zu George, doch der streichelte nur lächelnd den Hals der gefleckten Stute. »Keine Sorge, Charmaine, die Stute ist friedlich und leicht zu reiten.« Er führte die Stute neben sie, übergab John die Zügel und nahm Pierre beiseite.

»Sind Sie bereit?«, fragte John, nachdem er den Sattelgurt befestigt hatte.

Ihr Mund war so trocken, dass sie nicht antworten konnte. Die Stute war deutlich kleiner als Phantom, aber ihr kam sie immer noch groß vor. »Der ist doch viel zu hoch«, flüsterte sie und starrte auf den Sattel, der sich genau vor ihren Augen befand.

»Keine Sorge, das schaffen Sie.«

»Ich bin doch noch nie geritten. Ich weiß gar nicht, wie ich dort hinaufkomme.«

»Irgendwann ist immer das erste Mal«, bemerkte er.

Charmaine fand das nicht witzig und funkelte ihn an.

Doch er übersah das. »Keine Sorge, *my charm*. Ich lasse schon nicht zu, dass Ihr erster Versuch fehlschlägt.«

Sie bemerkte, dass George grinste. »Wenn das ein Spiel sein soll, dann suchen Sie sich ein anderes Opfer.«

»Sie tun mir Unrecht, Miss Ryan«, protestierte John. »Ich will Ihnen nur helfen. Warten Sie, ich mache es Ihnen vor.« Schritt für Schritt erklärte er jede Bewegung, bis er im Sattel saß. »Sehen Sie, es ist ganz einfach. Haben Sie es verstanden?«

Sie nickte, obwohl sie wusste, dass das Schlimmste erst noch kam.

Er sprang herunter. »Nun?«, fragte er und lächelte, weil ihr Zögern ihn belustigte.

»Na gut.« Sie drehte ihm den Rücken zu und packte

mit einer Hand den Rand des Sattels und mit der anderen die Mähne. Zu ihrer Verwunderung hielt das Pferd still.

»Sehr gut, Miss Ryan. Jetzt müssen Sie nur noch den Fuß in den Steigbügel schieben.«

»Das weiß ich!«, fauchte sie. Als sie den Fuß hob, waren ihre Unterröcke zu sehen, doch bei dem Versuch, sie zu verstecken, verfehlte ihr Fuß den Bügel. Sie versuchte es erneut, aber wieder misslang es. Ihr Gesicht brannte vor Scham, weil sie ahnte, dass die Männer hinter ihrem Rücken grinsten.

»Denken Sie einfach nicht an die Unterröcke, Miss Ryan. Ich bin alt genug und habe schon einige gesehen. Je weniger Sorgen Sie sich machen, desto leichter geht es.«

»Machen Sie sich bloß nicht über mich lustig! Ohne Ihre Scherze säße ich längst im Sattel.«

»Ach ja?«

»Natürlich. Außerdem ist es kein Wunder, dass es mir schwerfällt. Schließlich reiten Ladys im Damensattel.«

»Da irren Sie sich, Mademoiselle.« Es amüsierte ihn, wie sie immer wieder neue Ausreden suchte. »In Paris oder London mag das Sitte sein, aber hier auf Charmantes reiten die Frauen wie die Männer…« Seine Stimme verklang, und während ihm deftige Scherze durch den Kopf gingen, sah er zu George hinüber. »Auf diese Weise fällt man nicht so leicht vom Pferd, und außerdem ist die Haltung nicht nur natürlich, sondern auch bequemer – besonders für eine Anfängerin.«

George schmunzelte.

»Ich verzichte auf Ihre Belehrungen.«

»Wollen Sie meine Reitkünste vielleicht in Zweifel ziehen?« John spielte den Beleidigten. »Bisher hatte ich immer Erfolg und wurde von allen beglückwünscht, die das Vergnügen hatten, damit Bekanntschaft zu machen.«

Warum George breit grinste, war Charmaine ein Rätsel. Ebenso wie Johns Worte, die offenbar nur George richtig deuten konnte. Um die Sache möglichst schnell hinter sich zu bringen, deutete sie auf den Steigbügel. »Können Sie den nicht niedriger einstellen?«

»Aber das bringt nichts, *my charm*.«

George lachte, und John stimmte darin ein. Und das alles auf ihre Kosten! Als sie an den Vorfall mit Fang dachte, saß ihr ein Kloß in der Kehle. Am liebsten wäre sie davongerannt, aber das konnte sie Yvette nicht antun, die gerade mit dem Picknickkorb zurückkam.

»Es tut mir leid, Charmaine«, entschuldigte sich John, als er ihr ratloses Gesicht sah. Angesichts ihrer Unschuld plagte ihn das schlechte Gewissen. »Wir haben Sie nicht ausgelacht. Steigbügel müssen so weit oben sitzen, damit man sich hochziehen kann und überhaupt in den Sattel kommt.«

Sein Stimmungswechsel verwirrte Charmaine.

»Ich biete Ihnen meine Schulter an – stützen Sie sich auf, wenn Sie den Fuß in den Steigbügel schieben. Der Rest geht dann wie von selbst.«

Das Angebot konnte sie nicht ablehnen, da er schon dicht neben ihr stand. Sie legte den Arm auf seinen Rücken, und ihr Fuß fand den Steigbügel ohne Mühe. »Jetzt packen Sie Sattel und Mähne und ziehen sich hoch!«

Sie kam kaum vom Boden hoch, weil sie von den warmen Händen abgelenkt wurde, die sich um ihre Taille schlossen.

»Versuchen Sie es noch einmal«, sagte er rasch, bevor sie den Mut verlor.

Diesmal stieß sie sich ab, irgendwo zwischen Himmel und Erde fühlte sie Johns starke Arme, und als sie die Luft ausstieß, saß sie bereits im Sattel. Während sie zu ihm hinunterlächelte, spürte sie noch immer den Druck seiner Hände auf ihrem Körper.

Im nächsten Moment wurde sie von Angst gepackt, weil ihre Umgebung von oben so ganz anders aussah. Sie klammerte sich an die Mähne ihrer Stute und konnte erst loslassen, als John dem Pferd die Zügel überstreifte und ihr in die Hand gab. Sie merkte kaum, dass er die Steigbügel verkürzte und dabei ihre Knöchel berührte, um die Länge zu prüfen. Und dann wandte er sich zu ihrem Entsetzen auch noch ab, um sich um sein eigenes Pferd zu kümmern!

»Wo gehen Sie hin?«, rief sie erschrocken, als sich die Stute unter ihr bewegte.

»Einen Moment.«

»Sie können mich doch nicht allein lassen! Ich weiß ja nicht, was das Tier will!« Wie auf ein Stichwort setzte sich die Stute in Bewegung und trottete langsam zur Koppel hinüber, wo die Ponys grasten.

»Lassen Sie ihr ihren Willen«, rief John. Er schnallte den Picknickkorb mit einem Riemen an den Sattel. »Sie will nur grasen.«

Und genauso war es. Wie vorhergesagt blieb die Stute bei den Ponys stehen und begann zu fressen. Charmaine umklammerte die Zügel, als ob ihr Leben davon abhinge, weil sie fürchtete, über den Hals abzurutschen. Ihr Atem ging erst ruhiger, als sie ein paar Minuten später noch immer im Sattel saß.

John band Phantom los und schwang sich in den Sattel. Der Hengst schnaubte und schüttelte den Kopf, aber sein Reiter hielt ihn mit eiserner Hand unter Kontrolle und ritt zu Charmaine hinüber.

»Geht es schon besser?«, fragte er. An den weiß hervortretenden Knöcheln sah er, wie fest sie die Zügel umklammerte.

»Ein wenig. Wollen Sie Pierre wirklich mitnehmen?«

»Aber natürlich. Warum fragen Sie?«

»Wir sollten ihn vielleicht lieber bei Rose lassen.«

John runzelte die Stirn.

»Ich sorge mich nur um seine Sicherheit«, fügte sie hinzu. »Der Hengst ist so wild.«

Sofort wurde sein Gesichtsausdruck weicher. »Damit man mich auf dem Hintern landen sehen kann, muss man mich erst einmal abwerfen. Pierre ist bei mir sicher aufgehoben. Außerdem kann ich ihn doch jetzt nicht enttäuschen.« Er sah auf den Kleinen hinunter, der immer noch geduldig dastand und vor freudiger Erwartung strahlte.

Charmaine merkte, dass Johns Entschluss feststand.

»Außerdem gehört ihm der Tag genauso wie seinen Schwestern. Glauben Sie vielleicht, dass wir Spaß haben würden, wenn wir ihn heulend zu Hause sitzen lassen?«

»Vermutlich nicht«, musste sie zugeben. »Aber manchmal läuft nicht alles so, wie man …«

»Muss ich es wirklich aussprechen, Charmaine? Niemals würde ich ein Kind in Gefahr bringen, und Pierre erst recht nicht.« Er gab George ein Zeichen, dass er ihm den Jungen nach oben reichte, und setzte ihn vor sich auf den Sattel.

Als er Phantom antrieb, quietschte der Kleine vor Vergnügen, und Charmaine war froh, dass sie ihn nicht zu Hause gelassen hatten.

Yvette verbat sich die Anweisungen ihres Bruders. »Ich bin schließlich auch allein in den Sattel gekommen.«

Also ritt John wieder zu Charmaine und zeigte ihr, wie man das Pferd antrieb und die Zügel richtig einsetzte. Alles schien kinderleicht zu sein. Er ermunterte sie, den Griff um die Zügel zu lockern. Sich daran zu klammern, schützte nicht vor einem Sturz, sondern provozierte eher einen Abwurf. »Die Stute ist bestens zugeritten.« Mit leisem Lachen versuchte er ihre neu erwachten Ängste zu besänftigen.

Yvette zog kurz an den Zügeln, damit Spook den Kopf hob, und ritt über die Zufahrt voraus. Als Nächste folgte Jeannette.

John nickte Charmaine zu. »Und jetzt Sie.«

Charmaine atmete kurz ein. Dann folgte sie tapfer dem Beispiel der Zwillinge und war überrascht, als die Stute ihren Kommandos gehorchte. Dann waren sie unterwegs. Sie winkten George zum Abschied zu und ritten durch das Tor auf die Straße hinaus. Als die Stute gehorsam den Ponys folgte und Charmaine den gleichmäßigen Rhythmus des Pferdes unter sich spürte, wich ihre Anspannung ganz allmählich.

Frederic stand noch immer auf der Veranda und wurde von Erinnerungen heimgesucht. *Du bist nie zu Hause, um dich um die Kinder zu kümmern… Lieber hätte ich ein Pferd… Es muss ja nicht in eine Schachtel passen, Papa… Du hättest es auch mit einer blauen Schleife um den Hals im Stall verstecken können… John liebt sie… Er wird dafür sorgen, dass sie gut aufgehoben sind… Das Fohlen hält uns für seine Herren, vielleicht könnte ich es ja bekommen… Colette hat mir geschrieben… Um die Kinder mit der Liebe und Zuneigung zu versorgen, die sie von dir nicht bekommen… Niemals würde ich ein Kind in Gefahr bringen und Pierre erst recht nicht…*

Die Reiter waren schon lange außer Sicht, als Frederic ins Haus zurückkehrte. Er war allein, und schuld daran war nur er. Seufzend sah er auf den Korb mit den schlafenden Kätzchen hinunter.

Kätzchen... Beim letzten Geburtstag hatte Yvette ihn um ein Pony angebettelt – und er hatte entschieden, ihr ein Kätzchen zu schenken. Wie konnte er nur annehmen, dass ihr das Geschenk gefiel? Er wusste, was sie sich wünschte, aber hatte er ihr zugehört? John dagegen war kaum sechs Wochen im Haus und kannte bereits ihre geheimen Sehnsüchte. Sein Sohn erfüllte Colettes letzten Wunsch.

Und dann war da noch Pierre. Er war zu klein, um zu beklagen, was er von seinem Vater nie bekommen konnte – was seine Kindheit und die Umstände um seine Geburt ihm vorenthielten. Es dauerte nicht mehr lange, bis auch er neun Jahre alt werden würde.

Neun... War es möglich, dass Yvette und Jeannette schon neun Jahre alt waren? Frederic blickte über die Jahre auf den Tag zurück, als seine Gebete erhört worden waren und seine Frau die Geburt der Zwillinge glücklich überstanden hatte.

Am morgigen Tag vor neunundzwanzig Jahren hatte er weniger Glück gehabt. Die Erinnerung ließ ihn heute noch zittern. Die bedrückenden Bilder der düsteren Nacht, kurz nach Mitternacht, verfolgten ihn noch immer, als ob es gestern gewesen wäre. Beim Gedanken an den Verlust bei dieser Geburt zog sich seine Brust schmerzhaft zusammen.

»John«, hatte Elizabeth gestöhnt, bevor die nächste schmerzhafte Wehe sie erfasste. »Wenn es ein Junge ist, dann nenne ihn John.« Das waren ihre letzten Worte gewesen.

Colette hatte ähnlich schwer kämpfen müssen wie Elizabeth. Obwohl er stets tapfer war, hatte ihn damals die Angst davor, dass er durch die Geburt der Zwillinge auch seine zweite Frau verlieren könnte, beinahe umgebracht.

Aber Gott war ihm gnädig gewesen und hatte Colette verschont. *Und warum?* Hatte Gott seine Gebete in den langen Stunden vor Mitternacht erhört? War Colettes Rettung nur dem Schwur zu danken, den er damals vor Gott und sich selbst abgelegt hatte? Ihm war klar, dass ihn dieser Schwur genau bis hierher geführt hatte, heute noch wirkte und auch noch in Zukunft das Leben seiner Kinder aufs Schrecklichste bestimmen würde. Er sank auf Yvettes Bett und rieb seine schmerzende Stirn. Wollte er wirklich zulassen, dass die Vergangenheit die Zukunft beherrschte? *Guter Gott,* dachte er, *was soll ich nur tun?*

»Gefällt dir unser Ausflug, Pierre?«, unterbrach Johns Stimme den gedämpften Hufschlag auf der staubigen Straße.

»Ja, sehr.« Der Kleine kicherte. »Ich mag das große Pferd!« Er verdrehte sich den Hals, um zu seinem Bruder emporzusehen. »Du stehst auf dem Kopf!«

»Aber nein, ich doch nicht. Du stehst auf dem Kopf!«

Pierre sah an sich hinunter. »Nein, ich doch nicht.« Dann merkte er, dass Charmaine ihn beobachtete. »Ich finde es schön, Mainie!«

Sie lächelte. »Das sehe ich.«

John lächelte ebenfalls. »Haben Sie Ihre Bedenken inzwischen überwunden?«

»Die meisten schon, aber noch nicht alle. Ich gewöhne mich zwar langsam an die Bewegung, aber ich fürchte mich schon jetzt vor dem Absteigen.«

»Machen Sie sich keine Sorge. Das ist sehr viel leichter, als hinaufzukommen.«

Danach schwiegen sie, und Charmaines Blick wanderte von John zu dem Blattwerk um sie herum und den exotischen Vögeln und kehrte dann wieder zu Pierre und ihm zurück. Dabei bemerkte sie, dass er sie nachdenklich musterte. Doch sie hielt seinem Blick tapfer stand. »Stimmt etwas nicht?«, fragte sie.

Er zog eine Braue in die Höhe. »Was soll denn nicht stimmen?«

»So, wie Sie mich anstarren, rechne ich mit dem Schlimmsten. Vielleicht habe ich ja eine Warze auf der Nase.«

»Eine Warze? Nein, *my charm*, Ihre Nase ist perfekt … perfekt geformt.« Er sah sie an.

»Und?«

»Darf ich Vollkommenheit denn nicht bewundern? Ich will Ihnen nicht schmeicheln, Miss Ryan, aber ich hätte nie gedacht, dass Sie so perfekt auf dem Pferd sitzen würden. Für eine Anfängerin wirklich vollkommen.«

Sie hatte das Gefühl, dass er sich über sie lustig machte. »Komplimente taugen nichts.«

Die Antwort kam schnell – und verwirrte sie. »Das war kein Kompliment, sondern eine Beobachtung, die einige Fragen beantwortet.«

»Zum Beispiel?«

»Weshalb Sie als Gouvernante angestellt wurden.«

»Sie wollen wohl nicht unterstellen, dass ich diese Stellung meinen Fähigkeiten als Reiterin verdanke, oder? Ihre Gedankengänge verblüffen mich immer wieder.«

Ein wildes Lächeln spielte um seine Lippen. »Das höre ich gern. Ganz gleich, was ich bin – jedenfalls bin ich nicht langweilig.«

»Sie haben meine Frage nicht beantwortet.«

»Mir war nicht bewusst, dass Sie etwas gefragt hätten.«

»Ich wüsste gern, welche Verbindung Sie zwischen meiner Stellung als Gouvernante und meinen Fortschritten auf diesem Tier erkennen?«

»Oh, diese Frage. Ich habe mir über Ihre Fähigkeit Gedanken gemacht, sich auf ein neues Wagnis einzulassen. In diesem Fall war es die Stute. Diese Facette Ihres Charakters erklärt, warum Sie die Position erhalten haben. Selbst in großer Angst haben Sie sich beherrscht und Ihr Ziel nicht aus den Augen verloren. Das ist bewundernswert.«

»Sie machen sich über mich lustig.«

»Aber nein, Miss Ryan. Ich verstehe das als Kompliment. Im Leben der Kinder spielen Sie eine wichtige Rolle.«

»Bemerken Sie das erst jetzt?«

»Nein. Aber das war der Grund, warum ich zu Beginn Ihre Fähigkeit in Zweifel gezogen habe.«

»Zu Beginn?«, fragte sie überrascht. »Und heute tun Sie das nicht mehr?«

»Nein. Nicht mehr, seit ich Ihnen eine Chance gegeben und Ihr Leben mit den Kindern beobachtet habe.«

Sie war zu verblüfft, um etwas zu sagen.

»Ihre Arbeit gefällt Ihnen, nicht wahr?«

»Ja. Ich liebe die Kinder.«

»Ist das wahr?«

Obgleich er das nett und liebenswert sagte, war Charmaine irritiert. »Aber ja. Glauben Sie mir nicht?«

»Doch, ich glaube Ihnen. Ich wollte es nur noch einmal von Ihnen hören. Vielleicht, um mich zu vergewissern.«

»Sie wollen sich vergewissern? Das klingt seltsam, finden Sie nicht auch?«

»Warum sollte das angesichts der Lebensumstände der Kinder seltsam sein? Mein Vater lebt wie ein Einsiedler, ihre Mutter ist tot, und ihre Stiefmutter hasst sie. Die Kinder brauchen unbedingt jemanden, der sie liebt.«

Nachdenklich sah John zum Waldrand hinüber und

schwieg. Nach diesen verstörenden Bemerkungen war Charmaine für die Stille dankbar. Mit Sicherheit wusste sie nur eines: Selbst in einer Million Jahren würde dieser Mann ihr noch immer ein Rätsel sein.

John Duvoisin. Der Mann war wirklich ein Rätsel und meistens auch ein Dorn in ihrer Seite. Seit seiner Ankunft war das Leben im Haus und auf der Insel nicht mehr normal verlaufen. Zugegeben: Die großen Stürme, die das Haus während der ersten Woche erschüttert hatten, waren vorüber. Und doch beeinflusste seine Gegenwart jedermann.

Seine Abreise schien mit jedem Tag unwahrscheinlicher zu werden, dachte Charmaine, aber genau kannte sie seine Pläne nicht. »Wann wollen Sie eigentlich wieder abreisen?«, fragte sie auch schon, bevor sie nachgedacht hatte.

Mit scharfem Blick sah er sie an. »Ich wette, Sie können den Tag gar nicht mehr abwarten, was?«

»So ... so sollte das aber nicht klingen.«

»Verzeihen Sie, wenn ich Ihnen das nicht glaube.« Er lachte. »Ich wette, dass Sie jedes einzelne Wort genau so gemeint haben.«

»Ich wollte nur wissen ...«

»Was denn? Wann auf Charmantes alles wieder so wird wie früher? Wann Sie und mein Bruder Ihre Liebesaffäre fortsetzen können?«

»Wir haben keine Liebesaffäre!«

»Ach nein? Habe ich mir die leidenschaftliche Szene bei meiner Ankunft etwa nur eingebildet? Die Frage ist nur, wie weit die Sache schon gediehen ist.«

Charmaine war so verlegen, dass sie sich abwandte.

»Ihre Reaktion lässt mich das Schlimmste befürchten. Doch meine wachsende Sympathie für Sie widerspricht dem.« Er tat, als ob er nachdenken müsse. »Weil ich heute großzügig bin, möchte ich Sie wenigstens vor meinem Bruder warnen.«

»Geben Sie sich keine Mühe!«

»Ich fürchte, das ist meine Pflicht.«

»Ihre Pflicht?« Sie wollte es nicht glauben. »Seit wann sind Sie denn so edel? Oder wollen Sie sich selbst in den Vordergrund schieben, indem Sie Ihren Bruder verleumden?«

»Ich bin der Erste, der mich als hoffnungslosen Fall bezeichnet, Miss Ryan.« Er lachte leise vor sich hin. »Aber lenken Sie nicht ab. Wir haben gerade von Paul gesprochen und ...«

»Und ich habe gesagt, dass es mich nicht interessiert.«

»Interessiert trifft genau den Punkt. Es sollte Sie interessieren, dass Paul nur ein Interesse an Ihnen hat.«

Mit offenem Mund starrte sie ihn an.

»Seien Sie nicht beleidigt. Ich zähle nur die Tatsachen auf.«

»Tatsachen? Was wissen Sie denn darüber?«

»Eine ganze Menge. Und falls Sie hören möchten ...«

»Ich möchte gar nichts hören. Ich glaube Ihnen ohnehin kein Wort.«

»Diese Tatsachen sind weder erfunden noch übertrieben«, fuhr er fort. »Aber vielleicht bevorzugen Sie verlässlichere Quellen. Vielleicht jemanden, der Ihnen den Beweis liefern kann. Sicher können die Hausmädchen Geschichten erzählen, die selbst mich noch überraschen. Paul hat nun einmal eine Vorliebe für junge Hausmädchen. Für ihn ist die höhere Stellung einer Gouvernante sicher eine ungewohnte Hürde und womöglich entmutigend.«

»Was soll das heißen?«

»Muss ich noch deutlicher werden, *my charm*? Mein Bruder ist ein Don Juan mit einem unstillbaren Appetit für Frauen. Nicht, dass ich ihn deshalb moralisch verurteile. Was soll ein Mann denn tun, wenn sein Haus so gut bestückt ist? Bevor ich Charmantes verlassen habe, hat es sich ständig ein Mädchen, das eigentlich brav in seinem Bettchen schlafen sollte, einen Stock tiefer im Bett meines Bruders bequem gemacht. Ich bezweifle, dass sich das inzwischen geändert hat. Erst recht, falls er bei Ihnen nicht zum Zug kommt.«

»Falls?«, stieß sie empört hervor, obwohl sie sich an eine solche Szene erinnern konnte. »Falls Sie hoffen, dass ich Ihre Spekulationen bestätige, so will ich sie augenblicklich im Keim ersticken! Ich habe nicht die Absicht, diese Unterhaltung fortzusetzen.«

»Ich spekuliere nicht – ich weiß es. Ich bin mit ihm aufgewachsen. Mein Bruder ist vieles, aber ein zölibatärer Mensch ist er sicher nicht. Er hat schon immer alle Früchte genossen, derer er habhaft werden konnte.«

»Ach ja? Und woher wissen Sie das? Haben Sie auch mit einem Glas an der Wand gelauscht?«

»Das musste ich gar nicht.« Er lachte leise. Ihre kecke Antwort gefiel ihm. »Paul hat seine Affären niemals geheim gehalten. Im Gegenteil. Er hat sogar oft damit geprahlt.«

»Viele Menschen prahlen, aber in meinen Augen ist das noch kein Beweis.«

»Wollen Sie ihn jetzt auch noch verteidigen?«

»Ich verteidige ihn nicht!«

»Nein?«

»Nein!«

»Warum wollen Sie meine Warnung dann nicht beherzigen?«

»Was zwischen Paul und sonst wem passiert ist, geht mich nichts an.«

»Warum sprechen Sie in der Vergangenheit?«

Es stieß sie ab, wie er über seinen Bruder redete. »Ich weigere mich, Ihre Lügen zu glauben.«

»Glauben Sie, was Sie wollen, aber heulen Sie später nicht! Ich habe Sie gewarnt«, schnaubte er. So *naiv* war diese Frau bestimmt nicht!

»Ich brauche keine Warnungen.«

»Dieses Hausmädchen … diese Millie Thornfield …«

Rasch sah Charmaine ihn an.

»Früher war die üppige Felicia seine Favoritin, aber so, wie die sich mir gegenüber benimmt, vermute ich, dass Paul dieses Feld im Augenblick nicht beackert. Ich wette, dass Millie Thornfield die Nächste ist, wenn er bei Ihnen nicht weiterkommt.«

»Aber Millie ist erst sechzehn!«

»Genau das richtige Alter – keine Krankheiten.«

»Das reicht!«, empörte sich Charmaine. »Ich habe genug gehört!«

Verwundert drehten sich die Zwillinge im Sattel um. Aber John lächelte nur und winkte. Einen Moment später waren sie wieder vergessen.

»Bestimmt wird es für Paul schwierig, Millie unter den Augen ihres Vaters zu verführen. Deshalb sollten Sie sich in Acht nehmen. Es sei denn, Sie möchten …«

»Seien Sie nicht unverschämt!«, zischte sie. »Und was Ihre galante Warnung betrifft, so war sie unnötig. Ich bin keine Schlampe, die sich ohne priesterlichen Segen an einen Mann verschenkt. Also sparen Sie sich Ihre Anspielungen!«

»Eine Hochzeit?« Er lachte spöttisch. »Sie glauben, dass Paul Sie heiratet?«

Sein Ausbruch trug ihm erneut die fragenden Blicke der Zwillinge ein.

Charmaine ließ den Kopf sinken, als ihre heimlich gehegten Träume so plötzlich zerschellten. Wie kindisch sie ihr plötzlich vorkamen! Eine Hochzeit. Natürlich würde Paul keine kleine Angestellte heiraten. Nun ja, sie war immerhin die Gouvernante – und doch, wie Felicia ganz richtig bemerkt hatte, nur eine Bedienstete wie alle anderen.

»Es tut mir leid, falls Sie getäuscht wurden«, fuhr John fort. »Doch selbst wenn mein Bruder wollte, könnte er Sie nicht heiraten. Geld heiratet immer Geld, und das erst recht, wenn das Vermögen begrenzt ist. Paul ist nicht der Erbe meines Vaters. Jedenfalls noch nicht. Wenn er also heiratet, muss er sein Vermögen schon in eine reiche Frau investieren.«

Charmaines Schmerz ließ ein wenig nach. Trotz seiner klugen Analysen hatte dieser Mann keine Ahnung von Liebe und all ihren wunderbaren Möglichkeiten. Er war unfähig zu lieben, hatte niemals geliebt und betrachtete eine Frau nur als Geldanlage, so wie andere sich eine Stute oder ein Schiff kauften. Er konnte nicht auf starke Gefühle hoffen, die einen Mann manchmal dazu bewogen, mit den Regeln der Gesellschaft zu brechen und sich mit einem Menschen von einfacher Herkunft zusammenzutun, der vielleicht arm, aber dafür reich an Liebe war.

»Der liebe Paul wird sich wohl oder übel eine reiche Frau suchen müssen«, fuhr John fort. »Ich dagegen kann heiraten, wen ich will.« Er lachte wehmütig.

Charmaine bemerkte die Ironie sehr wohl. Fürchtete er, dass sein Vater ihn enterben könnte? Als sie in seiner Miene nach Antworten suchte, wandte er sein Gesicht ab und ließ sie über seine düstere Bemerkung grübeln.

Yvettes Rufe lenkte ihre Blicke nach vorn. »Sieh nur, Johnny, ein Reiter.«

»Wenn man vom Teufel spricht…«, murmelte er.

Während Paul auf seinem Schimmel heranritt, fragte sich Charmaine, wie er wohl reagieren würde. Sicher missfiel ihm, dass John mit den Kindern einen Ausflug machte, obwohl sie um diese Zeit eigentlich lernen sollten. So gesehen war sie erleichtert, als Yvette ihren Bruder lauthals begrüßte.

»Guten Tag, Paul! Na, wie gefallen dir unsere Geschenke?«

»Sehr hübsch«, antwortete er mit verkniffenen Lippen, als er zu Phantom aufschloss.

»Johnny hat sie uns geschenkt.«

»Das habe ich mir gedacht.« Kalt sah er John an.

Charmaine hielt die Luft an. Schweigen war im Moment sicher das Klügste, aber John war solche Weitsicht nicht gegeben.

»Was bringt unseren Paulie denn schon so zeitig nach Hause?«, fragte er.

»Genau«, echote Yvette begeistert. »Was bringt Paulie denn so früh nach Hause?«

Hör einfach nicht hin, dachte Paul und wandte sich ab. »Guten Morgen, Miss Ryan«, begrüßte er Charmaine.

Sie war sichtlich erleichtert. »Guten Morgen.«

John äffte ihn nach und verbeugte sich. »Guten Morgen, Miss Duvoisin.«

Yvette schaltete schnell. »Guten Morgen.«

John war zufrieden, als sich Pauls Blicke wieder auf ihn richteten. »Du hast noch nicht geantwortet, lieber Bruder. Fühlst du dich nicht wohl?«

»Ich fühle mich bestens, John.«

»Warum kommst du dann so zeitig nach Hause? Sicher

warten eine Menge Projekte auf – wie hast du so schön gesagt? – auf erfahrene Hände.«

»Die sind längst erledigt. Ich habe schon vor Tau und Tag das Haus verlassen …«

»Aha. Das nenne ich eifrig.«

»… um heute Nachmittag Geburtstag zu feiern.« Er sah zu Charmaine hinüber, und in seinem Blick lag so etwas wie ein Versprechen.

»Wie schade.« John schnippte mit den Fingern und seufzte.

»Und warum das?«

»Ist das denn nicht offensichtlich? Du kommst ein paar Stunden zu spät. Aber du bist natürlich eingeladen. Nicht einmal ich bin so herzlos, dich von unserem Ausflug auszuschließen.« *Paul und die Gouvernante zu beobachten war sicher aufschlussreich.*

»Bis später im Haus«, sagte Paul mit Blick auf Charmaine. Dann gab er seinem Hengst die Sporen und galoppierte davon.

Bedauernd sah sie ihm nach. Die Vertrautheit mit ihm war ihr entglitten. Aber über vergossene Milch weinte man nicht.

»*I think someone's in trouble*«, sang John leise, doch Charmaine achtete nicht auf ihn.

Sie verließen die unbefestigte Straße und ritten in südlicher Richtung über eine große Wiese mit hohem Gras und wilden Blumen. Yvette fragte, ob sie galoppieren dürfe, doch John schlug ihr die Bitte ab. Womöglich trat Spook in ein Loch und brach sich ein Bein.

»Wie Charity?«, fragte die Kleine.

»Möglich.«

»Aber Charity hat sich doch nicht wirklich das Bein gebrochen«, bemerkte Jeannette. »Ich weiß noch, wie

Mama geweint und gesagt hat, dass Dr. Blackford ihr Pferd grundlos ruiniert hätte.«

»Das hast du mir nie erzählt, Jeannette. Ist das wahr, Johnny?«

»Ja«, bestätigte er. »Genauso war es.«

»Und warum? Warum hat Dr. Blackford das gemacht?«

»Weil er ein schwachsinniger Wichtigtuer ist. Er nennt sich Arzt, kann aber nicht einmal einen Bruch richtig erkennen ... Selbst wenn ich im Sterben läge, würde ich ihn nicht an mich heranlassen«, murmelte er.

Charmaine war froh, dass die Mädchen die letzte Bemerkung nicht gehört hatten. Immerhin hatte John den Arzt kritisiert, der ihre Mutter behandelt hatte. Aber die Geschichte interessierte sie trotzdem. Anfangs hatte sie angenommen, dass die Stute gemeint sei, die gerade erst gefohlt hatte, aber inzwischen war klar, dass es um ein völlig anderes Tier ging.

John erzählte ihr, dass Paul Chastity als Ersatz für Charity gekauft hätte. »Aber Colette hat ihr Pferd geliebt. Chastity hat Charity nie ersetzen können.«

Als sie kurz darauf waldiges Gelände erreichten, bogen sie auf einen schmalen Pfad ein. John ritt mit Phantom an der Spitze, während Charmaine hinter den Mädchen blieb. Rundherum umschloss sie dichtes Laubwerk. Obwohl es angenehm kühl war, hätte Charmaine die pralle Hitze der Wiese vorgezogen. In der Enge musste sie höllisch aufpassen, damit ihr Pferd nicht über einen toten Ast stolperte. Außerdem behinderten niedrige Zweige ihr Fortkommen, kratzten über ihr Gesicht, verfingen sich in den Kleidern oder hakten sich in ihren Haaren fest. Und irgendwann vergaß sie ihre Stute, bis diese plötzlich stehen blieb. Charmaine drückte ihr die Knie in die Flanken, aber das Tier rührte sich nicht vom Fleck und knabberte unbeeindruckt an einem Strauch. Charmaine sah nach vorn, doch die anderen waren bereits um die nächste Biegung verschwunden.

»Na los, dummes Pferd, du kannst doch nicht einfach fressen!« Aber das Tier war nicht zu beeindrucken, sodass Charmaine kurz an den Zügeln zog. Die Stute wieherte – und widmete sich wieder dem Busch. »O nein, hör auf damit!« Diesmal ruckte sie fester und hackte dem Tier gleichzeitig mit den Steigbügeln in die Flanken. Unwillig schüttelte die Stute den Kopf, dass die Mähne nur so flog, und machte einen Schritt rückwärts. Charmaine erstarrte. Im nächsten Moment begann das Tier zu tänzeln und neigte trotz der Enge den Kopf, bis sie schließlich eine ganze Drehung vollführt hatte und ihr Kopf in die Richtung zeigte, aus der sie gekommen waren.

»John! Guter Gott, John!«, rief Charmaine.

Er sah sich um. »Herr im Himmel, wo ist sie?«

Die Zwillinge zuckten die Schultern.

»Bleibt, wo ihr seid, und rührt euch nicht von der Stelle. Ich bin gleich wieder da.«

Er wendete sein Pferd und ritt in scharfem Tempo zurück, als Charmaine erneut um Hilfe rief. Die Stute stand inzwischen auf den Hinterbeinen und trat mit den Vorderhufen in die Luft. »Lassen Sie die Zügel los!«, rief John.

Aber Charmaine war wie gelähmt und hörte ihn nicht.

Pierre hatte großen Spaß und lachte wie wild. John sprang aus dem Sattel, hob den Kleinen vom Pferd und stellte ihn in sicherer Entfernung auf den Boden. »Bleib hier!«

Er wich den Hufen aus und näherte sich der Stute. »Packen Sie die Mähne, Charmaine! Lassen Sie die Zügel los und halten Sie sich an der Mähne fest.«

Erst als sich ihre Blicke trafen, nahm Charmaine auch seine Befehle wahr. Doch als sie die Zügel losließ, bäumte sich die Stute erneut auf. John stöhnte, als Charmaines Hände in die Luft griffen und die Mähne verfehlten. Sie segelte über den Rumpf des Pferdes und landete mit einem dumpfen Geräusch auf dem Waldweg. Zuerst war sie viel zu verdutzt, um sich zu rühren. Ihre Kämme waren verrutscht, die Locken zerzaust, und von ihrer aufrechten Haltung war nicht mehr viel übrig. Die Stute dagegen knabberte wieder eifrig an den Büschen, die ursprünglich das Elend verschuldet hatten.

Rasch sank John neben ihr auf die Knie. »Geht es Ihnen gut, Miss Ryan?«

Die Fältchen um Augen und Mundwinkel widersprachen seiner besorgten Stimme. Misstrauisch sah Charmaine auf, als er ihr die Locken aus dem Gesicht strich. »Das ist überhaupt nicht lustig! Ich hätte mich verletzen können.«

»Demnach ist Ihnen nichts passiert?«

»Sieht so aus.« Er streckte ihr die Hände hin, um ihr aufzuhelfen. Die Kämme lösten sich, und die Locken fielen ihr wie ein Wasserfall über die Schultern. Wütend stampfte sie auf. »Das ist alles Ihre Schuld.«

John schlug sich auf die Brust. »Meine Schuld?«

»Ja, Ihre Schuld. Sehen Sie nur mein Haar an!«

»Das tue ich – und es gefällt mir.«

»Das kann ich mir denken.«

»Was soll das heißen?«

»Vergessen Sie es. Dafür will ich meinen Atem nicht verschwenden. Warum haben Sie mich nicht einfach zu Hause gelassen? Warum mussten Sie mich … diesem … diesem …«

»Abenteuer?«, bot er an.

»Ziehen Sie doch nicht alles ins Lächerliche!«

»Machen Sie mich nicht für alle Ihre Fehler verantwortlich! Dass Sie abgeworfen wurden, war Ihre eigene Schuld. Ich habe Ihnen erklärt, dass Sie nicht an den Zügeln zerren dürfen. Mag sein, dass die Stute Sie erschreckt hat, aber Sie sind in Panik geraten und haben das Tier erst dazu gebracht, Sie abzuwerfen. Es war eindeutig Ihre Schuld.«

»Meine Schuld?« Sie geriet in Wut. »Ich habe gesagt, dass ich nicht reiten kann, aber Sie haben darauf bestanden und versprochen, dass mir nichts passiert! Was ist jetzt mit dem armen Tier? Und was wird aus mir?«

Er grinste, noch bevor sie mit Schimpfen fertig war, und plötzlich wandelte sich ihre Wut in Erleichterung. Sie brachen in Lachen aus, und Charmaine streichelte den kleinen Pierre, der angelaufen kam und seine Arme um ihre Beine schlang.

»Was soll ich jetzt mit meinen Haaren machen?«

John hob die Kämme auf. »Damit können Sie es aus der Stirn zurückstecken. Der strenge Knoten steht Ihnen sowieso nicht.«

»Aber für langes Haar ist es viel zu heiß. Ich hätte einen Hut aufsetzen sollen, doch wer konnte schon ahnen, dass der kleine Ausflug einen ganzen Tag dauert.«

»Möchten Sie sich vielleicht meine Kappe leihen?« Er grinste über das ganze Gesicht. »Läuse habe ich bisher noch keine entdeckt.«

Sie biss die Zähne zusammen und schwieg.

»Keine Sorge. An unserem Ziel ist es angenehm kühl. Und mit offenen Haaren gefallen Sie mir ohnehin besser.«

Als er mit ausgestreckten Armen auf sie zugehen wollte, nahm sie ihm die Kämme aus der Hand. »Vielen Dank, das mache ich lieber allein.«

Anschließend streifte sie kleine Zweige und Blätter von ihrem Kleid und war sehr erleichtert, dass es nicht völlig verdorben war. Als sie aufsah, führte John die graue Stute heran. »Bereit für einen zweiten Versuch?«

»Das ist nicht Ihr Ernst!«

»O doch.«

»Nein, Sir. Nicht für eine Million Dollar steige ich noch einmal in den Sattel.«

»Und warum nicht?«

»Warum nicht? Sie haben doch gesehen, was passiert ist. Dazu ist mir mein Leben zu kostbar!«

»Sie haben nur zwei Möglichkeiten, Miss Ryan. Entweder steigen Sie wieder auf, oder wir setzen Pierre auf Ihre Stute und Sie müssen mit meinem Sattel vorliebnehmen.«

»Oh! Ich bekomme ein eigenes Pferd!«, jubelte Pierre.

»Ich entscheide mich für die dritte Möglichkeit«, sagte Charmaine. »Ich gehe zu Fuß!«

»Zu Fuß? Dann gibt es aber heute kein Picknick mehr!«

»Das bezweifle ich.« Sie drängte sich an ihm vorbei und ging einfach los.

John fuhr sich mit der Hand durchs Haar. Dann setzte er Pierre auf die Stute. »Halte dich fest«, ermahnte er ihn, bevor er Phantoms Zügel packte und Charmaine mit großen Schritten folgte.

»Woher kennen Sie eigentlich diesen Weg?«, fragte Charmaine nach einiger Zeit.

»George und ich haben ihn als kleine Jungen entdeckt. Damals haben wir überall gejagt und dabei den Pfad gefunden. Die Sträflinge benutzen ihn manchmal.«

»Manchmal? Warum nur manchmal?«

Als er erklären wollte, dass der Pfad für vierrädrige Karren zu schmal war, kam ihm ein Gedanke. »Wenn die

Männer es eilig haben, benutzen sie den Weg manchmal als Abkürzung. Aber nur auf einem Pferd.«

»Und warum? Gibt es hier wilde Tiere?«

John schwieg.

»Aber sicher keine gefährlichen, wenn Sie hier gejagt haben, oder?«

»Doch.«

»Doch, was? Sind die Tiere gefährlich, oder haben Sie hier gejagt?«

»Beides. Wir haben hier in der Gegend ein paar Klapperschlangen gefangen und getötet.«

»Klapperschlangen?« Wie wild schossen ihre Blicke hin und her. »Was haben wir dann hier zu suchen?«

»Heute ist die Gegend ungefährlich«, beruhigte er sie. »Sie wurde schon vor Jahren gesäubert. Seit George seine Trophäe erlegt hat, wurde keine Schlange mehr gesichtet …«

»Warum benutzen die Sträflinge den Weg dann nicht öfter?«

»Diese Angsthasen fürchten sich sogar vor ihrem eigenen Schatten und erzählen gern vom alten Lavar, der angeblich gebissen wurde, bevor er starb. Nach Dr. Blackfords Angaben konnte von einem Schlangenbiss keine Rede sein.«

»Aber seinen Fähigkeiten kann man doch nicht trauen …«

»Das ist wahr. Wie dem auch sei – im Sattel hat man jedenfalls nichts zu befürchten. Zumindest sollte man feste Stiefel tragen. Gegen dickes Leder können Schlangen nichts ausrichten.«

Als Charmaine Johns Stiefel mit ihren dünnen Schuhen verglich, wollte sie plötzlich nur noch im Sattel sitzen. »Vielleicht sollte ich es ja noch einmal versuchen«, schlug sie vor. »Dann kämen wir auch schneller voran.«

Sie umrundeten die Biegung und erreichten die Stelle, wo die Zwillinge warteten. »Wurde sie abgeworfen?«, fragte Yvette.

»Genau wie du beim ersten Mal.«

Yvette zog eine Schnute, hielt aber den Mund.

Schmunzelnd half John der Gouvernante in den Sattel. Dieses Mal blitzten die Unterröcke nur für Sekunden auf. Dann setzte er Pierre auf den Sattel und führte Phantom nach vorn.

»Geht es Mademoiselle gut?«, fragte Jeannette.

»Aber ja. Ihr Pferd war nur hungrig.«

Anfangs beherzigte Charmaine Johns Ratschläge, doch nach einer Weile entspannte sie sich und sah sich um. Sie bewunderte die hohen Palmen und die weiß und blassgelb blühenden Sabadillpflanzen und Flaschenkürbisse zwischen den mächtigen Feigenbäumen mit ihren lianenartigen Bärten, die wie die Taue einer Takelage von den Ästen herabhingen und vielen tropischen Vögeln eine Heimat boten. Die sanfte Brise frischte auf, je länger sie ritten, und bald lichtete sich auch der Wald. Als sich der Weg verbreiterte, ließ sich John zu Charmaine zurückfallen. Die Luft roch nach Salz, und man konnte hören, wie sich die Wellen am Strand zu ihrer Rechten brachen.

Als Charmaine gerade fragen wollte, wie lange der Weg noch parallel zum Strand verlief, bemerkte sie, dass Pierre an Johns Brust lehnte und die Augen geschlossen hatte. John folgte ihrem Blick. »Ein unglaublicher Junge«, murmelte er und strich dem Kind über das Haar.

Die zärtliche Geste bewegte Charmaine zutiefst. »O ja, das ist er«, flüsterte sie.

Wenig später traten die Bäume zurück, und der Blick

öffnete sich auf niedriges Gestrüpp, blendend weißen Sand und aquamarinblaues Wasser, so weit das Auge reichte. »Oh, mein Gott«, hauchte sie, und der Wind zauste ihr offenes Haar.

»Der beste Platz für ein Picknick«, sagte John. Als sie nicht sofort reagierte, sah er sie an. »Ich hoffe, Sie sind nicht enttäuscht.«

»Enttäuscht? Aber nein! Ich liebe den Ozean. Sie etwa nicht?«

»Das kommt darauf an, von wo aus man ihn betrachtet«, gab er zur Antwort und ließ den Blick nachdenklich über das Wasser gleiten.

Forschend sah Charmaine ihn an, doch er schwieg.

»Wohin jetzt?«, rief Yvette.

»Sucht einfach ein schönes Plätzchen, wo wir Picknick machen können«, schlug John vor.

Yvette war begeistert. »Wir reiten voraus.«

Sie ritten am Strand entlang, wobei die Hufe den trockenen Sand aufwirbelten. Nicht weit vor ihnen erstreckte sich eine ruhige Bucht, die von einer schmalen Halbinsel gegen den offenen Ozean abgeschirmt wurde. Jeannette deutete auf einen einzeln stehenden Baum, der seine Äste weit über die Bucht breitete und in der gleißenden Sonne angenehmen Schatten bot.

Die Mädchen sprangen ab und führten die Ponys in den lichten Wald hinter dem Strand, damit sie im Schatten grasen konnten. Charmaine blieb unentschlossen sitzen, weil sie nicht recht wusste, wie sie absteigen sollte.

»Je eher Sie sich ein Herz fassen, *my charm*, desto rascher kann ich Ihnen Pierre übergeben. Ich möchte ihn nicht gern aufwecken.«

Nach kurzem Zögern schwang Charmaine ein Bein über den Sattel und rutschte, für eine Anfängerin fast gekonnt, vom Pferd herab. John legte ihr den schlafenden Jungen in die Arme und führte ihre Pferde ebenfalls in den Wald.

Anschließend halfen ihm die Mädchen dabei, die Decke auszubreiten. Dann setzten sie sich und machten sich über den Korb mit den Köstlichkeiten her. Pierre schlief auf der einen Hälfte der Decke, während sich Charmaine und die Mädchen die andere teilten und John ein Stück weit von ihnen entfernt am Baumstamm lehnte. Es wurde nicht viel gesprochen, bis die Mädchen auch den Nachtisch verspeist hatten. »Warum sind wir früher nie hier gewesen, Johnny?«, fragte Jeannette. »Mama hätte es sicher sehr gefallen.«

Als er keine Antwort gab, hob Charmaine den Kopf. *Würde er den Mädchen sagen, dass er ihre Mutter verabscheute? Oder reute es ihn, dass er Colette verhöhnt hatte?*

»Ganz genau!«, rief Yvette dazwischen. »Warum waren wir nie hier, als ihr noch zusammen die Picknicks geplant habt?«

Die Aussage verblüffte Charmaine und hallte in ihren Ohren nach.

»Es war viel zu weit zu laufen.« Mit diesem Satz packte John seine Kappe, ging zum Wasser hinunter und starrte lange Zeit auf den Horizont.

»Aber wir sind doch oft viel weiter gelaufen«, rief Yvette ihm nach. Als er schwieg, zuckte sie die Schultern. »Komm, Jeannette, wir gehen Muscheln sammeln.« Die Zwillinge rannten über den Sand und achteten nicht auf die Ermahnungen ihrer Gouvernante, sich nicht zu weit zu entfernen. Wortlos sah Charmaine zu John hinüber.

Was dachte er wohl? Seine Gedanken konnten sicher

viele Fragen beantworten. Statt zu grübeln, sammelte sie die Teller ein, doch ihr Kopf ließ sich nicht abschalten: *Warum waren wir nie hier, als ihr noch die Picknicks geplant habt? Wir sind oft viel weiter gelaufen! Liebster John… John hat viele Menschen verletzt… Sogar Colette hat durch ihn gelitten… Manche empfinden ihn als Drohung… Ihr sollt nicht von ihm sprechen… Keiner mag ihn… Man hasst ihn, oder man liebt ihn… für gewöhnlich in dieser Reihenfolge…*

Guter Gott, wohin führte das alles? Hass oder Liebe? Oder sonst etwas? Sie sah wieder zu ihm hinüber. Er hatte sich nicht bewegt. Dieser Mann hatte sicherlich einiges getan, aber hatte er auch die Frau seines Vaters verführt? Nein, Charmaine konnte es nicht glauben.

Colette hätte diesen Ort geliebt. Wie im Traum vermischte sich plötzlich das Türkis des Ozeans mit den wasserblauen Augen ihrer Freundin. Es war gerade ein Jahr her, seit Colette John Frederic gegenüber verteidigt hatte. Welche Geheimnisse hatte sie mit ins Grab genommen? Es war bestimmt besser… sicherer, es nicht zu wissen.

Und dann der Brief. Wusste Frederic, dass seine Frau einen Monat vor ihrem Tod an John geschrieben hatte? Welche geheime Botschaft verbarg sich auf diesen Seiten? *Auf keinen Fall möchte ich dir noch größeren Schmerz zufügen…*

Ja, er hatte Schmerzen gelitten. Ohne Zweifel. Nachdem er von Colettes Tod erfahren hatte, hatte er sich tagelang in seinem Zimmer vergraben und im Alkohol Vergessen gesucht.

Mein Gott! Charmaines Puls schlug rascher. Colette und John. John und Colette. Ein Liebespaar? Niemals. Eine platonische Liebe? Vielleicht. Aber wie und warum?

Es machte keinen Sinn – und doch passte alles perfekt zusammen. Sie wollte es nicht glauben, war sicher, dass ihre Einbildung sie zum Narren hielt. Doch je weiter sie diese Bilder von sich schob, desto schneller kehrten sie zurück. Verwirrt schloss sie die Augen, um ihre Gedanken zu ordnen. Aber vergeblich. Ein Geräusch ließ sie aufsehen. John war zur Decke zurückgekehrt.

»Müde?«, fragte er.

»Ein bisschen«, murmelte sie, als er sich neben ihr niederließ.

»Reiten kann ganz schön anstrengend sein.« Er schlang die Arme um die Knie und blickte aufs Wasser hinaus.

Da er nichts von ihren Gedanken ahnte, konnte sie ihn in Ruhe betrachten. Die Brise spielte in seinem lockigen Haar, und das Sonnenlicht schimmerte auf den helleren rotblonden Strähnen, die sich über seinen Ohren und dem Kragen ringelten. Als er die Hand hob, um eine Strähne zurückzustreichen, fiel ihr Blick auf das Spiel seiner Muskeln unter dem Hemd. Sie musste kräftig einatmen, weil ihr Herz plötzlich klopfte und ein seltsames Gefühl in ihr emporstieg. Sie sah ihn an, wie eine Frau einen Mann ansieht und wie Colette ihn vielleicht angesehen hatte.

Er stützte sich auf die Ellenbogen, streckte die langen Beine aus und schlug sie übereinander. Erst jetzt wandte sie den Blick ab – aber das Bild des windzerzausten Haars haftete fest in ihrem Kopf. Sie wollte das Haar berühren, wollte es zwischen Daumen und Zeigefinger spüren und ihre Hände darin vergraben. Es war ungerecht, ihm so nahe zu sein und doch ihre Sehnsucht nicht ausleben zu dürfen. Seine Ausstrahlung raubte ihr den Atem, und das missfiel ihr. *Zu denken, dass ich sein Haar streicheln möchte! Was ist nur mit mir los?*

Pierre bewegte sich im Schlaf und öffnete kurz darauf

die Augen. Er setzte sich auf, sah sich etwas benommen um und ließ dann seinen Kopf auf Charmaines Schoß sinken. »Mama.«

John lächelte. »Er liebt Sie sehr, nicht wahr?«

»Ein bisschen, aber er vermisst seine Mutter.« Charmaine strich dem Jungen über das Haar.

»Wirklich?«

»Sehr sogar. Colette hat ihre Kinder geliebt. Sie waren ihr Leben. Obgleich es ihre Gesundheit im letzten Jahr kaum noch zuließ, hat sie so viel Zeit wie möglich mit ihnen verbracht – und wenn sie nur im selben Raum mit ihnen saß und Pierre auf dem Schoß hielt. Das vermisst er sehr.«

»Und die Zwillinge?«

»Ihre Wunden heilen allmählich, aber die Narben bleiben natürlich. Sie können sicher nachfühlen, welchen Schmerz die Mädchen erlitten haben. Ich kenne dieses Gefühl selbst nur zu gut.«

»Ich hatte nie eine Mutter, die ich verlieren konnte«, bemerkte er kühl. »Also kann ich mich nur schwer in die Kinder hineindenken.«

»Die Erfahrung ist nicht der einzige Lehrmeister. Mitfühlen ist einfach, aber dem Leid zu begegnen, das ist schon schwieriger. Die Zeit und das tägliche Leben haben den Mädchen über das Schlimmste hinweggeholfen. Inzwischen haben sie akzeptiert, dass ihre Mutter tot ist.«

»Und wie steht es mit Ihnen, Miss Ryan? Sicher haben Sie den Kindern alle Liebe gegeben, die sie brauchen. Ist das denn nicht genauso wichtig?«

»Das ist es, aber Colette kann ich nicht ersetzen.«

»Vielleicht haben Sie es schon getan. Die Kinder lieben Sie, und eines Tages könnten Sie so wichtig für sie werden wie ihre eigene Mutter.«

»Das bezweifle ich. Die Kinder halten sich an mich, weil sie sonst niemanden haben. Aber ich weiß, wohin sie laufen würden, wenn Colette noch lebte!« Mutig begegnete sie seinem Blick. »Colette war ein feiner, wunderbarer Mensch.«

Ein verhaltenes Lächeln glitt über sein Gesicht. »Und Sie sind das nicht?«

»Das habe ich nicht gesagt.« Als sich sein Lächeln vertiefte, machte sie einen Rückzieher. »Ich meine … ich versuche, eine gute Christin zu sein, aber Colette … nun, Colette war perfekt.«

»Niemand ist perfekt, Charmaine.«

»Nicht einmal Sie?«

Seine Augen funkelten. »Ausnahmen gibt es immer.«

Sie schnalzte mit der Zunge und verdrehte die Augen. Pierre vergrub sein Gesicht in ihren Rockfalten und rief wieder nach seiner Mutter.

»Macht er das öfter?«

Charmaine streichelte seinen Rücken. »Nur im Schlaf. Ich denke manchmal, dass er seine Mutter mehr vermisst, als seine Schwestern das tun.«

»Aber seine Erinnerungen sind doch sicher schon ein wenig verblasst. Er ist so viel jünger.«

»Das ist richtig, aber Colette hat mit Pierre sehr viel mehr Zeit verbracht.«

»Und warum das? Was glauben Sie?«

»Pierre war noch klein und hat gern bei ihr gespielt, die Zwillinge gingen schon oft eigene Wege. Mit ihnen konnte Colette manchmal nicht mehr Schritt halten.«

Aber John schien die Antwort nicht zu genügen, und so erklärte Charmaine es ihm noch einmal. »Colette hat oft beklagt, wie sehr ihre Krankheit sie einschränkt. Deshalb bestand sie auch darauf, eine Gouvernante zu engagieren.

Sie wollte nicht, dass sich ihre Schwäche auf die Kinder auswirkt. Sie wollte sie glücklich sehen. Sie sollten sich frei bewegen können, sollten toben und spielen …«

»Nur weiter«, sagte John. »Ich höre Ihnen sehr gern zu.«

»Ich glaube, ich rede viel zu viel.«

»Aber nein«, wehrte er ab. »Sie reden zum ersten Mal wirklich mit mir. Und das gefällt mir.«

»Für gewöhnlich verbieten das die Umstände, Sir«, sagte sie vorsichtig, weil sie spürte, dass sie unbekanntes Terrain betrat.

»Ich habe die Hoffnung nie aufgegeben. Ich war sicher, dass ich Ihre korrekte Haltung eines Tages überwinden und die echte Charmaine Ryan entdecken würde.«

»Wirklich?« Es ärgerte sie, dass er ihr Verhalten kritisierte und glaubte, sie besser zu kennen, als sie selbst das tat.

»Wirklich.« John lächelte. »Aber wir sollten diesen Fortschritt nicht gleich wieder vernichten. Sprechen Sie einfach weiter, Mademoiselle.«

»Und worüber?«

»Über Mistress Colette und warum sie ihren Sohn den Zwillingen vorgezogen hat.«

»Vorgezogen? Das habe ich so nicht gesagt.« *Warum verdrehte er ihre Worte?* »Sie hat die Zwillinge genauso geliebt wie Pierre.«

»Aber Sie sagten, dass sie viel mehr Zeit mit ihm verbracht habe. Ist das keine Bevorzugung?«

»Nicht unbedingt. Ich habe auch gesagt, dass dic Mädchen aktiver waren als ihr kleiner Bruder. Vermutlich spürte Colette, dass sie sterben musste, und wollte Pierre so viele gute Erinnerungen wie möglich hinterlassen. Bei den Mädchen war es leichter, da sie schon älter waren, aber was Pierre anging, so wollte sie sichergehen. Selbst kurz vor ihrem Tod, als Colette manchmal gar nicht mehr ganz bei sich war, fand sie noch die Kraft, um vor dem Zubettgehen ins Kinderzimmer zu kommen.«

»Fragt Pierre auch nach ihr, wenn er wach ist?«

»Das muss er wahrscheinlich gar nicht, weil er ihre Gegenwart spürt und glücklich ist.«

Mit ruhigem Blick sah John auf den schlafenden Jungen hinunter, und Charmaine spürte, dass er in Gedanken ganz woanders war.

Lautes Lachen schreckte sie auf, als die Mädchen um die Wette zur Decke rannten. Yvette erreichte sie als Erste. Außer Atem warf sie John eine hübsch geformte Muschel in den Schoß. »Sieh nur!«

»Sehr hübsch.« Er nahm das Fundstück näher in Augenschein. »Wie weit musstet ihr gehen?«

»Oh, nicht sehr weit. Vielleicht ein paar Meilen.«

»Ein paar Meilen?«, fragte er und erntete nur ein Schulterzucken.

»Wenn du dir die Öffnung ans Ohr hältst, kannst du die Brandung hören«, warf Charmaine ein.

»Und warum soll ich das tun, da ich sie doch hier am Strand hören kann?«

John lachte leise. »Ihr wart so lange fort und habt nur eine einzige Muschel gefunden?«

Triumphierend grinste Yvette ihre Schwester an. »Habe ich dir nicht gesagt, dass er das fragen würde?« Sie zog einen verbeulten Kelch aus den Falten ihres Rocks hervor. »Das ist unser echter Schatz!« Voll Stolz reichte sie John das Fundstück. »Ist er nicht prächtig?«

»O ja.« John drehte den unansehnlichen Kelch in der Sonne hin und her, bis es hier und da blitzte. »Wo habt ihr ihn gefunden?«

»Drüben beim Riff. Er steckte im Sand. Zuerst habe ich nur ein Glitzern gesehen, und dann haben wir gegraben. Glaubst du, dass er wertvoll ist?«

»Wertvoll? Vielleicht ist es sogar der Heilige Gral!«

»Keine Blasphemie, bitte«, mahnte Charmaine.

»Blasphemie? Den Gral zu erwähnen ist doch keine Blasphemie!«

»Was ist der Gral?«, wollte Jeannette wissen.

Charmaine erklärte ihnen, dass man den Kelch, den Christus beim Abendmahl benutzt hat, so nennt. Dieser Kelch dagegen war sicher nicht der Gral.

»Ist er trotzdem wertvoll?«, drängte Yvette.

»Wir sollten ihn George zeigen«, schlug John vor und schmunzelte. »Er kennt sich mit religiösen Gegenständen genauso gut aus wie mit Geld. Der Kelch interessiert ihn bestimmt sehr.«

»Wo kommt er wohl her, Johnny?«, fragte Yvette.

»Ich bin mir nicht sicher, aber ich habe eine Idee.«

»Und welche?«

»Vielleicht stammt er aus dem Wrack, das vor etwa fünfzehn Jahren das andere Überbleibsel namens Father Benito an Land gespült hat.«

»Davon hast du uns noch nie erzählt!«

»Das war auch nicht so wichtig! Wenn Paul und ich nur gewusst hätten, wen wir da aus der Brandung fischen, hätten wir ihn glatt ertrinken lassen. Als wir gehört haben, dass der Mann Priester ist, war es zu spät.«

Jeannette kam ihrer Schwester zuvor. »Habt ihr ihm das Leben gerettet?«

»Leider ja.«

Charmaine verkniff sich eine weitere Ermahnung, denn was hätte es genützt? »Was geschah mit den anderen?«

»Außer Father Benito gab es keine Überlebenden.«

Johns Blick schweifte in die Ferne, als ob er die Szene wieder vor sich sah. »Es war eine schreckliche Nacht, überall auf der Insel herrschte Nebel, und außerdem zog ein Sturm auf. Die Wellen gingen hoch. Die Küste selbst war nicht auszumachen und der Leuchtturm praktisch nutzlos. Das Schiff zerschellte am Riff. Vermutlich nahe der Stelle, wo Yvette den Pokal entdeckt hat. Die Leute aus der Stadt gaben Alarm und kamen zur Farm, um Sträflinge als Helfer zu erbitten. Vater schloss sich den Männern an und verbot uns, den Besitz zu verlassen. Aber George, Paul und ich wollten uns die Aufregung natürlich nicht entgehen lassen. Was wussten wir denn schon von Unglück und Tod? Wir schlichen heimlich davon und waren vor den anderen am Strand. George sah ihn als Erster, wie er leblos in der Brandung trieb, und sprang ins Wasser, bevor wir ihn zurückhalten konnten. Da man mir den Kopf abgerissen hätte, wenn George ertrunken wäre, sprang ich ihm nach. Zusammen zerrten wir den reglosen Körper aus dem Wasser und hatten nur Angst davor, eine Leiche zu bergen. Als der Mann stöhnte, merkten wir, dass er noch lebte. Am nächsten Tag hat die Brandung die übrigen Toten an Land gespült. Von dem Wrack dagegen wurde bisher kaum etwas gefunden.« Er besah sich den Pokal von Neuem und schüttelte den Kopf. »Unser Vater hat Benito die Stellung als Kaplan angeboten, und als er sich erholt hatte, schrieb er an seinen Bischof in Rom und erhielt die Erlaubnis, die schwarzen Seelen der Insulaner zu betreuen.«

»Hm!«, schnaubte Yvette. »Ihr hättet ihn ertrinken lassen sollen.«

»Aber Yvette!«, schimpfte Charmaine und wandte sich an John. »Da sehen Sie, wohin Ihr Hohn führt!«

»Ich sehe alles ein.« Er rieb sich die Stirn. »Wir wechseln besser das Thema.«

Yvette riss ihm den Pokal aus der Hand und legte ihn in den Picknickkorb, um ihn sicher zu verwahren. Father Benito würde sie ihn jedenfalls nicht überlassen – so viel stand fest. »Wenn er ihn fünfzehn Jahre lang nicht vermisst hat, gehört er jetzt mir.«

»Wir haben einen Jungen im Wasser gesehen«, berichtete Jeannette.

»Das stimmt.« Yvette nickte. »Als ich auch ins Wasser wollte, hat Jeannette gedroht, mich zu verpetzen.«

»Das war gut so«, erklärte Charmaine. »Anständige junge Ladys schwimmen nicht.«

»Aber es macht doch Spaß«, widersprach Yvette. »Es ist unfair, dass anständige Ladys überhaupt keinen Spaß haben dürfen!«

»Möchtest du denn schwimmen lernen, Yvette?«, fragte John.

»Ja! O ja!«

»Also gut. Dann ziehe Schuhe und Strümpfe aus und auch das Kleid. Die Unterwäsche kannst du anbehalten.«

»Meinst du das ernst?« Yvette wartete nicht lange und stand kurz darauf nur in Unterwäsche auf der Decke. »Na los, komm schon!«, rief sie ungeduldig und rannte los.

»Yvette!« Charmaine ging der Spaß zu weit. »Komm zurück, Yvette. Du ruinierst deine Sachen und …«

»Wen stört das? Wir sind doch reich. Außerdem habe ich jede Menge Unterwäsche im Schrank!« Sie stand schon bis zu den Knien in der Brandung und quietschte, als die Wellen um ihre Beine schwappten. Sie ging noch einen Schritt weiter, woraufhin Charmaine unruhig wurde und aufstehen wollte.

Aber John hielt sie auf. »Lassen Sie sie«, mahnte er leise.

Charmaine hob den Kopf und riss die Augen auf. John war bereits aus dem Hemd geschlüpft und zog gerade die Stiefel aus. »Ist das Ihr Ernst?«

»Aber ja. Yvette geschieht nichts. Sie weiß genau, wie weit sie gehen kann.«

Er warf die Stiefel auf die Seite der Decke, gefolgt von Socken und Gürtel. Zu Charmaines Entsetzen nestelte er bereits an der Hose, als ob er sich direkt vor ihr ausziehen wollte. »Sir!«, stöhnte sie nur und wandte den Blick ab.

Er ließ ein diabolisches Lachen hören. »Na los, Charmaine, trauen Sie sich und sehen Sie her. Eigentlich möchten Sie das doch.«

»Von wegen!« Sie sah zu Jeannette hinüber, die ihren großen Bruder anstarrte und grinste. Sie zog das Mädchen neben sich und glaubte, vor Scham zu sterben. »Das werde ich Ihnen nie verzeihen!«

»Was denn, um Himmels willen?« Er trat vor sie hin und lachte, als sie die Hände vors Gesicht schlug. »Solche Schamhaftigkeit! Was machen Sie nur, wenn Sie eines Tages verheiratet sind?«

»Ziehen Sie Ihre Hose wieder an!«, flehte sie.

John hockte sich hin und zog ihr die Hände von den Augen. »Ich *habe* sie doch an!«

Ungläubig riss sie die Augen auf und sah eine kurze Hose, wie sie die Feldarbeiter trugen. »Vermutlich sind Sie jetzt stolz, dass Sie mich hereingelegt haben!«, schimpfte sie.

»Möglich, aber geplant war das nicht. Auch das haben Sie sich selbst zuzuschreiben, *my charm*. Sie haben das Schlimmste angenommen, bevor ich überhaupt etwas sagen konnte. Halten Sie mich tatsächlich für so rüde, dass ich mich vor meinen Schwestern ausziehe?«

»Natürlich haben Sie das geplant, sonst hätten Sie diese ... diese Hose nicht unter der anderen angezogen!«

»Ich habe sie angezogen, das stimmt, aber nicht, um Sie in Verlegenheit zu bringen. Ich wollte gern schwimmen gehen. Deshalb habe ich auch diesen Ort für das Picknick ausgesucht.«

Dem musste sich Charmaine geschlagen geben.

»Was ist mit dir, Jeannie?«, fragte John. »Möchtest du auch schwimmen lernen?«

»Ich weiß nicht recht«, sagte sie unsicher, um ihrer Gouvernante keine neuen Unannehmlichkeiten zu bereiten. Doch als Charmaine sie ermunterte, war sie sofort bei der Sache.

»Es ist schön warm!«, rief Yvette, der das Wasser inzwischen bis zu den Hüften reichte. »Ich kann Hunderte von Fischen sehen!«

Jeannette rannte zum Wasser hinunter, doch als die erste Welle über ihre Füße spülte, quietschte sie laut und lief wieder aufs Trockene. Dann hob sie die Arme über den Kopf und watete bis zu ihrer Schwester. John folgte ihr, und zusammen wagten sie sich noch weiter vor, bis den Mädchen das Wasser bis zu den Schultern reichte. In einer wahren Schlacht bespritzten sie sich gegenseitig, und als Yvette sah, dass Johns Haare noch immer trocken waren, stiftete sie Jeannette an: »Komm, wir tauchen ihn unter.« Aber John hechtete in die nächste Welle und kam ein Stück weiter wieder zum Vorschein. »Dir zeige ich es!«, rief Yvette, und schon war die nächste Wasserschlacht im Gange.

»Pass auf, Yvette, sonst tauche ich dich unter!«

»Ich fürchte mich nicht!«, rief sie und spritzte umso mehr. Als er zu ihr tauchte, wich sie ihm aus und lachte triumphierend. Doch er ließ nicht locker, bis sie sich gegen die starke Unterströmung auf den Strand retten musste. »Fang mich doch!«, rief sie übermütig. Aber John achtete nicht auf sie, sondern watete zu Jeannette hinüber. Es dauerte nicht lange, bis sich auch Yvette wieder zu ihnen gesellte.

Als zweiten Schritt führte John die Mädchen über die Brandung hinaus und hüpfte mit ihnen durch die anrollenden Wellen. Die Mädchen klammerten sich an ihn und quietschten, sobald eine Welle sie emportrug und sie in das Tal vor der nächsten hinabglitten. Sie schwammen zwar nicht wirklich, aber das Gefühl war dasselbe.

Als Pierre erwachte, war er hungrig und aß mit großem Appetit. Mit leuchtenden Augen sah er aufs Meer hinaus. Er deutete auf seine Geschwister. »Schau, Mainie.«

»Deine Schwestern lernen schwimmen.«

»Ich auch!« Er zog Schuhe und Strümpfe aus und rannte so schnell zum Wasser, wie seine Beinchen ihn trugen. Ebenso schnell jagten ihn die Ausläufer der ersten Welle wieder auf den Sand zurück. Auf der Linie zwischen feuchtem und trockenem Sand blieb er stehen und starrte aufgeregt zu seinen Geschwistern hinaus.

Yvette spritzte John Wasser ins Gesicht, weil sie sicher war, dass er sie nicht untertauchen würde. Charmaine musste lachen, als John sich der Angriffe kaum erwehren konnte und Wasser spuckte. Begeistert erwiderte sie Jeannettes Winken, als diese sie neben Pierre am Strand entdeckt hatte.

Als die Mädchen allmählich müde wurden, begann John mit der ersten Lektion. Yvette lernte die Bewegungen rasch, aber Jeannette war weniger begeistert und klammerte sich immer wieder an ihren Bruder. Es war ein unvergesslicher Anblick, als die drei schließlich umkehrten und mit nassen Haaren und durchweichten Sachen dem Strand zustrebten.

»Mademoiselle Charmaine, Sie hätten mitkommen sollen«, rief Jeannette schon von weitem. »Es war so schön!«

»Und ganz einfach!«, ergänzte Yvette.

»Das habe ich gesehen.« Ihr Blick wanderte zu John, der sich die nassen Haarsträhnen aus dem Gesicht strich.

»Yvette, ich glaube, du hast etwas vergessen!«, rief er und deutete zum Horizont.

Yvette kniff die Augen zusammen und starrte aufs Wasser hinaus. Im selben Augenblick packte John zu, zog sie in die Wellen zurück und tauchte sie unter. Prustend kam sie wieder hoch. Ihre blitzenden Augen erstickten das schadenfrohe Gelächter ihrer Schwester im Keim. Dafür lachte John umso lauter. »Das ist überhaupt nicht lustig!«, fauchte sie.

»Aber gerecht. Beim nächsten Mal spritzt du mir nicht mehr ständig Wasser ins Gesicht.«

»Aus deinem Mund klingt das wie eine Todsünde!«

»Ist das wahr? Dann sei sie dir vergeben.« Er hob die Hände zum Himmel empor. »Ich bereue und sündige nie wieder!«

»Wer, glaubst du, dass du bist – vielleicht Johannes der Täufer?« Damit machte sie kehrt und stapfte aus dem Wasser.

Charmaine sah zu John. Offenbar hatte er seinen Meister gefunden. Auf diese altklugen Reden fiel ihm nichts mehr ein. Lachend schüttelte er den Kopf. Doch als er ihrem Blick begegnete und zielstrebig auf den Strand zusteuerte, wandte sie rasch den Blick ab und sah zu Pierre hinunter, der mit den Fingern im nassen Sand malte. Sie nahm den Jungen auf den Arm und hielt den kleinen Körper wie eine Art Schild vor sich, als sie John gegenübertrat.

Er lächelte auf den Kleinen hinunter. »Was hast du denn da in der Hand? Etwa einen Schatz?« Pierre kicherte und schüttelte den Kopf. »Darf ich es sehen?« Er klopfte auf die kleine Hand.

Aber Pierre zog seine Faust weg, fuhr damit über Charmaines Gesicht und öffnete die Hand erst in ihrem Haar.

»Holen Sie es heraus!« Der schrille Schrei entlockte Pierre einen Lachanfall. Hastig setzte Charmaine den Jungen ab, und schon flogen ihre Hände zu ihren Haaren und suchten wie verrückt nach einem winzigen Etwas, das zurückwich, sobald sie es berührte. Sie zerrte an ihren Locken und stellte sich vor, dass ein Netz über ihrem Haar gewoben wurde. »Holen Sie es heraus! Bitte!«

Alle drehten sich um. »Was ist los?«, fragte Yvette.

»Miss Ryan hat einen kleinen Freund gefunden, der sich in ihrem Haar einnisten möchte.«

»Sie sind wahrlich keine Hilfe!«

»Ich dachte, ich darf Sie nicht berühren. Oder haben Sie Ihre Meinung inzwischen geändert?«

»Holen Sie es endlich heraus!«

»Na gut.« Er schmunzelte. »Mit Ihrer Erlaubnis sehe ich nach, wohin sich unser kleiner Freund geflüchtet hat …«

Ihr Blick glitt über die angespannten Muskeln seines Arms, und ihr Magen vibrierte, als er eine Hand gegen ihre Stirn legte und mit den Fingern durch ihre Locken glitt. Die Schmetterlinge spielten verrückt, als sein Daumen ihre Wange berührte. »Nein, weiter hinten!«, rief sie. Gleichzeitig suchte sie den quälenden Berührungen zu entkommen und konnte ihm nicht in die Augen sehen. John trat hinter sie und arbeitete sich gründlich von Strähne zu Strähne durch die zerzausten Locken.

»Da!«, rief Yvette. »Sieh nur, das Haar bewegt sich!«

Charmaine stöhnte auf, doch im nächsten Moment war die Qual vorüber. Die Zwillinge quietschten und machten einen Satz nach hinten, als der unerwünschte Eindringling auf den Sand plumpste und blitzschnell in der rettenden Brandung verschwand.

»Nur eine winzige Sandkrabbe.« John zuckte die Schultern. »Nichts, vor dem man sich fürchten muss.«

»Ich habe mich nicht gefürchtet«, widersprach Yvette.

»Nein? Warum bist du dann so hoch gehüpft?«

»Sicherheitshalber.«

»Miss Ryan ist jetzt ebenfalls in Sicherheit. Befreit von einem schwarzen Monster ...« Mit einem Grinsen nahm er den Jungen auf den Arm. »Das war aber kein netter Streich«, sagte er mit sanftem Tadel.

Pierre kicherte.

»Willst du dich nicht entschuldigen?«, schlug John vor.

»Nein, das war doch lustig.«

»Wenn du dich nicht entschuldigst, muss ich dich aber bestrafen.«

Charmaine erstarrte. John trug den Jungen zur Decke zurück und setzte ihn dort ab. Das konnte unmöglich sein Ernst sein! Dabei sah er gar nicht wütend aus. Rasch lief sie den beiden nach.

Yvette drohte Pierre mit dem Finger. »Du hättest dich lieber entschuldigen sollen, solange noch Zeit war. Jetzt ist es zu spät.« Sie grinste, als ob sie sich bereits an seinen Qualen weidete. »Wie willst du ihn bestrafen?«

»Wie üblich.«

Charmaine begann zu zittern, als John sich zu Pierre

hinunterbeugte, und sie war entsetzt, als Pierre lachend seine Hand beiseiteschlug.

»Du … suchst also Streit!«, stellte John finster fest und packte sein Opfer. Eine leichte Beute.

»Nein!«

Charmaines Aufschrei wurde von Johns »Habe ich dich endlich!« übertönt.

Er setzte sich auf die Decke, klemmte sich den Jungen zwischen die Beine und kitzelte ihn, bis sich der kleine Körper wand und drehte und sich Pierres Lachen zu schrillem Quietschen steigerte. Kaum dass er eine Stelle seines Körpers schützte, entblößte er eine andere. »Hör auf!« und »Mehr!« schrie der Kleine abwechselnd, bis er völlig außer Atem war. Endlich gelang es ihm, sich unter den Beinen herauszuwinden und in Sicherheit zu bringen. Aber John war viel zu erschöpft, um ihm zu folgen.

»Ich will auch bestraft werden!«, rief Jeannette.

»Ich bestrafe nur, wer Miss Ryan beleidigt hat.«

»Dann müssen wir Johnny kitzeln! Er beleidigt Miss Ryan ja andauernd«, schlug Yvette vor.

Schon fielen die beiden Mädchen über Johnny her, doch der wehrte sich tapfer, indem er die beiden Quälgeister abwechselnd kitzelte. Als Pierre sich wieder ins Getümmel stürzen wollte, konnte er keine Lücke entdecken. Also griff er sich zwei Hände voll Sand und streute sie John von hinten auf den Kopf. Als er die nächste Ladung holen wollte, sprang John auf. »Guter Gott im Himmel!« Er fuhr sich mit den Fingern durch die Haare. »Mein Kopf fühlt sich ja an wie ein Ameisenhaufen.«

Charmaine musste lachen.

John fuhr herum. »Und Sie finden das wohl lustig?«

»Als ich die Krabbe im Haar hatte, haben Sie auch gelacht.«

»Das stimmt, aber ich habe immerhin versucht, dass er sich bei Ihnen entschuldigt. Welche Ausrede haben Sie, dass Sie nicht eingegriffen haben?«

Sie lächelte schelmisch. »Keine. Ich denke, dass Sie genau das bekommen haben, was Sie verdienen.«

»Eine größere Beleidigung habe ich noch nie gehört. Was meint ihr, Kinder? Ich finde, dass Miss Ryan auch eine Strafe verdient hat.«

»O nein!«, protestierte Yvette. »Das macht dir doch nur Spaß!«

Charmaine errötete, was zum Glück niemand bemerkte, da John seine Schwester erstaunt ansah. »Es macht mir Spaß? Woher weißt du das?«

»Aus Erfahrung.«

John war sprachlos. »Erfahrung? Mit wem? Etwa Joseph?«

»Nein, nicht mit Joseph. Ich habe doch Augen und Ohren, und ich weiß genau, wann was passiert.«

»Hast du wirklich etwas gesehen oder gehört?«

»Ja.«

»Und wann?«

»Als wir allein in unserem Zimmer waren. Ungefähr vor einem Jahr. In der Woche, bevor Mademoiselle Charmaine zu uns kam.«

»Und was genau ist damals passiert?«

»Mama hatte uns gerade verlassen. Sie hatte wieder eine Verabredung mit Dr. Blackford. Er kam damals zu uns ins Haus… mindestens ein Mal in der Woche. Wenn er ging, fühlte Mama sich immer schlechter. Angeblich half seine Medizin, aber ich glaubte das nicht. Ich wusste, dass Mama uns nicht die Wahrheit sagte. Also wollte ich es genau wissen. Jeannette sollte allen sagen, dass ich auf der Toilette sei. In der Zeit bin in die Küche gerannt und habe ein Glas aus dem Schrank geholt, mit dem man gut lauschen konnte. Dann habe ich …«

»Was redest du da?«, fiel John ihr ins Wort.

»Lass mich doch ausreden!«, schimpfte sie. »Im Korridor war das Lauschen zu gefährlich, weil Auntie Agatha überall herumschnüffelte. Ich suchte mir also Pauls Schlafzimmer aus, weil es genau an Mamas Ankleidezimmer grenzt. Außerdem kommt er immer erst am Nachmittag nach Hause. Aber das war ein Irrtum. Paul war in seinem Zimmer, und Felicia war bei ihm! Nur im Hemd! Ich war so überrascht, dass ich einfach dastand und zugeschaut habe. Felicia hat gelacht, weil Paul sie überall gekitzelt hat. Und dann hat er sie umarmt und wie ein Vampir in den Hals gebissen.«

Charmaine war entsetzt und ahnte dunkel, dass John sich an ihren brennenden Wangen weidete.

»Oh, das war abscheulich!«, fuhr Yvette fort. »Und das habe ich auch gesagt. Besser hätte ich mich davonschleichen oder mich verstecken und von dort zusehen sollen. Aber das ist mir erst später eingefallen.«

John lachte laut, als er sich das entsetzte Gesicht seines Bruders ausmalte, wie er mitten im Liebestaumel erwischt wurde und seine Gier geweckt, aber noch nicht gestillt war.

Yvette war überzeugt, dass er über sie lachte. »Was ist denn?«

»Nichts, Yvette, gar nichts«, erwiderte John. »Erzähle einfach weiter. Ich bin auf Pauls Ausrede gespannt.« Leise kichernd schüttelte er den Kopf, als er sich den Wutanfall seines Bruders ausmalte.

»Dass er wütend wurde, ist ja klar, aber so wütend war er noch nie! Zuerst hat er mich ein paar Mal im Zimmer herumgejagt …«

»Bitte keine Ausschmückungen, Yvette. Erzähle nur einfach, was passiert ist.«

»Also gut. Er hat geflucht... alles Wörter, die ich noch nie gehört habe. Nicht einmal im Hafen. Ich habe versucht, sie mir zu merken, aber bei manchen wusste nicht einmal Joseph, was sie bedeuten. Egal. Mir war klar, dass ich abhauen musste, wenn mir mein Leben lieb war. Als Paul nach seinem Hemd griff, sauste ich aus dem Zimmer und die Treppe hinunter. Aber bevor ich mich verstecken konnte, hatte er mich schon eingeholt. War ich froh, als Auntie Agatha mit einem Tablett ins Foyer trat! Ich bin hinter ihr in Deckung gegangen, sodass Paul wohl oder übel aufgeben musste.«

»Und wieso?«

»Ich bin doch nicht dumm! Er wollte nicht, dass sie etwas erfuhr. Niemand sollte davon erfahren. Stattdessen erzählte er Auntie, dass ich einen kleinen ›Schaden‹ in seinem Zimmer angerichtet hätte und er mich ins Kinderzimmer zurückbringen wolle. Als wir allein waren, hat er mich geschüttelt und mir verboten, auch nur einer Menschenseele davon zu erzählen. Er hat sogar gedroht, mir den Hintern zu versohlen. Ich habe ihn nur böse angesehen und nichts versprochen. Was kann er mir schon tun? Auch wenn ich es dir erzählt habe, kann er mir eigentlich nichts tun.«

»Unglaublich«, murmelte John und lachte noch immer. »Du hast wahrlich den Bogen raus, wie man undenkbare Sachen aufdeckt. Deine Geschichte kommt genau zur richtigen Zeit.«

»Und warum?«

»Miss Ryan und ich haben uns auf dem Weg hierher über etwas Ähnliches unterhalten, nicht wahr, *my charm*? Einen besseren Beweis gibt es wohl nicht.«

»Was soll das heißen?«, fragte Yvette.

»Vergiss es, mein Schatz. Was hätte ich dafür gegeben, Pauls Gesicht zu sehen!«

»Ich kann es ja noch einmal machen, und du wartest vor der Tür. Wie viel bekomme ich dafür?«

»Ich fürchte, ich muss das Angebot ablehnen.«

»Ich mache es auch billiger, wenn du mir die Bedeutung der Flüche verrätst.«

Er ging um die Decke herum und hob seine Sachen auf. »Auch dann nicht, liebe Schwester. Dein Wortschatz ist auch so schon umfangreich genug.«

»Du hast ja nur Angst, dass du die Wörter nicht kennst!«

»Vermutlich ist das so«, erwiderte John. »Ich hoffe, das war wenigstens das letzte Mal.«

»Nicht ganz. Beim nächsten Mal habe ich es von der Hintertreppe aus gemacht, die genau an Mamas Schlafzimmer vorbeiführt. Aber Dr. Blackford hat nichts Interessantes gesagt, also habe ich es nicht noch einmal versucht.«

Charmaine war ehrlich empört. »In der nächsten Zeit werde ich ein besonderes Auge auf dich haben, kleine Lady.«

Yvette sah sie von der Seite her an, während John nur schmunzelte.

Ohne ihn zu beachten, forderte Charmaine die Mädchen auf, die nassen Sachen auszuziehen. Yvette protestierte und wollte noch einmal ins Wasser, aber John schlug ihr die Bitte ab, weil die Wellen größer geworden waren und sich womöglich ein Sturm zusammenbraute. Die zweite Lektion musste bis zum nächsten Ausflug warten.

Charmaine beugte sich zu Pierre hinunter, der schon seit geraumer Zeit an ihrem Rockzipfel zerrte.

»Ich muss Pipi!«

Sie hatte überhaupt nicht daran gedacht, ihn zu fragen, und merkte erst jetzt, dass es auch sie nach Erleichterung verlangte. Doch bevor sie mit Pierre hinter den Büschen verschwinden konnte, nahm John den Jungen bei der Hand. »Lassen Sie mich das machen.«

»Aber nein, er muss doch nur verschwinden …«

»Genau wie ich. Also lassen Sie mich das machen.«

Da auch ihr damit geholfen war, war sie einverstanden, und gleich darauf verschwanden die beiden im Wald.

Die Mädchen zerrten sich die nasse Unterwäsche vom Leib und kicherten unentwegt, weil sie kaum etwas unter ihren Kleidern anhatten. Charmaine schlich sich für kurze Zeit davon, und als sie zurückkam, waren die Mädchen damit beschäftigt, ihre nassen Haarsträhnen zu entwirren.

John kam angekleidet zurück, und Pierre thronte auf seinen Schultern. Der Kleine lachte hemmungslos, als John ein Stück rannte und er auf und ab hopste. »Weißt du, was, Mainie? John hat einen echt großen …«

Seine Hand legte sich auf die kleinen Lippen und erstickte den Rest des Satzes. Erstaunt sah Charmaine, wie John errötete. Als sie endlich begriff, hätte sie beinahe laut gelacht. Sie hatte John Duvoisin noch nie verlegen erlebt. Doch als er den Kleinen von den Schultern hob und ihm »Das solltest du doch nicht sagen« ins Ohr flüsterte, wandte sie sich ab.

Die nächste halbe Stunde verbrachte Pierre am Strand und quietschte vor Vergnügen, wenn der salzige Schaum über seine Füße schwappte. Auch Charmaine streifte Schuhe und Strümpfe ab und genoss das kühle Nass, das um ihre Knöchel spülte. Als ob es die schmerzliche Vergangenheit wegwaschen wollte. Deutlich spürte sie die

Gegenwart ihrer Mutter, doch statt Kummer empfand sie tiefe Zufriedenheit. Als sie noch klein war, hatten sie und ihre Mutter einmal eine alte Lady besucht, die nahe am Ozean lebte. Damals hatten sie viele Stunden am Strand verbracht und sich von ihrem schweren Schicksal erholt.

Irgendwann sah Charmaine zum azurblauen Himmel empor, wo sich im Südwesten dunkle Wolken sammelten. Schwerelos segelte eine Möwe mit ausgebreiteten Schwingen hoch über den Himmel, bis sie bei einem Windstoß mit lautem Kreischen auf die Wellen niederstieß. Kurz vor dem Eintauchen hob der nächste Windstoß den Vogel erneut in die Höhe, und nach heftigem Flügelschlagen segelte er auf den Ozean hinaus. Dem Verderben so nahe, haarscharf am Tod vorbei.

Tod. Wieder dachte Charmaine an ihre Mutter, an die trostlosen Tage, als sie ohnmächtig dagelegen hatte, bevor sie gestorben war. Tod. Sie dachte an Colette, an die Tage voller Angst, als alle gebetet und auf ein Wunder gehofft hatten. Tod. Ob die Möwe nur eine Warnung gewesen war und ihr Leben jederzeit wieder in Gefahr geraten konnte?

Johns Stimme riss sie aus ihren Gedanken. »Charmaine? Sie waren aber weit weg. Womöglich sogar in Richmond?«

Sie nickte nur stumm.

»Die Vergangenheit hinter sich zu lassen ist nicht leicht.« Seltsam, wie er ihre Gedanken las und ihre Unsicherheit durchschaute. Er hielt Pierre in seinen Armen, und dieses Bild gefiel ihr. Diesmal war die Gegenwart ihrer Mutter noch deutlicher und verscheuchte ihre Ängste.

Als Charmaine sich umsah, konnte sie die Zwillinge nirgends entdecken. »Wo sind die Mädchen?«

»Im Wald. Sie haben versprochen, dass sie gleich wieder da sind.«

»Im Wald? Guter Gott! Und die Klapperschlangen?«

»Schlangen? Du lieber Himmel, wie konnte ich das nur vergessen!« Er schlug sich gegen die Brust und sah besorgt drein, legte aber trotzdem keine Eile an den Tag.

Wütend lief Charmaine davon, aber John rannte ihr nach und hielt sie am Arm fest.

»Wie können Sie da nur lachen!«

»Charmaine, hier gibt es keine Schlangen«, sagte er, als sie sich losreißen wollte.

Sie erstarrte. »Wie bitte?«

Aber John ließ ihre Hand nicht los. »Es gibt hier weder Schlangen noch wilde Tiere. Ich habe mir das nur ausgedacht, damit Sie wieder aufs Pferd steigen.«

»Sie haben mich angelogen? Ich kann nicht glauben, dass Sie zu so etwas fähig sind!«

Er lachte leise. »Ach, meine liebe Charmaine, Sie haben ja keine Ahnung, was ich schon alles gemacht habe. Um Sie wieder in den Sattel zu bringen, hätte ich auch noch ganz andere Lügen aufgetischt.«

»Oh, Sie brutaler, Sie hinterhältiger …«

Ein Donnerschlag ließ John ernst werden. Besorgt sah er zum Himmel empor, während Charmaine weiter wütete. Erst der nächste Donnerschlag ließ auch sie verstummen. Der Himmel war gefährlich schwarz geworden.

»Packen Sie das Picknick zusammen«, befahl er. »Ich hole die Pferde. Der Sturm kommt schnell näher. Vor einer halben Stunde war der Himmel noch klar.«

»Und die Mädchen?«

»Die haben den Donner auch gehört«, rief er über die Schulter zurück. »Sie werden in Kürze hier sein.«

»Aber Yvette fürchtet sich doch vor gar nichts.«

»Ich wette jede Summe, dass sie schneller hier ist als Jeannette.«

Charmaine eilte zu Pierre, der noch immer im Sand spielte. Sie säuberte ihn, trug ihn zur Decke und zog ihm Schuhe und Strümpfe an. Nachdem auch sie wieder in Schuhe und Strümpfe geschlüpft war, räumte sie die Reste des Picknicks zusammen.

Gerade als die Mädchen angerannt kamen, erschütterte der nächste Donner die schwüle Luft. Ängstlich sah Yvette zum Himmel empor. »Das Unwetter wird sicher schlimm«, flüsterte sie.

Auf dem Rückweg durch den Wald war es rund um sie herum bedrohlich still, und nicht ein Blatt rührte sich. Als sie die Straße erreichten, zog am südöstlichen Himmel eine tintenschwarze Wolkenwand empor. Wind kam auf, wurde ständig stärker und zauste ihre Haare und die Mähnen der Pferde. Das Tageslicht war längst einer gespenstischen Dämmerung gewichen. Als es blitzte und ein naher Donnerschlag die Luft erzittern ließ, schrien die Mädchen auf. Die Pferde wurden unruhig und zuckten mit den Ohren. Gegen den Wind musste Pierre die Lider zusammenkneifen. Ängstlich sah Charmaine zu John hinüber, der sich besorgt umblickte und die Wolkenwand nicht aus den Augen ließ. Sein Kopfschütteln steigerte ihre Ängste noch.

In halsbrecherischem Tempo näherten sich ihnen zwei Reiter, und nur Sekunden später zügelten Paul und George ihre Pferde. Ohne Charmaine und ihre zerzausten Haare auch nur eines Blickes zu würdigen, beugte sich Paul zu John hinüber. »Bin ich froh, dass ihr schon auf dem Rückweg seid. Offenbar erwarten wir einen Hurrikan, und zwar einen von der üblen Sorte, wenn du mich fragst.«

»Ich bin gerade erst aus der Stadt zurückgekommen«, berichtete George. »Die *Raven* hat vor kaum zwei Stunden festgemacht. Jonah Wilkinson ist in halsbrecherischem Tempo vor dem Sturm hergesegelt. Wir hatten alle Mühe, das Schiff zu vertäuen. Das Meer ist sehr aufgewühlt.«

»George ist auf dem Weg zur Mühle, und ich will in die Stadt, um die anderen Boote und den Kai zu sichern. Kannst du mir helfen?«

»Was geschieht mit dem Haus?«

»Travis und Gerald kümmern sich darum. Ich brauche deine Hilfe nötiger als sie.«

»In Ordnung«, erwiderte John.

Wieder blitzte es grell, und die Pferde wieherten und scharrten mit den Hufen. Als es gleich darauf donnerte, schüttelten sie ihre Köpfe und begannen zu tänzeln.

»Und was soll aus den Kindern und mir werden?«, rief Charmaine.

»Sie reiten unverzüglich zum Haus zurück«, befahl Paul.

»Folgen Sie einfach der Straße«, ergänzte John mit sanfter Stimme.

»Was, wenn die Pferde in Panik geraten?«

John sah die Furcht in ihren Augen und wandte sich an George. »Könntest du sie nach Hause begleiten, bevor du zur Mühle reitest? Dann kann ich Paul helfen.«

George nickte wortlos und übernahm den kleinen Pierre. Dann trennten sich ihre Wege: Paul und John galoppierten zum Hafen, und George ritt zusammen mit den Kindern und der Gouvernante zum Herrenhaus.

Sie erreichten die Vorhalle keinen Augenblick zu früh. Erste Böen peitschten kleine Steinchen und Zweige durch die Luft, und selbst die Äste der mächtigen Eiche beugten sich den Naturgewalten. Am anderen Ende der Säulenhalle nagelten zwei Stallknechte die Fensterläden zu.

Travis Thornfield stand im Foyer. Seine sonst so stoische Miene spiegelte seine tiefe Sorge wider. »Sechs Männer sind damit beschäftigt, überall im Haus die Fenster zu sichern. Wenn sie fertig sind, kann der Himmel die Schleusen öffnen. Wir sind auf alles vorbereitet.«

George nickte. »Bestens.«

»Ist das wirklich ein Hurrikan?«, fragte Yvette mit großen, aber furchtlosen Augen.

»Wenn die Anzeichen nicht trügen, dann ja«, bestätigte George.

Yvette schien dem Ereignis förmlich entgegenzufiebern. »Das wird eine ziemlich unruhige Nacht, und Cookie wird uns wieder ihre abergläubischen Geschichten erzählen.« Dann zählte sie die Schäden auf, die es während des letzten Hurrikans im Jahr vor Charmaines Ankunft gegeben hatte.

»Sind diese Stürme wirklich so zerstörerisch?«, fragte Charmaine beunruhigt. »Verletzte wird es doch wohl nicht geben, oder?«

»Ein Hurrikan kann sehr zerstörerisch sein«, erklärte George. »Aber das muss nicht so kommen. Wir können nichts weiter tun, als warten und beten, dass uns der Sturm nicht direkt trifft.«

»Aber Paul … und John … sind doch immer noch draußen!«

»Bevor es richtig schlimm wird, bleibt noch genug Zeit, um die Hafenanlagen und die Schiffe zu sichern. John und Paul sind schließlich mit diesen Problemen aufgewachsen. Jetzt muss ich aber los und mich um die Mühle kümmern. Ich komme zurück, so schnell ich kann.«

Trotz der beruhigenden Worte war Charmaine zutiefst beunruhigt. Da war Ablenkung das richtige Mittel. Sie brachte die Kinder nach oben, damit sie baden und frische

Sachen anziehen konnten. In ihrem Schlafzimmer war es so dunkel, dass sie die Lampen anzünden musste.

Pierre war als Erster an der Reihe. Nervös klammerte sich der Kleine an sie, sobald es donnerte oder der Wind ums Haus heulte. »Was hat dir bei unserem Picknick eigentlich am besten gefallen?«, fragte sie munter, um ihn ein wenig abzulenken.

»Mit Johnny zu reiten.« Als sie ihm die Kleider auszog, sah er an sich hinunter. Dann hob er den Kopf und strahlte seine Gouvernante an. Sie lächelte zurück. Offenbar war ihr Plan erfolgreich. »Jetzt weiß ich es. Das heißt Penis, Mainie.« Er deutete auf sein Geschlechtsteil, woraufhin Charmaines Lächeln erstarb.

»Was hat Pierre gesagt?«, fragte Yvette.

»Nichts«, beschwichtigte Charmaine. »Er hat nichts gesagt.«

Rasch wandte sie sich wieder an den Jungen. »Das Wort ist privat, Pierre. Das darf man nicht sagen.«

»Warum?«

»Es gehört sich nicht, darüber zu sprechen. Hast du das verstanden?«

»Was hat er denn gesagt?«, fragte Yvette noch einmal.

»Er wird es nicht wiederholen, nicht wahr, Pierre?«

Gehorsam schüttelte der Junge den Kopf. »Nein.« Damit war der Fall erledigt.

Die Mädchen hatten gerade ihr Bad beendet und kämmten sich die nassen Haare, als Travis Thornfield an der Tür klopfte. »Der Vater möchte seine Kinder sehen«, richtete er aus.

Charmaine wurde blass, aber Jeannette lächelte sie an. »Papa hat vielleicht ein Geschenk für uns.« Aber Charmaine war sich dessen nicht so sicher. Sie schämte sich, dass sie keinen Gedanken an den Vater verschwendet hatte, als sie die Kinder zu dem Picknick entführt hatte. Im letzten Jahr hatte er sich extra Zeit für die Kinder genommen. Letztes Jahr. Wenn sie an letztes Jahr dachte, war ihr nicht wohl zumute. Aber das war keine Entschuldigung, die Kinder heute nicht zu ihm zu bringen. Ob er böse war, dass sie den Tag mit ihrem großen Bruder verbracht hatten? Dass ihre Gouvernante dem Ausflug zugestimmt hatte?

Ein paar Minuten später waren sie alle in Frederic Duvoisins Ankleidezimmer versammelt. Zu Charmaines Kummer erzählten die Mädchen sofort von dem aufregendsten Geburtstag, den sie jemals erlebt hatten. »Wir haben sogar schwimmen gelernt!«, schloss Yvette.

Frederic nickte. »Also war es ein schöner Tag?«

»Es war lustig«, sagte Pierre, der auf Frederics Schoß saß. »Ich durfte auf Johnnys Pferd reiten!«

Frederic lächelte seinen Sohn an. Charmaine atmete erleichtert auf. Ein gutes Zeichen. Offenbar war er ihr nicht böse. »Hattest du denn keine Angst?«

»Aber nein. Johnny hat mich doch festgehalten. Ich liebe Johnny, Papa.« Zur Bekräftigung schlang der Junge die Ärmchen um seinen Vater. »Ich bin froh, dass Johnny wieder zu Hause ist.«

Melancholisch richtete Frederic den Blick in die Ferne.

»Die Ponys sind das beste Geschenk, das wir jemals bekommen haben!«, sagte Yvette mitten in seine Gedanken hinein.

»Das kann ich mir denken«, erwiderte ihr Vater. »Ich habe zwar auch ein Geschenk für euch, aber ich fürchte, dass es mit den Ponys nicht mithalten kann.«

»Was ist es denn?«, fragte Jeannette neugierig.

»Wenn ihr dort drüben in den Korb schaut, könnt ihr es sehen.«

Das ließen sich die Mädchen nicht zweimal sagen. Sie rannten in die Ecke und stürzten sich auf die kleinen Fellknäuel. Pierre rutschte vom Schoß seines Vaters herunter und lief begeistert hinter den Mädchen her. Im nächsten Moment wurden die Kätzchen aus dem Korb gehoben. »Sieh nur, Pierre, ein Kätzchen«, sagte Jeannette und setzte ihres auf den Boden.

Pierre streichelte über das Fell. »Es ist so weich!«, rief er.

Als das Tier schnurrte, riss er verwundert die Augen auf. »Was ist das?«

»Schnurren heißt«, erklärte seine Schwester, »dass das Kätzchen dich mag. Setz dich auf den Boden, dann darfst du es ein bisschen halten.«

Pierre gehorchte, und Jeannette legte ihm ihr Kätzchen auf den Schoß. Kichernd sah der Junge zu, wie sich das orangefarbene Tier mehrmals um sich selbst drehte, bevor es von seinem Schoß sprang. Im nächsten Moment jagten die beiden Fellknäuel durch den Raum, fielen übereinander her und spielten miteinander. Die Kinder hatten großen Spaß und lachten, und der Sturm war rasch vergessen.

Yvette schlang den Arm um ihren Vater. »Du hast recht, Papa. Die Kätzchen sind zwar nicht so schön wie die Ponys, aber sie sind viel besser als die Puppen, die du uns letztes Jahr geschenkt hast.«

Frederic drückte sie an sich. »Du bist ein wunderbares Mädchen, Yvette.«

Danach war Jeannette an der Reihe. »Ich mag die kleinen Katzen genauso gern wie die Ponys.« Sie gab Frederic einen Kuss. »Vielen Dank, Papa.«

Pierre beobachtete gebannt, wie die Kätzchen sich versteckten, und kicherte, wenn sie plötzlich hinter einem Stuhl hervorsprangen und weiter herumtobten.

Als sie ins Kinderzimmer zurückkehrten, schliefen die Kätzchen tief und fest in ihrem Korb. Doch Pierre nahm von alledem nicht mehr viel wahr. Charmaine hatte ihn kaum auf sein Bett gesetzt, als ihm auch schon die Augen zufielen und er trotz des Hurrikans einschlief.

Als Pierre schlief, wollten die Mädchen die Schatzsuche fortsetzen, und Charmaine war einverstanden, zumal sie sich eine Tasse Tee holen wollte.

Als sie das Foyer durchquerten, stürmte George völlig durchnässt ins Haus. »Die Mühle ist gesichert«, sagte er und schauderte. »Und wie geht es Ihnen?«

»Ich bin nur froh, dass ich nicht nach draußen muss«, erwiderte Charmaine. »Ist der Sturm sehr schlimm?«

»Das kann man wohl sagen, aber das Schlimmste kommt noch.«

»Ist das denn möglich?«

»Das war bisher nur der Anfang. Auf jeden Fall wird der Sturm noch schlimmer und dauert vermutlich die ganze Nacht. Ich bin von Kopf bis Fuß durchweicht und brauche dringend einen heißen Tee.«

»Genau den wollte ich mir gerade holen.«

»Sobald ich mir trockene Sachen angezogen habe, leiste ich Ihnen Gesellschaft.«

George kam herunter, als Charmaine sich gerade aus dem Teekessel bediente, den Fatima auf den Tisch gestellt hatte.

»Noch immer nervös?«, fragte er, als er ihr gegenüber Platz nahm.

»Und wie. Aus Virginia kenne ich solche Stürme nicht. Doch wenn ich sehe, wie wenig sich die Zwillinge davon beeindrucken lassen, komme ich mir wie ein kleiner Feigling vor. Ob ich mich jemals daran gewöhnen werde?«

»Daran kann man sich nicht gewöhnen. Ich lebe schon mein ganzes Leben hier, und selbst ich habe noch manchmal Bammel.«

Sie lächelte. »Wie lange dauert es, den Hafen abzusichern?«

»Kommt ganz darauf an. Aber Ihre Sorge ist unnötig. Wenn sich eine so hübsche Lady um ihn sorgt, setzt Paul sicher alles daran, um schnell und unversehrt nach Hause zu kommen.«

Verlegen senkte sie den Kopf.

»Außerdem hat er John als Verstärkung.«

»Wird er … ihm auch helfen?«

»Aber natürlich!« George runzelte die Stirn. »Glauben Sie mir das etwa nicht?«

Sie zuckte die Schultern, weil sie erst jetzt merkte, dass sie ihn verletzt hatte.

»Eine Antwort ist das aber nicht.«

»Es tut mir leid, George, aber ich habe die beiden beobachtet. Allzu viel Liebe scheint mir da nicht mehr übrig zu sein, oder?«

George stellte seine Tasse ab. »Die beiden wetteifern miteinander, seit ich sie kenne. Damals waren wir alle noch kleine Jungen.«

»Genau das meine ich. John lässt keine Gelegenheit aus, um Paul zu ärgern.«

»Das ist umgekehrt nicht anders«, bemerkte George.

»Wie soll ich das verstehen?«

»Paul provoziert auch gern, aber das ist schwerer zu durchschauen.«

»Soll das vielleicht heißen, dass John Sie auf seine Seite gezogen hat?«

»In diesem Fall gibt es keine ›Seiten‹. Ich kenne die beiden, solange ich zurückdenken kann. Sie sind mir so nahe wie Brüder, und ich verstehe ihre jeweiligen Beweggründe nur zu gut.« Charmaines Gesichtsausdruck spiegelte ihre Verwirrung wider, sodass George weiter ausholte. »Die beiden haben ihr Leben lang um die Anerkennung ihres Vaters gewetteifert, aber Paul hatte stets die Nase vorn.«

Charmaine war nicht sehr beeindruckt. »Ich verstehe durchaus, wenn ein Vater den Sohn vorzieht, der sich besser zu benehmen weiß.«

George schüttelte den Kopf. »Frederic war oft regelrecht gemein zu John. Stellen Sie sich doch nur vor, wie John sich gefühlt haben muss, wenn der adoptierte Sohn um die Liebe seines Vaters buhlte, während er als leiblicher Sohn Tag für Tag, Monat für Monat und Jahr für Jahr mit leeren Händen dastand. Vielleicht verstehen Sie seinen Zynismus dann besser.«

Charmaine war verunsichert und schwieg.

»Genauso weiß ich, dass John seinen Bruder nicht hasst und stets helfen würde, wenn Paul in Schwierigkeiten geriete. Umgekehrt würde Paul genau dasselbe für John tun. Es ist vielleicht schwer zu glauben, aber es hat Zeiten gegeben, in denen sich die beiden sehr nahestanden, in denen wir alle drei uns sehr nahestanden.«

»Wie erklären Sie sich dann diese Kämpfe?«

»Die sind größtenteils nicht so ernst gemeint, wie Sie vielleicht glauben. Sie kennen John inzwischen gut genug, um zu wissen, dass er gern Unruhe stiftet. Und Paul ist seine bevorzugte Zielscheibe, weil er alles ernst nimmt und immer wieder auf John hereinfällt. Meistens reichen die Kabbeleien aber nicht tiefer.«

Im Laufe des Nachmittags versammelte sich die ganze Familie nach und nach im schwach erleuchteten Wohnraum. Plötzlich entstand Unruhe im Foyer, ein Windstoß fegte ins Haus. Sekunden später fiel die schwere Tür ins Schloss und sperrte das Toben der Elemente aus. Charmaine und die Zwillinge rannten zur Tür, und George folgte ihnen auf dem Fuß. Mitten im Foyer stand ein lachender John, der ebenso von Kopf bis Fuß durchnässt war wie in der Nacht seiner Ankunft. Das Einzige, was fehlte, war die Kappe.

»Was ist passiert?«, fragte Yvette.

»Und wo ist Paul?«, fügte Charmaine an.

Im selben Augenblick wurde die Tür fast aus den Angeln gerissen, als Paul hereinstolperte und alle Kraft aufbieten musste, um sie wieder ins Schloss zu drücken. Er war genauso übel zugerichtet wie John, aber auch er lachte über das ganze Gesicht.

Yvette platzte vor Neugier. »Was ist denn passiert?«

»Johnny wollte ein kleines Beiboot vertäuen und hat stattdessen ein Bad im Hafen genommen«, stieß Paul unter Lachen hervor. »Es ist mir ein Rätsel, warum du nicht auf mich gewartet hast.«

»Das habe ich doch gemacht«, übertönte John seinen Bruder. »Allerdings unter Wasser. Aber es hat sich gelohnt, weil du mir nachgesprungen bist.«

Paul schnaubte ein wenig. »Ich hätte dich ertrinken lassen sollen, aber dazu liegt mir zu viel an dir.«

»Wenn dir wirklich etwas an mir läge, hättest du meine Kappe gerettet! Die ist bei der Alberei nämlich verloren gegangen.«

»Das Bad war es wert, lieber Bruder.« Lachend schlug Paul John auf den Rücken. »Das Bad war es wirklich wert.«

»Dabei war das schon mein zweites Bad am heutigen Tag! Aber diesmal war ich angezogen.«

Paul gefror das Lachen auf den Lippen. »Ich wusste gar

nicht, wie gern du badest. Ich dachte immer, dass es dich eher zu den Mühseligen und Beladenen zöge…«

»Geschmäcker ändern sich.«

Paul schwieg, doch seine Kiefer arbeiteten heftig, als er Charmaine ansah. Dann stürmte er die Treppe empor. Die anderen blieben im Foyer zurück und zuckten nur kurz zusammen, als seine Zimmertür ins Schloss knallte.

»Aller Spaß hat irgendwann ein Ende«, bemerkte John.

»Kein Wunder, wenn Sie ihn absichtlich ruinieren«, entgegnete Charmaine.

»In diesem Fall war das ganz spontan, *my charm*.«

Zornig trat sie auf ihn zu. »Oh… Wenn Sie das auch nur noch ein einziges Mal zu mir sagen… diese… diese dämliche Anrede… dann…«

»Was dann, *my charm*?« Er kam ebenfalls einen Schritt näher.

»Oh! Lassen Sie mich doch in Ruhe!« Sie fuhr herum und wäre fast mit George zusammengeprallt, der zum Gaudium der Zwillinge eilig einen Schritt zurückhüpfte.

John rannte hinter Charmaine die Treppe hinauf und amüsierte sich sichtlich über ihre zornige Reaktion. »Seien Sie lieber froh, dass ich Sie so nenne. Immerhin ist das eine individuelle Anrede – im Gegensatz zu den gewöhnlichen ›ie‹ in Paulie, Auntie oder Cookie.«

Charmaine biss sich auf die Zunge, um jede unbedachte Äußerung zu vermeiden. Oben angekommen, stieß sie John beiseite und steuerte schnurstracks auf ihr Zimmer zu.

Doch so schnell gab John nicht auf. »Für Pierre ist Mainie in Ordnung, aber in meinen Ohren klingt es nicht erwachsen genug. Was meinen Sie?«

Als sie zu einer letzten Bemerkung herumfuhr, trafen

sich ihre Blicke. Mit den Händen auf dem Rücken und völlig durchnässt, stand er einfach nur da und lächelte hinreißend wie ein ehrenhafter Gentleman, der seine Liebste zu einer Verabredung abholte. Plötzlich wusste Charmaine nicht mehr, wo ihre Wut geblieben war, und fand die Situation nur noch absurd und komisch.

»Nun? Muss ich in Zukunft auch Charmainie sagen, oder darf ich es bei *my charm* belassen?«

Unwillkürlich musste Charmaine kichern.

»Zum Glück sind Sie mir nicht wirklich böse.«

Er trat einen Schritt auf sie zu. Das Flackern der Wandlampen spiegelte sich in seinen braunen Augen. Als er ihr eine Haarsträhne aus dem Gesicht strich, spürte sie eine leichte Berührung auf ihrer Wange und erschauerte. Sie wich einen Schritt zurück, sodass seine Hand einen Moment lang bewegungslos in der Luft verharrte.

»Ich … ich muss nach Pierre sehen.« Rasch wandte sie sich zum Kinderzimmer um, und er folgte ihr.

»Es geht ihm doch gut?«

»Aber ja«, flüsterte sie, als sie auf Zehenspitzen ins Zimmer schlichen. »Er schläft bereits seit zwei Stunden.«

Beim Klang ihrer Stimme setzte Pierre sich auf und rieb sich die Augen.

»Du bist ja schon wach.« Charmaine setzte sich zu ihm und nahm ihn in die Arme. Dabei war sie überrascht, mit welcher Liebe John den Jungen betrachtete.

Sekunden später polterte Yvette herein und störte den Zauber des Augenblicks. »Cookie lässt ausrichten, dass das Dinner wie immer um sieben Uhr serviert wird.«

Aus der Küche war verheißungsvolles Geklapper zu hören, aber noch hatte man nicht mit dem Servieren begonnen. Agatha spitzte die Lippen, aber sie sparte sich die

Bemerkung und zog nur eine Braue in die Höhe. Einige Stühle waren noch unbesetzt. John verspätete sich öfter, dachte Charmaine, doch was konnte Paul aufgehalten haben? Ob er ihr die Bemerkung seines Bruders über das Schwimmen zum Vorwurf machte?

Agatha ergriff als Erste das Wort. »Wie ich höre, haben Sie mit den Kindern ein Picknick gemacht, Miss Ryan.«

Voll böser Ahnungen sah Charmaine die Herrin des Hauses an. Der Satz klang harmlos, aber Agatha richtete nie ohne Absicht das Wort an sie.

»Hatten Sie denn einen schönen Tag?«

»O ja«, antwortete Charmaine kurz und knapp und hoffte, dass die Sache damit beendet war.

»Mein Neffe … Nun, John hat Sie begleitet?«

»Er hat den Kindern zwei Ponys zum Geburtstag geschenkt und sich auch das Picknick ausgedacht.«

»Aha«, sagte Agatha. »Und was haben Sie die lange Zeit über so ganz allein gemacht?«

»Wir waren ganz und gar nicht allein«, entgegnete Charmaine in scharfem Ton. Endlich wusste sie, wohin die Andeutung zielte. »Wir haben uns um drei Kinder gekümmert.«

»In meinen Augen ist das keine qualifizierte Aufsicht, Miss Ryan. Genauso gut hätten Sie die Kinder irgendwo auf der Insel aussetzen können und dann …« Geschickt ließ sie die Worte nachklingen.

Kochend vor Wut holte Charmaine zur Vergeltung aus. »Aber, aber, meine Liebe, also haben Sie es tatsächlich herausgefunden! Wir haben die Kinder zum Spielen im Wald ausgesetzt und den Nachmittag in enger Umarmung verbracht. Entspricht diese Beschreibung Ihren Vorstellungen besser, Mrs. Duvoisin?«

Agatha schnappte nach Luft, und ihr Unterkiefer sackte

tiefer herunter als je zuvor. Die übrigen Dinnergäste, allen voran George, gluckstes vor Lachen.

Charmaine bedauerte ihre unbedachte Bemerkung auf der Stelle. *Was habe ich mir nur dabei gedacht? Guter Gott, an die Folgen darf ich gar nicht denken!* Sie errötete und senkte den Kopf. Als das Gelächter abflaute, fasste sie neuen Mut und sah zu George hinüber, dessen Blick ihr applaudierte. Sie lächelte ihm zu. Im selben Moment kam John leise summend ins Speisezimmer.

Er war zwar zwanglos gekleidet, doch die sorgfältig geschneiderte Hose und das weiße Hemd unterstrichen seine männliche Erscheinung. Sein Haar war noch feucht, aber ordentlich gekämmt und ringelte sich über Ohren und Kragen. Als er sich setzte, zwinkerte er Jeannette zu.

Wenig später waren Schritte im Foyer zu hören, und kurz darauf betrat auch Paul das Esszimmer. Charmaines Herz vollführte einen Satz angesichts der guten Figur, die er in Dinnerjackett, schwarzer Hose und blütenweißem Hemd abgab. Auch sein Haar war noch feucht und sorgsam geglättet – bis auf die schwarze Locke, die ihm in die Stirn fiel. Sein Mund wirkte verkniffen, und er blickte finster drein. Charmaine sah zu John hinüber, weil sie das Gefühl hatte, dass er sie beobachtete, doch sein Blick war auf Paul gerichtet.

»Nimm deine Füße von meinem Stuhl«, drohte Paul.

John richtete sich auf und lachte spöttisch.

Als Paul sich gesetzt hatte, wandte sich Agatha an John. »Wie man mir sagte, hast du den Tag mit Miss Ryan verbracht.«

»Man hat es Ihnen gesagt?«, fragte John. »Wer, wenn ich fragen darf? Na, Auntie, heraus mit der Sprache.«

»Es war Rose.«

»Aha…« Er nickte. »Dann hat sie Ihnen sicher auch

gesagt, dass ich mit den Kindern Picknick gemacht habe und ihre Gouvernante mich unterstützt hat. Warum unterstellen Sie mir, dass ich den Tag allein mit Miss Ryan verbracht hätte?«

John bemerkte, dass George lachen musste. »Habe ich etwas Komisches gesagt?« Aber George schüttelte nur stumm den Kopf.

»Ich weiß, warum er lacht«, rief Yvette dazwischen, doch ihr Lächeln verschwand, als Charmaine ihr einen warnenden Blick zuwarf.

George öffnete den Mund, aber mehr als ein gebelltes »Autsch!« kam nicht heraus. Er rieb sich das Schienbein, wo Charmaine ihn getreten hatte.

Johns Blick wanderte zu ihr, doch sie setzte dieselbe unschuldige Miene auf, die er sonst zur Schau trug. Irgendetwas ging hier vor.

Aus dem Nichts erhob sich Pierres Stimmchen. »Wir haben ein Picknick gemacht, und Mainie hat gesagt, dass sie uns im Wald ausgesetzt hat …«

»… und ihr euch den ganzen Nachmittag umarmt habt«, ergänzte Yvette, um die ungeheuerliche Neuigkeit endlich loszuwerden.

John konnte es kaum glauben. »Mademoiselle Ryan hat das wirklich gesagt?«

Als er Charmaine ansah, damit sie die Sache bestätigte, bemerkte er Pauls stahlharten Blick. Er konnte sich nicht beherrschen und das Thema einfach fallen lassen. Dazu war es viel zu aufregend. Er beugte sich über den Tisch und ergriff zu Charmaines Entsetzen ihre Hand und presste sie an sein Herz. »Ich dachte, unser kleines Geheimnis gehöre nur uns allein, *my charm*«, murmelte er.

»Schluss mit dem Unsinn, John«, ging George dazwischen, um Paul nicht in die Enge zu treiben. »Charmaine hat sich nur einen harmlosen Scherz erlaubt. Selbst ihr muss das doch hin und wieder gestattet sein, oder nicht?«

»Ich bin immer zu jedem Scherz bereit«, erwiderte John mit leisem Lachen, ohne den Blick von ihrem gesenkten Kopf abzuwenden.

Wieder meldete sich der kleine Pierre zu Wort. »Weißt du, was, Georgie?«

Der arme George war für jede Ablenkung dankbar. »Was denn, Pierre?«

»Johnny hat einen großen Penis! So groß wird meiner auch einmal.«

»Guter Gott!« Agatha erstickte beinahe. »Welch unflätiger Ausdruck!«

Charmaine schlug die Hände vors Gesicht und wünschte, sich im nächstbesten Loch verkriechen zu können. Alles wäre besser, als sich anhören zu müssen, wie Agatha sich empörte, wie Paul mit der Faust auf den Tisch schlug, wie George vor Lachen brüllte und Yvette »Dieses Wort hat Mademoiselle dir also verboten!« rief und John »Es geht doch nichts über eine positive Sicht der Dinge« anfügte. Aber leider konnte sie nur dasitzen und warten, bis das Getöse abebbte.

Das Dinner wurde aufgetragen und in allgemeinem Schweigen eingenommen. Charmaine mochte Paul nicht ansehen. Sie hoffte und betete, dass er ihr die unbedachte Bemerkung verzieh und vielleicht als Scherz ansah, wenn er sich wieder beruhigt hatte. Aus Pierres Bemerkung konnte er ja erkennen, was wirklich geschehen war. Aber seine steife Haltung ließ sie auf nichts Gutes hoffen.

Vor dem Dessert schob Paul abrupt seinen Stuhl zurück und lehnte den Kaffee ab, den Felicia ihm anbot. Charmaines Magen revoltierte, als sie zu ihm aufsah und er in kaltem Ton »Ich möchte mit Ihnen unter vier Augen sprechen, Miss Ryan« sagte. Als sie schon aufstehen wollte, fügte er »später« hinzu.

Sie kam sich vor wie ein gescholtenes Kind und senkte den Kopf, weil sie niemanden ansehen wollte. Vor allem John nicht.

Paul war noch nicht lange fort, als Fatima einen riesigen Geburtstagskuchen für die Zwillinge hereintrug. »Alles Gute zum Geburtstag, Miss Yvette und Miss Jeannette. Ich habe euren Lieblingskuchen gebacken.« Sie stellte die Platte vor den Mädchen auf den Tisch und schnitt den Kuchen an. »O nein, Miss Yvette. Das erste Stück bekommt wie immer Master John.«

»Und warum das?«, fragte Charmaine verärgert.

John beugte sich nach vorn. »Ich muss alles probieren, was Cookies Küche verlässt. Sie wissen schon … Gift.«

Die Zwillinge kicherten, aber Charmaine fand das nicht lustig. »Eine nette Ausrede – aber die Mädchen gehen vor. Es ist schließlich ihr Geburtstag.«

Wieder kicherten die Zwillinge. »Und Johnny hat morgen Geburtstag«, erklärte Jeannette schließlich. »Wenn er zu Hause ist, feiern wir immer zusammen.«

»Das wusste ich nicht.« Charmaine sah John an. »Haben Sie wirklich morgen Geburtstag?«

»Aber natürlich.«

»Und warum haben Sie mir das nicht gesagt? Wir haben fast den ganzen Tag zusammen verbracht, und Sie haben es nicht einmal erwähnt.«

»Warum denn auch?«

»Weil ich so etwas wissen möchte.«

»Und warum? Wollen Sie mir vielleicht etwas schenken?«, neckte er sie. »Sie suchen doch gern etwas Besonderes aus.«

»Vielleicht möchte ich Ihnen wenigstens gratulieren.«

Dann murmelte sie etwas von Vorbereitungen, die getroffen werden mussten.

»Welche Vorbereitungen?«, fragte John.

»Um den Tag so zu feiern, wie jeder Geburtstag hier im Haus gefeiert wird.«

»Jeannette hat bereits gesagt, dass wir die Geburtstage immer zusammenlegen. Ich bin doch kein Kind mehr, Miss Ryan. Weitere Feiern sind unnötig.«

Zum ersten Mal an diesem Abend wirkte John bedrückt, was Charmaines Verwunderung noch vergrößerte. Aber leider ließ sie die Sache nicht auf sich beruhen, was sie sicher getan hätte, wenn sie zu Rose oder George hinübergesehen hätte. »Ein Stück Kuchen kann man wohl kaum als Feier bezeichnen.«

»Mein Geburtstag wird nie gefeiert«, sagte er leise. »Ich wurde zwar an diesem Tag geboren, aber wichtiger ist, dass meine Mutter am selben Tag gestorben ist. Aus diesem Grund durfte ich nie Geburtstag feiern.«

»Aber das ... das ist grausam«, entfuhr es Charmaine. »Ihr Geburtstag wurde nie gefeiert?«

»So ist es«, erklärte er kalt. »In den Augen meines Vaters wäre es reine Blasphemie, an diesen Tag zu erinnern. Ihm ist das Andenken meiner Mutter heilig.«

Charmaine konnte es nicht fassen. Ihr Herz schmerzte. Rose hielt den Kopf gesenkt, und George starrte stumm vor sich hin. Nur Agatha schien von alledem unberührt. Sie saß aufrecht am Tisch und reckte ihre Nase in die Luft.

Während sie den Kuchen aßen, sah Charmaine verstohlen zu John hinüber. Hatte er ihre Unterhaltung vergessen, oder versteckte er hinter dieser reglosen Maske nur seinen Schmerz?

Paul ließ die Gouvernante in die Bibliothek eintreten. Dann schloss er die Tür und lehnte sich mit verschränkten Armen gegen den Rahmen, als ob er eine Flucht verhindern wollte. Mit bangem Herzen hatte Charmaine nach dem Dinner im Kinderzimmer gewartet und insgeheim John verflucht. Ein Wort von ihm hätte das Feuer löschen können. Aber nein, ihm schien es Spaß zu machen, und zwar höllischen Spaß, die Situation auf die Spitze zu treiben.

Paul sah finster drein. Wie ein Vater, der sein ungezogenes Kind bestraft. In Charmaines Magen rumorte die Angst und verursachte ihr Übelkeit. Je länger er schwieg, desto klarer wurde ihr, dass das Urteil längst gefallen war. »Ich hätte nie gedacht, dass ich einmal in diese Lage kommen würde, aber Ihr Benehmen und das Beispiel, das Sie den Kindern gegeben haben, lässt mir keine andere Wahl.«

Charmaine war zu verletzt, um etwas zu entgegnen. Ob er sie entließ? In diesem Moment war ihr alles gleichgültig. Selbst der Verlust ihrer Stellung konnte nicht schlimmer sein als dieser vernichtende Blick.

Paul löste sich von der Tür. »Haben Sie nichts dazu zu sagen, Mademoiselle? Kein Wort der Verteidigung?«

»Sie lassen mir ja keine Wahl.«

»Ich lasse Ihnen keine Wahl? Sie machen mich verantwortlich? Wer hat sich denn ungebührlich betragen und sich stundenlang mit einem Mann herumgetrieben, der überall als Verführer bekannt ist? Ich nenne solches Betragen lasterhaft.«

»Lasterhaft? Das Ganze war doch nur ein unschuldiges Picknick!«

»Aber, aber, Mademoiselle. Tun Sie doch nicht so, als ob Sie mich nicht verstünden. Sie haben meine Warnungen in den Wind geschlagen und sich von John benutzen lassen, und das vor den Kindern … Und wie es aussieht, haben Sie es auch noch genossen!«

»Wie können Sie das sagen? Sie wissen selbst, dass ich ihm aus dem Weg gegangen bin!«

»Verzeihen Sie, wenn ich das nicht länger glaube. Ich bin kein Narr. Eine Menge Frauen lieben derartige Spielchen. Aber Ihr Ausrutscher heute war ein Fehler!«

»Genau. Was ich gesagt habe, war ein Ausrutscher! Sie glauben doch wohl nicht ernsthaft, dass das tatsächlich passiert ist? Ich schwöre …«

»Aber Sie haben den ganzen Tag mit ihm verbracht, Miss Ryan!«, fiel er ihr ins Wort.

»In Gesellschaft der Kinder, ja!«

»Und« – er hob die Hand, um sie zum Schweigen zu bringen – »Sie sind ihm keineswegs aus dem Weg gegangen.«

»Ich hatte gar keine andere Wahl! Er bestand darauf, dass ich für die Kinder verantwortlich bin. Also musste ich sie begleiten.«

»Genau das. Er hat Sie benutzt – und das mit Ihrem Einverständnis. Sie haben sogar Ihr Haar für ihn gelöst«, fügte er mit kindischem Triumph hinzu. »Glauben Sie nur nicht, dass ich das nicht bemerkt hätte. Sie brauchen es gar nicht abzustreiten, Miss Ryan. Sie hätten diese Bemerkung heute Abend niemals gemacht, wenn Sie sich nicht mit meinem Bruder einig wären. Sehr einig sogar.«

»Aber das ist nicht wahr!«

Ein Schrei drang durch die geschlossene Tür des Kinderzimmers. Als keiner auf Johns Klopfen reagierte, trat er ein. Pierre lag auf dem Boden und spielte mit den Kätzchen, während Jeannette zusammengekauert in einer Ecke hockte und Yvette etwas über ihren Kopf hielt.

»Tu das weg!«

»Yvette!«

Die Zwillinge fuhren herum. Blitzschnell ließ Yvette ihre Hand auf dem Rücken verschwinden. »Was hast du in der Hand?« Mit durchdringendem Blick ging John auf das Mädchen zu, das ihn verlegen ansah.

»Nur eine Spinne.« Sie hielt das arme Wesen an einem seiner Beine in die Höhe.

»Wirf sie auf den Balkon!«

Mit ärgerlichem Schulterzucken gehorchte Yvette.

John sah sich um. »Wo ist Mademoiselle Ryan?«

»Paul hat sie in die Bibliothek rufen lassen«, antwortete Jeannette.

»Um sie ins Verlies zu werfen«, murmelte John.

Jeannette starrte ihn an. »Hat er wirklich ein Verlies?«

»Aber nein, Jeannie. Das musst du nicht wörtlich nehmen. Aber wenn Paul wütend ist, kommt jedes Verhör einer Folter gleich. Wir müssen Miss Ryan helfen.«

»Aber wie?«

»Wir müssen sie aus seinen Klauen retten. Wer von euch würde mir denn bei einem solchen Abenteuer helfen?«

»Ich!« Yvette war sofort zu allem bereit. »Und wie viel bekomme ich dafür?«

»Seit wann muss ich für deine Hilfe bezahlen?«

»Also gut, dann mache ich es eben umsonst.«

Charmaine war den Tränen nahe. Das Schlimmste kam sicher noch. Jede Sekunde konnte er Pierres Bemerkung erwähnen … »Ich kann nicht glauben, dass Sie mir das zutrauen!«

»Wollen Sie das Schwimmen etwa abstreiten?«

»John hat seine Schwestern mit ins Wasser genommen. Außerdem waren alle bekleidet.«

Paul schnaubte verächtlich. »Und ich habe Sie immer für eine tugendhafte Person gehalten.«

»Und nun nicht mehr?«

»Ich glaube, dass Sie mich gründlich zum Narren gehalten haben! Viele Monate lang habe ich Ihre Wünsche respektiert, habe Sie wie eine Dame behandelt und mich aus Rücksicht auf Ihre Unschuld beherrscht! Ich war von Ihrer Tugend beeindruckt! Hätte ich mich etwa anders verhalten sollen? Hätten Sie den direkten Angriff bevorzugt? Hat mein Bruder Sie nur deshalb erobert, weil ich versagt habe?«

»Wovon ... wovon, um Himmels willen, reden Sie da?«

»Wissen Sie das denn nicht? Verdammt, Charmaine, ich begehre Sie! Ich habe Sie vom ersten Augenblick an begehrt! Und ich hasse Sie, weil Sie diesen Tag lieber in Johns Armen verbracht haben!«

»Aber ich habe doch gesagt, dass das nicht so war! Ich habe mich über Mrs. Duvoisins Unterstellungen geärgert und mich zu einer sarkastischen Bemerkung hinreißen lassen. Ich schwöre, dass zwischen John und mir nichts vorgefallen ist! Das müssen Sie mir glauben!«

Es war einfach zu viel! Sie brach in Tränen aus.

»Verdammt!«, fluchte er leise und zerknirscht. »Heulen Sie doch nicht. Ich kann nicht ertragen, wenn Sie weinen.« Er zog ein frisch gebügeltes Taschentuch hervor und drückte es ihr in die Hand. Aber selbst diese Geste konnte Charmaine nicht beruhigen.

Sein Mitleid mit ihr wuchs. »Er hat es wieder getan, nicht wahr?«

»Was denn?«, schluchzte sie.

»Eine unschuldige Situation zu seinem Vorteil genutzt. Er wusste, dass seine Bemerkungen mich dazu bringen würden, das Schlimmste zu denken und Ihnen Vorwürfe zu machen. Ach, ich bin wahrscheinlich um kein Haar besser als er.« Er fuhr sich mit den Fingern durchs Haar. »Ich habe mich bereits früher bei Ihnen entschuldigen müssen und tue es nun ein weiteres Mal, obgleich ich verstehen würde, wenn Sie mir nicht vergeben könnten.« Er umfasste ihre Schultern und sah ihr mit ernstem Blick ins Gesicht.

Im selben Moment flog die Tür auf, und Yvette stürmte herein. »Mademoiselle Charmaine«, sagte sie kleinlaut.

»Verdammt noch mal!«, fluchte Paul laut, ohne Yvettes Verzweiflung überhaupt wahrzunehmen.

Charmaine überging den Zornausbruch. »Was ist denn los, Yvette?«

»Na ja …« Das Mädchen nestelte an ihrem Kleid.

»Na los!«, bellte Paul. »Heraus mit der Sprache!«

»Pierre hatte einen Unfall!«

»Einen Unfall?« Charmaine war schon halb aus dem Zimmer, bevor Yvette es näher erklärte.

»In seiner Hose.«

»Herr im Himmel!«, zischte Paul. »Ist dieser ›Unfall‹ so wichtig, dass du deshalb unsere Unterredung unterbrechen musst?«

»Wenn du oben im Kinderzimmer wärst, würdest du nicht so reden«, entgegnete Yvette. »Es stinkt fürchterlich!«

»Dann musst du den Gestank wohl oder übel ertragen, bis deine Gouvernante und ich das Gespräch beendet haben. Also, geh jetzt gefälligst zurück in dein Zimmer und rühre dich nicht vom Fleck!«

»Aber alles ist schmutzig«, jammerte Yvette. »Jeannette wollte ihm eine frische Hose anziehen, aber Pierre hat nur gelacht und ist in dein … in dein Ankleidezimmer gerannt. Er hat sich eingeschlossen und will die Tür nicht aufmachen«, fügte sie nach kurzem Zögern hinzu, als ob sie sich besinnen müsste.

»In meinem Zimmer! Was, zum Teufel, hat er da zu suchen?«

»Er versteckt sich, nehme ich an!«

»Was soll das heißen … nehme ich an? Ich gebe dir genau zwei Minuten … ganz genau zwei Minuten, um den Stinker dort herauszuholen. Hast du mich verstanden, junge Lady?«

»Aber …«

»Kein Aber!«, brüllte er. »Tu gefälligst, was ich dir sage!«

»Paul«, unterbrach ihn Charmaine, »die Kinder waren viel zu lange ohne Aufsicht. Ich muss dringend nach oben.«

»Nein! John macht schon Probleme genug. Ich lasse nicht zu, dass uns jetzt auch noch die Kinder stören.«

Er starrte Yvette an. »Du gehst jetzt nach oben und sorgst dafür, dass dein Bruder auf der Stelle mein Zimmer verlässt, und zwar samt seiner stinkenden Hose!«

Im Gefühl, eine überzeugende Vorstellung geliefert zu haben, verließ Yvette den Raum. Vor der Tür traf sie John, der sich auf die Knöchel biss, um nicht laut zu lachen.

»Du musst das unbedingt wiedergutmachen«, flüsterte sie. »Er schnappt sonst noch über.«

John verkniff sich das Lachen und wischte sich die Tränen aus den Augen. Dann klopfte er an den Türrahmen. »Darf ich eintreten?«

»Was willst du?«, knurrte Paul.

Charmaine ging einen Schritt zur Tür. »Ich werde Sie beide allein lassen. Ich muss mich um Pierre kümmern.«

John war derselben Meinung. »Nach allem, was ich gerade von Yvette gehört habe, hat er Miss Ryans Fürsorge dringend nötig.«

Pauls Miene verdüsterte sich, und sein Groll steigerte sich umso mehr, als John sich zu amüsieren schien, bis er schließlich eine wahre Kanonade französischer Flüche vom Stapel ließ.

»Immer mit der Ruhe, lieber Bruder«, sagte John. »Was soll denn Miss Ryan denken, zumal sie die Sprache ja nicht versteht? Man könnte meinen, dass wir hinter ihrem Rücken über sie redeten.«

»Sehr richtig, John, lass dich bloß nicht entmutigen!«, zischte Paul und bleckte die Zähne.

»Das liegt nicht in meiner Absicht.«

»Du lüsterner, verabscheuungswürdiger …«

»Wie verabscheuungswürdig muss ich sein, bis du wieder davonrennst?«

»Du … du willst also, dass ich gehe? Ist es das?«

»Ich will einzig, dass du Miss Ryan in Frieden lässt«, sagte John. »Wir haben alle miterlebt, wie du sie heute Abend unter Druck gesetzt hast und unter vier Augen mit ihr sprechen wolltest. Ich nenne das Einschüchterung, und dem will ich ein Ende setzen.«

»Seit wann bist du ihr Ritter?«

»Sagen wir lieber, dass ich sie inzwischen schätzen gelernt habe«, antwortete John.

»Lassen wir das, John, und kommen wir auf den Punkt.«

»Der Punkt ist, dass du eifersüchtig bist«, stellte sein Bruder fröhlich fest. »Das festzustellen können wir uns sparen. Klar?«

»Wunderbar, John, ganz wunderbar.« Paul hob die Hände und ging zur Tür.

»Wohin gehen Sie denn?«, rief Charmaine. Alles, was sie geordnet glaubte, schien erneut aus dem Gleichgewicht geraten.

»Vor die Tür!«, rief Paul. »Ich muss an die Luft!«

»Aber, Paulie, draußen wartet ein Hurrikan.«

»Diese Gesellschaft ist mir jedenfalls lieber als deine!« Mit diesen Worten war er fort.

»Er geht doch nicht wirklich nach draußen, oder?«, fragte Charmaine besorgt.

»Ich wünschte, er täte es«, erwiderte John kühl.

Ihre Bestürzung wandelte sich in Zorn. Der grausame Ton krönte noch das Elend, das dieser Mann ihr heute angetan hatte. »Oh, wie sehr ich Sie verachte!«

»Eines Tages wird sich das ändern.«

Das klang wie ein Versprechen, doch sie ballte nur zornig die Fäuste.

Er trat dicht vor sie hin. »Wissen Sie eigentlich, wie dunkel Ihre Augen werden, wenn Sie wütend sind? Wie Ihre Nasenspitze bebt, wenn Sie sich ereifern?« Er berührte ihre Nase mit dem Finger.

Als sie ihn wegschubste, schlossen sich seine Finger um ihr Handgelenk und bogen ihr den Arm auf den Rücken. Dabei zog er sie an sich, bis sich ihre Körper an den geheimsten Stellen berührten. Charmaine stemmte sich gegen seine Brust und wandte ihr Gesicht ab. Doch er schlang ihre Haarsträhnen um seine Hand und zog ihren Kopf sanft nach hinten. Quälend langsam senkten sich seine Lippen herab, bis sie die ihren berührten – ein unendlich sanfter, fordernder Kuss in einer eisernen Umarmung, der sie nicht entkommen konnte. Seine Lippen wanderten weiter zu ihrem Hals, und sie fühlte, wie er

Luft holte und ihren Duft einatmete. Wieder versuchte sie, sich zu befreien … und stolperte nach hinten, als er sie plötzlich losließ.

»Genauso köstlich, wie ich es mir vorgestellt habe«, murmelte er.

Dieses Gefühl wurde jedoch nicht erwidert. Charmaine holte aus, aber trotz ihrer Schnelligkeit fing John ihr Handgelenk ein zweites Mal. »Sie wollen mich doch wohl nicht schlagen, *my charm*? Am Vorabend meines Geburtstags ist das nicht gerade nett!«

Charmaine riss sich los und funkelte ihn trotzig an. »Tun Sie das nie wieder!«

»Wollen Sie sich etwa für Paul aufbewahren?«

»Wenn Sie so wollen.« Sie rieb ihre Handgelenke und wischte sich mit dem Unterarm über die Lippen. John grinste über das ganze Gesicht, doch sie biss die Zähne zusammen und rannte zur Tür.

»Wohin so eilig, *my charm*?«

»Ich muss nach den Kindern sehen. Sie haben mich von meinen Pflichten abgehalten.«

»Von welchen Pflichten? Es gibt keine Pflichten.«

Sie blieb stehen und sah misstrauisch über die Schulter zurück. »Was wollen Sie damit sagen?«

»Es gibt keine Pflichten«, wiederholte er. »Die Sache mit Pierre war nur eine kleine List.«

»Eine List?«

»Eine List, um Sie aus den Klauen meines zornigen Bruders zu retten.«

»Damit ich in Ihre Klauen falle?«

»Brillant beobachtet, *my charm*«, bemerkte er. »Aber war es die Sache denn nicht wert? Jetzt können Sie besser vergleichen.«

Nach einer kurzen Phase der Ruhe setzte der Sturm von Neuem mit voller Wucht ein. Nachdem Charmaine die Kinder ins Bett gesteckt hatte, blieb sie noch bei ihnen sitzen. Doch als keine Ruhe einkehrte, ging sie in ihr Zimmer hinüber und nahm den kleinen Pierre mit. Auf Bitten der Mädchen ließ sie die Verbindungstür offen, woraufhin das Geflüster nebenan allmählich verstummte.

Pierre schlief augenblicklich ein, aber Charmaine war in Morpheus' Armen noch lange nicht willkommen. Das Haus ächzte und stöhnte unter den heftigen Windböen. Und sie konnte John nicht aus dem Kopf bekommen, so sehr sie sich auch bemühte: seinen Hohn, seine seltsame Anziehungskraft, seinen Kuss! Ihr Puls beschleunigte sich, als sie an die Berührung seines Körpers dachte, an die Zärtlichkeit seiner Lippen, die ihr nicht unangenehm gewesen war. Doch sie hatte ihn nicht merken lassen, wie sehr er sie beeindruckt hatte. Zumindest konnte er nicht behaupten, dass sie es genossen hätte.

Sie machte sich Vorwürfe, dass sie überhaupt versucht hatte, seine Seele zu ergründen und zu begreifen, was ihn bewegte. Sie dachte an seinen Streit mit Paul. Ob er Tag und Nacht darauf sann, wie er seinen Gegnern eine Falle stellen konnte? Allerdings kannte sie auch andere Seiten an ihm, und sie kannte niemanden, der alle Gefühle von Hass bis Liebe in sich vereinte.

In diesem Haus darf mein Geburtstag nicht gefeiert werden… Hatte Frederic seinen Sohn wirklich von sich gestoßen? Was war damals geschehen? Was war den Brüdern widerfahren? *Sie standen einander früher sehr nahe… wirklich sehr nahe…* Und wie passte Colette in dieses Bild? *Mistress Colette war ganz anders als die Frau, die Sie gekannt haben… Sie hätte niemals Mrs. Duvoisin werden dürfen…*

Ja, Johns Hass existierte und äußerte sich in Zynismus und Bitterkeit. Aber genauso war er auch zur Liebe fähig. Heute Morgen hatte sie ihm die Fähigkeit noch abgesprochen, doch inzwischen war ihre Überzeugung ins Wanken geraten. John liebte seine kleinen Geschwister. *Sie brauchen jemanden, der sie liebt.* Diese Worte hatte er in vollem Ernst gesagt.

Sie schlang ihren Arm um Pierre.

John wurde die Liebe vorenthalten, und doch ließ er seine Geschwister nicht dafür büßen. Im Gegenteil. Er hatte sich große Mühe gegeben, um ihnen einen außergewöhnlich schönen Tag zu bereiten, hatte sich die Schatzsuche, die Ponys und auch den Ausflug ausgedacht und ihnen seine ungeteilte Aufmerksamkeit gewidmet. Kein Wunder, dass sie John so sehr liebten.

Keinesfalls durfte sein Geburtstag mit diesem einen Stück Kuchen erledigt sein. *Die Kinder sollten ihm etwas von ihrer Freude zurückgeben … sollten ihm zeigen, wie sehr sie ihn liebten.* Rasch fasste Charmaine einen Plan und schmiegte sich dann zufrieden an Pierre.

Die Uhr schlug elf, als John vom Schreibtisch aufstand, wo er die Berichte von Stuart Simons, seinem Geschäftsführer in Virginia, durchgesehen hatte. In der Halle traf er mit einem finster dreinschauenden Paul zusammen. »Nach dir«, lud er ihn am Fuß der Treppe mit einer Handbewegung ein. Als Paul ein paar Stufen hinaufgestiegen war, hielt er ihn auf. »Du hast im Arbeitszimmer etwas verloren.« Zwischen Daumen und Zeigefinger hielt er ein zerknülltes Taschentuch mit Pauls Initialen. Wortlos riss Paul es ihm aus den Fingern und ließ es in seiner Hosentasche verschwinden.

»Bring Charmaine nicht sooft zum Weinen, Paulie.

Eine solche Kostbarkeit willst du doch wohl nicht verlieren.«

»Das habe ich durchaus nicht vor.« Johns Grinsen reizte Paul mehr als alle Worte. »Wenn du jetzt sogar Pierre für deine Pläne benutzt, erreichst du gar nichts. Oder das Gegenteil«, fügte er hinzu.

Einen Moment lang war John irritiert, aber dann lachte er in sich hinein. »Was ist los mit dir, Paulie? Hast du Angst, dass du nicht mithalten kannst?«

»Lass sie nur einfach in Ruhe«, drohte Paul, »oder ich sehe mich gezwungen ...«

»Wozu, Paulie? Willst du etwa Vater erzählen, dass sein böser Sohn ein Auge auf die Gouvernante geworfen hat? Ich fürchte, das kann mit meinen anderen Verfehlungen nicht mithalten.«

»Es gibt noch andere Möglichkeiten, lieber Bruder«, entgegnete Paul. »Lass es dir nur als Warnung dienen.«

Aber John gähnte nur und stieg an seinem Bruder vorbei die Treppe zum Nordflügel empor. Paul wählte die andere Seite, doch gerade als er die Hand auf seinen Türknauf legte, tönte Johns Stimme durch die Stille. »Pass auf, wenn du die Tür aufmachst. Vor einer Stunde hat es in deinem Zimmer noch entsetzlich gestunken.« John lachte in sich hinein und betrat sein Zimmer.

Aber dort stank es wirklich, und zwar nach billigem Parfüm. Mit einladendem Lächeln lag Felicia in seinem Bett und presste die Decke gegen ihre Brust. Als sie sich aufsetzte, um die Nadeln aus den Haaren zu ziehen, glitt ihr die Decke bis zur Taille herab und enthüllte für Sekunden die großen Brüste, bis die schwarze Haarpracht sie wieder verhüllte.

Ohne die Frau auch nur eine Sekunde aus den Augen zu lassen, ging John auf sie zu. Sie schüttelte ihre Mähne und ließ ihn erneut ihre Vorzüge sehen. »Guten Abend, Master John«, hauchte sie.

Mit angehaltenem Atem sah er zu, wie sie die Hände in den Nacken legte, verführerisch ihr Haar in die Höhe hob und ihm alles darbot, was sie zu bieten hatte. Er trat noch einen Schritt näher. »Hast du dich vielleicht im Zimmer geirrt, Felicia?« Er versuchte, ihre aufregende Pose zu übersehen, und ärgerte sich über sich selbst, dass er tatsächlich in Versuchung geriet. In jüngeren Jahren hätte er nicht lange überlegt. Doch seit ihm das Leben einige Lektionen erteilt hatte, lernte sogar er aus seinen Fehlern.

»Ich habe solche Angst vor dem Sturm.« Das Mädchen zog eine Schnute und kicherte ein wenig. »Ich habe gehofft, dass Sie mich beschützen.«

Johns Miene verfinsterte sich. Aus dem Augenwinkel sah er sich um und entdeckte ihre Kleidung auf einem entfernt stehenden Stuhl. Mit drei Schritten war er dort, packte die Sachen und warf sie aufs Bett. Felicia zuckte zusammen. »Es tut mir leid, dich zu enttäuschen. Aber ich verspüre keine Lust, ein furchtsames Hausmädchen vom Sturm abzulenken.«

»Ich dagegen würde Sie gern ein wenig ablenken«, schnurrte sie.

»Danke, Felicia, aber solch billige Unterhaltung ist nicht nach meinem Geschmack. Pauls Zimmer ist ja nicht weit von hier. Vielleicht hat er Interesse. Nur eine kleine Warnung am Rande: Wenn er eine Frau satthat, lädt er sie nur selten ein zweites Mal in sein Bett ein.«

Die offenen Worte verletzten sie, und sie verstummte.

»Ich verlasse jetzt das Zimmer, und wenn ich in fünf Minuten zurückkomme, bist du fort. Wenn nicht, müsste ich dich gewaltsam hinauswerfen, und der Lärm würde das ganze Haus alarmieren. Diese Blamage willst du dir doch sicher ersparen, oder nicht?«

Im Kinderzimmer war es ruhig und friedlich. Außer dem regelmäßigen Atmen der Kinder waren die Geräusche des Sturms nur entfernt zu hören. John trat näher an die Betten und sah auf seine Schwestern hinunter. Dann wanderte sein Blick zu Pierres Bett, doch bis in diese Ecke des Raums reichte der schwache Lampenschein nicht. Leise schlich John hinüber und tastete mit der flachen Hand über die Decke, tastete nach einer Schulter oder dem Kopf. Aber das Bett war leer. Besorgt drehte er sich um. Vielleicht lag Pierre ja bei einem der Mädchen? Aber sein erster Blick hatte ihn nicht getäuscht. Die Zwillinge waren allein.

Vermutlich hat sich der Junge bei Charmaine verkrochen, dachte er. Leise trat er an die offen stehende Tür und war erleichtert, als er im flackernden Lichtschein zwei Körper auf dem großen Bett ausmachte.

Pierre drückte sich mit dem Rücken an Charmaines Busen und Bauch und schnarchte leise. Mit besitzergreifender Geste hielt Charmaines Arm den kleinen Körper umfasst. Ihr Gesicht wirkte entspannt, und ihre Locken ringelten sich über Schultern und Kissen.

Sie war hübsch, hübscher noch als damals in der Nacht, als er sie zum ersten Mal gesehen hatte, und mit Sicherheit auch begehrenswerter. *Ah,* my charm, *dich hätte ich bestimmt nicht aus dem Bett geworfen.* Er betrachtete ihr Gesicht: so unschuldig. Die Versuchung, sich an Pierres Stelle in ihre einladenden Arme zu schmiegen, war groß, aber auch diesen Fehler würde er nicht machen. Charmaine Ryan gehörte zu den Mädchen, die man heiratete, bevor man mit ihnen schlief. Dennoch war es ein wunderbarer Traum. Und der tat niemandem weh, solange es beim Träumen blieb.

Als ob Charmaine seine Gedanken gehört hätte, seufzte sie plötzlich im Schlaf.

Erst jetzt merkte John, wie nah er den beiden war, und zog sich geräuschlos zurück. In seinem Zimmer zeugte nur noch ein Hauch des billigen Parfüms von Felicias Anwesenheit. Und die zerknüllten Laken, die sie auf den Boden geworfen hatte.

In dem Augenblick, als Paul seine müden Glieder auf dem Bett ausstreckte, wusste er, dass er keinen Schlaf finden würde. Und das trotz der vielen Arbeit, die am Morgen nach einem Sturm auf ihn wartete. Aber das Bild der jungen Frau verfolgte ihn: die großen Augen, die um Vertrauen warben, die bebenden Lippen, die seinen Kuss ersehnten, und ihre offenen Locken… Ja, Charmaine Ryan war eine Verführerin, ohne dass ihr das bewusst war. Und er war ein Ochse, jemals etwas anderes geglaubt zu haben! Aber sie hatte ihn bis aufs Blut gereizt, als sie John ihre Verletzlichkeit offenbart hatte. John würde sie nur benutzen, sie nur verletzen.

Er schüttelte das Kissen auf und drehte sich auf die Seite. Warum berührte ihn das so sehr, dass er keinen Schlaf fand? Bisher hatte ihm noch keine Frau schlaflose Nächte bereitet, aber bisher war er auch immer Herr der Situation gewesen. Aber mit Charmaine war das anders, so völlig anders.

Es war eigenartig, doch in ihrer Unschuld reizte ihn Charmaine weit mehr als alle erfahrenen Frauen. Er begehrte sie bis zur Verzweiflung, und entsprechend schmerzte es ihn, wenn ihre Begegnungen ständig gestört wurden. Trotz aller Lust musste er sich jedoch eingestehen, dass ihm Charmaine mehr bedeutete als die einfachen Hausmädchen, die ihm seine einsamen Stunden versüßten. Charmaine war alles andere als einfach. So klug und lebensfroh, wie sie war, würde sie die Leidenschaft jedes Mannes erwidern, solange er sie wirklich liebte.

Er warf sich von einer Seite auf die andere. Das Wort machte ihn unruhig. *Liebe* … In seinem Wortschatz kam es nicht vor, um sein Leben nicht unnötig zu verkomplizieren. Er hatte erlebt, was eine Frau mit dem Kopf eines Mannes anrichten, welche Wunden sie seinem Herzen schlagen konnte – und diese Vorstellung lockte ihn überhaupt nicht. Lieber behielt er das Heft in der Hand, probierte die Früchte, die sich ihm boten, und machte sich beizeiten wieder davon.

Ob ihm eine Kostprobe von Charmaine genügte? Wollte er, dass sie ihm genügte? Wenn er früher überzeugt war, dass eine Eroberung ausreichte, so war er jetzt unsicher und ahnte, dass seine Sehnsucht nach Charmaine nicht so schnell abflauen würde. Im Gegenteil. Er wusste schon jetzt, dass sie ihm besser gefallen würde als alle anderen Frauen vor ihr. War das Liebe? Tief in seinem Inneren ahnte er, dass so etwas möglich war. Aber wie konnte er das wissen, da er doch noch nie geliebt hatte?

Er musste auch an seinen Bruder denken. Seit Paul um Charmaines Aufmerksamkeit buhlte, erschien sie ihm noch viel verlockender. Er hätte sie damals in der Nacht verführt, wenn ihn die Ankunft seines Bruders nicht gestört hätte. Damals hatte das Spiel begonnen. Heute Abend hatte er wegen John die Geduld verloren. Das durfte sich nicht wiederholen.

Paul war überzeugt, dass Charmaine sich von Menschen wie John nicht angezogen fühlte, ganz gleich, wie gut er seine Karten auch ausspielte. Früher oder später würden seine Spielchen sie abschrecken. Dann musste John aufgeben. Ja, auf Dauer war John der Verlierer. Wie immer. Falls er noch immer nicht begriffen haben sollte, wer am Ende alles bekam, wollte Paul seine allerletzte Karte ausspielen. Es war immer dasselbe Spiel, und seit ihrer Kindheit hatte John kein einziges Mal gewonnen. Er musste sich nur zurücklehnen und zusehen, wie John sich unmöglich machte – und schon konnte er darauf warten, dass Charmaine zu ihm zurückkam. Und wenn er ihr schließlich eine Affäre ohne weitere Verpflichtungen anbot, so hatte John, ohne es zu ahnen, alle Probleme seines Bruders gelöst – seine Angst vor der Liebe und ihren Verwicklungen eingeschlossen.

5

Freitag, 29. September 1837

Charmaines Lider zuckten einige Male, bevor sie endgültig die Augen öffnete. Es dauerte fast eine Minute, bis sie begriff, wo sie sich befand und warum sie in Pierres Bett lag. Gegen drei Uhr in der Nacht war ein mächtiger Ast der Eiche durch die verbarrikadierten Fenstertüren in ihr Schlafzimmer gekracht und hatte das ganze Haus alarmiert. Innerhalb von Minuten waren alle in ihrem Zimmer versammelt: die Kinder, Paul, John und George – und alle redeten durcheinander und überlegten, was zu tun war. Sogar die Hausmädchen lungerten neugierig im Flur herum, bis Agatha auf der Bildfläche erschien und sie verscheuchte.

John zog eine Grimasse. »Warum verschwinden Sie nicht auch einfach, Auntie?«

»Ich soll verschwinden?«

»Genau das. Im Augenblick nur aus dem Zimmer, morgen dann aus dem Haus und zuletzt von Charmantes – und zwar für immer.«

»Das geht wirklich zu weit!« Agatha spitzte die Lippen und rannte protestierend aus dem Zimmer.

Charmaine musste sich mühsam das Kichern verkneifen und zog sich mit den Kindern ins Nachbarzimmer zurück. Und während Paul und John noch unter brüderlichen Scherzen den großen Ast auf die Veranda bugsierten, schlummerte sie bereits wieder ein.

Als sie erwachte, war der Sturm vorüber und alles war ruhig. Nur ein paar schmale Silberstreifen drangen durch die vernagelten Türen ins Zimmer. Rasch schlüpfte sie noch einmal unter die Decke und schloss die Augen. Zum Aufstehen war es noch zu früh, die Mädchen schliefen, und Pierre …

Entsetzt schoss sie in die Höhe. Pierre war nicht da, und die Tür zum Korridor war nur angelehnt! Während sie in den Morgenmantel schlüpfte, rannte sie bereits aus dem Zimmer. Im Flur empfing sie fast völlige Dunkelheit. Nur durch die vernagelten Fenster an der Treppe drang etwas Helligkeit herein, und durch die angelehnte Tür von Johns Zimmer fiel ein schmaler Lichtstreifen quer über den Boden. Geräuschlos trat Charmaine näher, bis ein Kichern ihren Verdacht bestärkte.

»Pierre, bist du dort drinnen?«

Es dauerte einen Moment – und dann erschien ein Zwerg mit einem Bart aus Rasierschaum im Türspalt und strahlte sie an.

»Oh, Pierre! Was hast du nur wieder angestellt?«

Als sie sich hinunterbeugte, um den Jungen hochzuheben, küsste sie der Zwerg, woraufhin der halbe Bart auf ihrer Wange klebte und sie als Mitverschwörerin markiert war. In diesem Moment öffnete sich die Tür. Charmaines Blick glitt in die Höhe – von den Strümpfen über eine Hose und eine nackte Brust bis zu einem männlichen Gesicht, das unter weißem Schaum auf sie herabgrinste.

»Was kann ich für Sie tun, *my charm*?«

Rasch richtete sie sich auf. »Ich habe Pierre gesucht.«

»Er hat mich besucht, und nun vertreiben wir uns die Zeit, indem ich ihm das Rasieren beibringe.«

»Ist er nicht ein bisschen jung dafür?«

»Das kann man gar nicht früh genug lernen.« Er trat an den Waschtisch, nahm die Klinge in die Hand und begegnete ihrem Blick im Spiegel. »Ein ermüdendes Geschäft.«

Pierre kletterte auf den Stuhl neben dem Waschtisch und verfolgte gebannt, wie die Klinge durch den Schaum glitt.

»Bringen Sie ihn bitte ins Kinderzimmer, wenn Sie fertig sind?«

»Aber selbstverständlich«, sagte John und zwinkerte dem Jungen zu.

Fünf Minuten später war Charmaine wieder da. Inzwischen unterwies John auch seine Zwillingsschwestern, die sich den Spaß nicht entgehen lassen wollten.

»Ich will es aber lernen!«, verlangte Yvette.

»Aber Mädchen rasieren sich doch nicht.« Und dann: »Da sind Sie ja wieder, Miss Ryan. Darf es auch eine Lektion sein?«

»Nicht im Rasieren. Vielen Dank.«

Er lachte leise in sich hinein und brummelte, dass es dann ja noch Hoffnung für ihn gäbe.

Charmaine begriff die Bedeutung erst, als sein Blick zum Bett wanderte, und prompt röteten sich ihre Wangen.

»Warum rasierst du dich eigentlich?«, wollte Jeannette wissen.

»Weil er keinen Bart mag«, sagte Pierre.

»Genau.« John nickte. Und während er mit der Klinge über seine Wange fuhr und dabei das Gesicht verzog, klang seine Stimme seltsam verzerrt. »Wenn ich die Ladys küsse, soll mein Gesicht schön weich und glatt sein.«

Jeannette staunte. »Du küsst Ladys?«

»Manchmal – wenn ich Glück habe.«

»Und gefällt dir das?«, fragte Yvette ebenso ungläubig. »Küsst du sie auch auf die Lippen, wie Paulie das macht?«

John legte die Klinge zur Seite und wischte sich das Gesicht ab. »Das kommt ganz darauf an.« Wieder begegneten sich ihre Blicke im Spiegel, und Charmaine errötete noch ein bisschen mehr.

»Aber, Yvette, so etwas fragt man nicht«, mahnte John. »Nicht einmal den eigenen Bruder.«

»Beantworte lieber meine Frage. Wann hast du es zum letzten Mal gemacht?«

»Hm ... lass mich überlegen ...«

»Das ist abstoßend!« Yvette würgte es beinahe. »Nie würde ich das einem Jungen erlauben! Und erst die Spucke! Pfui Teufel!«

John trocknete sich die Hände ab und drehte sich dann zu ihnen um. »Vielen Dank, Yvette.«

»Wofür?«

»Dass du mich aufgeklärt hast. Eine Lady, die ich in letzter Zeit geküsst habe, fand das offenbar auch nicht schön, denn sie hat sich meine ›Spucke‹ abgewischt. Vielleicht denkt sie ja genau wie du. Das wäre zumindest eine Erklärung.« Er überlegte. »Oder sie mag die bärtigen Gesichter lieber als glatt rasierte.«

Agatha verbrachte keine besonders angenehme Nacht. Ständig musste sie an Johns Beleidigung denken, und obendrein schmerzte ihr Kopf. Warum war das Leben nur so schwierig, so von Zufällen abhängig? Warum legte es ihr ständig Steine in den Weg? Nun gut, noch war sie nicht gestolpert, und sie hatte auch nicht die Absicht, das zu tun. Als der Morgen dämmerte, hatte sie sich wieder in der Gewalt und wusste genau, wie sie vorgehen wollte.

Sie betrat das Ankleidezimmer ihres Mannes im selben

Moment, als auch Paul bei Frederic anklopfte. Sie ließ sich ihre Freude nicht anmerken und korrigierte ihre Taktik. »Ich will ja kein weiteres Öl ins Feuer gießen, Frederic«, erklärte sie mit Entschiedenheit, »aber Johns Beleidigung geht wirklich zu weit. Du hast mich gebeten, meinen Stolz hinunterzuschlucken, und das sogar vor den Dienstboten. Dir zuliebe habe ich mich daran gehalten und seine ständigen Sticheleien über mich ergehen lassen. Doch nun weiß ich, dass sein ekelhaftes Benehmen nur das Vorspiel für etwas weit Schlimmeres ist.« Sie hielt inne, um ihre Worte wirken zu lassen. »In der vergangenen Nacht habe ich endlich begriffen, warum er nach so vielen Jahren nach Charmantes zurückgekommen ist.«

Frederics Herz schlug schneller. »Und warum, Agatha?«

»Ist das denn nicht offensichtlich? Er hat von Pauls Plänen für die Weihnachts-Gala erfahren und möchte die Sache unbedingt hintertreiben. Stephen Westphal hat einige Dinge aufgezählt, die er bereits unternommen hat, um die Sache zu verhindern. John will, dass Paul scheitert.«

Frederic schwieg, ja, er schien sogar in gewisser Weise erleichtert zu sein, woraufhin Agatha eine drohende Haltung einnahm. »Ich warne dich hier und heute, Frederic«, erklärte sie mit schriller Stimme. »Ich lasse mich nicht vor deinen wichtigen Geschäftspartnern aus Richmond und ihren Frauen blamieren. Wenn John weiterhin auf Charmantes bleiben darf und du ihm gestattest, seine Spielchen auf Pauls Kosten fortzusetzen, werde ich mich aus der Planung des Festes zurückziehen.«

Sie sah flehentlich zu Paul hinüber. »Es tut mir leid für dich, Paul, aber ich möchte mich nicht an den Dingen beteiligen, die dein Bruder im Schilde führt. Er wird uns zum Gespött der besseren Gesellschaft von Virginia und des ganzen Südens machen.«

»Aber, aber, Agatha«, versuchte Frederic die Wogen zu glätten, »ich glaube nicht, dass John Derartiges im Schilde führt …«

»Ganz im Gegenteil«, fiel Paul ihm mit blitzenden Augen ins Wort. »Agatha hat recht, Vater. Wir alle kennen Johns Charakter nur zu gut. Wenn er noch länger auf Charmantes bleibt, wird er mit Sicherheit Unruhe stiften. Er hat außerdem schon damit angefangen.«

»Was soll das heißen?«

»Gestern hat die *Raven* festgemacht und unter anderem auch Dokumente von Edward Richecourt mitgebracht. Ich war bei Tagesanbruch im Hafen und habe dies hier bekommen.« Er blätterte durch die Mappe mit Papieren, die er in der Hand hielt. »Deshalb wollte ich mit dir sprechen. Offenbar hat John Kenntnis von unseren Plänen, und zwar vermutlich seit Februar. Er hat sämtliche Weisungen, die ich Richecourt im Januar erteilt habe, widerrufen. Aufgrund seiner Maßnahme wurden wichtige Papiere zurückgehalten und werden erst nach New York weitergeleitet, wenn du Richecourt Nachricht schickst und Johns Maßnahmen widerrufst.«

»Die *Raven*?«, fragte Frederic versonnen. »Seit wann liegt sie im Hafen?«

Paul war völlig verwirrt. Er hatte das Leuchten in Frederics Augen als Wut über Johns Einmischung gedeutet, aber warum fragte sein Vater dann nach der *Raven*? »Ein paar Tage«, antwortete er und runzelte die Stirn. »Warum fragst du?«

Frederic schüttelte den Kopf und starrte an die Wand. »Aus keinem besonderen Grund. Ich will mit Jonah Wilkinson reden, bevor er wieder Segel setzt.«

Wieder war Paul verblüfft und ärgerte sich über das Desinteresse seines Vaters. »Könnten wir wieder zum Thema John zurückkommen?«

»Ja«, murmelte der alte Mann abwesend, während er angestrengt nachdachte. In der letzten Nacht hatte er alle Möglichkeiten erwogen und um eine Entscheidung gerungen, ohne jedoch einen Weg zu erkennen. Und nun war es die *Raven*, die ihm den Weg wies, ihm sozusagen das Ruder in die Hand gab. Er rieb sich die Brauen, während er sich gleichzeitig für sein Tun verachtete und seine Gedanken sich bleischwer auf seine Seele legten. *Wenn John und ich doch nur wie normale Menschen miteinander sprechen könnten*. Aber das war vorbei. John würde ihn beschuldigen, Ränke zu schmieden – und genau dazu war er jetzt gezwungen.

»Vater?«, sagte Paul mitten in seine Gedanken hinein.

»Ja … John …« Endlich sah Frederic Paul an. »Ich glaube aus gutem Grund, dass John noch vor dem Wochenende abreisen wird.«

Trotz ihrer Überraschung blieben Paul und Agatha skeptisch.

»Wenn es dir gefällt«, fuhr Frederic mit Blick auf seine Frau fort, »spreche ich heute Abend beim Dinner mit John.«

»Beim Dinner? Heißt das, dass du heute Abend mit der Familie speist?«

»Darf ich das vielleicht nicht?«

»Aber natürlich darfst du, Frederic. Nur …«

Aus Sorge ließ Paul sie nicht ausreden. »Du weißt schon, welcher Tag heute ist?«

»Ja«, antwortete Frederic so leidenschaftslos, dass Paul angesichts der Leere in seiner Stimme fröstelte.

Charmaine und die Kinder kamen erst spät zum Frühstück. Den Morgen über hatte man die Bretter von den Fenstern entfernt und überall aufgeräumt, bis das Haus wieder in altem Glanz erstrahlte. John trank gerade den letzten Schluck Kaffee, als die vier sich an den Tisch setzten. Paul kam unmittelbar nach ihnen herein.

»Hast du dich schon nach Schäden umgesehen?«, fragte John in freundlichem Ton.

»Ich bin bereits seit Stunden unterwegs«, entgegnete Paul ebenso freundlich. »Wir hatten Glück, weil uns der Sturm nicht direkt getroffen hat. Einige Fischerboote müssen repariert werden, aber die *Raven* hat die Sache unbeschadet überstanden.«

»Gut. Und die Mühle?«

»Auch dort gibt es kaum Schäden. Nur das Zuckerrohr hat es schlimm getroffen, aber je schneller wir die Bergung angehen, desto mehr wird noch zu retten sein.«

Verblüfft hörte Charmaine den beiden zu, die sich wie Brüder miteinander unterhielten. *Es hat Zeiten gegeben, da haben die beiden einander sehr nahe gestanden…*

Anschließend wandte sich das Gespräch den Neuigkeiten zu. Mit der *Raven* waren auch Zeitschriften aus England eingetroffen. König William war tot, und seine junge Nichte hatte soeben als Queen Victoria den Thron bestiegen. Wie sich ihre Regierung wohl auf den Handel der Duvoisins auswirken würde?

Irgendwann kam George aus der Küche, aber er setzte sich nicht zu den anderen an den Tisch. Charmaine hatte schon vorher nach ihm Ausschau gehalten und lief ihm nach, als er den Raum durchquerte. »Kann ich Sie einen Augenblick sprechen, George?«

»Aber natürlich.« Er lächelte, als sie sich bei ihm unterhakte und ihn hinaus ins Foyer begleitete.

Pauls Blick folgte den beiden, doch als er John fragend ansah, zuckte der nur die Schultern. Als Charmaine zurückkam, unterhielten sich die beiden gerade mit Pierre.

»Na, hat es dir gefallen, dass du dein Bett letzte Nacht teilen musstest?«

»O ja.« Der Kleine war begeistert. »Mainie war so schön warm.«

»Hat Miss Ryan mit dir gekuschelt?«

»Hm.«

»Der Junge weiß, wie man mit Ladys umgeht«, bemerkte John.

Paul überhörte das. »War es nicht ein bisschen eng?«

Pierre schüttelte den Kopf und faltete die Hände über seinem kleinen Bauch. »Beim nächsten Sturm schlafe ich bei Mainie und beschütze sie. Ich habe keine Angst vor einem Ast.«

»Und wenn es keinen Hurrikan mehr gibt?«, fragte John.

»Dann darf ich trotzdem bei Mainie schlafen – wenn ich sehr artig bin. Richtig, Mainie?«

Charmaine nickte hastig, doch als sie Johns lachenden Blick bemerkte, wusste sie bereits, was unweigerlich folgen würde.

»Und wenn ich ganz artig bin?«

»Dann darfst du auch bei uns schlafen«, sagte Pierre.

Charmaine zuckte zusammen, als Paul in haltloses Gelächter ausbrach, was wiederum Pierre ein ansteckendes Kichern entlockte.

John dagegen stützte nur stumm das Kinn in die Hand und beobachtete Pierre mit solch liebevollem Blick, als ob die unverhüllte Freude des Kleinen schon genügte, um ihm den Tag zu versüßen.

Neugierig beobachteten Pierre und Yvette die Arbeiten in Charmaines Zimmer. Nachdem man noch in der Nacht den großen Ast auf die Veranda geschoben hatte, wurden nun die Glasscherben beseitigt. Irgendwann gesellte sich auch Charmaine zu ihnen. Sie mussten einen Schritt zurücktreten, als John und Joseph die zersplitterten Fensterläden und Türen abschraubten, damit sie durch unbeschädigte Türen aus einem der Gästezimmer ersetzt werden konnten.

John wischte sich den Schweiß von der Stirn und wuchtete dann das eine Ende des Astes bis auf die Höhe der Balustrade empor. Joseph versuchte dasselbe auf der anderen Seite, aber seine Kräfte reichten bei weitem nicht aus. Beim dritten Versuch brach der Ast entzwei und landete auf Johns Fuß. »Verdammt!«, fluchte er, aber weniger vor Schmerz als vor Enttäuschung.

»Es tut mir leid, Sir! Ich wollte doch nicht …«

»Du kannst nichts dafür«, beruhigte ihn John trotz finsterer Miene. »Ich brauche einen stärkeren Helfer. Wo ist dein Vater?«

»Er baut zusammen mit den Stallknechten die Läden von den Fenstern ab. Aber ich versuche es gern noch einmal, Sir.«

»Noch einmal? Du willst mir wohl den Fuß brechen?«

»Nein, Sir. Diesmal passe ich auf.«

»Ich kann dir doch helfen, Johnny!«, erbot sich Yvette.

John verdrehte die Augen. »Glaubst du im Ernst, dass du mehr heben kannst als Joseph?«

Ihr eifriges Nicken entging ihm, weil er sich zu dem Jungen umdrehte. »Geh nach unten und hole meinen Bruder. Soviel ich weiß, nervt ihn Auntie gerade im Arbeitszimmer. Da kommt ihm etwas Abwechslung bestimmt gelegen.«

»Aber …«

John trat einen Schritt auf den Jungen zu.

»Ja, Sir! Zu Befehl, Sir!«

Joseph stürmte davon und hätte beinahe Jeannette über den Haufen gerannt, als diese hereinstürzte.

»George ist wieder da!«, rief sie und verschwand mit ihrer Schwester im Kinderzimmer.

Charmaine und Pierre folgten den beiden auf dem Fuß, was augenblicklich Johns Neugier weckte. »Ich werde nie so begeistert begrüßt«, brummte er, als alle vier aus der benachbarten Tür auf die Veranda liefen und sich aufgeregt an das Geländer lehnten.

Drüben vor dem Stall zog George soeben ein Päckchen aus der Satteltasche und klemmte es sich unter den Arm, bevor er über die Wiese auf das Haus zuging.

»George!«, rief Yvette schon von weitem. »Wir sind hier oben.«

John runzelte die Stirn. So aufgeregt hatte er die Mädchen selten erlebt. Und dann erst Charmaine. Heute Morgen hatte sie George zur Seite gezogen und mit ihm geflüstert. Mit Sicherheit braute sich hier etwas zusammen.

Lächelnd sah er auf seinen Freund hinunter. »Hallo, Georgie.«

»Hallo, John.« George nickte nur kurz und zeigte dann Charmaine das Päckchen. »Ich habe genau das bekommen, was Sie wollten.«

»Vielen Dank, George«, erwiderte Charmaine äußerst liebenswürdig. »Ich stehe tief in Ihrer Schuld.«

»Es war mir eine Freude. Können Sie es fangen?«

Sie nickte, und er warf das Päckchen nach oben, aber Yvette schnappte es sich.

»Mach es nicht auf!«, warnte Charmaine, während sie zu John hinübersah und ihre Blicke sich trafen.

»Worum geht es eigentlich?«, fragte John, als George im Haus verschwunden war.

Charmaine genoss den Augenblick sichtlich. »Ist den Angestellten denn kein Privatleben gestattet?«, fragte sie kokett, bevor sie Jeannette und Pierre an der Hand nahm und im Zimmer verschwand. Grinsend wedelte Yvette mit dem Päckchen in der Luft herum. Dann machte sie auf dem Absatz kehrt und rannte hinter den anderen her.

Als Paul kam, wurde der Ast in kürzester Zeit über die Balustrade geworfen. Und als Joseph unten aus dem Haus trat, erhielt er den Auftrag, das Holz aus der Einfahrt zu entfernen.

»Damit ist er fast die ganze Woche lang beschäftigt«, freute sich John.

»Kann ich sonst noch etwas für dich tun?«, fragte Paul, als Charmaine mit den Kindern unter der Tür erschien.

»Danke, das war alles.«

Paul deutete auf die Fenstertüren, die noch eingebaut werden mussten. »Und was ist damit?«

»Das schaffe ich allein. Vielen Dank. Geh lieber wieder nach unten, bevor Auntie ungeduldig wird.«

Pauls Miene wurde ernst. »John …«, begann er zögernd, »Agatha war wegen deiner Bemerkungen in der vergangenen Nacht verärgert und hat ihre Drohung wahrgemacht. Sie hat sich heute bei Vater über dich beschwert.«

»Das ist mir gleichgültig«, schnaubte John und wandte sich den Türen zu.

»Das sollte es aber nicht sein.«

»Und weshalb? Was wirft sie mir vor – etwa Beleidigung? Dazu braucht Auntie mich nicht. Das kann sie selbst am besten.«

»John …«

Pauls eindringlicher Appell rührte John immerhin so weit, dass er den Kopf hob.

»Vater nimmt heute Abend am Dinner teil, und er hat Agatha versprochen, dass er mit dir reden wird.«

»Ist das nicht nett?« John verschränkte die Arme. »Vielen Dank für die Warnung. Mir schlottern die Knie.«

»Das soll keine Warnung sein. Es ist nur …«

»Nur was, Paulie? Nur was?«

»Nichts.« Paul schüttelte den Kopf. »Gar nichts.«

»Nur was?«, rief John hinter Paul her, als dieser den Raum verließ. Er hielt kurz inne, als ob er erwartete, dass sein Bruder zurückkäme, bevor er sich endgültig den Türen zuwandte. »Nur was?«, murmelte er fast unhörbar.

Charmaine fragte sich, ob Pauls Hinweis vielleicht doch als Warnung gedacht war. Aber was wollte er damit erreichen? Wollte er Johns Zunge bändigen? Oder sollte er nicht bei Tisch erscheinen? Das schien ihr am plausibelsten. »Werden Sie denn am Dinner teilnehmen?«

»Warum denn nicht?«, fragte John schroff.

»Ich dachte nur …«

»Es ist gleichgültig, was Sie denken, Miss Ryan«, fuhr er ihr über den Mund. »Dieses Haus ist ebenso mein Haus, auch wenn einige Leute wünschen, dass dem nicht so wäre«, fügte er sarkastisch hinzu. »Ich bin Mitglied dieser Familie, und ich habe dasselbe Recht, heute Abend am Tisch zu sitzen, wie alle anderen auch. Und genau dieses Recht werde ich wahrnehmen.«

Charmaine spielte an dem Bändchen herum, mit dem das Päckchen auf ihrem Schoß zugeknotet war. Als sie die Kinder am Morgen in ihren Plan eingeweiht hatte, hatten sie voller Begeisterung ihrem Vorschlag zugestimmt, Johnny das Päckchen erst abends beim Dinner zu übergeben. Den lieben langen Tag hatten sie ständig auf die Uhr gesehen und waren beinahe vor Spannung geplatzt. Unter keinen Umständen wollte sie die Kinder enttäuschen. Trotzdem fragte sie sich, wie die kleine Feier wohl endete. War sie verrückt, sich einfach über Frederic Duvoisins Anordnung hinwegzusetzen? Bis auf die eine Begegnung nach Pierres Züchtigung hatte sie Frederic und seinen Sohn noch nie zusammen in einem Raum erlebt. Und doch wollte sie bei Tisch in einem Hornissennest herumstochern…

Als sie das Speisezimmer betraten, hatte Frederic bereits am unteren Ende der Tafel Platz genommen. Der Stuhl am Kopfende war leer, und Charmaine fragte sich, was Frederic wohl beabsichtigte. Wenn John wie versprochen am Dinner teilnahm, so saßen sich die beiden Männer wie auf einer Bühne gegenüber, auf der es unter Umständen heiß hergehen würde.

Der Tischordnung entsprechend saß Agatha auf Frederics linker Seite und hatte die Hände auf dem Schoß gefaltet, während ein leises Lächeln um ihre Lippen spielte. Schön und aufrecht – ganz so, wie man sich eine Hausherrin vorstellte.

»Guten Abend, Papa«, begrüßte Jeannette ihren Vater und küsste ihn auf die Wange, als sie hinter seinem Stuhl vorbeiging.

»Guten Abend, Prinzessin. Wie geht es dir?«

»Sehr gut, danke«, antwortete das Mädchen, als sie sich zu Yvette setzte. »Und wie geht es dir?«

»Recht gut, danke.« Frederics Blick wanderte zu seiner anderen Tochter und dem Päckchen, das sie in der Hand hielt. »Was hast du da, Yvette?«

»Ein Geschenk für Johnny«, erklärte Yvette. »Wie du weißt, hat er heute Geburtstag.«

Charmaine hielt den Atem an, aber Frederics sanfte Stimme beruhigte sie. »Ja, ich weiß.«

Dann nickte der Hausherr ihr zu. »Miss Ryan.«

»Guten Abend, Sir«, erwiderte sie leise und kümmerte sich sofort wieder um Pierre.

Nach der Begrüßung wurde es still. Die Sekunden dehnten sich zu Minuten, und Charmaine war erleichtert, als sie endlich Pauls Stimme im Foyer vernahm, der zusammen mit Rose zu Tisch kam. Er rückte Rose den Stuhl zurecht und setzte sich dann neben Charmaine. »Guten Abend, allerseits«, grüßte er in die Runde. Und dann mit einem Nicken: »Vater.«

Felicia und Anna brachten Weinkaraffen und Krüge mit Wasser herbei und füllten die Gläser. Kurz darauf trugen sie Platten mit Fleisch, frischem Gemüse, duftenden weißen Kartoffeln und frisch gebackenem Brot herein. Natürlich hatte Fatima ihr Bestes gegeben, als sie gehört hatte, dass der Herr des Hauses am Dinner teilnahm.

Als alle Teller gefüllt waren, wandte sich Frederic an seinen Sohn. »Hast du im Lauf des Tages noch weitere Sturmschäden entdeckt?«

»Nicht wirklich«, antwortete Paul so respektvoll, dass selbst Charmaine überrascht war. »Unsere Sicherungsmaßnahmen haben sich ausgezahlt.«

»Sehr gut.« Frederic nickte beifällig. »Auf dich kann ich mich immer verlassen.«

»Sir?«

Frederic ging darüber hinweg. »Hast du etwas über Espoir gehört?«

»Nein, bisher noch nicht. Allerdings haben wir den Hafen schon lange vor der Hurrikanzeit befestigt, und das Haus ist stabil gebaut. Auch dem Zuckerrohr dürfte nicht allzu viel passiert sein, da die Pflanzen noch klein sind. Ich bin nicht sehr beunruhigt, aber die Einzelheiten werde ich am Montag hören.«

»Hättest du etwas gegen eine Begleitung einzuwenden?«

»Vater?«

»Ich würde deine Fortschritte gern mit eigenen Augen sehen.«

Paul war ebenso verblüfft wie alle anderen auch. Selbst Agatha war erstaunt. »Möchtest du mich denn begleiten?«

»Aber natürlich. Irgendwelche Einwände?«

»Nein, Vater. Ich … ich wusste nur nicht, ob du dir eine solche Reise schon zumuten willst.«

»Ein paar Meilen über das Meer, und obendrein auf einem sicheren Schiff, sind wohl kaum als Reise zu bezeichnen.« Er wandte sich an seine Frau. »Wie steht es mit dir, Agatha? Möchtest du uns Gesellschaft leisten?«

»Aber ja«, stimmte Agatha eifrig zu.

»Dann ist das abgemacht«, sagte Frederic und hob sein Glas. »Auf Montag und auf Espoir.«

»Auf Espoir.« Während Paul sein Glas hob, freundete er sich langsam mit diesem ungewöhnlichen Wunsch an.

Nach den Trinksprüchen begannen rund um den Tisch die Unterhaltungen. Wieder wanderte Charmaines Blick zu Johns Platz hinüber. Offenbar hatte er sich entschieden, dem Dinner fernzubleiben. Vielleicht war es ja besser, dachte sie, obwohl ihr Herz aus unerklärlichen Gründen schmerzte. Sie sah gerade wieder auf ihren Teller hinunter, als Stimmen im Foyer zu hören waren. Alle am Tisch verstummten und sahen zur Tür. Und während John und George ins Gespräch vertieft zu ihren Plätzen schlenderten, merkten sie nicht einmal, dass alle sie anstarrten.

Frederic legte die Gabel auf den Teller und sah seinen Sohn quer über den Tisch hinweg an. Es machte keinen Sinn, die Sache weiter aufzuschieben. Er musste den zweiten Teil seines Plans in die Tat umsetzen. Seine Familie konnte so nicht weiterleben. Es war an der Zeit, dass sein Sohn eine Entscheidung traf. »Du kommst spät«, stellte er fest, und nach einer Pause: »Dinner gibt es wie immer um sieben.«

John lehnte sich zurück. Charmaine meinte eine gewisse Traurigkeit in seinen Augen zu erkennen. Doch gleich darauf war der Schutzschild hochgezogen.

»Sir«, begann George, »es ist meine Schuld. Ich habe John gebeten, mir auf den Tabakfeldern zu …«

»Du musst dich nicht für mich entschuldigen, George. Ganz gleich, was du sagst, mein Vater wird sowieso immer nur das Schlimmste annehmen. Ist das richtig, Sir?«

Seine schroffe Anrede ließ den nötigen Respekt vermissen, dachte Charmaine.

»Ich möchte mein Urteilsvermögen nicht mit dem des Allmächtigen vergleichen«, bemerkte Frederic.

Charmaines Puls beschleunigte sich. Noch lächelte John. Ihr Blick wanderte den Tisch entlang. Alle sahen auf ihre Teller, nur Agatha starrte mit glitzernden Augen in die Runde. Verstohlen sah Charmaine zu Paul hinüber. Seine Braue zuckte, als er den schweigenden Appell registrierte.

Wie gebannt starrte John seinen Vater an. Dann stand er auf, packte Georges Teller und häufte alles Essen darauf, dessen er habhaft werden konnte. George nickte dankend, als John den Teller vor ihn hinstellte. Als Nächstes bediente John sich selbst, setzte sich wieder und begann zu essen. Nach einigen kräftigen Bissen, die zeigen sollten, dass er sich nicht beeindrucken ließ, begann er zu sprechen.

»Na, wie geht es den Kätzchen, Jeannie?«

»Gut«, antwortete die Kleine völlig verdutzt.

Yvette ließ sich nicht so leicht einschüchtern. »Smudge hat letzte Nacht in Jeannettes Bett geschlafen.«

»Ist das die orangefarbene Katze?«, fragte er, als ob er die Blicke seines Vaters nicht bemerkte.

»Nein, die heißt Orange. Pierre hat sie so getauft.«

»Orange ist mir heute Morgen übers Gesicht gelaufen und hat mich geweckt.«

Die Kinder kicherten fröhlich, doch Agatha schnalzte missbilligend mit der Zunge. »Die Kätzchen sind hübsch, Jeannette, aber trotzdem müssen sie in ihrem eigenen Bett schlafen und nicht in deinem.«

Die Gesichter der Kinder fielen in sich zusammen, aber John wurde jetzt erst richtig munter.

»Sag, Vater, wie bekommt dir das Eheleben nach dem langen Junggesellendasein? Ist meine reizende Tante jetzt die Richtige, oder gehört der Platz in deinem Herzen noch immer meiner gütigen Mutter?«

Frederics Antwort kam schnell. »Von Elizabeths Güte hast du leider nichts geerbt.«

»So, so, Vater. Und wem schlage ich dann nach?«

»Gute Frage«, entgegnete Frederic. »Von deiner Geburt an hast du nur Qual und Kummer über dieses Haus gebracht.«

»Von meiner Geburt an?«, wiederholte John langsam und nachdenklich, was die Ungeheuerlichkeit dieser Aussage noch betonte.

Frederic zuckte zusammen. *Verdammt! Warum habe ich das gesagt? Verdammt!* Solche Wunden heilten nie. Die einzige Hoffnung für sie beide bestand darin, sich nach Möglichkeit aus dem Weg zu gehen. Ja, so war es am besten, entschied er.

Charmaine spielte mit ihrem Essen herum und wünschte, dass sie einfach aufstehen und gehen könnte. Die Atmosphäre erinnerte sie viel zu sehr an die Mahlzeiten ihrer Kindheit. Warum sagte ein Vater solche Sätze zu seinem Sohn? Und warum provozierte John seinen Vater absichtlich?

Die Minuten verstrichen, während die Mahlzeit ihren Fortgang nahm. Aus dem Augenwinkel sah Charmaine, wie John Messer und Gabel auf den Teller legte. Einen Moment lang hielt er den Kopf gesenkt. Dann schob er plötzlich seinen Stuhl zurück und stand auf. Also blieb er nicht zum Dessert. Sie seufzte erleichtert. Sie würden ihm sein Geschenk später geben, wenn der Augenblick günstiger war.

Aber Yvette war offenbar anderer Ansicht. »Johnny, warte!«, rief sie und sprang auf. Sie rannte um den Tisch herum und hielt ihm das Päckchen hin. »Alles Gute zum Geburtstag.«

Verdutzt sah John auf das Geschenk hinunter und machte keine Anstalten, es entgegenzunehmen. Yvette legte es kurz entschlossen auf den Tisch und wartete geduldig.

»Du bist der beste Bruder auf der Welt, und wir haben dich lieb«, erklärte sie voller Bewunderung.

John musste schlucken. Als er endlich das Bändchen löste, öffnete sich das Papier und enthüllte eine lederne Kappe. Ergriffen sank er wieder auf seinen Stuhl und stützte die Stirn in die Hand. »Danke«, stieß er leise hervor.

»Gefällt sie dir nicht?«, fragte Pierre von der anderen Seite des Tisches herüber.

John hob den Kopf und öffnete den Mund, aber Frederics Befehl kam ihm zuvor. »Pierre, komm her zu mir.«

Unentschlossen sah der Junge zwischen den beiden Männern hin und her und überlegte. Dann schaute er über Frederics rechte Schulter. Lächelnd rutschte er daraufhin von seinem Stuhl herunter, kletterte auf Frederics Schoß und schlang ihm die Ärmchen um den Hals.

»Ich liebe dich, mein Sohn«, murmelte Frederic ernst. Obgleich die Worte an Pierre gerichtet waren, ruhten seine Blicke auf John, sodass Charmaine nicht genau wusste, wer gemeint war.

»Ich liebe dich, Papa«, erklärte der Kleine fröhlich und strahlte.

Holz schrappte auf Holz, als John seinen Stuhl zurückstieß. Er stützte die Hände auf den Tisch und beugte sich mit verzerrtem Gesicht und feuchten Augen seinem Vater entgegen. »Ich hasse dich!«, stieß er so erstickt hervor, als ob er einen schweren Schlag auf den Brustkorb erhalten hätte. Dann packte er die Kappe und flüchtete aus dem Raum.

Charmaine sah zu Frederic hinüber. Er strich Pierre über das Haar, während ein schiefes Lächeln um seine Mundwinkel spielte. Doch seine Augen schimmerten dunkel vor Kummer.

Nach diesem Drama war die Stimmung im Kinderzimmer gedrückt. Charmaine war wie vor den Kopf geschlagen, und genau wie die Kinder, die lustlos im Spielzimmer herumsaßen, konnte sie sich auf nichts konzentrieren. Ihre Gedanken überschlugen sich, kehrten aber immer wieder zu einer Erkenntnis zurück: Es war Hass. Eindeutig. Dieses Gefühl kannte sie nur zu gut. Hass war der Begleiter ihrer Jugendjahre gewesen, aber sie hatte ihn stets in bitterem Schweigen in sich verschlossen. Im Gegensatz zu John.

Und Frederic? Seine Verachtung für John war so offensichtlich wie ekelhaft. Sein widersprüchliches Benehmen stieß Charmaine ab. Einerseits überschüttete er Paul mit Lob und Anerkennung, und im selben Atemzug schleuderte er John die übelsten Verleumdungen entgegen – und das vor seinen jungen, empfindsamen Töchtern. Das Ganze machte keinen Sinn. Warum verbannte er John nicht einfach von Charmantes? Und warum war John noch immer da, obwohl er seinen Vater hasste? Wusste sie das nicht? *Nein, das weißt du nicht.*

Sie schrak zusammen, als es an ihrer Tür klopfte, und war sehr überrascht, als John davorstand. »Ich würde gern mit Ihnen sprechen. Darf ich hereinkommen?«

»Aber natürlich.«

Er trat ein. »Ich möchte mich für mein Benehmen beim Dinner entschuldigen. Ich wollte nicht …«

»Bei mir müssen Sie sich nicht entschuldigen«, fiel sie ihm ins Wort und war erleichtert, als Yvette unter der Tür erschien und zum ersten Mal seit dem Dinner wieder lächelte.

»Hast du die Kappe anprobiert?« Sie rannte zu ihrem Bruder. »Passt sie dir?«

»Sie passt perfekt. Deswegen bin ich ja gekommen. Ich wollte mich bedanken. Es hat vielleicht nicht so ausgesehen, als ob ich mich gefreut hätte. Aber das Gegenteil ist der Fall. Ich werde die Kappe genauso stolz tragen wie meine alte.«

»Wirklich?«

»Aber ja.« Er nickte Jeannette und Pierre zu, als sie sich zu ihnen gesellten. »Wenn ich ehrlich bin, gefällt sie mir sogar besser als meine alte.«

»Warum hast du Vater gesagt, dass du ihn hasst?«, fragte Yvette.

John sah zu Boden. »Das ist eine lange Geschichte. Sie ist in neunundzwanzig Jahren entstanden, und es dauert fast genauso lange, um die Sache zu erklären.«

»Wenn du Papa hasst, dann hasse ich ihn auch!«

»Aber nicht doch, Yvette!« John ging auf die Knie, umfasste ihre Schultern und sah sie eindringlich an. »Man hasst nicht jemanden, nur weil das ein anderer tut! Hass ist eine schlimme Sache und vergiftet das Leben.«

»Und warum hasst du Papa dann?«

»Ich hätte das nicht sagen dürfen. Aber ich war sehr wütend.«

»Und warum warst du wütend?«

»Um das zu verstehen, bist du noch ein bisschen jung. Aber unser Vater liebt dich, und es würde ihm wehtun, wenn er hören müsste, dass du ihn hasst.«

»Hast du ihm nicht wehgetan?«

»Das weiß ich nicht. Aber du willst das doch nicht tun. Oder?«

Als Yvette den Kopf schüttelte, strich er ihr übers Haar. Und während er aufstand, flüsterte er Charmaine noch rasch ein paar Worte zu. »Ihnen danke ich auch, Miss Ryan.«

»Und wofür?«

»Für den Versuch, meinen Geburtstag zu feiern.«

Samstag, 30. September 1837

Für einen Samstagnachmittag war das Haus ungewöhnlich still. Man hätte denken können, dass nach dem gestrigen Abend alle das Weite gesucht oder sich in eine ruhige Ecke geflüchtet hätten. Paul hatte das Haus schon im Morgengrauen verlassen. Kurz darauf war die Herrin des Hauses, die für gewöhnlich lange schlief, zu ungewöhnlich früher Stunde um sieben Uhr mit einem Wagen davongefahren, und einige Zeit später hatten sich auch George und Rose auf den Weg in die Stadt gemacht und die Zwillinge mitgenommen. Charmaine hatte entschieden, mit Pierre zu Hause zu bleiben. Doch nur zwei Stunden später fragte sie sich bereits, warum sie nicht mitgefahren war. Die Leere des Hauses drückte ihr aufs Gemüt, und selbst Pierres Fröhlichkeit konnte ihre melancholische Stimmung nicht vertreiben.

Der Kleine musste ihre trübe Stimmung gespürt haben, denn irgendwann hatte er das Buch weggeschoben und war von ihrem Schoß herunterrutscht. Im Augenblick spielte er mit seinen Bauklötzen.

Ihr Blick glitt durch den Raum und blieb an dem großen Bild über dem Kamin hängen. Seltsam. Obwohl sie so oft in diesem eleganten Raum gesessen hatte, hatte sie das Bild nie richtig angesehen. Dafür sah sie es heute umso klarer: ein Mann und zwei Jungen. Das hatte sich nicht verändert. Doch nun erblickte sie Frederic, der seinen adoptierten Sohn im Arm hielt, während sein ehelicher Sohn ein Stück abseits stand. Wieder dachte sie an Georges Worte: *Die beiden haben ihr Leben lang um die Anerkennung ihres Vaters gewetteifert … Paul hatte stets die Nase vorn … Frederic war oft gemein zu John … Stellen Sie sich vor, wie er sich gefühlt haben muss, wenn der adoptierte Sohn um die Liebe seines Vaters buhlte, während er als leiblicher immer mit leeren Händen dastand …* Charmaines Stimmung wurde noch ein wenig trüber. War dieses Bild nur gemalt worden, um John zu verletzen?

Plötzlich stürzte Pierres Turm geräuschvoll in sich zusammen, und Charmaine sah zu, wie der Junge unter den Stühlen herumkroch, um die Klötze einzusammeln und den Bau von Neuem zu beginnen. Während der Turm in die Höhe wuchs, wankte und schwankte er, bis er erneut zusammenfiel. Aber der kleine Mann ließ sich nicht so schnell entmutigen, und Charmaine sah mit Staunen, wie er es ein drittes und ein viertes Mal versuchte.

Konnte man Johns Leben auch so leicht wieder zusammenfügen? Charmaine runzelte die Stirn. Warum fragte sie sich das? Warum dachte sie überhaupt an ihn? Wichtiger noch, wann hatte sie einmal nicht an ihn gedacht? Ihr war mulmig zumute, als sie begriff, dass sie die letzten beiden Tage offenbar nur an ihn gedacht hatte.

Frederic und er waren noch zu Hause. Wie es ihnen wohl ging? Sie schauderte, als sie an den Hass dachte, den sie miterlebt, und an die Schlüsse, die sie daraus gezogen hatte. Was, wenn die Kinder in diesem abscheulichen Spiel als Faustpfand benutzt wurden? Guter Gott, und sie stand in der Mitte. Wie sollte sie damit umgehen? Eine Antwort gab es nicht. Wenn sie Frieden finden wollte, musste sie die Fragen aus ihrem Kopf verbannen und sich der Zukunft zuwenden. Entschlossen stand sie auf.

»Pierre?« Sie legte das Buch auf den Tisch. »Ich muss kurz nach oben gehen. Nur eine Minute.«

»Warum?«

»Ich möchte Freunden in Virginia einen Brief schreiben, aber mein Briefpapier liegt in meinem Zimmer. Kann ich dich einen Moment allein lassen?«

Er nickte. »Hm.«

»Bleibst du brav hier und spielst weiter mit den Klötzen? Versprichst du mir das?«

»Ja, Mainie.«

Sie zwinkerte ihm zu. »Ich bin gleich wieder da.«

Er wollte die Geste erwidern, aber dazu musste er sein Lid mit den Fingern bewegen.

Lachend ging Charmaine davon.

John lehnte sich an den Türrahmen zwischen Bibliothek und Wohnraum. Er hatte gelesen, bis ihn fröhliches Lachen vom Schreibtisch weggelockt hatte. Und nun sah er zu, wie Pierre leise singend auf Händen und Knien herumkroch und seine Klötze zusammensuchte. Ein kurzer Blick verriet ihm, dass sie allein waren und er den Augenblick ungestört genießen konnte. Er trat einen Schritt auf den Jungen zu. »Guten Morgen, Pierre!«

Der Kleine fuhr herum. »Was machst du hier?«

»Dasselbe wollte ich dich fragen.«

Pierre deutete auf die Klötze. »Ich baue ein Haus.«

»Ein Haus? Wirklich? Und wer soll darin wohnen, wenn es fertig ist?«

»Ich und Mainie und Jeannie und Yvie und … du!«

»Oh, das könnte mir gefallen.« Wieder sah er sich um. »Wo ist Mainie überhaupt? Ich dachte, ich hätte sie vorhin lachen hören.«

»Sie war da, aber jetzt ist sie oben. Sie kommt gleich wieder. Ich soll auf sie warten. Dann lernen wir wieder das Albabet.«

»So, so, das Albabet?«

»Alphabet«, verbesserte Pierre ungehalten.

John zwinkerte. »Du kannst es also richtig sagen.«

»Ja! Soll ich es aufsagen? Ich kann es schon gut.«

John hörte zu und nickte anerkennend, als der Junge geendet hatte.

Pierre lief zu John hinüber. »Weißt du, welchen Buchstaben ich am liebsten mag?«

»Nein. Welchen denn?«

»Das M.«

»Und warum gerade das M?«

»Weil zwei Namen so anfangen, die ich am liebsten mag. Das hat Mainie gesagt.«

John war verwirrt. »So? Wen meinst du denn?«

»Mainie und Mama, du Dummkopf.«

»Aber natürlich! Bin ich dumm!«

»Kennst du meine Mama?«, fragte Pierre mit ernstem Gesicht. »Sie ist soo schön.«

»Das habe ich gehört«, murmelte John.

Pierre zog ihn an der Hand. »Komm, ich zeig sie dir.«

John wurde bleich, aber er folgte dem Jungen.

Die kleine Pilgerreise führte zum Treppenabsatz unter das Porträt der zauberhaften Colette Duvoisin in ihrem zartblauen Madonnengewand und mit dem mitfühlenden Blick, den sie erlittenem Schmerz verdankte.

»Heb mich hoch!« Als John nicht reagierte, zerrte Pierre an seinem Hemd. »Heb mich hoch!«

John tat es und trat noch einen Schritt näher, sodass sie fast unter dem Bild standen.

»Das ist meine Mama«, flüsterte Pierre so leise, als ob er sie nicht wecken wollte. »Ist sie nicht schön?«

»Ja«, flüsterte John. »Sie ist wunderschön.«

Ebenso vorsichtig wie John strich Pierre über die elfenbeinfarbenen Hände, die seine Mutter auf dem Schoß gefaltet hatte. Doch er runzelte die Stirn, als die raue Leinwand die täuschende Lebendigkeit zerstörte. »Sie lebt nicht mehr«, sagte er und sah John an.

»Nein«, murmelte John, wobei ihm die Worte fast im Hals stecken blieben. »Nein, sie lebt nicht mehr.«

Pierre legte das Köpfchen schief und betrachtete Johns feuchte Augen. »Warum weinst du?«

»Ich … ich glaube, dass ich sie vermisse«, sagte er leise.

»Liebst du sie?«

»Ja.«

»Und wie sehr?«

»Genauso sehr wie du.« Er schluckte den Schmerz hinunter, drückte den Jungen an sich und vergrub seine Lippen in Pierres weichem Haar.

Als Charmaine oben an der Treppe erschien, hatte er sich wieder in der Gewalt.

»Guten Morgen, Miss Ryan. Pierre und ich vertreiben uns ein wenig die Zeit.«

Sie war froh, dass er lächelte, auch wenn dieses Lächeln nicht bis zu seinen Augen reichte. »Es tut mir leid, dass ich ihn allein gelassen habe. Ich wollte nur schnell …«

»Sie müssen sich nicht entschuldigen. Pierre und ich haben uns bestens unterhalten, nicht wahr, Pierre?«

Der Junge nickte und zappelte ungeduldig. John stellte ihn auf den Boden und sah ihm nach, wie er wieder in den Wohnraum rannte. Er wartete auf Charmaine, und zusammen folgten sie Pierre, der bereits wieder Häuser und Türme baute. John zog sich einen Stuhl heran.

Charmaine legte ihr Schreibpapier auf den Tisch und setzte sich John gegenüber. Er schien an Pierres neuem Werk sehr interessiert zu sein. Als er aufsah, begegneten sich ihre Blicke. »Geht … es Ihnen gut?«, fragte sie hastig.

Einen Moment lang zögerte er. »Wenn Sie wissen wollen, ob ich mich vom gestrigen Zweikampf erholt habe, so kann ich sagen, dass ich überleben werde. Sichtbare Narben gibt es keine.«

»Und unsichtbare?«

Wieder ein Stirnrunzeln und dann ein schiefes Lächeln. »Aber, aber, Miss Ryan. Könnte es sein, dass Sie mich allmählich verstehen?«

Sie schüttelte den Kopf. »So etwas würde ich mir nie anmaßen.«

»Ah, aber Sie arbeiten daran.«

Das hämische Funkeln seiner Augen irritierte sie. »Ich wollte Sie nicht aushorchen.«

»Ich denke nicht, dass Ihnen das gelungen ist. Aber ich mache Ihnen Ihre Neugier nicht zum Vorwurf.« Er lehnte sich zurück. »Wir haben inzwischen mehr als zwei Monate zusammen verbracht, und Sie haben viele meiner Seiten kennengelernt – und, weiß Gott, nicht nur gute. Da finde ich es ganz normal, wenn man über meine Beweggründe nachdenkt.«

Er hielt einen Augenblick inne. Ob er auf eine Reaktion von ihr wartete? Schließlich verschränkte er die Arme und sah sie an. »Ich würde Ihre Meinung über mich sehr gern erfahren – wohlgemerkt Ihre ehrliche Meinung.«

Sie war sprachlos. *Meinte er das ernst?* »Ich weiß nicht, ob ich das kann.«

»Und warum nicht?«

»Weil … weil … nun, ich kann es einfach nicht.«

»Falls Sie das beruhigt – meinen schlimmsten Wutanfall haben Sie miterlebt. Und Sie leben noch.« Er lachte leise in sich hinein. »Kommen Sie, Charmaine, ich weiß doch, dass Sie auf diesen Augenblick warten – den Augenblick der Wahrheit, sozusagen, an dem Sie mir sagen können, was Sie von mir halten, und ich Ihnen zuhören muss.«

»Sie irren sich!«

»Wirklich?« Ihr Erröten passte nicht recht zu ihrer Aussage. »Wie dem auch sei. Ich würde trotzdem gern Ihre Meinung hören. Was, wenn ich Ihnen Zurückhaltung und einen kühlen Kopf verspreche? Nein, ich habe eine bessere Idee«, fügte er nach einigem Nachdenken hinzu. »Wenn Sie ehrlich zu mir sind, werde ich Ihnen gegenüber genauso ehrlich sein. Ich vermute, dass Sie gern mehr über ein Familiengeheimnis erfahren würden, zum Beispiel, was Paul betrifft? Wenn es mir möglich ist, werde ich jede Frage beantworten, die Sie mir stellen.«

Charmaine riss die Augen auf. Er hatte ihren Appetit geweckt – und das wusste er.

»Ist das ein Handel?«

Plötzlich stand er auf, und aus Unsicherheit tat sie es ihm nach. Sie wusste nicht, was er vorhatte, bis er seine Hand ausstreckte. Langsam legte sie ihre kühle Hand in die seine und sah darauf hinunter.

Er hielt ihre Hand einen Augenblick in der seinen. »Auf Wahrheit und Ehrlichkeit.«

»Und Sie werden alle meine Fragen beantworten?«

»Sobald Sie mir mein wahres Selbst enthüllt haben«, sagte er mit einem schiefen Grinsen.

Sie wusste nicht, wo sie beginnen sollte... Aber dann fasste sie sich ein Herz. Hatten ihre Mutmaßungen sie nicht zwei ganze Tage lang gequält? »Ich denke, dass Sie ein Mann mit Vergangenheit sind«, begann sie vorsichtig und suchte auf seinem Gesicht nach ersten Anzeichen von Unmut. »Vermutlich hat man Sie verletzt oder enttäuscht. Jedenfalls verstecken Sie sich hinter einem Schutzschild aus Zynismus und Spott. Das Leben hat Ihnen einen schweren Schlag versetzt, und Sie wollen es ihm heimzahlen. Grausam zu sein, ist einfacher, als jemandem zu vergeben, so wie es leichter ist, zu lachen als zu weinen.«

»Ganz im Gegenteil, *my charm*. Den meisten fällt das Weinen leichter. Sein Lachen muss man sich hart erarbeiten und tagaus, tagein üben, um die Verzweiflung und den Verlust in Schach zu halten. Nur so kann man weiterleben...«

»Haben Sie sie geliebt?«, flüsterte Charmaine. Doch als sich seine Miene verhärtete, bedauerte sie den Fehler sofort. »Es tut mir leid. Ich hätte das nicht fragen …«

»Entschuldigen Sie sich nicht!«, herrschte er sie an. »Sonst widerrufe ich den Pakt.« Sein Auflachen klang hohl. »Diese Frage wird mir langsam langweilig. Pierre hat vor kaum zehn Minuten dasselbe gefragt.«

»Und was haben Sie geantwortet?«

»Was glauben Sie? Was habe ich wohl einem Kind gesagt, das nach seiner toten Mutter fragt?« Der Sarkasmus war nicht zu überhören. »Natürlich habe ich sie geliebt. Schließlich war sie meine ›Stiefmutter‹.«

Er beendete die Unterhaltung, indem er ihr einfach den Rücken zukehrte. *So viel zur Ehrlichkeit.* Aber selbst in der Lüge ahnte sie die Wahrheit …

Paul beeilte sich mit seinem Bad, weil er den Besuch von Stephen Westphal erwartete. Wenn es nach Paul gegangen wäre, hätte das Gespräch noch warten können. Aber der Finanzmann hatte ihn in der Stadt getroffen und erklärt, dass die Sache keinen Aufschub duldete. Es war an der Zeit, dass die Aufbauphase auf Espoir zu einem Ende kam und mit der profitablen Arbeit begonnen wurde. In Kürze wurde das erste Schiff erwartet, doch zuvor mussten noch Handelsrouten festgelegt und Verträge mit Kunden und Geschäftspartnern geschlossen werden. Westphal hatte unermüdlich gearbeitet und auch seine unschätzbaren Verbindungen zum Festland genutzt. Nun wollte er seine Ergebnisse mit Paul abstimmen.

Paul betrat die Bibliothek, in der eine angespannte Stimmung herrschte. John stand am anderen Ende des Raums und starrte durch die französischen Türen nach draußen, während Westphal verlegen an seinem Kragen nestelte, der unangenehm eng in die Haut einschnitt. »Guten Abend, Stephen.«

Westphals Miene drückte große Dankbarkeit aus, als ob Paul ihn aus den Klauen der Hölle befreit hätte. »Guten Abend, Paul.« Er sprang auf und schüttelte ihm herzlich die Hand. »Ich bin wohl etwas zu früh gekommen.«

Paul ging zum Barschrank hinüber. »Aber nein, Stephen. Im Gegenteil. Ich muss mich entschuldigen, weil ich so lange auf den Zuckerrohrfeldern aufgehalten wurde. Wir sind noch immer mit den Folgen des Sturms beschäftigt.«

»Natürlich, natürlich.« Stephen nickte.

»Darf ich Ihnen einen Brandy einschenken?«, fragte er über die Schulter. Dabei sah er zu John hinüber, der bereits ein Glas in der Hand hielt.

»Sehr gern, wenn es Ihnen keine Mühe macht.«

Wieder sah Paul seinen Bruder an. »Konntest du unserem Gast keinen Drink anbieten?«, fragte er in scharfem Ton.

John drehte sich um. »Es ist nicht an mir, etwas anzubieten. Jedenfalls noch nicht.«

Paul runzelte die Stirn. Offenbar hatte es zuvor einen Wortwechsel zwischen den Männern gegeben. Die Frage war nur, was John gesagt hatte. Agathas Vermutungen fielen ihm wieder ein. Womöglich war Johns Benehmen ein erstes Anzeichen für das, was kommen würde, wenn potentielle Investoren und Geschäftspartner vermuten mussten, dass John die Geschäfte seines Bruders hintertrieb.

Agatha betrat den Raum und begrüßte Stephen Westphal mit ungewöhnlichem Überschwang. »Es ist ja so lange her, Stephen. Ich freue mich, dass Sie heute unser Gast sind.«

»Mir geht es nicht anders, liebe Agatha.«

John verzog das Gesicht. »Es ist nicht gerade schwierig, ihn zufriedenzustellen.«

Paul versuchte, die wachsende Spannung aufzulösen. So gern er seinen Bruder hinausgeschickt hätte, so sehr fürchtete er im Gegenzug eine vulgäre Bemerkung.

»Wird Frederic an der Besprechung teilnehmen?«, fragte Stephen.

»Ich fürchte, nein«, antwortete Agatha. »Er hat mich beauftragt, ihn zu entschuldigen.«

»Das tut mir leid.« Stephens Blick wanderte zu John. »Ihr Neffe hat vorhin eine Familienzusammenkunft erwähnt. Darf ich daraus schließen, dass sich die Gesundheit Ihres Mannes gebessert hat?«

»Das hat sie in der Tat«, bestätigte Paul. »Unser Treffen an Weihnachten ist übrigens seine Idee. Er steht uns mit Rat und Tat zur Seite und hat uns mit seinem Wissen und natürlich auch mit seinem Vermögen unschätzbare Dienste geleistet. Ohne ihn stünde keiner von uns da, wo wir heute stehen.«

»Darauf trinke ich«, erklärte John in beißendem Ton und hob sein Glas.

Paul warf ihm einen vernichtenden Blick zu, während er die Anwesenden zum Sitzen aufforderte. »Das Dinner wird nicht vor sieben Uhr serviert. Wir haben also Zeit, um schon einmal anzufangen.«

Agatha setzte sich in einen Lehnstuhl, während Stephen zum Schreibtisch ging und einige Schriftstücke aus der Mappe nahm. »Als Erstes hier die Einladungsliste.« Er überreichte Paul das Papier. »Diese Farmer, Investoren und Makler sollten Sie unbedingt einladen. Die Farmer produzieren die Fracht, und die Investoren werden die Geschäfte kritisch begleiten, aber es sind vor allem die Makler, die Ihre Transportkapazitäten an den Mann bringen. Falls Sie, wie geplant, weitere Schiffe bestellen, könnten die reicheren Farmer die nötigen Mittel aufbringen und sich somit an Ihrem Erfolg beteiligen. Den meisten dürfte an langfristigen, sagen wir fünfjährigen, Verträgen gelegen sein.«

Paul überflog die Reihe der Namen, und seine Augen leuchteten auf. Selbst wenn nur die Hälfte dieser Männer seiner Einladung folgten und nur ein Viertel ernsthaft in sein Geschäft investierten, waren die Ecksteine seines finanziellen Erfolgs gesetzt – dann konnte Paul Duvoisin, der uneheliche Sohn des bekannten Schiffskaufmanns und Unternehmers Frederic Duvoisin, mit seiner Arbeit beginnen.

»Williamson, Brockton, Carroll und Farley kann ich besonders empfehlen«, fuhr Westphal fort. »Sie besitzen die größten und ertragreichsten Plantagen des gesamten Südens und sind ständig auf der Suche nach Transportmöglichkeiten. Ihre Ernten wachsen von Jahr zu Jahr. Ich schlage vor, dass Sie die Leute direkt ansprechen. Bisher arbeiten sie mit Hiram Gimble, einem bekannten und sehr erfolgreichen Makler, zusammen. Wenn Sie ihr Interesse gewinnen könnten, könnte das weitreichende Folgen haben.«

Paul war von dem klugen Vorschlag beeindruckt und träumte bereits davon, die ersten Früchte seiner harten Arbeit zu ernten.

»Natürlich werden wir diese Männer einladen und Mr. Gimble ebenfalls!« Agatha strahlte, als ob die Pläne gar nicht schnell genug umgesetzt werden konnten.

Paul pflichtete ihr bei. »Wenn die Liste komplett ist, müssen wir uns wieder treffen, um alle Einzelheiten durchzusprechen. Einige Namen sind mir ein Begriff, aber von den zuletzt Genannten habe ich nur beiläufig gehört.«

»Diese Farmer produzieren ausschließlich Baumwolle.«

Paul sah John an, der es sich auf einem kleinen Sofa bequem gemacht hatte. »Du sagst das, als ob das ein Problem darstellte.«

»In der nahen Zukunft nicht, aber auf lange Sicht könnte es so sein.«

»Bist du bereit, dies zu erklären, oder machst du es wie Yvette und kassierst für deine Informationen?«

»Du bezahlst doch Stephen auch für seine Dienste«, gab John zurück. »Vielleicht kann er dich ja aufklären.«

Stephen Westphal geriet sichtlich in Zorn. »Wenn Sie meine Fähigkeiten als Farmer anzweifeln, so bin ich der Erste, der Ihnen recht gibt. Aber ich bin Bankfachmann, John, und für einen wie mich haben Männer mit dem größten Bankkonto auch die größte geschäftliche Erfahrung.«

»Da ich Ihnen meine Bankgeschäfte nicht anvertraut habe, wundert mich nicht, dass Sie meinen Worten so wenig Gewicht beimessen.«

»Dieses Gerede ist ja lächerlich!«, schimpfte Agatha. »Warum hörst du ihm überhaupt zu, Paul? Er will dich doch nur ablenken. Nein, er will deinen Erfolg untergraben! Ich traue ihm nicht! Du solltest ihn wegschicken.«

Paul hörte gar nicht hin. Auch wenn er es nicht gern zugab, war seine Neugier geweckt. »Und welche Bedenken hast du, John?«

Agatha sprang auf. »Paul!«

»Setzen Sie sich, Auntie!«

Agatha biss sich auf die Lippen und sank auf ihren Stuhl. Als sie begriff, dass sie wie ein Hund gehorcht hatte, richtete sie sich noch einmal auf und glättete umständlich ihre Röcke.

»Ich bestreite keineswegs, dass die Männer, die Sie erwähnt haben, erfolgreiche Baumwollfarmer sind«, begann John. »Aber ist es klug, sich auf Baumwolle zu beschränken? In diesem Jahr ist der Markt ausgesprochen schlecht, und die Preise sind im Keller. Nächstes Jahr kann das wieder anders sein. Aber das Risiko ist hoch, wenn man alles auf eine Karte setzt.«

Westphal wollte das nicht gelten lassen. »Baumwolle liegt in diesem Jahr bei fünfzig Prozent. Außerdem bieten Williamson, Brockton, Carroll und Farley nicht nur Aufträge aus Virginia, sondern auch aus anderen Regionen. Falls die Tabakernte durch Schädlinge oder einen Hurrikan ausfallen sollte, muss Paul auf andere Ernten zurückgreifen können. Außerdem würde er sich ja nicht auf Baumwolle beschränken, da andere Farmer auf der Liste auch Tabak produzieren und die karibischen Geschäftspartner vorwiegend Zuckerrohr anbauen.«

Der Mann lächelte selbstgefällig, doch John wusste, dass er sich seine Argumente erst beim Reden ausgedacht hatte. »Sehr erfinderisch«, bemerkte er.

Paul runzelte die Stirn. »Und weiter, John? Das ist doch noch nicht alles.«

»Es gibt Gerüchte, dass es zum Krieg kommen könnte. Vielleicht nicht nächstes Jahr und vielleicht auch noch nicht in zehn Jahren. Aber willst du wirklich dein Geld und deine harte Arbeit allein auf Projekte in den südlichen Staaten beschränken?«

»Sag jetzt nur nicht, dass du auch auf dieses Gerede hörst. Ich kann einfach nicht glauben, dass es zum Krieg kommt.«

Spöttisch zuckte John die Schultern. »Ich bin überrascht, dass dir das so wenig Gedanken macht. Nun gut. In deinen Augen stammen all diese Gerüchte vom bösen John, aber ist es denn nicht vernünftig, alle diese Punkte zu bedenken, bevor man eine Entscheidung trifft? Die Sklavenarbeit wird sich nicht in alle Ewigkeit fortsetzen lassen. Die Schwarzen haben die Nase voll. Vielleicht lässt sich die Konfrontation noch eine Weile aufschieben, aber letztes Jahr ist es schon fast zum Krieg gekommen. Was wirst du tun, wenn deine Häfen blockiert werden? Als Sympathisant des Südens werden deine Waren weder in New York noch in Boston willkommen sein. Was also willst du dann transportieren und wohin?« Er zuckte die Schultern und seufzte. »Dies ist nur die Weisheit eines Mannes, der seit zehn Jahren auf dem Festland lebt und weiß, worüber man im Norden und im Süden redet.«

Paul ließ sich auf den Schreibtischstuhl fallen und betrachtete seinen Bruder. Johns Ausführungen machten Sinn, aber konnte er ihm trauen? John hätte seinen Spaß, wenn das kostspielige Unternehmen seines Bruders scheiterte. »Wenn das stimmt, sieht es für dich doch genauso schlecht aus. Du baust auch Tabak an, und du verschiffst Waren aus dem Süden. Was unternimmst du dagegen, John?«

»Aber, Paul, du hast dich doch erst vor Kurzem über alle meine Veränderungen und neuen Maßnahmen beschwert, die ich in den letzten Jahren durchgeführt habe. Über den Rest wollen wir aus Gründen der Fairness gar nicht reden.«

»Worauf willst du hinaus, John?«

»Bevor ich im August nach Charmantes kam, hatte ich zum Beispiel nicht die geringste Ahnung, was du auf Espoir planst. Es hat sogar ein regelrechtes Komplott gegeben, um die Sache vor mir geheim zu halten.« Er sah Stephen Westphal an, der sich zum zweiten Mal an diesem Abend unruhig auf seinem Stuhl wand. »Was ich weiß, habe ich Mr. Richecourt aus der Nase ziehen müssen. Ich verstehe nur nicht, warum. Da es dir offenbar sehr wichtig war, mich aus dem Spiel herauszuhalten, müsst ihr auch allein weiterspielen. Es war bereits großzügig von mir, dass ich dir diesen Rat gegeben habe.«

Paul verdrehte die Augen, aber sonderlich beeindruckt war er nicht. »Du weißt sehr gut, warum ich nichts gesagt habe. Mit deiner scharfen Zunge hast du schon genug einflussreiche Menschen in Richmond verärgert. Und mit deinem rebellischen Benehmen erst recht. Du hast deine Sklaven freigelassen, und zwar ohne Vaters Zustimmung, als der übrige Süden noch um den Erhalt der Sklavenarbeit gekämpft hat. Und du willst mir Ratschläge über kluge Entscheidungen erteilen? Ist es etwa klug, Arbeitskraft, die nichts kostet, einfach zu verschenken? Spar dir deinen Vortrag über Rechtlosigkeit und Erniedrigung. Man kann Sklaven auch anständig behandeln, ohne gleich ihren Status zu ändern. Sieh dir doch die Leute an, mit denen du dich zusammentust! Sie sind kaum in der Lage, sich auf der Erde, geschweige denn in zivilisierten Kreisen zu bewegen. Edgar Allan Poe. Weiß Gott! Und du fragst, warum ich dich nicht in meine Pläne einbeziehe?«

John stellte sein Glas auf den Tisch und lächelte. »Nicht mehr.« Dann erhob er sich und ging zur Tür, wo er sich umdrehte. »Mach nur so weiter, Paul, und höre auf Mr. Westphal. Sicher weiß er mehr als ich. Ich sehe nach, ob das Dinner schon fertig ist.«

Paul starrte eine ganze Weile auf den leeren Türrahmen, bevor er sich wieder Mr. Westphal zuwandte. »Ich bedauere die Unterbrechung. Verstehen Sie mich nicht falsch, Stephen, aber ich wüsste gern, was mein Bruder vor meiner Ankunft gesagt hat? Ich hoffe, es war keine Beleidigung.«

»Es war nicht der Rede wert«, antwortete Stephen mit einer eleganten Handbewegung.

»Nicht der Rede wert?« Paul war nicht überzeugt. »Haben Sie gestritten?«

»Es war meine eigene Schuld. Lassen Sie uns nicht mehr darüber reden.«

»Nein, Stephen. Sie müssen es mir sagen.« Paul musste wissen, was womöglich ernste Folgen für seine Interessen hatte. »Wenn es nötig ist, werde ich auch mit meinem Vater sprechen. John hat nicht das Recht, meinen Gast zu beleidigen.«

»Es ist nicht nötig, Ihren Vater damit zu behelligen. John hat, aus welchem Grund auch immer, angenommen, dass Frederic mich heute Abend eingeladen hätte. Auf seine sarkastische Art hat John mich wissen lassen, dass meine Tochter bestimmt kein Interesse mehr an ihm hätte, wenn sein Name erst aus dem Testament getilgt sei.«

An diesem Punkt schaltete sich Agatha ein. »Solche Bemerkungen sollten Sie dorthin zurückschieben, woher sie kommen, Stephen. Ich habe gelernt, das Gerede meines Neffen zu überhören. Aber da wir gerade von Anne reden – Sie müssen mir ihre Adresse geben. Ich möchte sie unbedingt bei unserem Fest dabeihaben. Was wäre denn ein solches Fest ohne eine kluge und kultivierte junge Frau wie Ihre Tochter?«

Angesichts ihrer Worte hellte sich Stephen Westphals Miene sichtlich auf.

Nach einigem Nachdenken fand Paul die Aussicht auf Anne Londons Gegenwart durchaus begrüßenswert. Trotz der vielen anderslautenden Versicherungen musste John die Witwe in der einen oder anderen Weise ermutigt und somit ihr dreistes Benehmen herausgefordert haben.

Seine Gedanken wanderten in die Zukunft. Falls John Anne Londons Liebreiz einmal erlegen war, so war er vielleicht auch ein zweites Mal verwundbar. Was würde die naive Miss Ryan dann von ihm halten? Dies war genau die Rückversicherung, die Paul brauchte, falls sein Bruder länger auf der Insel blieb.

»Aber was wird John dazu sagen?«, fragte Stephen, als ob er Pauls Gedanken gelesen hätte. »Ich kann mir nicht vorstellen, dass ihn das begeistern …«

»Nicht er lädt ein«, fiel Paul ihm ins Wort, »sondern ich.«

Stephen strahlte über das ganze Gesicht. Zweifellos wäre seine Tochter entzückt, im Winter diesem anderen gut aussehenden und vielversprechenden Sohn von Frederic Duvoisin zu begegnen.

Sonntag, 1. Oktober 1837

Nach der Messe vertauschte Charmaine ihr Sonntagskleid mit alltäglichen Sachen.

»Wir sind fertig!«, riefen die Kinder durch die Tür. »Dürfen wir die Ponys besuchen und die Kätzchen in den Stall bringen?«

»Ja, aber seid vorsichtig! Geht nur zu Angel und Spook. Den anderen Pferden dürft ihr nicht zu nahe kommen.«

»Wir passen schon auf!«

»In einer halben Stunde gibt es Frühstück!«

Keine Antwort … sie waren längst über alle Berge. Charmaine schüttelte den Kopf und freute sich, dass die Kinder trotz aller Widrigkeiten fröhlich und munter waren.

Am Morgen hatte John den Mädchen ein vernünftigeres Zuhause für die Kätzchen empfohlen. Und zwar die Scheune. »Dort könnt ihr ihnen ein Bettchen machen. Katzen haben außerdem einen beruhigenden Einfluss auf die Ponys.« Als Yvette skeptisch blieb, schlug er vor, Paul oder George zu fragen, wenn sie ihm nicht glaube. »Pferde und Katzen vertragen sich bestens, und ich kann auch besser schlafen.« Drei Nächte mit Katzenpfoten auf dem Gesicht waren genug. Außerdem hatten die Mädchen von nun an drei Gründe, um in den Stall zu laufen: das Fohlen, die Ponys und obendrein ihre Kätzchen.

Als Charmaine das Kinderzimmer betrat, lag John der Länge nach auf dem Boden und ließ mit Pierre kleine Segelboote über die Dielen gleiten. Sie freute sich an dem hübschen Bild. »Pierre, bist du hungrig? Es ist Zeit fürs Frühstück.«

John hob den Kopf. »Hungrig ist gar kein Ausdruck! Ich hoffe, die Messe war diese Strapaze wert.«

»Das war sie«, entgegnete Charmaine.

John lachte in sich hinein. »War Father Benitos Predigt wenigstens inspirierend?«

Sie schwieg, um nicht lügen zu müssen. Das frühere Feuer war dahin und die Messe zur Pflichtübung verkommen.

Er grinste. »Manches ändert sich offenbar nie. Wie können Sie Benitos Scheinheiligkeit nur ertragen?«

»Er ist immerhin ein Priester!«

»Nach meiner Auffassung nicht. Oder haben Sie schon einmal Worte wie Mitgefühl oder Liebe von ihm gehört, geschweige denn erlebt?«

Charmaine biss sich auf die Zunge. Das klang plausibel, und doch hatte sie das Gefühl, als ob John sich eher über ihren Glauben als über Father Benito lustig machte.

»Ich sehe schon, Sie sind mir böse«, sagte er. »Dabei habe ich nichts gegen Priester. Ein guter Freund von mir ist Priester, und er ist ein freundlicher, mitfühlender Mensch, der Benito das eine oder andere beibringen könnte. Obgleich bei ihm Hopfen und Malz verloren ist, wie ich meine.«

»Bei wem? Bei Father Benito oder bei Ihrem Freund?«

Bevor John antworten konnte, kam Paul herein und bemerkte Charmaines gerunzelte Stirn.

»Was ist los? Ärgert er Sie wieder?«

»Aber nein«, antwortete sie mit einem Blick zu John. »Nicht wirklich.«

»Wir haben über Father Benito diskutiert«, bemerkte John. »Würdest du ihn als guten oder schlechten Priester beschreiben, Paul?«

Paul wehrte ab. »Im Moment habe ich leider keine Zeit dafür. Ich muss etwas mit dir besprechen.«

»Und das wäre?«

»Ich möchte unter vier Augen mit dir sprechen.«

John brummelte zwar, aber natürlich stand er auf und folgte seinem Bruder nach unten. Im Arbeitszimmer ließ sich John auf ein Sofa fallen.

»Wir brechen morgen in aller Frühe auf«, begann Paul.

John war verwirrt. »Wer wir?«

»Vater, Agatha und ich, und natürlich einige der Diener.«

»Wovon sprichst du?«

»Das haben wir doch bei Tisch besprochen. Vater möchte die Fortschritte auf Espoir persönlich in Augenschein nehmen. Wir werden ungefähr eine Woche fortbleiben.«

John runzelte die Brauen und überlegte. »Ich kann mich nicht daran erinnern.«

»Vermutlich haben wir das ausgemacht, bevor du gekommen bist. Egal. Wenn wir morgen fahren, wüsste ich gern, dass auf Charmantes alles so läuft, als ob ich zu Hause wäre. Der Zuckerrohrernte gilt meine größte Sorge. Zwei Felder wurden vom Sturm verschont, aber für das Pressen brauchen wir jede Hand, wenn wir keinen Verlust machen wollen. George sagt, er habe alles im Griff, aber wenn die Fässer auf die *Raven* verladen werden, braucht er unbedingt Unterstützung.«

»Auf die *Raven*?«, fragte John. »Die müsste doch längst auf dem Weg nach Richmond sein.«

»Wäre sie auch, wenn der Sturm sie nicht aufgehalten hätte. Heute bin ich froh, dass ich die Melassefässer verladen kann.« Paul legte eine kleine Pause ein. »Kann ich auf deine Hilfe zählen?«, fragte er dann, als John nichts sagte.

Eine unheimliche Stille breitete sich aus. John starrte auf die große Bücherwand am anderen Ende des Raums, und Paul fragte sich, ob sein Bruder die Frage überhaupt gehört hatte.

Er wechselte das Thema. »Da ist noch eine andere Sache. Ich hätte gern dein Wort als Gentleman, dass du Charmaine in meiner Abwesenheit nicht bedrängst.« Wieder reagierte John nicht. »John«, fuhr Paul ihn ungehalten an, »hörst du mir überhaupt zu?«

Johns Blicke richteten sich auf seinen Bruder. »Sorge dich nicht, Paul, sorge dich einfach um gar nichts.«

6

Montag, 2. Oktober 1837

Auf der großen Wiese vor dem Haus herrschte ein chaotisches Durcheinander. Emsig eilten Hauspersonal und Stallknechte zwischen Haus und Sattelplatz hin und her. Frederic Duvoisin unternahm eine Reise, und alle seine Bediensteten waren ihm mit Hingabe dabei behilflich. Zwei Pferde wurden aus dem Stall geführt und vor den nagelneuen Brougham gespannt. Paul hatte den zweisitzigen Wagen im letzten Winter in England in Auftrag gegeben, und vor einem Monat war er mit einem der Schiffe auf Charmantes eingetroffen. Während die letzten Schnallen geschlossen wurden, tänzelten die peinlich genau aufgezäumten Pferde so nervös herum, dass zwei Pferdeknechte nötig waren, um den Wagen vor der Säulenhalle zum Stehen zu bringen. Charmaine und die Kinder standen etwas abseits des Trubels, um nicht im Weg zu sein. Dann endlich war es so weit, und die Haustür öffnete sich ein letztes Mal.

Frederic verließ hinkend das Haus, und sein schwarzer Stock begleitete jeden Schritt mit einem vernehmlichen Klacken. Auf der ersten Stufe strauchelte er für Sekunden, doch er fing sich sofort und scheuchte seine besorgte Frau zur Seite, als sie ihm zu Hilfe eilen wollte. »Lass mir wenigstens diesen Stolz!«, zischte er fast unhörbar.

Als Agatha zurückfuhr, folgte ihr Frederics zorniger Blick. Da die Szene nicht unbemerkt blieb, sah Agatha sich nach allen Seiten um, wobei die Gouvernante und die Kinder in ihr Blickfeld gerieten. »Haben Sie nichts Besseres zu tun, als meinen Mann anzustarren, Miss Ryan? Die Mädchen haben um diese Zeit doch Unterricht, oder nicht? Oder ist diese frivole Zeitverschwendung nur der Auftakt zu einer ungestörten Woche, in der ich die Erfüllung Ihrer Pflichten nicht überwachen kann?«

»Es reicht, Agatha«, mahnte Frederic. »Miss Ryan betreut meine Kinder sehr gewissenhaft.«

»Was das angeht, so bist du nicht gut unterrichtet«, widersprach seine Frau, um vor den Angestellten ihr Gesicht zu wahren.

Frederic verbarg seinen wachsenden Zorn hinter honigsüßen Worten. »Was du nicht sagst? Und wer hat deiner Meinung nach etwas versäumt? Auf jeden Fall liebt Miss Ryan meine Kinder.«

Beleidigt reckte Agatha das Kinn in die Luft. Dann schritt sie hoheitsvoll die Stufen hinunter und bestieg den Wagen.

Charmaine wollte schon laut frohlocken, doch als sie bemerkte, dass der Herr des Hauses auf sie zukam, fasste sie sich rasch. »Ich möchte mich noch gern von meinen Kindern verabschieden, Miss Ryan. Pierre, gibst du mir einen Kuss?«

»Warum?«, fragte der Junge.

»Damit ich mich an dich erinnere.«

Frederic beugte sich hinunter, und Pierre küsste ihn auf die Wange. Bevor sein Sohn sich abwenden konnte, schlang sich der Arm des alten Mannes um seine Schultern. Einen Augenblick lang hielt Frederic Pierre an sich gedrückt, dann richtete er sich auf und sah Charmaine in die Augen. »Man weiß nie, wann der letzte Tag kommt.«

»Der letzte Tag? So etwas sollten Sie nicht sagen …«

»Doch, das muss ich, Miss Ryan. Ich bin dankbar für alles, was Sie für meine Familie tun. Meine Frau Colette hat Sie damals richtig eingeschätzt. Sie waren den Kindern immer eine wunderbare Mutter. Ich verspreche Ihnen hier und heute, dass ich Sie nie für Umstände verantwortlich machen werde, die nicht in Ihrer Macht liegen.«

»Sir?«

»Denken Sie einfach an mein Versprechen, wenn Sie in eine solche Lage kommen sollten.« Er nickte kurz und wandte sich ab, ohne daran zu denken, auch einen Kuss von seinen Töchtern einzufordern.

Als der Wagen durchs Tor davonfuhr, sah Charmaine John im Schatten der alten Eiche stehen. Seinen Gesichtsausdruck konnte sie nicht erkennen, aber sie beobachtete, wie er sich erregt mit der Hand durchs Haar fuhr. Dann macht er kehrt und war verschwunden.

Sie scheuchte die Kinder ins Haus. Da der Augenblick günstig war, erlaubte sie ihnen, frei das Haus zu durchstreifen. Es war kaum noch jemand da, nachdem auch die Thornfields den Duvoisins in einem kleineren Wagen zum Schiff gefolgt waren, wo sie bereits von Felicia und Anna erwartet wurden. Wo Paul sich im Augenblick befand, konnte Charmaine nur vermuten. Er hatte schon in aller Frühe das Haus verlassen, und sie bezweifelte, dass sie ihn vor Abfahrt des Schiffes noch einmal zu Gesicht bekommen würde.

Sie war so in Gedanken versunken, dass sie im Foyer mit George zusammenstieß. Während sie sich entschuldigte, starrte sie auf das Gepäck, das er bei sich trug. Zu ihrem großen Entsetzen musste sie hören, dass auch er abreiste.

»Wir haben das gestern beim Dinner besprochen«, sagte

er. »Wir müssen alles Zuckerrohr pressen, dessen wir habhaft werden können, wenn wir keine Verluste hinnehmen wollen. Zeit ist in diesem Fall bares Geld, und ich erreiche mehr, wenn ich zusammen mit den Männern auf den Feldern kampiere. Frederic hat mir eine Prämie versprochen, wenn wir bis zu seiner Rückkehr mit der Ernte fertig sind.«

Charmaine wurde blass und bebte ein wenig. »Warum die Aufregung?«, fragte George verwundert und halb belustigt.

»Dann bin ich ja heute Nacht ganz allein.«

»Allein kann man das wohl kaum nennen. John ist doch da.«

»Genau. John und sonst niemand.«

Als George dämmerte, was sie meinte, brach er in schallendes Gelächter aus.

»Das ist überhaupt nicht lustig!«

Er erstickte beinahe. »Und wie!«

»Wie können Sie das sagen! Ich fühle mich nicht sicher und habe Angst, wenn John im Haus herumschleicht und jeden Moment…«

»Jeden Moment…?« Die Röte ihrer Wangen reizte seine Lachmuskeln.

»Ich dachte, Sie seien mein Freund!«

»Aber das bin ich doch.« Er wurde ernst. »Ärgern Sie sich nicht über mich, Charmaine, und machen Sie sich wegen John keine Sorgen. Er ist der letzte Mensch, vor dem Sie sich fürchten müssen.«

»Sie haben leicht reden.«

»Weil es die Wahrheit ist.« Sein Lachen begleitete ihn bis hinüber zu den Ställen.

Agatha betrachtete ihren Mann genauso eindringlich, wie er das Blattwerk entlang der Straße musterte. Seit er sich ihr gegenüber auf den Polstersitz hatte fallen lassen, hatte er sie keines Blickes gewürdigt. Aber das machte ihr nichts aus. Genauso wenig wie seine ewigen Nörgeleien vor den Dienstboten. Er meinte die Dinge nicht so, wie er sie sagte, wusste gar nicht, wie grausam seine Worte klangen. Seine Behinderung hatte seine schroffe Art nur noch verschärft – und machte es ihr leicht, ihm zu verzeihen. Wenn er besonders barsch zu ihr war, dachte sie daran, dass sie schließlich mit ihm verheiratet war. Sie war seine Frau, und diese Tatsache versüßte so manche Kränkung. Wenn das Leben zurzeit auch zuweilen schwierig und nur schwer zu ertragen war, so tröstete sie doch die Hoffnung auf eine leuchtende Zukunft, die ihr gehörte. Als Mrs. Frederic Duvoisin hatte sie jetzt Zeit genug, um seine Liebe zurückzugewinnen. Hatte sie nicht ihr Leben lang gewartet und in jeder wachen Minute geplant, um genau das zu erreichen, was sie nun besaß? Sie war seine Frau! Obgleich Robert ihren Ehrgeiz verspottet und ihn hatte auslöschen wollen, hatte sie niemals aufgegeben. In keiner Sekunde hätte sie auch nur an eine Niederlage gedacht. Wie denn auch, da es sie nur nach Frederic und sonst niemandem verlangte?

Seit ihrem ersten Kuss hatte sie gewusst, dass ihr kein anderer Mann je genügen würde, dass sie ohne ihn nie vollständig wäre. Guter Gott, wie sehr sie ihn liebte! Selbst nach so vielen Jahren sehnte sie sich wie verrückt nach ihm. Wenn es nötig wäre, würde sie sogar ihr Leben opfern, damit er ihr endlich die heiß ersehnten drei Worte zuflüsterte. Erst dann konnte sie sicher sein, dass nichts von alledem falsch gewesen war, was sie im Namen der Liebe getan hatte.

Frederic… Er sah noch immer bestens aus. Trotz seiner zweiundsechzig Jahre ließ er ihr Herz hämmern, ihre Glieder erzittern und sie an ihre frühere Leidenschaft denken. Seit ihrer Hochzeit hatten sie nur wenige intime Momente geteilt, doch seit zwei Monaten hatte er sie vernachlässigt. Sie aber sehnte sich nach den Berührungen von damals, bevor ihm der Schlaganfall die Manneskraft geraubt hatte. Konnte es je wieder so werden? Durfte sie hoffen? Mit einem schiefen Lächeln versprach sie sich selbst, weit mehr zu tun. Vor dreißig Jahren war sie, was das Liebesspiel anging, noch eine Novizin gewesen. Wenn sie damals schon die Erfahrung von heute gehabt hätte, hätte Frederic sie niemals so einfach aufgegeben und sich nicht so einfach von den Ränken ihrer fünf Jahre jüngeren Schwester einfangen lassen.

Elizabeth… die Quelle ihres Schmerzes, die ihr Leben zerstört hatte. Elizabeth… stets darauf bedacht, das zu bekommen, was ihr nicht gehörte. Elizabeth… im Handumdrehen mit Frederic verheiratet. Elizabeth… die England ohne Bedauern verließ, ohne sich um ihre verzweifelte Schwester zu sorgen. Doch der Allmächtige hatte eine schwere Strafe für Elizabeth vorgesehen. Trotz ihrer sogenannten Liebe hatte Elizabeth nicht überlebt… ein sicheres Zeichen dafür, dass diese Liebe keine wirkliche Liebe gewesen war.

Frederic… am liebsten würde sie sich neben ihn setzen, sich an ihn schmiegen, ihm das Haar aus der Stirn streichen und den düsteren Ausdruck vom Gesicht wischen. Er hatte so viel Kummer erlebt und so viel Schmerz erduldet. Zuerst Elizabeth und nun John. Wie die Mutter, so der Sohn. Wie sehr wünschte sie, Frederics Leben in Ordnung zu bringen. Doch in seiner Bitterkeit übersah er die einzige Person, die ihn mehr liebte als alle die, die er so verehrte: weder seine ihn anbetende Elizabeth, noch seine junge Colette, auch nicht sein alberner Pierre, seine verwöhnten Töchter, ja nicht einmal Paul liebte ihn so sehr wie sie. Eines Tages in naher Zukunft würde er das erkennen. Er würde erkennen, wie blind er gewesen war, wie sehr er sich geirrt hatte, indem er zuließ, dass John sie lächerlich machte, und dass es ein Fehler gewesen war, bei der Verteilung seines Vermögens die Pflicht und den Sittenkodex der Gesellschaft an die erste Stelle zu setzen. Eines Tages würde er sich ihr zuwenden, wie sich ein Mann seiner Frau zuwandte, und dann würde sie für ihn da sein.

Frederic lehnte sich in die Kissen zurück und tat so, als ob er schliefe. Dabei sah er seine Frau unter halb geschlossenen Lidern an. Mit einem Mal hielt die Vergangenheit in Brougham Einzug. Man schrieb das Jahr 1807. Mit zweiunddreißig Jahren war er damals ein vermögender Junggeselle am Beginn seines Lebens gewesen. Agatha war zweiundzwanzig Jahre alt und jung und schön, sehr schön sogar. Aber seine Augen hatten nicht sie angesehen, als der Wagen in den Hafen von Charmantes eingebogen war, sondern Elizabeth, die ihre Hände bescheiden im Schoß gefaltet hatte und ihm nach ihrer kurzen Begegnung im Stall mit leicht geröteten Wangen und gesenktem Kopf gegenübersaß.

Kühn hatte Elizabeth ihn im Stall angesprochen. »Sind Sie in meine Schwester verliebt, Mr. Duvoisin?«

Verblüfft hatte er die Gegenfrage gestellt. »Was hat Liebe denn mit einer geschäftlichen Entscheidung zu tun?«

Eigentlich hätte sie beleidigt sein müssen – doch er hatte etwas ganz anderes in ihren braunen Augen gelesen und war neugierig geworden.

»Aber meine Schwester liebt Sie, nicht wahr?«

Irritiert hatte er die Stirn gerunzelt. »Wie alt sind Sie, Elizabeth?«

»Ich bin gerade siebzehn geworden.«

»Und alles andere als erwachsen«, hatte er spöttisch angemerkt.

Im nächsten Moment hatte sie schüchtern ihren Blick abgewendet. Aber das hatte ihn nicht daran gehindert, sie weiterhin anzustarren, wie er das schon während der letzten zwei Wochen getan hatte. Sie war nicht halb so schön wie ihre Schwester, aber dafür hinreißend und lebendig. Anfangs hatte er ihre Fragen mit kindlicher Sorge um ihre große Schwester erklärt und die Macht, die sie über ihn hatte, völlig unterschätzt. Wofür er Gott heute noch dankte. Denn das war der Beginn ihrer Liebe gewesen. Gott, wie sehr hatte sie ihn seither verfolgt. Colette hatte dieselbe Wirkung auf ihn gehabt, was kein Wunder war, denn die beiden Frauen waren einander in vielem ähnlich. Er erinnerte sich an den Stall. Selbst ihre intimen Begegnungen waren ähnlich verlaufen. Geradezu unheimlich.

Es war nur traurig, dass ihm heute Agatha gegenübersaß. In Momenten wie diesen fühlte er großes Schuldbewusstsein. Vermutlich hatte er ihr Leben genauso ruiniert wie sein eigenes. Paul hatte recht. Er hätte Agatha niemals heiraten dürfen. Er betete, dass sein jetziges Vorhaben glücklicher endete als die damalige Brautwerbung, und er war bereit, die beiden als Sühne für seine vielen Sünden anzubieten.

»Aber Sie müssen mitkommen!«, bat John eindringlich. »Ich möchte, dass Sie mitkommen! Ich bitte Sie darum!«

»Es tut mir leid, John, aber ich kann das nicht machen.

Es wäre nicht das, was Colette wollte. Außerdem haben Sie nicht an Yvette und Jeannette gedacht. Die Mädchen wären am Boden zerstört.«

»Nan…«

»Nein, John, ich kann es nicht. Ich kann es einfach nicht.«

Verzweifelt wandte Rose sich ab.

Wie angewurzelt blieb Charmaine unter der Tür stehen. »Es tut mir leid, ich wollte nicht…«

Mit schmerzverzerrtem Gesicht wie an dem Morgen, als er von Colettes Tod erfahren hatte, fuhr John herum. Rasch überspielte er seine Gefühle mit einem gezwungenen Lächeln. »Kommen Sie ruhig herein, Miss Ryan. Rose und ich haben schon alles besprochen.«

Der Rest des Tages verging in ähnlich unwirklicher Stimmung und steigerte Charmaines Bedenken nur noch. Nicht einmal Yvettes begeisterte Rufe »Wir haben das ganze Haus für uns allein!« und »Nur Johnny und wir! Und keine Auntie Agatha, die uns überall nachspioniert!« konnten daran etwas ändern.

Nur Johnny und wir… Da lag das Problem. Charmaine wollte keine Woche »nur Johnny und wir« – sie wollte ja nicht einmal diese eine Nacht erleben müssen. John hatte sich sonderbar benommen, aber die anderen genauso. Fatima hatte darauf bestanden, ihm beim Dinner unentwegt vorzulegen, als ob es morgen nichts mehr zu essen gäbe, und Rose hatte oben in ihrem Zimmer gespeist und sie mit John und den Kindern am Tisch allein gelassen. Obendrein hatte John sie ständig prüfend angestarrt, als ob er ihren wahren Wert schätzen wollte, bis Charmaine so unwohl zumute gewesen war, dass sie sich mit dem Essen beeilt und sich danach sofort mit den Kindern zurückgezogen hatte.

Inzwischen war es zehn Uhr, und die Kinder schliefen schon lange. Um wach zu bleiben, bis auch John zu Bett ging, brauchte Charmaine ein Buch. Doch als sie das Foyer erreichte, zögerte sie. Wollte sie den Mann wirklich stören?

Nach dem Dinner hatte sich John im Arbeitszimmer vergraben, wo er, wie sie hörte, noch immer unablässig auf und ab lief. Offenbar hatte sich der Aufruhr in seinem Inneren noch nicht gelegt. Es wäre verrückt gewesen, sich in dieser Stimmung in den Käfig des Löwen zu wagen, dachte sie und kehrte in ihr Zimmer zurück.

Für John verging die Nacht in großer Unentschlossenheit, gespickt mit Momenten der Verzweiflung. Sekunden addierten sich zu Minuten und zähen Stunden. Irgendwann schlug die große Uhr in der Halle zwei Mal. Die Wände vibrierten unter dem Schall, der noch lange im Treppenhaus nachhallte.

John lag auf dem Bett und lauschte seinem Atem. Zum ersten Mal seit endlosen Minuten war sein Kopf absolut leer. Viele Stunden hatte er über sein Problem nachgedacht, hatte alle Möglichkeiten abgewogen und zu guter Letzt wieder verworfen. Er hatte begriffen, und zwar vom ersten Moment dieses elenden Tages an, dass er sich nicht einfach nehmen konnte, was er bisher nie beansprucht hatte. Wenn er es tat, würde er die bescheidene und ihm so kostbare Zufriedenheit aufs Spiel setzen, die ihm in diesen wenigen Wochen geschenkt worden war.

Sein Glück hing von dem Glück anderer ab. Und da sich niemand mit ihm verschwören wollte, war es klüger, sich in die Hoffnungslosigkeit zu schicken und den vorgezeichneten Weg weiterzugehen. Sich mit der Strömung treiben lassen … dieser Kurs sollte auch in Zukunft sein Leben bestimmen.

Gott, wie sehr er dieses Verlies hasste, das ihn seit so vielen Jahren gefangen hielt! Er konnte weder vorwärts noch rückwärts gehen, konnte nur in der Erinnerung leben und den Himmel für das schlechte Blatt verfluchen, für das er sich entschieden hatte und mit dem er nun spielen musste. Wenn nichts geschah, musste er noch Stunden in diesem verdammten Bett zubringen und sich bis zur Erschöpfung hin und her wälzen …

Kurz entschlossen schleuderte er die Decke beiseite und sprang aus dem Bett. Doch als er seine unruhige Wanderung wieder aufnahm, stiegen auch die schmerzlichen Erinnerungen wieder empor. Lange hatte er sie gehegt und gehofft, dass die Zukunft sie eines Tages Wirklichkeit werden ließ. Aber die Zukunft war nicht gekommen, und die Vergangenheit war nie gestorben. Es war an der Zeit, dass er beide beerdigte. Vielleicht gelang ihm das ja, wenn er endlich seine Leidenschaft beschwor und seine Verzweiflung fahren ließ. Mit einem Mal wusste er genau, wohin er sich wenden musste. Er zog seinen Morgenmantel über und warf ohne Rücksicht auf die späte Stunde die Tür seines Zimmers heftig hinter sich ins Schloss.

Charmaine schrak aus tiefem Schlaf hoch und horchte ängstlich, wohin sich die Schritte am Ende des Korridors bewegten. Sie wusste, wer so spät durchs Haus ging, und strengte ihre Ohren an, um rechtzeitig zu hören, wenn die Schritte vielleicht verstohlen zurückkehrten. Zwar hatte sie ihre Tür verriegelt, aber trotzdem fürchtete sie, dass er über die Veranda, das unbenutzte Ankleidezimmer oder gar das Kinderzimmer hereinschleichen konnte.

Die Sekunden dehnten sich zu Minuten, und als ihr wild pochendes Herz endlich langsamer schlug, beruhigte sich auch ihr Atem. Nichts – keine gefährlichen Geräusche… Hatte er das Haus verlassen? Oder lief er in der Bibliothek auf und ab und überlegte, wie er sich der hilflosen Gouvernante bemächtigen konnte? Nein, so war John nicht, beruhigte sie sich selbst. Er hatte ihr zu keiner Zeit Grund gegeben, sich zu ängstigen, sich vor Gewalttätigkeiten zu ängstigen. Heute war sie genauso schutzlos wie in der Nacht, als er nach Hause gekommen war. Doch heute gab es keinen Paul, keine Dienerschaft, keinen, der ihr zu Hilfe eilen konnte, wenn sie schrie. Sie schauderte… Aber hätte er ihr nicht auch früher etwas antun können? Die Nacht war schon zur Hälfte vorbei, und sie war auch nicht anders als andere – bis auf die Tatsache, dass er keinen Schlaf fand.

Und dann hörte sie es. Die verbotene Melodie. *Träume ich?* Sie hob den Kopf, aber sie konnte nur entfernt einzelne Tonfolgen der Sonate vernehmen. Sofort war Charmaine aus dem Bett. Sie träumte keineswegs! Irgendjemand spielte vollendet und rief sie, um der Melodie zu lauschen. Hastig verließ sie das verbarrikadierte Zimmer, schlüpfte in ihren Morgenmantel und folgte den Tönen, die auf seidenen Schwingen zu ihr emporstiegen. Wenn nur Colette da wäre…

Ohne zu wissen, wie sie dorthin gekommen war, stand sie plötzlich barfuß unter der Tür zum Wohnzimmer. John saß mit leicht geneigtem Kopf am Piano und drehte ihr den Rücken zu. Anfangs schienen seine Finger die Tasten zu liebkosen und entlockten ihnen Töne von herzzerreißender Einsamkeit und brennender Sehnsucht. Doch plötzlich hämmerte er zornig auf sie ein und weckte eine Welle der Leidenschaft. Magisch wurde Charmaines Blick vom Flackern der Kerzen im Kandelaber angezogen. Sie sah, wie die Flammen mit den Schwingungen der Luft zu tanzen begannen und dem Takt der Rhapsodie folgten, und fühlte sich dem Docht verwandt, der sich brennend verzehrte und verging, sich wandelte und schließlich zum Frieden fand wie das Wachs, das auf die schwarzglänzende Oberfläche des Pianos tropfte.

Auf dem Höhepunkt zögerte John, eine schrille Dissonanz hallte von den Wänden wider, und er sank wie ausgebrannt in sich zusammen. Dann hämmerte er auf die Tasten, als ob er den Fehler seines Lebens damit auslöschen könnte. Die Tasten blockierten, und brutale Missklänge erfüllten die Luft.

Unwillig verzog Charmaine das Gesicht, weil sie die Schönheit der Melodie zurücksehnte.

Ganz langsam legte John die Arme auf die Tasten, barg sein Gesicht in ihrer Beuge und lauschte dem Schlag seines gequälten Herzens. Er hatte gehofft, die entsetzliche Verlassenheit auszulöschen, sie nicht erneut zu beschwören. Er holte Luft und schauderte, als er den angehaltenen Atem wieder ausstieß. Aber die junge Frau im Schatten, die ihn betrachtete, sah er nicht.

Sehr viel später würde sie sich einmal fragen, warum sie in diesem Augenblick nicht in ihr Zimmer zurückgekehrt war. »Hören Sie nicht auf«, bat sie stattdessen und betrat den Raum.

John fuhr herum und starrte sie finster an. In dieser Nacht wollte er allein sein.

»Sie … Sie spielen einfach wunderbar.«

Er gab einen unwilligen Laut von sich. »Vermutlich das Einzige, was ich richtig mache.«

»Außer den letzten Takten.«

»Stimmt.« Das klang eher abweisend.

Aber Charmaine nahm es nicht übel. Er schien sich zu quälen. »Trotzdem sollten Sie wegen eines Fehlers nicht gleich aufgeben. Den größten Teil haben Sie wunderbar gespielt. Mrs. Harrington hat immer gesagt ...«

»Ist es nicht schon reichlich spät für Sie, Mademoiselle?«, fiel er ihr heftig ins Wort.

»Die Musik hat mich geweckt.«

»Ich bitte um Verzeihung.«

»Das ist unnötig. Ich mag dieses Stück besonders gern.«

»Ist das wahr?«, spottete er. »Warum habe ich Sie es dann noch nie spielen hören?«

»Ich bin nicht gut genug. Colette hat mir zwar Mut gemacht, aber nach ihrem Tod wurde mir verboten ...«

»Verboten?« Seine Verdrießlichkeit wandelte sich in Zorn. »Wer hat das verboten?«

Die Wahrheit hatte die ganze Zeit über hinter der Tür gelauert und nur darauf gewartet, dass Charmaine sie öffnete. Krachend stürzten jetzt Erkenntnis und Antworten auf sie nieder. *Verboten* ... dieses Wort öffnete die Türen und erhellte ihre Fragen. Die Rhapsodie ... verboten. Johns Namen erwähnen ... verboten. Ihm einen Brief schreiben ... verboten. Johns Umgang mit den Kindern ... verboten. Weitere Kinder bekommen ... verboten. John und Colette ... *verboten*! Alles, was sie vermutet hatte, entsprach der Wahrheit! Musste einfach wahr sein! Gib Gott, dass dem nicht so war! »Ich ... ich hätte nicht herunterkommen sollen«, stammelte sie.

Bevor sie weglaufen konnte, packte John sie am Arm. »Nicht so eilig!« Er zog sie zu sich herum. »Sie haben meine Frage noch nicht beantwortet.«

Charmaine zuckte weder zurück, noch entzog sie ihm ihre Hand, und ihr melancholischer Blick besänftigte seinen Wutausbruch. »Bitte ... gehen Sie nicht«, flüsterte er und ließ sie los. »Es war mein Vater, nicht wahr? Er hat Ihnen verboten, dieses Stück zu spielen, stimmt es?«

»Ja. Es tut mir leid.«

»Warum? Warum sollte Ihnen das leidtun?«

»Ich möchte das Verhältnis zwischen Ihnen und Ihrem Vater nicht noch mehr belasten.«

Er schnaubte verächtlich. »Das hat Colette auch immer gesagt, aber Sie haben noch weniger Einfluss auf die Lage als sie. Und sie hatte schon wenig genug. Wie ich bereits sagte, dauert es seit neunundzwanzig Jahren an. Nichts kann ein so grauenhaftes Verhältnis zwischen Vater und Sohn noch verschlechtern.«

»Und dennoch schmerzt es Sie, auch wenn Sie das bestreiten.«

»Ich bestreite gar nichts, außer dass Sie oder Colette irgendwelche Schuld daran tragen.«

»Ich hätte nicht davon anfangen sollen. Es tut mir leid, dass ich Ihnen wehgetan habe.«

John schien verblüfft. »Weshalb sollten Sie Mitleid mit mir haben?«

»Keine Ahnung«, antwortete Charmaine der Wahrheit entsprechend. »Vielleicht, weil ich Ihre Vergangenheit allmählich besser verstehe? Ich weiß zwar nicht, was vor vielen Jahren hier auf Charmantes vorgefallen ist, aber ich denke, dass es Ihre Kindheit verändert hat und …« Sie zögerte.

»Und?«

»In gewisser Weise mag ich Sie, John. Ja, ich habe gelernt, Sie zu respektieren. Jedenfalls haben Sie nicht verdient, dass man Ihnen wehtut.«

»Niemand verdient das, Charmaine. Am wenigstens ein unschuldiges Kind.«

Zuerst dachte sie, dass er von sich selbst und seinem

Vater sprach, aber in seinem Blick konnte sie keine Spur von Selbstmitleid oder Hass entdecken. Stattdessen schien er Frieden gefunden zu haben, so als ob er endlich begriffen hätte, was ihm entgangen war. Als er wieder sprach, war Charmaine vollkommen überrascht. »Möchten Sie gern das ganze Stück hören?«

Als sie nickte, kehrte er zum Piano zurück, und sie folgte ihm. Er setzte sich und legte die Hände auf die Tasten.

Sein erster Anschlag war weich, aber prägnant. Und dann explodierte der Klang im Raum. Seine Finger irrten sich nicht ein einziges Mal, folgten seinem Willen und entlockten dem Piano in fein abgestimmten Kadenzen eine unergründliche Sehnsucht, die anschwoll und abebbte wie die Brandung des Ozeans. Ohne Vorwarnung schrien die letzten Akkorde auf, bevor der letzte Ton erklang.

Nachdem John geendet hatte, war Charmaine traurig und beglückt zugleich und brachte kein Wort heraus, sondern seufzte nur tief.

»Sie scheinen unzufrieden, *my charm.*«

Es dauerte einen Moment, bis sie überhaupt merkte, dass er etwas gesagt hatte.

»Unzufrieden? Aber nein, ganz und gar nicht. Höchstens traurig, dass es schon zu Ende ist.«

»Ich spiele es gern immer wieder, sooft Sie möchten.« Ein schiefes Lächeln spielte um seine Lippen. »Falls Sie meine besondere Version ertragen können.«

»Und wie ich das kann!« Sie war begeistert. »Die letzten Takte sind ungewöhnlich schwer, aber ich bin sicher, dass der Komponist mit Ihrem Schluss zufrieden wäre.«

»Es ist der einzige, der mir möglich ist.«

Bevor sie noch über seine bizarre Bemerkung nachdenken konnte, trat er auf sie zu.

»Ich möchte mich gern für mein Benehmen entschuldigen«, sagte er, nur einen Atemzug von ihr entfernt. »Es hat Ihnen vermutlich Angst gemacht.«

Charmaine atmete ganz langsam ein. »Im Moment fühle ich mich durchaus sicher.«

Er lachte leise, als ihm plötzlich ihre Weiblichkeit bewusst wurde, die in ihrer Unschuld seine Sinne betörte. In diesem Moment erschien sie ihm begehrenswerter denn je. »Was womöglich leichtsinnig ist.«

Dann lag sie in seinen Armen, und sein Mund suchte ihre Lippen. Als seine Lippen ihr verführerisches Spiel begannen und im Wechsel geschmeidig und fordernd zugleich ihren Mund eroberten, raubte es ihr den Atem. Sie wehrte sich nicht, aber sie erwiderte seinen Kuss auch nicht. Eher suchte sie einfach nur Halt an ihm. Ihr Herz schmerzte, und jeder Nerv in ihrem Körper vibrierte bis in die Fingerspitzen. Als ihre Beine sie nicht mehr trugen, klammerte sie sich fester an ihn und überließ sich seinem Willen. Es kam ihr vor wie eine Ewigkeit, dabei war es in Wirklichkeit nur ein winziger Augenblick, dachte sie. Und unerwartet obendrein. Wenn sie gewarnt gewesen wäre, hätte sie den Überfall vielleicht abgewehrt – erfolgreich abgewehrt. Doch jetzt überließ sie sich seinen Armen, schloss die Augen vor jeder Vernunft und der Wirklichkeit und öffnete sich den Empfindungen, die er in ihr weckte, fühlte seine warme Hand an ihrer Wange, den muskulösen Arm, an dem ihr Kopf lehnte, und den harten Brustkorb, der sich gegen ihre Brüste drückte. Er bedeckte ihre Kinnlinie mit winzigen Küssen, bis sich sein Kopf zwischen Hals und Haar vergrub. Und als seine Lippen die Haut ihres Halses liebkosten und seine Zähne sacht an ihrem Ohrläppchen knabberten, meinte sie das Klopfen ihres Herzens hören zu können. Sie stand wie gelähmt da und schwankte sogar ein wenig, als er plötzlich den Kopf hob und die Arme sinken ließ.

»Wir sollten es lieber dabei belassen«, flüsterte er.

Atemlos sah er sie an und forschte nach einem kleinen Zeichen der Hoffnung. Doch als sie schwieg, lächelte er. So unschuldig, wie sie war, ahnte sie nichts von den Stürmen, die sie in ihm ausgelöst hatte, von dem Blut, das heftig in seinen Adern und seinen Lenden pochte … Sich näher auf einen wie ihn einzulassen, hatte sie wirklich nicht verdient.

»In ein paar Stunden dämmert es bereits«, fuhr er fort, »und wir brauchen beide noch ein wenig Schlaf. Das dürfte uns jetzt kaum schwerfallen.«

Sie war enttäuscht, dass er den Kandelaber löschte und eine Kerze entzündete, aber klugerweise hielt sie den Mund. Als er ihren Arm nahm, wollte sie etwas sagen, doch er legte den Finger auf die Lippen. »Sagen Sie nichts, *my charm*. Worte würden den wunderbaren Augenblick nur zerstören.«

Sie durchquerten die große Halle und stiegen die Treppe empor, was Charmaine wie eine Ewigkeit vorkam.

»Ist Ihnen kalt?«, fragte er, als sie den Morgenmantel enger um sich raffte. »Keine Angst. Unter Ihrer Decke wird Ihnen gleich warm werden.«

Offenbar hatte er nicht die Absicht, sie dorthin zu begleiten. Aber sie misstraute sich selbst und sah bang zu ihm empor, als sie vor ihrer Tür ankamen. Mit einem Blick voll ungewohnter Wärme und Herzlichkeit beugte er sich nach vorn und drückte ihr einen väterlichen Kuss auf die Stirn. »Danke«, sagte er leise und strich sanft eine Haarsträhne hinter ihr Ohr.

»Danke wofür?«

»Für diese Augenblicke – für diesen Abend. Er hat zwar nicht die Lösung gebracht, die ich zu Beginn dieses Tages angestrebt habe, aber ich kann mit ihr leben. Sie haben mir heute etwas sehr Wertvolles geschenkt, was ich allein nicht erlangt hätte.«

Sie war neugierig. »Und was soll das sein?«

»Sie haben mir Hoffnung geschenkt – Hoffnung auf die Zukunft. Ich lasse mich jetzt mit der Strömung treiben und arbeite nicht mehr dagegen an. Und dann … eines Tages *wird* sich alles fügen. Gute Nacht, *my charm*.«

Mit diesen Worten ging er davon, und Charmaine sah ihm nach, bis sich seine Tür hinter ihm schloss. Im Gegensatz zu ihm würde sie bestimmt keinen Schlaf finden. Mit einem tiefen Seufzer betrat sie ihr Zimmer. Doch kaum dass sie unter die Decke geschlüpft war, ging ihr wieder die Melodie durch den Kopf, und sie fühlte sich in Johns Armen wie in einem Kokon der Zufriedenheit geborgen.

Dienstag, 3. Oktober 1837

Charmaine stöhnte nur und hätte sich am liebsten vor ihren Pflichten gedrückt, doch angesichts des Tageslichts und des energischen Klopfens an der Tür musste sie wohl oder übel die Augen öffnen. »Herein.« Sie rappelte sich hoch und griff nach ihrem Morgenmantel.

Zu ihrer Überraschung marschierte Mrs. Faraday mit einem Stapel frischer Wäsche ins Zimmer. Verschlafen sah sie zu, wie die Haushälterin die Lampe löschte, die Vorhänge aufzog und sich dann stumm dem Bett zuwandte.

»Bemühen Sie sich nicht, Mrs. Faraday. Wie ich schon mehrmals gesagt habe, bin ich durchaus in der Lage, mein Bett selbst zu machen.«

»Das mag sein«, entgegnete die Haushälterin in scharfem Ton, »aber ich habe es eilig. Heute ist Waschtag, und ich muss die Wäsche wechseln.«

»Auch das kann ich selbst tun.«

»Dann hätten Sie es längst erledigen können, Miss Ryan. Nur weil Sie ausschlafen müssen, lasse ich mir meinen Stundenplan nicht durcheinanderbringen.«

Charmaine runzelte die Stirn. »Wie spät ist es denn?«

»Fast elf Uhr.«

»Aber das ist unmöglich! Die Kinder hätten mich doch geweckt.«

»Das hätten sie sicher getan, wenn Master John sie nicht daran gehindert hätte.« Mrs. Faraday schnalzte mit der Zunge und zerrte entrüstet die Laken vom Bett. »Warum Master John die Kinder hütet, obwohl sein Vater eine Gouvernante bezahlt, entzieht sich meiner Kenntnis. Mir erscheint es zumindest verwunderlich, dass Sie – wie hat er das so schön gesagt? – Ihren Schlaf verdienen, während Master John längst aufgestanden und munter ist? Höchst seltsam, wenn Sie mich fragen.«

Charmaine stöhnte innerlich, weil ihre geröteten Wangen womöglich zu falschen Schlüssen verleiteten. »Ich frage Sie aber nicht, Mrs. Faraday, und ich bedauere, dass Sie Master Johns Freundlichkeit so obszön missdeuten.«

»Ich bin nicht dumm, Miss Ryan«, spottete Mrs. Faraday, »aber Ihre Bemerkung beim Dinner hat inzwischen im Haus die Runde gemacht. Bisher dachte ich, dass Sie Master Paul eifersüchtig machen wollten, aber nun … nun bin ich mir nicht mehr sicher.«

Jetzt reichte es Charmaine endgültig. »Nehmen Sie

Ihre Wäsche, Mrs. Faraday, und verlassen Sie auf der Stelle mein Zimmer!«

Das stopfte der Haushälterin den Mund. Schweigend bündelte sie die Laken und rauschte beleidigt davon.

»Und wenn ich das nächste Mal länger schlafe, dann wecken Sie mich gefälligst nicht! Ich werde nicht dafür bezahlt, mir Ihre Gemeinheiten anzuhören.«

Als die Tür ins Schloss knallte, stand Charmaine mit geballten Fäusten mitten im Zimmer und biss vor Wut die Zähne aufeinander. Sie war stolz darauf, wie sie sich geschlagen hatte. Was diese Person sich herausnahm! So gesehen war sie noch schlimmer als Agatha.

Es dauerte eine Weile, bis ihr Zorn etwas abflaute. Als sie sich schließlich anschickte, ihr Bett zu beziehen und sich anzukleiden, erinnerte sie sich an John und an die wunderbaren Gefühle, die er in ihr geweckt hatte. Sie hatte selig geschlafen, und ohne dass sie sich an Einzelheiten erinnern konnte, wusste sie, dass sie fast die ganze Nacht von ihm geträumt hatte. Wie würde er sie heute begrüßen? Und wie sie ihn? Im Gegensatz zu ihrem ersten Kuss am Abend seiner Ankunft konnte sie sich dieses Mal nicht hinter Entrüstung verschanzen. Sie hatte seine Umarmung genossen, und schon die Erinnerung daran ließ ihr Herz heftiger schlagen. Sie betete und hoffte, dass er seine Worte wahr machte und nichts davon erwähnte, aber wie sie John kannte, befürchtete sie das Gegenteil.

»Egal, wie?«

»Egal, wie, jedoch in vernünftigem Rahmen«, antwortete John und sah Yvette über den Tisch hinweg an. Sie saßen bereits beim Lunch!

Pierre entdeckte Charmaine als Erster und rutschte von Johns Schoß herunter. »Mainie ist da!« Er fasste sie an der Hand und zog sie zum Tisch. »Es geht um die Woche!«

Charmaine mied Johns Blick. »Um welche Woche denn?«

»Um unsere.« Kichernd kletterte der Kleine auf seinen Stuhl und sah John an. »Also los«, sagte er und stützte wie sein großes Vorbild den Kopf in die Hand.

»Ich habe den Kindern diese Woche geschenkt, Miss Ryan«, erklärte John.

Überrascht sah Charmaine ihn an. Ihr Herz machte einen Satz, als kein spöttisches Grinsen zu sehen war.

John wandte sich wieder den Kindern zu. »Euer Wunsch ist mir Befehl. Wir werden jeden Tag ganz nach euren Wünschen gestalten. Damit es gerecht zugeht, bekommt jeder einen eigenen Tag. Pierre darf anfangen. Heute ist sein Tag. Morgen ist Jeannette an der Reihe. Der Donnerstag gehört Yvette, und am Freitag darf Mademoiselle Charmaine entscheiden. Wie hört sich das an?«

»Warum muss ich bis Donnerstag warten?«, nörgelte Yvette.

»Ich dachte, dass du Zeit brauchst, um dir den schönsten Ausflug auszudenken.«

»Hm.« Der Gedanke schien Yvette zu gefallen. »Genau das mache ich, und ich verspreche, dass sich das keiner träumen lässt.«

»Davon bin ich überzeugt«, sagte John. »Also, Pierre, was machen wir heute?«

»Ich will lieber den Freitag«, jammerte der Kleine. »Ich kann mich nicht so schnell entscheiden.«

John schmunzelte. »Das können wir gern machen, wenn Mainie mit dir tauscht.«

John sah Charmaine an. Sie nickte hastig und merkte

zu spät, dass sie nun Pläne für den Nachmittag machen musste. *Aber welche?*

John verschränkte die Arme und legte gähnend die Füße hoch. Dann kippte er den Stuhl nach hinten und balancierte auf den hinteren Beinen.

»Hör auf damit, Johnny!«, schimpfte Jeannette. »Cookie wird dir den Hintern versohlen, wenn sie dich erwischt.« Yvette und Pierre kicherten.

Aber er machte ungeniert weiter. »Miss Ryan, wir warten auf Ihren Vorschlag.«

»Ich schlage vor, dass Sie sich erst einmal ordentlich hinsetzen«, entgegnete Charmaine. »Sie geben den Kindern ein schlechtes Beispiel. Wenn Sie nicht aufpassen, fallen Sie noch um und verletzen sich womöglich.«

Wie auf ein Stichwort geriet der Stuhl plötzlich ins Wanken, dann kippte er, und John fiel auf den Boden. Die Kinder quietschten vor Vergnügen. Charmaine eilte an seine Seite. »Sind Sie verletzt?«

»Ich glaube, ich habe mein Rückgrat gebrochen«, stöhnte er mit schmerzverzerrtem Gesicht.

»Habe ich es nicht gesagt!«, rief sie. Sie hockte sich neben ihn und legte ihm den Arm um die Schultern. »Glauben Sie, dass Sie aufstehen können?«

»Ich … ich weiß es nicht.«

»Bitte, versuchen Sie es«, ermunterte sie ihn und war so beschäftigt, ihm aufzuhelfen, dass sie gar nicht merkte, als er ihr einen Kuss gab. *Hereingefallen!* Er lachte, und ihre Wangen brannten.

»Johnny hat Mademoiselle Charmaine geküsst!«, rief Jeannette begeistert.

»Direkt auf die Lippen!« Yvette wäre beinahe erstickt.

Charmaine schoss in die Höhe. »Psst! Wollt ihr denn, dass das ganze Haus es hört?«

»Was geht hier vor?«, fragte Fatima Henderson, als sie mit wogendem Busen ins Esszimmer eilte. »Was haben Sie wieder angestellt, Master John?«

»Überhaupt nichts, Cookie«, versicherte er und hob seinen Stuhl auf. »Es gab ein kleines Unglück, aber mir ist nichts passiert.«

So leicht war die Köchin nicht zu überzeugen. »Ich weiß nicht, was Sie wieder in Ihrem Kopf ausbrüten, Master John. Ich würde vorschlagen, dass Sie endlich an die Arbeit gehen. Hat Master Paul Sie nicht gebeten, ihn zu vertreten?«

»Das hat er, aber ich habe ihm nichts versprochen.«

Die Kinder lachten, aber Fatima funkelte ihn nur an.

»Später«, sagte er rasch. »Im Moment warten wir jedoch alle auf Miss Ryan …«

»Lassen Sie Miss Charmaine in Ruhe. Sie hat noch nicht einmal gegessen, und schon setzen Sie ihr zu!«

»Ich setze ihr zu? Ich? Das war nicht meine Absicht. Sobald sie uns endlich verrät, wie sie heute machen möchte, kann sie in Ruhe essen.«

»Eine Schaukel«, platzte Charmaine heraus und zog alle Blicke auf sich.

John war völlig verblüfft. »Wie bitte?«

»Ich möchte gern eine Schaukel bauen.«

»Eine Schaukel?«

»Genau. Eine Schaukel. S-C-H-A-U-K-E-L«, wiederholte sie zum dritten Mal und lächelte, als sie sich John hoch oben in den alten Eichen vorstellte, damit sie endlich vor seinen Streichen sicher war.

»Im Buchstabieren sind Sie gut, aber welchen Spaß soll uns eine Schaukel …«

»Heißt das, dass Sie sie nicht machen wollen?«

»Das habe ich nicht gesagt. Ich weiß nur nicht …«

»Ob Sie es können?«

»Auch das habe ich nicht gesagt.« Langsam verging ihm die Lust. Sie beherrschte das Spiel einfach zu gut.

»Was dann?« Sie verschränkte die Arme vor der Brust und erntete ein beifälliges Schnalzen, als die Köchin in der Küche verschwand.

»Wenn Sie mich hätten ausreden lassen, hätte ich gefragt, wo wir sie aufhängen sollen?«

»An einer der Eichen vor dem Haus. Das ist ein guter Platz … Eine wunderbare Art, den Tag zu verbringen.«

John schnaubte nur. »Ich halte das eher …«

»Im Grunde ist Ihre Meinung gleichgültig. Sie haben gesagt, dass dieser Tag mir gehört und wir ihn nach meinen Wünschen verbringen. Das stimmt doch, oder nicht?«

»Ja, genau.«

»In diesem Fall würde ich schon einmal das Material zusammensuchen: ein möglichst glattes Brett und ein Tau von beträchtlicher Länge. Sobald ich gegessen habe, komme ich mit den Kindern nach draußen.«

Yvette wurde ungeduldig. »Ich bin schon fertig. Ich will Johnny begleiten.«

»Ich auch!«, rief Pierre. »Ich will auch bauen.«

Charmaine lachte. »Sehen Sie, den Kindern gefällt die Idee!«

»Also gut«, entgegnete John charmant, »dann bauen wir eben eine Schaukel.«

Er zwinkerte dem Jungen zu, als ob er das schon immer hätte tun wollen, und nahm die Kinder mit nach draußen.

Schon eine Stunde später hing die Schaukel an einer der Eichen. Dank der Hilfe einiger Stalljungen war die Sache weniger schwierig gewesen, als Charmaine erwartet hatte. Sie saß auf der Veranda vor dem Haus und sah zu, wie die Kinder eines nach dem anderen an der Reihe waren. Yvette hatte schnell heraus, wie man das Brett in schwindelnde Höhen trieb, und quietschte jedes Mal laut, wenn sie der Erde entgegenstürzte. Als Nächste war Jeannette an der Reihe und zum Schluss ihr kleiner Bruder. Ihn musste man noch sacht anschieben, was Jeannette mit Wonne übernahm, da Yvette sich ein Stück weit entfernt ins Gras geworfen hatte.

»Wollen Sie Ihre Schaukel nicht auch ausprobieren, *my charm*?«, fragte John, als er die Stufen zur Veranda emporstieg und sich zu ihr setzte.

»Später, wenn die Kinder genug davon haben.«

Er sah sie an, und sein Blick verweilte so lange auf ihren Lippen, dass sie innerlich erschauerte.

»Ich danke Ihnen, dass Sie mir den Wunsch erfüllt haben«, sagte sie, um ihn abzulenken, und war erleichtert, als er den Blick hob und sie ansah. »Ich möchte gleich noch einen weiteren anfügen.«

»Als da wäre?«

»Dass Sie sich in Zukunft mit Beweisen Ihrer Zuneigung zurückhalten.«

»Beweise meiner Zuneigung? Falls Sie auf den leidenschaftlichen Kuss von heute Morgen anspielen …«

»Genau das meine ich.«

»Ein Ausbruch von Leidenschaft war das wahrlich nicht, *my charm*, sondern nur ein ganz unschuldiger Kuss.«

»Mag sein, dass Sie das so sehen«, beharrte sie, »aber was wissen Kinder schon von Unschuld und Leidenschaft? Für sie ist das doch dasselbe.«

»Und für Sie, Charmaine?«

Sie gab das Gefecht verloren. Als sie fühlte, wie ihr die Wärme in die Wangen stieg, wandte sie den Blick ab.

»Also gut, *my charm*. Um unsere gemeinsame Woche nicht zu verderben, müssen Sie keine Überfälle meinerseits mehr fürchten – ganz gleich, ob leidenschaftlich oder harmlos.«

»Danke«, flüsterte sie und sah auf ihre Hände hinunter.

»Ich kann auch gern mit Mrs. Faraday sprechen, falls Sie das möchten.«

Verblüfft starrte sie ihn an. »Woher wissen Sie …«

»Ich wusste es nicht, jedenfalls nicht sicher. Aber so, wie sie mich heute Morgen angesehen hat, als ich verbot, Sie zu stören … nun gut, ich habe meinen Fehler sofort bemerkt. Aber machen Sie sich keine Sorgen, Charmaine, sie wird Paul nichts sagen. Und falls doch, so kann das nur zu Ihrem Vorteil sein.«

Charmaine ärgerte sich zwar, doch als sie das Glitzern in seinen Augen bemerkte, biss sie sich auf die Zunge.

»Ein bisschen Eifersucht wirkt manchmal Wunder, um meinen Bruder herumzukriegen.«

»Um ihn herumzukriegen?«

»Zum Heiraten, Charmaine. Das ist doch Ihr geheimer Wunsch, oder nicht?«

Schweigend blickte sie über die Wiese und die Koppeln. John wartete und sah sie dabei lange an. Dann ließ er das Thema fallen. »Was fangen wir jetzt mit dem Rest des Tages an? Wie wäre es mit einem kleinen Ausflug in die Stadt?«

»Sie könnten auch für mich Klavier spielen … und für die Kinder natürlich auch.«

Er lächelte, als ob er ihr ein Geständnis entlockt hätte, aber dann winkte er ab. »Sie spielen jeden Tag für die Kinder. Es gibt sicher noch etwas anderes …«

»Aber ich spiele nicht annähernd so gut wie Sie. In der vergangenen Nacht habe ich begriffen, warum Sie …«

»Warum ich Ihre Fähigkeiten kritisiert habe?«

Sie schwieg.

»Sie spielen wunderschön, Charmaine, und ich höre sehr gern zu, wenn die Kinder zu Ihrer Begleitung singen. In den ersten Tagen muss ich Ihnen wie ein Monster erschienen sein, aber ich habe Sie falsch eingeschätzt. George hat versucht, mich von meinem Irrtum zu überzeugen, und Paul auch, aber ich wollte es nicht glauben. Vielleicht, weil es von meinem Bruder kam.«

»Warum ist das so? Warum trauen Sie einander nicht? Warum streiten Sie in einem fort?«

»Dafür gibt es mehrere Gründe. Die meisten haben mit meinem Vater zu tun.«

»Sind Sie wütend, weil er Ihrem Bruder die Insel Espoir geschenkt hat?«

»Nein. Wütend bin ich nicht, zumindest glaube ich das.«

Charmaine runzelte die Stirn. »Oder ärgert Sie seine Begeisterung für Pauls Arbeit? Sicher haben Sie in Virginia auch Projekte, die Anerkennung verdienen.«

»Wenn mein Vater von meinen Fortschritten in Virginia wüsste, würde er Paul vermutlich auch dort mit der Leitung betrauen.«

Die spöttische Bemerkung musste sie erst verdauen. »Es bedeutet Kindern sehr viel, wenn die Eltern sich für ihre Fortschritte interessieren. Ich weiß, was es heißt, nie gelobt und nur missachtet zu werden.«

»Sie wurden missachtet?«

»Ja, von meinem Vater.«

»Wie es aussieht, haben wir einiges gemeinsam, *my charm*.« Er schwieg eine Weile. »Was ist mit Ihrer Mutter geschehen?«

Charmaine musste die Luft anhalten. Selbst nach

zwei Jahren war die Erinnerung noch immer schmerzlich. Seltsam, aber zum ersten Mal hatte sie das Gefühl, als ob sie die Wahrheit nicht länger geheim halten müsste. Mit John konnte sie darüber reden. Er würde sie verstehen.

»Mein Vater war tagaus, tagein betrunken und hat meine Mutter so schrecklich verprügelt, dass sie daran gestorben ist. Danach ist er verschwunden, und seitdem hat ihn niemand mehr gesehen.« Ohne Vorwarnung stiegen ihr die Tränen in die Augen. »Es war alles meine Schuld.« Aufschluchzend wandte sie ihr Gesicht ab.

»Ihre Schuld?«

»Ja. Ich habe ihm meinen Lohn verweigert. Mein Vater war ein Taugenichts, der nur selten gearbeitet hat. Und wenn, dann hat er seinen Lohn in Schnaps umgesetzt. Meistens hat meine Mutter ihm Geld geben müssen. Als die Harringtons mich eingestellt haben, wollte er auch meinen Lohn. In einer Nacht hat er sich besonders viel Mut angetrunken und wollte meinen Lohn bei den Harringtons kassieren. Als er nichts erreicht hat, hat er sich über meine Mutter hergemacht, weil er glaubte, dass sie meinen Lohn vor ihm versteckte. Wenn ich ihm mein Geld gegeben hätte, hätte er sie vielleicht nicht angerührt.«

»Trotzdem war es nicht Ihre Schuld, Charmaine. Es gibt keine Entschuldigung dafür, eine Frau zu prügeln«, sagte er verächtlich. »Ich kenne eine Menge solcher Männer. Wenn es nicht ums Geld gegangen wäre, hätte es einen anderen Grund gegeben. Sie dürfen sich keine Vorwürfe machen.«

Seine ruhigen Worte trösteten sie. Bis heute hatte sie noch niemandem anvertraut, dass sie sich für den Tod ihrer Mutter verantwortlich fühlte. Warum war es so einfach, John davon zu erzählen? Und warum erleichterte seine Reaktion ihre Last?

»Wie heißt Ihr Vater?«

»Wie er heißt? Warum fragen Sie?«

John zuckte die Schultern. »Vermutlich aus Neugier.«

»John Ryan.«

Ein leises Grinsen spielte um seine Lippen. »John, hm?«

Aus Furcht, dass er nun auch noch ihre Seele ergründen könnte, lenkte sie ab. »Ihr Vater verachtet Sie doch auch, nicht wahr?«

Er wurde ernst. »Sie waren beim Dinner zugegen, Charmaine. Was muss ich da noch sagen? Das ist auch einer der Gründe, warum Paul und ich uns nicht verstehen.«

Langsam dämmerte es Charmaine. »Und es ist der Grund dafür, dass die Geschäfte der Familie Sie so wenig interessieren. Ohne die Liebe und Anerkennung Ihres Vaters verspüren Sie wenig Lust, Pauls Projekte zu unterstützen.« Als er nicht reagierte, fuhr sie fort. »Paul besitzt die Liebe seines Vaters, aber er sehnt sich nach Legitimität. Sie dagegen möchten die Liebe Ihres Vaters erlangen, doch Ihre legitime Geburt hat keine Bedeutung für Sie.«

John war beeindruckt, wie klar sie die Dinge sah. »Paul will alles haben, aber das gelingt ihm nicht! Wie Sie erlebt haben, lässt Vater ihn zuweilen genauso gern zappeln.«

»Zappeln?«

»Das ist schwer zu verstehen, Charmaine. Frederic Duvoisin ist ein Meister der Manipulation. Ein begeisterter Puppenspieler.«

Seine Einschätzung stimmte sie traurig. »Ich habe Ihren Vater eigentlich als sehr direkten Menschen kennengelernt.«

»Das beweist nur, wie naiv Sie sind«, spottete John mit säuerlicher Miene. Charmaine war verärgert, aber John ging es genauso. »Ich will uns den Tag nicht mit Gerede über meinen Vater verderben. Wir sollten unseren Pakt lieber auf Paul beschränken. Möchten Sie irgendetwas über ihn wissen?«

John hatte recht. Paul war viel interessanter, und doch fürchtete sie, dass John ihr unliebsame Tatsachen berichten könnte. Eine Frage jedoch schien unverfänglich zu sein. »Wer von Ihnen ist eigentlich der Ältere? Sie oder Paul?«

John zog die Brauen in die Höhe und sah sich grinsend nach allen Seiten um. Dann flüsterte er verstohlen, als ob die Wände Ohren hätten. »Das, *my charm*, ist das große Geheimnis der Familie! Das weiß nämlich keiner genau. Manche sagen, dass das Baby – also Paul – mitten in der Nacht vor meiner Geburt zu meinem Vater gebracht wurde. Woher, das ist unbekannt.« Er richtete sich auf und sprach ganz normal weiter. »Ich glaube das allerdings nicht. Ich habe mich oft gefragt, wie meine Mutter wohl auf Pauls Ankunft reagiert hat. Mir erscheint es logischer, dass Paul erst nach ihrem Tod geboren wurde. So würde auch der Lebenswandel meines Vaters nicht ins Gewicht fallen. Egal. Er hat sich die Hörner jedenfalls gründlich abgestoßen, wenn ich das so sagen darf.«

»Und Pauls Mutter?«

John zuckte die Schultern. »Nach Auskunft meines Vaters ist sie tot. Aber er hat nie bezweifelt, dass Paul sein Sohn ist, auch wenn er ein Bastard ist.«

Die harten Worte ließen Charmaine zusammenzucken.

»Seien Sie nicht so empfindlich, Charmaine. Paul hat die Tatsache akzeptiert. Sie müssen ihn nicht bedauern. Viele würden liebend gern mit ihm tauschen und sich einen Bastard nennen lassen, wenn ihnen das einen Teil des Duvoisin-Vermögens einträge. George würde das zum Beispiel sofort machen.«

Pierre kam angerannt. »Diesmal will ich ganz hoch fliegen!« Er zerrte John an der Hand, bis er endlich aufstand.

Charmaine erhob sich ebenfalls und schlenderte über die Wiese zu den Mädchen hinüber, die gerade den zwei Monate alten Sultan streichelten.

»Dürfen wir die Ponys aus dem Stall holen?«, riefen sie schon von weitem.

Donnerstag, 5. Oktober 1837

»Ich bin nicht damit einverstanden«, protestierte Charmaine ein weiteres Mal, während sie im schaukelnden Wagen in die Stadt fuhren. Die Zwillinge hatten darauf bestanden, oben auf der Bank neben dem Kutscher sitzen zu dürfen, während Pierre und die Gouvernante zusammen mit John im gepolsterten Inneren Platz genommen hatten.

»Dafür gibt es wirklich keinen Grund, Charmaine«, versicherte John noch einmal.

»Warum ist ein Tag wie gestern nicht schön genug? Der Ausritt war herrlich, das Picknick eine Freude, selbst der Regen konnte uns den Ausflug nicht verderben und …«

»Yvette wäre niemals mit einer bloßen Wiederholung zufrieden«, unterbrach er sie. »Sie ist nun einmal keine Jeannette. Die einzige Ähnlichkeit der Mädchen beschränkt sich auf ihr Aussehen. Das sollten Sie eigentlich wissen. Ganz nebenbei finde ich die Idee, im Dulcie's zu essen, großartig.«

»Großartig, fürwahr! Und was wird Ihr Vater sagen, wenn er erfährt, dass Sie Ihre Schwestern ins Dulcie's ausgeführt haben? Ich weiß« – sie hob die Hand, um seinen Einwand abzuwehren –, »dass Ihnen das egal ist!«

»So direkt wollte ich es nicht sagen, aber dem Sinn nach ist es richtig.«

»Sie können sich solchen Leichtsinn leisten, aber ich bin für das Wohlergehen der Kinder verantwortlich. Ich bereue den Tag, an dem ich mich zu diesem Kompromiss bereitgefunden habe.«

»Welche moralische Gefahr lauert schon beim Essen in einem Saloon? Ich verbürge mich dafür, dass nur Dulcie uns bedient.«

»Ein Saloon? Ist die Bezeichnung nicht etwas großzügig? Es ist doch eher eine Spielhölle, gar nicht zu reden von …«

»Nun?«

Charmaine mochte nicht aussprechen, was ihr durch den Kopf ging. Sie dachte an Felicias Geschichten über die Barmädchen, die sich in den Zimmern im oberen Stockwerk mit den Seeleuten vergnügten.

»Sorgen Sie sich nicht unnötig, Charmaine. Schließlich verkehrt auch Paul im Dulcie's.«

»Aber Ihr Bruder ist ein erwachsener Mann!«

»Genau! Und als solcher ist er auch empfänglicher für die Sünden eines Bordells als ein harmloses Kind.«

Charmaines Wangen brannten. »Sie haben auch auf alles eine Antwort!«, schimpfte sie.

»Für gewöhnlich ist das so«, erwiderte er. »Vielleicht sollten Sie sich die Antworten merken, damit Sie nie in Verlegenheit kommen.«

Aber die gerunzelte Stirn passte nicht so recht zu den lockeren Sprüchen. »Seien Sie jetzt nicht böse, Charmaine. Wir haben zwei wunderschöne Tage mit den Kindern verbracht, und wenn Sie sich einen Ruck geben, wird es heute genauso schön. Ich verspreche, dass ich unseren Plan ändere, falls im Dulcie's irgendetwas nicht so ist, wie wir das gutheißen. Einverstanden, Pierre?«

»Aber klar.«

»Ich bin trotzdem nicht begeistert.«

Ich werde Sie nie für Umstände verantwortlich machen, die nicht in Ihrer Macht liegen. Denken Sie einfach an mein Versprechen, wenn Sie in eine solche Lage kommen sollten.

Seufzend lehnte sich Charmaine in die Polster zurück. Was Yvettes Ausflug anging, konnte sie Frederics Sohn keine Vorschriften machen. Aber entband sie das von ihrer eigenen Verantwortung? Sie konnte es nur hoffen.

John sollte wieder einmal recht behalten. Als sie den Saloon betraten, wurden sie bereits von Dulcie erwartet. Sie führte sie zu einem Tisch, stellte Limonade vor sie hin und servierte ihnen eine köstliche Mahlzeit. Grund zur Sorge gab es keinen, aber zu Yvettes großem Kummer herrschte auch nicht der wilde Trubel, auf den sie gehofft hatte. Um diese Tageszeit war der große Gastraum so gut wie leer, und die Spieltische wurden noch nicht benutzt.

John erklärte seinen Geschwistern die Regeln eines Kartenspiels, das er Poker nannte. Angeblich hatte George die Regeln aus einigen europäischen Pokerspielen gemischt, die sie damals an der Universität gespielt hatten. Die Zwillinge sahen skeptisch drein, weil John ihnen sicher wieder eine seiner Geschichten auftischte. Dann erzählte er ihnen, dass jeden Freitag bei Dulcie's Poker gespielt wurde, und machte es ihnen vor. Er warf eine imaginäre Münze in die Mitte des Tischs und tat so, als ob er jeder seiner Schwestern fünf Karten austeilte. Ganz gegen die Regel war dieses Mal Jeannette die Schnellere und blieb in fünf Spielen gleich vier Mal siegreich. Aber da sie keine echten Münzen gewinnen konnte, langweilte selbst sie sich schon bald.

»Ich wüsste gern, was dort oben passiert«, sagte sie irgendwann treuherzig. »Dürfen wir uns das ansehen?«

Misstrauisch kniff John die Augen zusammen und musterte das Kind. »Was ist das für ein Spiel – *Yvette*?«

Das Mädchen zuckte die Schultern.

»Macht ihr das öfter?«, fragte er.

»Was denn?«, fragte sie unschuldig.

Verblüfft sah Charmaine zu, wie Yvette mit süßlichem Lächeln auf John zuging. »Ich bin Jeannette, Johnny«, sagte sie, ohne ihre Komplizin zu beachten, die sie mit finsterer Miene am Zopf zog. »Nein, wir machen das nicht sehr oft.«

Die perfekte Täuschung machte Charmaine sprachlos und ärgerlich.

Die echte Yvette stampfte wütend auf, weil nichts so lief, wie sie es geplant hatte. »Ich will trotzdem wissen, was dort oben ist.« Ein netter Versuch, aber leider umsonst. John runzelte die Stirn und lehnte ab. Sie musste sich schon eine andere List ausdenken, um ihre Neugier zu befriedigen.

Kurz darauf verließen sie die Bar und spazierten auf dem hölzernen Gehweg entlang, der sie unweigerlich zum Hafen und zur *Raven* führte. Die Mädchen baten, an Bord gehen zu dürfen, und Charmaine erlaubte es ihnen gern. Vielleicht würde sie ja sogar Kapitän Wilkinson wiedersehen. Was würde er denken, wenn sie am Arm von John Duvoisin über das Schiff spazierte? Ob er sich überhaupt an sie erinnerte?

Mit gemischten Gefühlen ging sie über die Gangway.

Seit sie die Harringtons zum Schiff nach Virginia gebracht hatte, hatte sie kein Schiff mehr betreten. Das lag jetzt ein Jahr zurück. Ein ganzes Jahr! Wie viel war seitdem geschehen, und wie sehr hatte sie sich verändert!

Auf dem Schiff herrschte verschlafene Ruhe. Nach Johns Angaben wartete die *Raven* nur noch auf die Melassefässer der Zuckerernte, bevor sie nach New York ablegte. Da bis dahin nichts zu tun war, hatte der Kapitän sein Schiff verlassen und die Mannschaft beauftragt, in seiner Abwesenheit die Decks zu scheuern und zu kalfatern, die Masten zu teeren und die zerrissene Leinwand der Segel zu flicken.

Übermütig rannten die Zwillinge zwischen den arbeitenden Matrosen hinüber zur Steuerbordseite. Dort beugten sie sich weit über die Reling und versuchten, eine der Möwen zu fangen. Dann kletterten sie auf das Vorderdeck empor und bewunderten ihre Umgebung aus luftiger Höhe.

Inzwischen schlenderten John und Charmaine über das Deck und blieben stehen, sobald es etwas zu sehen gab oder sie Pierre etwas Interessantes zeigen konnten. Die Männer grüßten John respektvoll, und er nickte ihnen zu. Auf dem Achterdeck zog er eine Kiste für Pierre unter das Ruder. Charmaine lehnte sich an die Reling und beobachtete, wie er dem kleinen Mann erklärte, wie man das große Rad bewegte und das Schiff steuerte. Auch wenn John sein Erbe oft verleugnete, so war er doch unverkennbar stolz darauf, ein Duvoisin zu sein.

»Jetzt bin ich dran!«, verlangte Pierre und spielte den Steuermann. Dabei ließ er schmatzende Geräusche hören, als ob Wasser gegen das Schiff schwappte, während er es aus dem Hafen manövrierte.

John tätschelte dem Jungen den Rücken und ging dann

zu Charmaine, die wegen seiner zärtlichen Gesten leise vor sich hinschmunzelte. »Worüber freuen Sie sich?«

»Über Sie. Sie werden einmal ein guter Ehemann.«

Jetzt musste er lächeln. »Warum sagen Sie das?«

Verlegen berichtigte sie sich. »Ein guter *Vater*, wollte ich sagen.«

»Ich fürchte, dieser Weg ist mir verschlossen.«

»Aber Sie verstehen sich so gut mit Kindern.« In ihrer Begeisterung entging ihr die Veränderung seiner Stimmung. »Sie könnten doch eine Menge Kinder haben.«

»Haben Sie meinen schlechten Einfluss vergessen?«

»Was das angeht, so habe ich mich gründlich geirrt. Sie überschütten Pierre und die Mädchen mit so viel Liebe, wie ich das keinem Mann jemals zugetraut hätte.«

Er zwang sich zu einem Lächeln, sagte aber nichts.

»Es tut mir leid…«, murmelte sie. »Jetzt habe ich Sie beleidigt.«

»Nein, *my charm*. Zwar schätze ich Ihre Anerkennung, aber Sie irren trotzdem. Als Vater bin ich bestenfalls ein jämmerlicher Ersatz.« Als sie widersprechen wollte, kam er ihr zuvor. »Zum Glück habe ich Pierre und meine Schwestern.«

»Die Kinder werden Sie vermissen, wenn Sie wieder fortfahren.« Sie erschrak darüber, wie sehr ihr Herz plötzlich schmerzte.

»Dazu kommt es ja vielleicht gar nicht.« Sein Blick schweifte über die Halbinsel. »Ich habe durchaus vor, noch eine Weile hierzubleiben. Bevor ich nach Charmantes gekommen bin, war mir gar nicht bewusst, wie einsam ich in Richmond und in New York lebe.«

»Wirklich?«

»Es sei denn, mein Vater erlaubt mir, dass ich die Kinder für einen Besuch nach Richmond mitnehme.«

»Wollen Sie ihn darum bitten?«

Er sah sie eindringlich an. »Würden Sie denn mitkommen, wenn mein Vater einverstanden wäre? Die Kinder brauchen Sie unbedingt. Vor allem Pierre. Außerdem könnten Sie Ihre Freunde besuchen.«

Das klang so hoffnungsvoll und begeistert, als ob sein Glück von ihrer Zustimmung abhinge. Doch so blitzschnell wie Quecksilber änderte sich seine Stimmung. Mit spöttischem Lachen wischte er den Gedanken beiseite. »Keine Sorge, Charmaine, wir reisen nirgendwohin. Die Antwort meines Vaters kenne ich bereits – warum also sollte ich ihn fragen?«

Sie schwieg bedrückt, weil er recht hatte.

Kurz darauf verließen sie die *Raven* und spazierten die Hauptstraße entlang. Charmaine spürte die Blicke der Leute und war stolz, dass John an ihrer Seite ging. Vor nicht allzu langer Zeit hätte sie sich noch vor den missgünstigen Spekulationen der Inselbewohner gefürchtet. Doch heute war das anders. Sie hatte John lange Unrecht getan, aber heute war sie zum ersten Mal froh, dass sie ihn kannte.

Freitag, 6. Oktober 1837

Das Lachen der Kinder schallte über den See, während die nachmittägliche Brise Charmaines Haar erfasste und einige Strähnen unter ihrem Hut hervorzerrte. Die kleinen Löckchen umrahmten ihr Gesicht. Sie ahnte nicht, welch hübsches Bild sie abgab, als sie dort am Ufer auf der Decke saß. Lächelnd sah sie zu John hinüber, der ungefähr hundert Fuß von ihr entfernt in Pierres Ruderboot saß und, den Jungen auf dem Schoß, so tat, als ob Pierre seine

Schwestern zur Mitte des Sees ruderte. Schließlich trieb das Boot langsam über das Wasser, und John beugte sich hinunter und nahm die Angeln, die er beim Einsteigen achtlos ins Boot geworfen hatte. Charmaine konnte nur Bruchstücke ihrer Unterhaltung hören, aber anhand der Gesten war schnell klar, dass sich die Leinen verheddert hatten. Sie hatte ihn gewarnt, doch wegen der Aufregung der Kinder hatte er kaum zugehört. Nun musste er büßen, indem Yvette an dem einen Ende und Pierre am anderen zerrte. Ihr fröhliches Lachen erstickte, als das Boot plötzlich wie wild schaukelte. Aber John brachte es mit weit ausgestreckten Armen wieder ins Gleichgewicht und drohte Yvette mit dem Finger. Charmaine schmunzelte und war heilfroh, dass sie nicht mit ins Boot gestiegen war. Dort, wo sie saß, war sie in Sicherheit. Irgendwann waren die Angeln ausgeworfen, und als sich keiner mehr bewegte, blieb ihr endlich Zeit, sich in der Gegend umzusehen.

Sie befanden sich auf einer idyllischen Lichtung am Rand eines Süßwasserspeichers. Vor mehr als siebzig Jahren hatten Johns Großvater und fünfzig Männer einen kleinen See zu diesem Speicher erweitert. Sie war überrascht, als sie keine fünfzig Yards hinter dem Haus in den Pinienwald einbogen und nach kaum zehn Minuten Fußweg vor diesem See standen. Bis auf ein kleines Haus und den schmalen Steg war die Natur unberührt.

Charmaine holte tief Luft. Im Augenblick staksten zwei Flamingos am Ufer entlang. Ein so wunderbarer See und so nahe beim Haus … Sie dachte an das Picknick am Strand und an das erste oberhalb der Klippen. Durch John hatte sie die ganze Schönheit von Charmantes kennengelernt. John. Wieder wanderten ihre Blicke zu seiner Gestalt. Wie oft war das während dieser Woche geschehen?

Sie dachte an den weiten Weg, den sie in den vergangenen zwei Monaten zurückgelegt hatten – und ahnte nicht, dass die Reise soeben erst begonnen hatte.

Es war schon spät, als die *Falcon* im Licht des Halbmonds mit gerefften Segeln in die Bucht von Charmantes einlief. Wortlos und aufrecht stand Frederic an der Reling. Die *Raven* war verschwunden, und an ihrer Stelle hatte ein fremdes Schiff am Kai festgemacht. Doch Frederic konnte sich nicht freuen. Was geschehen war, war geschehen. Was er zu Beginn dieser Woche in Gang gesetzt hatte, hatte sich vollendet. Ob er seinen Sohn jemals wiedersehen würde? Er versuchte, den Kloß hinunterzuschlucken, der ihm die Kehle verschloss und jedes Wort unmöglich machte.

»Vater, wir können jetzt an Land gehen.«

Frederic vermied es, seinen Sohn anzusehen. »Geh du voran.« Er hustete.

Es dauerte eine halbe Stunde, bis man einen Wagen aus dem Stall herbeigeschafft hatte und das Gepäck verladen war. In der Zwischenzeit nahm Frederic den neuen Handelssegler in Augenschein.

»Das ist die *Wanderlust*«, bemerkte Paul und schlug voller Stolz gegen das Holz. »Das erste Schiff unserer neuen Flotte. Einhundertfünfzig Fuß feinster weißer Eiche, die die Staaten zu bieten haben. Morgen Vormittag werde ich den Kapitän aufsuchen. Möchtest du mich begleiten und das Schiff genauer ansehen?«

Verwundert sah Paul Frederic nach, als dieser wortlos kehrtmachte und davonhinkte. Während der letzten fünf Tage hatte sein Vater großes Interesse an allem gezeigt und seine Begeisterung nicht verborgen. Und nun das. Offenbar war er erschöpft.

Frederic lehnte es ab, den für ihn bestimmten Platz neben Agatha und der Dienerschaft einzunehmen. »Der Wagen ist mir zu voll. Fahrt ihr schon voraus. Ich warte im Dulcie's.«

Agatha widersprach. »Aber das Dulcie's ist doch …«

»Mir sind die Etablissements meiner Insel durchaus vertraut, liebe Agatha. Paul und ich warten im Dulcie's auf die Rückkehr des Wagens.«

Der Wagen fuhr an, und Frederic drehte sich zu seinem sichtlich verwirrten Sohn um. »Machst du dir etwa Sorgen, dass ich in schlechte Gesellschaft geraten könnte?«

Paul lachte. »Wirklich nicht, aber die letzten Tage waren lang und anstrengend. Du musst müde sein …«

»Ich bin immer noch der Herr dieser Insel«, fiel ihm sein Vater ins Wort. »Ich will erfahren, was in unserer Abwesenheit geschehen ist, und was eignet sich dazu besser als das Getratsche in einer Bar?«

Der Lärm im Dulcie's drang bis hinaus auf den Gehweg: schrille, rhythmische Musik und dazwischen das brüllende Gelächter der Matrosen, das übermütige Kreischen der Mädchen und das Geräusch des Glücksrads, das die Spieler an die Spieltische lockte.

Müde und erschöpft betrat George Richards die Bar und freute sich auf ein kaltes Ale. Eine lange und anstrengende Woche lag hinter ihm: zuerst die Ernte des Zuckerrohrs und danach das Verladen der Fässer. Die *Raven* hatte erst spät am Nachmittag ablegen können, und unmittelbar danach hatte er beim Festmachen des neuen Schiffs geholfen. Anschließend war er zur Sägemühle geritten und hatte sich davon überzeugt, dass alles zur Zufriedenheit lief. Trotzdem war er froh, wenn Paul wieder da war. Die Arbeit auf Charmantes war für einen

Mann allein kaum zu schaffen. John war zwar auf der Insel, doch auf seine Hilfe konnte George nicht zählen, da er ihm schon zu Beginn der Woche mitgeteilt hatte, dass Paul für die Unternehmungen ihres Vaters auf Charmantes zuständig war und nicht er. Folglich war alles an ihm hängen geblieben.

Er drehte sich mit seinem Barhocker herum und sah, wie einer der Seeleute ein Barmädchen in seine Arme zog und sie unwirsch reagierte, als er nicht sofort die geforderte Münze herausrückte. Obgleich der Mann fester zupackte, stieß ihn die Frau so heftig gegen die Brust, dass sein Hocker kippte. Anschließend klatschte sie in die Hände und erklärte seinen Kumpanen hochnäsig: »Wer nicht bezahlt, wird nicht bedient.« Mit diesen Worten schlenderte sie zu einem anderen Tisch hinüber, auf dem sich der Münzenberg in der Mitte soeben verdoppelt hatte. George musste lächeln, als das Mädchen sich an die Schultern des Mannes lehnte, der als Nächster an der Reihe war. Aber der schob sie unwillig zur Seite, was nur heißen konnte, dass er verlor. Während George seinen Humpen an die Lippen hob, sah er zu, wie die Frau langsam den Tisch umkreiste. Er nahm einen langen Schluck – und im nächsten Augenblick prustete er das Ale in einem Hustenanfall quer über den Tisch.

Inmitten der Spieler saß Yvette Duvoisin und presste die Spielkarten fest gegen ihre Brust. Sie saß mit dem Rücken zur Tür und sah in den abgerissenen Sachen wie ein Gassenkind aus. Genau wie ihre Schwester, die schüchtern neben ihr stand und an diesem Ort ganz offensichtlich nichts verloren hatte.

George sprang vom Hocker und war Sekunden später am Tisch. »Was, zum Teufel, habt ihr hier verloren, Yvette?«, brüllte er.

Das Mädchen erholte sich rasch von seinem Schreck und reckte trotzig das Kinn empor. »Ich spiele Poker – Five Card Draw, um genau zu sein. So heißt das doch, oder?«, fragte sie in die Runde.

Allgemeines Gemurmel, man wartete auf ihr Gebot.

»Ich erhöhe um zehn«, verkündete Yvette und stapelte die Münzen aufeinander, bevor sie den Turm in die Mitte des Tischs schob.

George packte das Mädchen am Arm und zog sie auf die Füße. »Das Spiel ist aus! Wirf die Karten auf den Tisch! Wir gehen nach Hause.«

»Ich denke nicht daran!« Yvette riss sich los. »Ich gehe erst, wenn das Spiel zu Ende ist. Ich habe zehn Dollar gewettet.«

Wegen Georges Wutanfall war Yvette ein wenig verunsichert, drückte die Karten aber weiter fest gegen ihre Brust.

»Immer mit der Ruhe, mein Freund«, fuhr einer der Spieler auf. »Lassen Sie die kleine Lady in Ruhe! Sie kann sehr gut auf sich selbst aufpassen, hat eine Menge gewonnen. Das würden wir gern zurückgewinnen …«

Ungläubig starrte George ihn an. Offenbar waren die Männer neu auf Charmantes, gehörten vermutlich zur Besatzung des neuen Seglers und hatten keine Ahnung, wer Yvette war. Ihre schlampige Kleidung ließ ebenfalls keine Schlüsse zu. Trotzdem war das Mädchen deutlich zu jung. »Seid ihr denn alle verrückt geworden?«, brüllte er in die Runde. »Sie ist gerade einmal neun Jahre …«

»Jetzt halt aber die Luft an!«, warnte der Geber. »Sie kam mit einer dicken Börse herein und hat verlangt, dass sie mitspielen darf. Wer genügend Geld mitbringt, darf spielen – so sind die Regeln in jedem anständigen Haus. Zuerst hielten wir das für einen Scherz, aber sie hat eine

Hand nach der anderen gewonnen, und jetzt spielen wir ernsthaft. Also, warum lassen Sie uns nicht einfach in Ruhe?«

»Ihr solltet euch zum …«

»George, bitte!«, fiel ihm Yvette ins Wort. »Nur noch diese eine Hand! Anschließend gehen Jeannette und ich sofort nach Hause. Das schwöre ich!«

Wütend und misstrauisch sah George das Mädchen an, aber dann gewann die Vernunft die Oberhand. Angesichts ihrer Verluste waren die Mitspieler nicht gerade gut aufgelegt, und eine Prügelei war das Letzte, was er jetzt brauchen konnte. Auf jeden Fall würde er John den Hals umdrehen. Als dieser ihm neulich bei einem Besuch im Lager vom Ausflug ins Dulcie's erzählt hatte, hatte er ihn gewarnt und gesagt, dass er das eines Tages noch bereuen würde. Aber John hatte ihn nur ausgelacht und gespottet, dass er wie Charmaine klinge. Höchstwahrscheinlich saß der Urheber all dieser Schwierigkeiten in Ruhe zu Hause und hatte keine Ahnung, womit sein Freund sich hier herumschlagen musste. Wo, um alles in der Welt, war Dulcie? Wusste denn keiner, wer die Mädchen waren?

»Also gut – nur noch ein einziges Spiel, aber nicht mehr!« Er drehte sich auf dem Absatz um und kehrte zu seinem Bier zurück. Es war ein kleines Wunder nötig, wollte er die Kinder ohne Skandal nach Hause bringen. »Einen Whisky, und zwar einen doppelten!«, bestellte er, während er das Ale in einem Zug trank.

Dann drehte er sich wieder um und beobachtete die Szene am Tisch. Jeannette beugte sich zu Yvette und flüsterte ihr offenbar eine dringende Bitte ins Ohr. Doch ihre Schwester schüttelte nur den Kopf und legte zwei ihrer ursprünglichen fünf Karten auf den Tisch. Drei gleiche, dachte George, als er sah, wie sie zwei weitere Karten vom Geber forderte.

Ein Schwall kühler Nachtluft verriet die Ankunft neuer Gäste. Als urplötzlich Stille eintrat, spähte auch George durch den Dunst zum Eingang hinüber und gewahrte Dulcies Wohltäter. Frederic Duvoisin.

In seiner Panik war er in drei Schritten an der Tür. Frederic und Paul standen noch auf der Schwelle und ließen ihren Blick über die versammelten Gäste gleiten, als sie sich einer nach dem anderen wieder ihrer Beschäftigung zuwandten. »Frederic ... ah, Paul ...« George hüstelte und dankte dem Himmel, als beide Männer ihn erstaunt ansahen. »So früh habe ich das Schiff noch gar nicht zurückerwartet.«

»Ach nein?« Paul runzelte die Stirn. »Ich habe immer gesagt, dass wir am Wochenende zurückkommen.«

»Das hast du, das hast du.« Mit falschem Lachen nahm er Pauls Arm und versuchte ihn herumzuziehen. »Vermutlich bin ich überarbeitet. Ich habe gar nicht gemerkt, dass die Woche schon vorbei ist. Es ist tatsächlich schon Freitag! Du lieber ...«

»George, ist etwas los?«, unterbrach ihn Paul.

»Was soll denn los sein? Nichts ist los.« Sein Lachen klang hohl. »Wie kommst du denn auf so etwas?«

»Weil du mich so am Arm zerrst.«

»Unsinn.« George ließ den Arm los, als ob er sich verbrannt hätte. Er wollte Paul nicht misstrauisch machen. »Ehrlich gesagt, gab es ein kleines Problem, Sir. Aber hier drinnen ist es schrecklich stickig. Sollen wir einen Moment nach draußen gehen?«

Frederic betrachtete George mit gemischten Gefühlen. »Wenn Sie uns etwas zu sagen haben, George, so können Sie es uns genauso gut hier sagen.«

»Sir?« George schluckte verlegen, und es war klar, dass er etwas zu verbergen hatte.

Mit einem Mal durchschnitt ein schriller Aufschrei die Luft. George zuckte zusammen und fluchte leise. »Betrüger!« Wütend schoss Yvette in die Höhe und wies mit ausgestrecktem Finger auf den Geber. »Das Ass haben Sie aus dem Ärmel gezogen!«

Der Mann lachte verschlagen. »Beweise es!«

»Hier!« Yvette spuckte förmlich aus und schleuderte dieselbe Karte auf den Tisch. »Ich habe das Pik-Ass in der Hoffnung behalten, dass ich ein höheres Paar ablegen kann!«

Die Matrosen schossen hoch, dass ihre Stühle krachend umfielen. Im ersten Moment fürchtete Yvette, dass die Männer sie verschlingen würden, aber ein Blick in ihre Gesichter und auf die Karten, die sie auf den Tisch geworfen hatten, sagte ihr, dass sie gewonnen hatte. Sie hatte den Geber überführt, und nun konnte sie mit Georges Hilfe ihren Gewinn einsammeln und nach Hause gehen. »Der Gewinn gehört mir!«, rief sie triumphierend in die Runde. »Sag es ihnen, George.«

Aus dem Nichts knallte urplötzlich ein schwarzer Stock so heftig zwischen die silbernen und goldenen Münzen, dass sie in alle Richtungen davonspritzten. Einige rollten über die Tischplatte, bis sie ebenfalls zu Boden fielen. Eine Sekunde lang war Yvette völlig verdutzt, aber in der nächsten erkannte sie den Stock und erspähte aus dem Augenwinkel auch die breite Hand mit den hervortretenden Adern. Das Gemurmel der Umstehenden bestätigte, was sie dachte. »Frederic Duvoisin.«

Ganz langsam hob sie den Blick und sah zu ihrem Vater auf, obwohl sie sich am liebsten verkrochen hätte. Sie registrierte die schmalen Lippen, den starren Blick und die scharfen Falten zwischen den Brauen. Aber am schlimmsten war die lähmende Stille, die einen schrecklichen Ausbruch befürchten ließ. Noch nie zuvor hatte sie ihren Vater so wütend erlebt. Und jetzt war ausgerechnet sie sein Opfer.

»Sir?«, stieß sie mit größter Willensanstrengung hervor.

»Was hast du hier verloren, Tochter, noch dazu in diesem Aufzug?«

Die leise gestellte Frage wirkte umso vernichtender. Aus dem Augenwinkel nahm Yvette die bleichen Gesichter ihrer Mitspieler wahr.

Schließlich fasste sich einer der Männer ein Herz. »Mr. Duvoisin, wir haben sie für ein Gassenkind gehalten. Wir hatten ja keine Ahnung, dass sie Ihre Tochter …«

»Halten Sie den Mund!« Wieder donnerte Frederic seinen Stock auf den Tisch. »Sie lassen ein Kind spielen, noch dazu ein Mädchen, und dann markieren Sie den Unschuldigen … Sie bewegen sich auf gefährlichem Terrain, Mann!« Wieder fuhr der Stock über den Tisch und wischte auch den letzten Teil der Beute zu Boden. Dann richtete sich Frederics finsterer Blick auf seine Tochter. »Und du, junge Lady, du wartest draußen!«

Yvette nickte nur und flitzte davon.

Sein Gesichtsausdruck wurde sanfter, als er Jeannette entdeckte. »Geh«, bedeutete er ihr mit einem Nicken. Bekümmert senkte das Mädchen den Kopf und verließ deutlich langsamer als ihre Schwester die Bar.

Yvette war schon fast am Ende der Straße angekommen, als Jeannette ihr nachrief, doch sie rannte weiter, bis sie den Stall erreichte. »Vater hat doch gesagt, dass wir vor der Bar warten sollen«, schimpfte Jeannette, als sie ihre Schwester endlich eingeholt hatte.

»Ich weiß, was er gesagt hat.« Keuchend hielt sie sich ihre Seite. Dann wandte sie sich dem Mann zu, der mit trübem Blick aus dem Stall herauskam. »Wir brauchen unsere Ponys.«

Brummend verschwand der Schmied im Stall.

»Warum hast du bloß nicht auf ihn gehört?«, fragte Jeannette. »Das macht alles doch nur schlimmer.«

»Schlimmer? Wie kann es denn noch schlimmer werden? Den morgigen Tag werde ich nicht mehr erleben – aber kampflos ergebe ich mich nicht!«

»Lieber läufst du weg?«

»Verstehst du das denn nicht?« Yvette deutete nach hinten. »Dort hätte er mich erschlagen, aber zu Hause kann ich mich hinter Charmaine verstecken!«

»Das darfst du nicht! Du weißt doch, wie schlimm es zwischen Papa und Johnny steht. Vater wird Mademoiselle Charmaine vielleicht entlassen, wenn du sie in den Streit hineinziehst! Bitte …«

»Und was ist mit mir? Zähle ich denn gar nicht? Willst du vielleicht zusehen, wie man mich umbringt?«

»Aber, Yvette. Ich glaube nicht, dass Papa dich …«

»Himmel! Wo bleibt der Mann?« Yvette rang die Hände. »Wenn er nicht bald kommt, bin ich erledigt, bevor ich überhaupt weglaufen konnte!«

Kaum dass Agatha das Haus betreten hatte, rief sie auch schon Befehle und sah zu, wie die Dienerschaft ihren Wünschen nachkam. Doch die Freude dauerte nicht lang. Plötzlich stand John mit einem Papier in der Hand unter der Tür.

»Oh, wie ich sehe, sind Sie heimgekehrt, Auntie.« Er lehnte sich gegen den Rahmen.

»Ja, in mein Zuhause«, antwortete sie stolz.

»Sagen Sie, ist mein Vater ebenfalls zurückgekommen, oder hatte er die Nase voll und ist auf Espoir geblieben?«

»Dafür gibt es keinen Grund«, erwiderte sie mit einer gewissen Würde. »Dein Vater liebt mich, und er ist auch zusammen mit mir zurückgekommen.«

»Wirklich? Nun gut, ich wusste ja, dass das Paradies nicht ewig dauert. Trotzdem hatte ich gehofft, der Hölle zu entgehen. Wo ist er denn?«

»Ich habe nicht die Absicht, auf dein kleines Spielchen einzugehen«, erwiderte sie hochmütig. »Die Woche auf Pauls Insel war viel zu schön, als dass du sie nachträglich verderben könntest. Gute Nacht, John.«

Sie hatte gerade den Treppenabsatz erreicht, als von draußen lautes Rufen zu hören war, gefolgt von stampfenden Schritten auf der Veranda. Ein Hämmern an der Tür – dann stürmte Yvette herein, als ob der Teufel hinter ihr her sei. Jeannette folgte ihr auf dem Fuß.

»Johnny! Charmaine!«, schrie Yvette. »Hilfe! Bitte, helft mir!« Als sie John erblickte, warf sie sich in seine Arme und heulte zum Erbarmen. »Er ist mir auf den Fersen.«

John wollte sich losmachen. »Was, zum Teufel, geht hier vor?«

Yvette gab keine Erklärungen ab, sondern klammerte sich nur fester an ihn. »Johnny! Oh, Johnny!«

Dies ist kein Theater, entschied John und wandte sich an Jeannette. »Was ist los? Wo wart ihr, und warum seid ihr so spät noch auf? Was soll die Aufmachung, und wo ist überhaupt Mademoiselle Charmaine?«

»Hier!«, ertönte die Stimme der Gouvernante von oben. Noch auf der Treppe knotete sie ihren Bademantel zu. »Das Geschrei hat mich geweckt.« Voller Sorge sah sie die Mädchen an. »Was ist denn los, Kinder?«

»Das will ich gerade herausfinden. Yvette?«

Das Mädchen hörte nicht auf zu jammern. »Du musst mich retten, Johnny. Er wird mich umbringen! Zumindest lässt er mich auspeitschen!«

»Wer denn? Wer sollte so etwas tun?«

Alle verstummten, als Frederic plötzlich auf der Schwelle stand. Yvette unterdrückte ihre Tränen und schniefte zum Gotterbarmen. Sie verkroch sich hinter ihrem Beschützer und sah flehend zu Paul und George hinüber, die hinter ihrem Vater auftauchten.

»Ich hatte gesagt, dass du vor dem Dulcie's warten sollst!«, schimpfte Frederic.

»Dulcie's?«, fragte John erschrocken. »Sie war im Dulcie's?«

Frederics Blick schoss zu John hinüber, und seine Wut flammte wieder auf. »Weshalb bist du überhaupt noch da?«

Diese Frage überraschte alle bis auf John. Der lächelte seinen Vater kampfeslustig an.

Da wandte sich Frederic seiner zitternden Tochter zu. »Du bist mir noch einige Antworten schuldig, junge Lady. Komm her zu mir!«

»Nein!« Als Frederic einen Schritt auf Yvette zuging, lief sie an ihrer Schwester vorbei die Treppe hinauf und flüchtete sich hinter Charmaines Rücken. »Erlauben Sie nicht, dass er mich anfasst, Mademoiselle!«

»Miss Ryan, bringen Sie Yvette herunter!«, verlangte Frederic.

Jetzt hatte John genug. »Bringen Sie meine Schwester in ihr Zimmer, Charmaine.«

»Bleiben Sie stehen, wo Sie sind, Miss Ryan!« Frederics Augen waren nur auf sie gerichtet – und nicht auf den Sohn, der seine Autorität untergrub. »Ich mache Sie für all das verantwortlich! Bringen Sie Yvette herunter … und zwar sofort!«

Diesmal meldete sich Paul zu Wort. »Tun Sie einfach, was John sagt, Charmaine. Bringen Sie Yvette ins Kinderzimmer.«

»Verdammt!«, bellte Frederic. »Dies ist noch immer mein Haus! Miss Ryan tut, was ich sage! Verschwindet, und zwar alle! Die Sache geht nur meine Tochter, ihre Gouvernante und mich etwas an.«

»Sehr gut, Vater, schwing nur die Peitsche!«, schimpfte John. »Aber erwarte nicht, dass ich mich vor dir fürchte.«

Mit erhobenem Stock fuhr Frederic herum, doch John wich nicht zurück. Sein spöttisches Grinsen schnitt Frederic ins Herz, sodass er seinen Vorsatz aufgab und langsam den Stock sinken ließ. »Geh mir aus den Augen!«, krächzte er. »Du willst ein Mann sein, dabei hast du nicht einmal Rückgrat genug, um dein Eigentum einzufordern.«

Das spöttische Grinsen verschwand, und John wurde so bleich, als ob er tödlich verletzt worden wäre. Mit gesenktem Kopf verließ er das Haus.

Bevor sich Frederic erneut der Gouvernante zuwenden konnte, meldete sich George zu Wort. »Wie ich schon im Wagen sagte, können Sie diesen Vorfall nicht Miss Ryan anlasten, Sir. Sie hat sicher schon geschlafen, als …«

Frederic unterbrach ihn. »Ich habe nicht die Absicht, die Angelegenheit weiter zu diskutieren. Zumal ich die näheren Umstände nicht kenne. Immerhin waren Sie auch im Dulcie's, als meine Tochter dort gespielt hat. Außerdem haben Sie auf jede nur mögliche Art versucht, meine Aufmerksamkeit abzulenken. Versuchen Sie Ihr Glück nicht, George. Ziehen Sie sich lieber zurück.«

»Vater …«, sagte Paul.

»Dasselbe gilt für dich!«

»Nein, Vater, ich bin damit nicht einverstanden. Ich gestehe zu, dass Yvette sich ungehörig benommen und eine Strafe verdient hat. Aber deine Wut überschreitet jedes Maß, wenn du jetzt auch noch Miss Ryan dafür verantwortlich machst. Sie konnte nichts wissen. Dasselbe gilt für George, wenn du ihn beschuldigst, mit Yvette unter einer Decke zu stecken. Er hat sicher sein Bestes gegeben, um die Mädchen zu beschützen.«

Pauls Argumente wirkten, aber die Situation entspannte sich erst, als Jeannette einen Schritt auf Frederic zuging. »Paul hat recht, Vater«, flüsterte sie. »Yvette und ich haben gewartet, bis Mademoiselle Charmaine geschlafen hat. Dann haben wir die Sachen angezogen, die Yvette im Stall gefunden hat, und sind davongeschlichen. Wir wussten, dass wir etwas Verbotenes tun, aber wir haben nicht gedacht, dass man uns erwischt. In dieser Verkleidung erst recht nicht. Wir wollten doch nur sehen, was nachts im Dulcie's passiert. Als George uns entdeckt hat, war er furchtbar wütend, aber Yvette hatte gute Karten und hat ihm versprochen, dass wir nach diesem Spiel nach Hause gehen.«

Charmaine hielt die Luft an und war erleichtert, als Frederic sich zu beruhigen schien und sogar so etwas wie Verständnis erkennen ließ. »Und das hat deine Schwester mir nicht sagen können? Es war ihre Idee, nicht wahr?«

»Ja.«

»Warum kommt sie dann nicht? Ist sie so feige, dass sie die Verantwortung nicht übernehmen und nicht für sich selbst sprechen kann?«

»Sie hatte Angst, dass du sie umbringst«, antwortete Jeannette geradeheraus. »Ich glaube das nicht, und deshalb fürchte ich mich auch nicht, es dir zu sagen.«

Frederic sah zu Yvette hinauf und begriff, wie sehr sein Wutanfall die kleine Rebellin eingeschüchtert hatte. Zumal ihm das nicht zum ersten Mal passiert war, bedauerte er es umso mehr.

»Wir beide werden uns morgen unterhalten«, sagte er. »Du musst zwar nicht um dein Leben fürchten, aber eine Strafe hast du verdient.«

Dann wandte er sich an Charmaine. »Bringen Sie die Kinder in ihr Zimmer und sorgen Sie dafür, dass sie auch dort bleiben, bis ich sie rufen lasse.«

»Gewiss, Sir.« Charmaine wartete auf Jeannette, bevor sie zusammen die letzten Stufen hinaufgingen.

»Es tut mir leid, Papa«, rief Jeannette. »Es tut mir wirklich leid.«

Aber Frederic schien sie nicht mehr zu hören, als er müde ins Arbeitszimmer hinkte.

»Oh, Mademoiselle, was habe ich nur getan?« Sie saßen auf Charmaines Bett, und Yvette hatte den Kopf im Schoß ihrer Gouvernante vergraben. »Ich war so böse, und jetzt mag mich keiner mehr.«

»Nur ruhig, mein Kind.« Tröstend strich sie dem Mädchen über das Haar. So zerknirscht hatte sie Yvette noch nie erlebt und war sichtlich beeindruckt. »Es ist alles nicht so schlimm, wie du glaubst.«

»Doch, das ist es! Besonders für Johnny. Ich wollte ihm keine Schwierigkeiten machen, aber genau das habe ich getan. Jeannette hat mich gewarnt, aber ich wollte nicht hören. Sie hat sich auch um Sie gesorgt, aber ich hätte nie gedacht, dass Vater so wütend wird! Und erst Paul und George! George wird mir das nie verzeihen! Er hat Vaters Zorn wirklich nicht verdient. Er wollte mich doch nur beschützen, und jetzt verliert er womöglich seine Arbeit.

Und Jeannette hasst mich, weil ich sie in die Sache hineingezogen habe.«

»Ich hasse dich nicht, Yvette«, versicherte Jeannette.

»Das solltest du aber.« Langsam hob Yvette den Kopf. »Morgen wirst du bestraft, und das nur wegen mir!« Wieder brach sie in Tränen aus. »Ich weiß nicht, warum ich immer so schlimme Dinge tue. Ich weiß nicht einmal, warum sie mir überhaupt einfallen! Warum wollte ich unbedingt heute ins Dulcie's gehen? Warum ist es mir nicht gestern eingefallen, als Vater noch auf Espoir war?«

»Weil du wusstest, dass am Freitag am meisten los ist«, sagte Jeannette. »Du wolltest doch unbedingt Poker spielen, erinnerst du dich?«

Charmaine war bestürzt. Demnach bereute Yvette ihr Benehmen nicht im Geringsten, sondern war nur enttäuscht, dass man sie erwischt hatte.

»Dabei habe ich gewonnen!«, jammerte sie. »Ich habe meinen Einsatz fast verdreifacht.«

»Aber das ist doch gut«, sagte Jeannette.

»Gut?« Yvette war entsetzt. »Wie kannst du das sagen! Ich bin davongerannt und habe alles liegen lassen! Fast achtzig Dollar! Wenn du den letzten Einsatz dazuzählst, waren es sogar hundert! Und die stinkenden Matrosen haben alles eingesackt, als Vater die Bar verlassen hat. Unsere zwanzig Dollar sind auch weg!«

George fand seinen Freund im Stall, wo er Phantoms Flanken striegelte und bürstete, bis sie glänzten. Als ob die Arbeit den Eiter aus der Wunde entfernen könnte, die sein Vater ihm geschlagen hatte.

»Ist das nicht ein bisschen spät dafür?«

»Für eine Menge Dinge ist es ein bisschen spät«, entgegnete John bitter. »Ich bin ein Narr, George! Ein verdammter Narr!«

»Unsinn, John, du bist kein Narr. Du hast getan, was am besten war. Und lass dir von deinem Vater nichts anderes einreden. Du hast das einzig Richtige getan.«

»Wirklich?«

»Das weißt du. Diese Nacht gehört Yvette – und du gebärdest dich gefälligst nicht wie ein verwöhntes Kind, nur weil du einmal nicht im Mittelpunkt stehst.«

John musste lächeln, obwohl ihm nicht danach zumute war.

»Sieh her!« George wog eine pralle Börse in der Hand, bevor er sie John zuwarf.

»Was ist das?«

»Zähl nach.« Er sah zu, wie John den Inhalt befingerte. »Es sind mehr als hundert Dollar. Meiner Schätzung nach ein Gewinn von mehr als fünfundachtzig Dollar.«

»Ein Gewinn?«

»Ja, Yvettes Gewinn, um genau zu sein. Nach den Angaben der Pokerspieler hat sie mit zwanzig Dollar angefangen. Den Rest hat sie gewonnen.«

John sah George ungläubig an. »Willst du damit etwa sagen, dass sie den Matrosen das ganze Geld abgeknöpft hat?«

»So wahr ich hier stehe. Vermutlich hat ihre Art zu spielen die Männer getäuscht. Sie hat mehrmals drei Karten behalten, in der Hoffnung, noch ein weiteres Paar zu ziehen. Das haben die Männer unterschätzt und angenommen, dass sie drei gleiche Karten in der Hand hielt. Wenn dein Vater nicht dazwischengefunkt hätte, wäre es sicher sehr unterhaltend geworden.«

»Wieso warst du überhaupt dort, Georgie?«

»Ich wollte eigentlich nur ein Bier trinken, aber ich

hätte mir fast in die Hose gemacht, als plötzlich Paul und dein Vater hereinkamen.«

»Das glaube ich gern.« John lachte. »Am besten erzählst du mir die Geschichte von Anfang an.«

George meinte: »Ich wüsste nicht, was ich lieber täte.«

7

Samstag, 7. Oktober 1837

An diesem Morgen war Frederic noch schlechter gelaunt als am Abend zuvor. In seinen Räumen ließ sich seine jämmerliche Verfassung zwar verbergen, aber für ihn selbst wurden sie zunehmend zum Kerker. Ein Kerker voller Erinnerungen an sein Leben, an die vielen Gelegenheiten, die er versäumt, und an die Pläne, die er stattdessen geschmiedet hatte. Wieder war ein Plan fehlgeschlagen. Wann lernte er endlich, dass sich das Schicksal nicht beeinflussen ließ? Der Allmächtige war offenbar entschlossen, die Qual seines Versagens als Vater und als Ehemann noch zu verlängern.

Aus dem Garten drangen Stimmen herauf und lockten Frederic an die Türen zur Veranda. John hockte im Schneidersitz auf der Wiese und hatte den Arm um die Schultern des Jungen gelegt, der auf einem seiner Knie saß. »Lass mich mal sehen.« Er drehte Pierres Hand hin und her. »Wo ist denn der Splitter, den Mainie nicht sehen kann?«

»Da!« Pierre deutete auf eine Stelle, und Charmaine sah John über die Schulter.

»So groß ist er zum Glück nicht«, sagte John und hob die Hand näher an die Augen. »Angeblich sind die kleinen ja schlimmer als die großen.« Pierre sah zu seiner Gouvernante auf. »Du weinst jetzt aber nicht, wenn ich ihn herausziehe, oder?«, fragte John liebevoll.

Pierre schüttelte den Kopf, und John stand auf und nahm den Jungen auf den Arm. Dabei spielte die Sonne in seinem braunen Haar. Elizabeths Haar.

Sein Sohn war inzwischen ein Mann. Mit einem Mal fühlte sich Frederic in die Zeit zurückversetzt, als John im selben Alter wie Pierre dasselbe passiert war. Im brüllenden Sturm kämpfte sich das Schiff durch die Wogen, als plötzlich die Kabinentür aufflog und eine verzweifelte Nanny ihm seinen brüllenden Sohn brachte. Aber John war nicht zu beruhigen, dazu war die Nacht zu dunkel und der Sturm zu heftig. Man überließ ihn der Fürsorge eines Vaters, den er kaum kannte. Enterbt hatte er das Kind nicht, aber er konnte sich auch nicht dazu durchringen, John als Kind der Frau anzunehmen, die er noch immer von Herzen liebte. In dieser Nacht hielt er den Dreijährigen zum ersten Mal im Arm. Wenn er ihm auch nichts geben konnte, so war er doch stark genug, um ihn vor dem Sturm zu schützen und womöglich zu trösten. Als sie sich in die Koje legten, barg John seinen Kopf an der Schulter seines Vaters und atmete ruhig. Frederic fühlte, wie sich der kleine Körper in seine Arme schmiegte, und es gefiel ihm. Und im selben Moment dachte er daran, dass er Elizabeth genauso im Arm gehalten hatte, und wieder rannen ihm die Tränen aus den Augen.

»Verdammt!«, fluchte er. Das Bild verschwamm vor seinen Augen. Warum war John nicht einfach davongelaufen und hatte Pierre mitgenommen? *Warum?*

Schüchtern stand Yvette vor ihrem Vater, um ihre Strafe zu empfangen. Tröstlich war nur, dass Jeannette bei ihr war.

»Zwei Dinge fordere ich von dir«, begann Frederic mit

energischer Stimme und sah Yvette von seinem Sessel aus eindringlich an.

Es gefiel ihm nicht, wie verschüchtert sie vor ihm stand. Dabei hatte er ihr den Wagemut selbst ausgetrieben, der ihm so gefiel. Wie dem auch sei, auf jeden Fall hatte sie Schlimmeres angestellt als John und Paul im selben Alter, und zu keiner Zeit geahnt, welche Gefahren ihr gedroht hätten, hätte er nicht eingegriffen.

»Erstens fordere ich dein Ehrenwort, dass sich das, was vergangene Nacht geschehen ist, nie wiederholt. Außerdem dürft ihr das Haus und das Grundstück nicht ohne meine Erlaubnis oder die eurer Gouvernante verlassen.«

»Ja, Sir.« Yvette sah ihn an. Offenbar war die wilde Wut verraucht, und prompt wurde sie mutiger. »Es wird nicht wieder vorkommen«, versprach sie.

Frederic nickte. »Ich will keine leeren Versprechungen. Ihr sollt zu eurem Wort stehen – und zwar nicht nur aus Angst, dass ich euch ertappen könnte. Ich möchte mich in Zukunft auf euch verlassen können.«

»Ich schwöre bei meinem Leben, dass ich nie wieder so etwas Böses tue.«

Er lächelte zum ersten Mal, und Yvette überlegte, was daran so lustig war. »Ich glaube dir.«

»Und zweitens?«, fragte sie bang.

»Zweitens möchte ich, dass ihr euch bei Miss Ryan entschuldigt. Stellt euch nur vor, wie sie sich aufgeregt hätte, wenn sie in euer Zimmer gegangen wäre und leere Betten vorgefunden hätte. Außerdem habe ich sie irrtümlich beschuldigt. Das hat sie nicht verdient.«

»Ist das alles?«, fragte Yvette, weil sie sicher war, dass ihnen das Schlimmste noch bevorstand.

»Ist das denn nicht genug?«

»Doch, aber … wolltest du mich nicht …?«

»Nein, Yvette«, unterbrach er sie und zog die Brauen in die Höhe. »So wütend ich auch war, als ich dich in dieser Spielhölle gefunden habe, hatte ich doch nie die Absicht, dich zu schlagen. Wenn sich das allerdings wiederholen sollte, werde ich nicht mehr so großmütig sein.«

»Also … also werde ich nicht bestraft?«

»Das habe ich nicht gesagt. Nach einigem Nachdenken bin ich jedoch zu dem Schluss gekommen, dass mein Erscheinen im Dulcie's schon Strafe genug war.«

Yvette runzelte die Stirn. »Das verstehe ich nicht.«

»Dann will ich es dir erklären.« Er griff in eine Schublade seines Schreibtischs und zog den Beutel hervor, in den das Mädchen keine zwölf Stunden zuvor einige Goldmünzen und Dollarnoten gestopft hatte.

Yvette war sichtlich erleichtert, als der Beutel vor ihrer Nase baumelte, und berechnete die Summe, die sich darin befinden musste.

»Es ist mehr Geld darin als deine zwanzig Dollar«, sagte er, als ob er ihre Gedanken gelesen hätte. »Fast fünf Mal so viel, wenn George richtig gezählt hat.«

»Wieso George?«

»Er hat deinen Gewinn eingesammelt, und wenn du nicht so unartig gewesen wärst, müsste ich dich eigentlich beglückwünschen.« Dann wurde seine Stimme hart. »Allerdings spielt keine meiner Töchter im Saloon, und schon gar nicht mit verwahrlosten Matrosen – ist das klar?«

»Ja, Vater«, murmelte sie kleinlaut. Der Augenblick der Erleichterung war dahin und die Angst wieder da.

»Am besten lernt man seine Lektionen auf die harte Art. In deinem Fall, liebe Tochter, bedeutet das, dass du diesen Beutel verlierst.«

»Aber …«

»Ich werde das Geld den Armen spenden.«

»Nur den Gewinn, Papa! Bitte! Ich verspreche auch, dass ich nie mehr …«

»Nein, mein Kind, alles. Vergangene Nacht hat dich nur das Glück vor einem weit größeren Verlust bewahrt. Ist dir eigentlich klar, was diese Männer mit dir gemacht hätten, wenn du weiter gewonnen hättest? Du hattest Angst vor meinen Schlägen, aber diese Männer hätten dir weit Schlimmeres angetan. Sie hätten dich verfolgt und sich dich vorgenommen.«

Yvette schauderte. »Ja, Vater«, murmelte sie fast unhörbar.

Frederic sah seine andere Tochter an. »Und was machen wir mit dir, Jeannette? Hat ein Teil des Geldes dir gehört?«

»Ja, Papa. Die Hälfte. Yvette hat versprochen, dass wir den Gewinn teilen.«

»Dann wirst du jetzt genauso bestraft. So etwas darf nie wieder passieren.«

»Nein, nie mehr. Ich verspreche es.«

Dann sahen sie zu, wie er die unterste Schublade aufzog, ein Brett entfernte, den Beutel hineinlegte und das Fach wieder verschloss.

»Im Safe wäre das Geld vielleicht sicherer«, meinte Yvette.

»Nein, mein Kind, das Geld bleibt nicht lange im Haus. Demnächst werden einige Familien von deiner Großzügigkeit profitieren. Ich werde mit Paul darüber reden.«

Er lächelte. Seine Selbstzufriedenheit reizte Yvette bis aufs Blut, aber sie hütete sich, die Proteste, die ihr durch den Kopf schossen, laut auszusprechen, damit keine weiteren Strafen folgten.

»Das ist im Augenblick alles«, sagte Frederic.

Draußen im Korridor schimpfte Yvette los. »Warte nur, bis ich George finde. Er hat den Gewinn aufgesammelt und Vater gegeben. Warum hat er das gemacht?«

»Ich weiß es nicht.« Jeannette wollte ihre Schwester gern trösten. »Wenn Papa das Geld nicht haben würde, hätte er sich vielleicht eine schlimmere Strafe einfallen lassen.«

»Schlimmer? Was denn noch? Der schöne Gewinn – und wir durften das Geld nicht einmal zählen! Das ist unfair, sage ich dir.«

»Müde?«

Erschrocken sah Charmaine, die auf der Wiese saß, auf und musste blinzeln, weil sie gegen die Sonne nur die Silhouette eines Mannes erkennen konnte. Er trat einen Schritt nach vorn, und sie lächelte halbherzig zu Paul empor.

»Nein, müde bin ich nicht«, antwortete sie, als er sich neben sie setzte und die Arme um seine Knie schlang. »Eher ein wenig unzufrieden.«

»Sie machen sich wegen des nächtlichen Ausflugs doch hoffentlich keine Vorwürfe, oder?«

»Nicht wirklich. Im Moment warte ich auf die Mädchen.« Sie sah zu, wie Pierre schaukelte.

»Es wird schon nicht so schlimm werden«, sagte Paul, um sie zu trösten. Dabei verspürte er ein unerklärliches Ziehen in der Brust. »Charmaine, sehen Sie mich an.«

Sie gehorchte und war über seinen gefühlvollen Blick überrascht.

»Ich habe Sie sehr vermisst«, sagte er schlicht. Dabei ergriff er ihre Hand und drückte sie mitfühlend, was ihr neue Zuversicht verlieh. »Wie war Ihre Woche?«

John verließ die Terrasse und ging ins Haus. Charmaine war anderweitig beschäftigt und schien das Interesse an ihm verloren zu haben. Seine Woche war zu Ende. Hatte er das nicht schon gestern Abend bemerkt? Vermutlich war es klüger, die Tür zu schließen. Er rieb seine Stirn und schluckte.

Warum wurde er immer zurückgewiesen? Warum ließ er es zu? Er hörte wieder die Worte, die sanfte Bitte, die ihn nicht losließen: *Nimm dich ihrer an, John, und sorge für sie… lebe wieder und liebe…*

Im selben Moment fasste er einen Entschluss. Rasch durchquerte er die Halle und lief die Treppe hinauf. Dies war seine letzte Chance. Er hatte nichts zu verlieren. Also überwand er seinen Stolz und betrat das Allerheiligste seines Vaters.

Frederic sah vom Schreibtisch auf.

John merkte ihm die Überraschung an und kam ohne Umschweife zum Punkt. »Ich kehre morgen nach Virginia zurück und bitte dich um die Erlaubnis, Pierre und die Zwillinge mitzunehmen.«

Die klare Frage verblüffte Frederic zunächst. Aber Johns Auftritt beeindruckte ihn – besonders nach der hässlichen Szene am gestrigen Abend. War das nicht genau das, was er wollte? Eine ehrenhafte Übereinkunft?

»Für wie lange?«

»Für immer.«

»Und wer soll für sie sorgen, wenn du in Geschäften unterwegs bist?«

Denkt mein Vater tatsächlich über meinen Wunsch nach? Eigentlich hatte er ein klares »Nein« erwartet. »Miss Ryan, falls sie einverstanden ist. Sie hat in Richmond Freunde, so dass sie nicht allein wäre.«

Frederic holte tief Luft und erhob sich. Er ging zu den

französischen Türen hinüber und erwog dabei die Vorteile und Nachteile einer solchen Lösung. Es war eine Möglichkeit, die Dinge mit John in Ordnung zu bringen, aber würde er sich dadurch den anderen Sohn entfremden?

»Was würde eine solche Entscheidung für Yvette und Jeannette bedeuten?«

»Was meinst du?«, entgegnete John aufgebracht. »Was würden sie vermissen? Etwa den schemenhaften Vater, der sich in seinen Räumen verkriecht und sich nicht um sie kümmert oder in einem fort nörgelt und wie ein Verrückter schimpft? Oder eine Stiefmutter, die sie verabscheut? Was meinst du, wo es ihnen besser gefällt?«

Wenn Frederic an seine verschüchterten Töchter dachte, konnte er den Einwand nicht einfach abtun. Diesen Fehler musste er ändern ... um Colettes und auch um seiner selbst willen. Er drehte sich zu John um. »Warum bleibst du nicht einfach hier, John? Wäre es denn nicht einfacher, wenn du auf Charmantes bliebest?«

»Einfacher für dich. Aber ich will an diesem ... diesem Theater nicht länger mitwirken. Du bindest die Kinder nicht an dich, indem du ihnen gibst, was sie brauchen, sondern indem du es ihnen vorenthältst.« Frederic schwieg. »Wie ich sehe, lautet deine Antwort ›nein‹. Ich wusste es. Ich komme zu dir, um einzufordern, was mir gehört, und bringe den Mut auf, den du mir nicht zutraust – und trotzdem lehnst du ab!« Ohne eine Antwort abzuwarten, wandte er sich zum Gehen.

»Nicht alles, was du forderst, gehört auch dir«, rief Frederic ihm nach. Und dann sagte er zum leeren Türrahmen: »Ich kann meine Töchter nicht hergeben ... jedenfalls nicht für immer.«

»Ich höre, John.« Paul war verärgert, als sein Bruder sich schweigend auf den Sessel setzte. »Du hast mich sicher nicht gerufen, damit ich dir beim Hinsetzen zusehe …«

»Nimm Platz, Paul«, unterbrach ihn John mit mildem Lächeln. »Ich habe einiges mit dir zu besprechen. Ich suche keinen Streit, sondern möchte in Ruhe mit dir reden.«

Paul fügte sich. »Und worum geht es?«

»Ich möchte mit dir über Charmaine reden.«

Paul wurde vorsichtig. »Was ist mit ihr?«

»Sie ist eine wirklich anständige Frau. Ein feiner Mensch.«

»Mir musst du das nicht sagen. Ich kannte sie lange vor dir, und ich habe dir genau das auch gesagt. Aber du hast lange gebraucht, um es zu begreifen und sie nicht ständig wegen ihrer Tugendhaftigkeit zu hänseln.«

»Immerhin habe ich es inzwischen geschafft. Ich gebe zu, dass ich Charmaine zu Beginn unterschätzt habe. Und du musst zugeben, dass Frauen wie sie selten sind.«

»Das will ich gar nicht bestreiten.« Pauls Brauen hoben sich. »Aber wohin führt das alles?«

»Hast du schon einmal daran gedacht, sie zu heiraten?«

»Zu heiraten?« Paul verschluckte sich beinahe. »Willst du mir das etwa vorschlagen?«

»Ja, wenn du es genau wissen willst. Ist der Gedanke denn so abwegig?«

Paul stützte das Kinn in die Hand und starrte John voller Misstrauen an. »Was soll das alles, John? Was steckt wirklich dahinter?«

»Ich schätze Charmaine, und ich will nicht, dass man sie verletzt.«

»Und du glaubst, dass eine Hochzeit das verhindert?«

»Genau das. Wie du weißt, liebt sie dich, und zwar tiefer, als du es für möglich hältst. In der Nacht, als ich zurückkam, hat sie dich mit aller Leidenschaft geküsst. Wie sehr ihr Herz daran beteiligt war, habe ich erst begriffen, als ich sie besser kennenlernte und über dich reden hörte. Sie hat es nicht verdient, verletzt zu werden – und zwar weder von mir noch von dir.«

Paul ärgerte sich, dass sein Bruder sich mit ihm auf eine Stufe stellte. »Warum heiratest du sie dann nicht?«

»Wie ich schon sagte, sie verdient es nicht, verletzt zu werden«, sagte John ernst. »Meine früheren Spielchen gebe ich gern zu, aber das ist vorbei. Von George weiß ich, dass die *Raven* in der Morgendämmerung wieder im Hafen eingelaufen ist. Von einem Sturm und einem gesplitterten Mast war die Rede. Wenn sie wieder Segel setzt, vermutlich morgen Nachmittag, werde ich an Bord gehen.«

»Wie bitte? Einfach so?«

»Ja, Paul, einfach so. Bevor ich es Charmaine und den Kindern sage, wollte ich zuerst mit dir sprechen.«

»Ich kann es nicht glauben«, stammelte Paul.

»Das wirst du wohl müssen, denn genauso ist es. Außerdem ist es so am besten.«

»Denkst du das wirklich? Du kommst hierher, bringst das Leben der Kinder durcheinander, sorgst dafür, dass sie sich an dich gewöhnen – und dann packst du einfach deine Sachen und verschwindest? Warum tust du das? Willst du Vater für den gestrigen Abend bestrafen, ihn als den unbarmherzigen Patriarchen darstellen, für den du ihn hältst?«

John zog die Brauen zusammen, aber er bezähmte seine Wut und bemühte sich um eine ruhige Antwort. »Nein, Paul, du kannst es glauben oder nicht. Meine Entscheidung hat nichts mit Vater zu tun, aber mit den Kindern.

Auch ich habe mich an sie ›gewöhnt‹, wie du das so schön sagst. Aber ein solches Verhältnis darf nicht sein, nicht wahr? Was ich nicht mitnehmen darf, muss ich loslassen.« Er senkte den Kopf, dann sah er Paul eindringlich an. »Allein aus diesem Grund werde ich mich morgen auf der *Raven* einschiffen und nicht mehr zurückkommen.«

Paul war zutiefst verunsichert. »Und was hat das alles mit Charmaine Ryan und mir zu tun?«

John sagte nichts darauf, aber Paul dachte lange über die Frage nach, bis die Teile irgendwann ein Ganzes ergaben. »Du hast Angst, dass Vater Charmaine entlässt. Richtig? Richtig?«

»Nein, Paulie.«

»O doch, Johnny! Wie lässt sich das besser verhindern, als Charmaine mit mir zu verheiraten? Als Frau des Bruders wäre ihre Position im Haus gefestigt, nicht wahr? Das stimmt doch, verdammt noch mal?« Als John schwieg, fuhr er fort. »Du überraschst mich immer wieder. Mich zu benutzen, um eine solche Ungeheuerlichkeit in die Tat umzusetzen!«

Johns Blick wurde hart. »Du musst gerade den Stab über mich brechen, Paul, ausgerechnet du, der eine Frau nach der anderen verführt, ohne sich jemals Gedanken zu machen.«

»So, so. Aber im Gegensatz zu dir habe ich noch nicht die Frau eines anderen aus Rache verführt!«

John gefror das Blut in den Adern. »So also siehst du das? All diese Jahre… und du glaubst noch immer, dass es wirklich so war? Kein Wunder, dass du dich auf Vaters Seite geschlagen hast.«

Einen Augenblick lang war Paul verunsichert, aber er erholte sich rasch. »Halte mich nicht für einen Idioten, John. Wir wissen doch beide, wie sehr du Vater hasst. Das hast du mehr als deutlich gemacht. Zeige jetzt nicht mit dem Finger auf mich, nur weil ich nicht bei deinen Plänen mitmache. Weißt du, was? Du kannst einem leidtun!«

»Ich tue dir leid?«, wiederholte John empört. »Das sagst ausgerechnet du? Dabei ist niemand bedauernswerter als du. Ja, mein lieber Bruder. Sieh dich doch an, wie du wie ein treues Hündchen an Vaters Tisch sitzt und nur darauf wartest, dass ein Bröckchen für dich abfällt! Wie ein treuer Hund lässt du dich von ihm missbrauchen, ja, du verteidigst ihn sogar, um deine Anhänglichkeit zu beweisen und zu zeigen, wie fleißig und gewissenhaft du arbeitest, damit er deine Mühen eines Tages vielleicht belohnt. O ja, Paul, du kannst es, du arbeitest gründlich und unermüdlich. Aber wohin hat es dich gebracht? John kann seine Pflichten vernachlässigen, kann seinen Vater beleidigen – und doch steht er im Testament an erster Stelle! Und was ist mit dir? Trotz all deiner Mühen, deiner Opfer und deiner Hingabe bist du nicht einmal ein legitimer Sohn! Wenn du mein Sohn wärst, wäre das anders. Nur zu, Paul, mache mich für alles Schlechte in diesem Haus verantwortlich. Lade mir alles auf, damit du der Wahrheit nicht ins Gesicht sehen musst.« John deutete mit dem Finger auf Paul. »Du tust mir leid! Und verdammt sollst du sein, wenn du Charmaine nicht heiratest, solange du noch die Chance dazu hast. Statt der unerwiderten Liebe deines Vaters nachzurennen, solltest du lieber ihre uneigennützige Liebe akzeptieren, die sie dir so freigiebig schenkt. Denke an meine Worte: Eines Tages wirst du bereuen, dass du so blind warst und dein Glück mit beiden Händen weggeworfen hast!«

Erwartungsvoll sah Charmaine zu dem Mann auf, der unruhig vor ihr und den Kindern auf und ab ging. John hatte angekündigt, dass er etwas Wichtiges mitzuteilen hätte, und nun warteten sie, dass er endlich begann. Schließlich blieb er stehen, sah auf die Zwillinge hinunter, die auf ihren Betten saßen und Pierre und Charmaine den Rücken zukehrten.

»Morgen fahre ich wieder nach Hause.« Sein Plauderton wollte nicht so recht zu dem leisen Beben in seiner Stimme passen.

»Du fährst weg?«, riefen die Kinder wie aus einem Mund.

»So ist es. Morgen segle ich mit der *Raven* zurück nach Virginia. Es wird Zeit, dass ich wieder nach Hause komme und mich um meine Arbeit kümmere.«

»Aber hier ist doch dein Zuhause!«, protestierte Yvette.

»Aber nein, Yvette, das war einmal. Wie du weißt, habe ich ein neues Zuhause. Ich habe es schon viel zu lange vernachlässigt.«

»Und jetzt vernachlässigst du uns! Virginia ist dir wichtiger als wir.«

»Du weißt, dass das nicht stimmt«, sagte John weich. »Aber ich habe auch andere Verpflichtungen …«

»Welche denn? Was kann wichtiger sein als deine Familie? Dich um uns zu kümmern?«

»Bevor ich nach Charmantes gekommen bin, ist es dir hier gut gegangen, und das wird genauso weitergehen, wenn ich wieder fort bin.«

»Nein, ganz sicher nicht! Vor zwei Monaten war gar nichts in Ordnung. Erst als du gekommen bist, wurde es besser. Wir waren so unglücklich, aber du hast uns wieder zum Lachen gebracht! Du darfst nicht fortgehen! Das kannst du nicht machen. Ich lasse dich nicht weg!«

»Du machst es mir sehr schwer, Yvette. Ich muss fort, ganz gleich, wie sehr du auch bittest, das steht fest.«

»Aber warum? Warum?«

»Ich muss arbeiten. Und zwar in Virginia und in New York. Die Arbeit lässt sich nicht länger aufschieben.« Dann kam ihm ein Gedanke, und die Erregung beflügelte seine Stimme und verlieh ihr neue Kraft. »Wie wäre es denn, wenn du mich zusammen mit Jeannette und Pierre in Richmond besuchst? Vielleicht im nächsten Frühling, wenn das Wetter wieder schön ist? Bis dahin ist meine Arbeit erledigt, und ich habe viel Zeit für euch drei. Wie hört sich das an?«

»Wie eine Lüge!«, fauchte Yvette. »Wie eine verdammte Lüge!«

»Yvette!«, schimpfte Charmaine, obgleich ihr Herz heftig klopfte.

»Aber es stimmt!« Yvette riss vor Kummer die Augen auf und sah zuerst ihren Bruder und dann Charmaine an. »Er lügt! Er lügt wie damals! Als wir fünf Jahre alt waren, ist er fortgefahren und hat versprochen, dass wir ihn besuchen dürfen, dass er uns schreibt und dass er uns die Fahrkarten für die Reise im Frühjahr schickt. Aber sie sind nicht angekommen und auch keine Briefe. Ich durfte nicht einmal über ihn reden! Als ich ihm endlich schreiben durfte, habe ich ihn gebeten, uns einzuladen. Aber glauben Sie, er hat geantwortet? Nichts hat er getan! Er hat meine Briefe nicht beachtet, als ob sie ihm gleichgültig wären! In seinen Briefen war von allem anderen die Rede, nur nicht von unserem Besuch in Virginia.«

Sie sah John an, doch die Wut überdeckte ihren Kummer. »Ich höre mir deine Lügen nicht näher an! Vater hatte recht. Du bringst der Familie nur Kummer. Du interessierst dich nur für dich selbst! Geh nur zurück nach Richmond! Du wirst schon sehen, dass ich nicht weine!«

»Yvette! Es reicht!«, rief Charmaine.

John schluckte heftig. Der Kummer des Kindes schmerzte ihn mehr als sein eigener. »Lassen Sie nur, Charmaine, sie weiß nicht, was sie sagt. Ich weiß ja, dass sie das nicht so meint.«

»Ich meine es aber so!« Yvette riss sich los, als er den Arm um sie legen wollte. »Fass mich nicht an! Lass mich einfach nur in Ruhe!«

John ließ die Arme sinken, weil er nicht wusste, wie er sich noch besser erklären konnte, und verließ mit hängendem Kopf den Raum.

An diesem Abend wurde später gegessen, doch als endlich alle um den Tisch herumsaßen, wurde das Dinner in allgemeinem Schweigen eingenommen. Ob verzweifelt oder froh – vom Kind bis zum Erwachsenen waren alle mit Johns plötzlichem Entschluss beschäftigt und starrten wortlos auf ihre Teller.

Charmaine war es recht. Ihr war nicht nach fröhlicher Unterhaltung zumute oder gar danach, Glück vorzutäuschen, wie Yvette das tat. Um John zu strafen, täuschte das Mädchen einen guten Appetit vor, was John aber gar nicht zu bemerken schien. Yvette verstand nicht, wie sehr ihr Bruder litt und dass ihn die Situation zum Handeln zwang. Charmaine dagegen verstand inzwischen genug, um zu wissen, dass das Geheimnis dieser Familie größer und schrecklicher war, als sie ahnen konnte.

Ein vertrautes Klopfen, gefolgt von rhythmischem Schlurfen, kündigte den Herrn des Hauses zum Dinner an. Charmaine hielt den Atem an. Niemand sagte ein Wort, als Frederic stumm an John vorbeiging und auf das

Ende der Tafel zusteuerte. Agatha überließ ihm hastig ihren Platz und setzte sich auf den Stuhl zu seiner Linken. Anna schob Agathas Teller zur Seite und legte ein neues Gedeck für Frederic auf. Je mehr Zeit verging, desto größer wurde die Spannung.

Irgendwann unterbrach Pierres sanftes Stimmchen die Stille. »Johnny?«

John hob den Kopf und sah kurz zu seinem Vater hinüber, bevor er sich dem Jungen zuwandte. »Ja, Pierre?« Er räusperte sich. »Was gibt es?«

»Ich habe überlegt.«

»Wirklich?«

»Hm.« Der Junge nickte. »Ich will mitfahren… mit dem Schiff.«

John erbleichte, aber seine Antwort klang kühl. »Ich fürchte, das geht nicht, Pierre. Dann müsstest du doch so viel zurücklassen, was dir kostbar ist.«

»Muss ich nicht. Ich packe einfach alles in einen Koffer.«

John wusste nicht, ob er lachen oder weinen sollte. »Ein so großer Koffer würde gar nicht in die Kabine passen.«

»Du bist ganz schön dumm.« Pierre kicherte. Bestimmt wollte ihn sein Bruder nur ärgern. »Ich habe das Schiff doch gesehen. Weißt du noch? Es ist riesengroß.«

»Und was ist mit den Menschen, die du nicht mitnehmen kannst? Deine Schwestern, zum Beispiel? Oder Mainie? Die liebst du doch sehr, oder nicht? Wirst du sie denn nicht vermissen?«

»Sie können ja auch mitkommen. Jeannie will mit, das hat sie schon gesagt.« Er sah zu Jeannette hinüber, die hoffnungsvoll nickte. »Siehst du?«

»Und was ist mit Yvette? Sie ist doch schrecklich wütend auf mich.«

»Sie kommt trotzdem mit. Stimmt's, Yvie?« Mit flehenden Blicken sah er zu Yvette hinüber, doch die starrte nur stumm vor sich hin. »Klar tut sie es… wenn du sie darum bittest.«

»Trotzdem kann ich dich nicht mitnehmen.«

»Und warum nicht? Du hast mich doch schon einmal gefragt.«

Unwillkürlich sah John wieder zu seinem Vater hinüber, und Charmaine folgte seinem Blick. War es Traurigkeit oder Unruhe, was sich auf Frederics Gesicht spiegelte? Womöglich beides.

»Das war früher«, stieß John hervor. »Aber jetzt geht es nicht mehr.«

»Und warum? Liebst du mich nicht mehr?«

»Und wie ich dich liebe! Aber damit hat es nichts zu tun. In Virginia habe ich zu viel Arbeit, um mich anständig um dich kümmern zu können.«

»Ich kann schon selbst auf mich aufpassen. Ich mache auch keine Schwierigkeiten. Versprochen.«

»Nein, Pierre.«

»Aber ich will mit!«

»Ich habe ›nein‹ gesagt!«

Mit bebender Unterlippe blinzelte Pierre die Tränen weg. »Wenn du mich nicht mitnimmst, rudere ich in meinem Boot bis zu dir.«

»Das ist viel zu weit, Pierre. Eine so lange Strecke kannst du gar nicht schaffen«, murmelte John.

»Doch! Du wirst es ja sehen. Wenn ich erst bei dir bin, kannst du mich nicht mehr zurückschicken!« Er wandte sich wieder seinem Teller zu. »Du wirst es ja sehen!«

John stützte den Kopf in die Hand, und Frederic tat es

ihm nach und sah erst auf, als sein Sohn vom Tisch aufstand. Frederic wollte etwas sagen, aber John war draußen, bevor er seine Worte formulieren konnte. Damit war die Gelegenheit vorbei.

Leise schloss Charmaine die Tür. Nach allem, was in den letzten vierundzwanzig Stunden geschehen war, hatten die Kinder lange keine Ruhe gefunden. Rose murmelte leise: »Gute Nacht« und zog sich in ihr Zimmer im Nordflügel zurück. Für Charmaine dagegen war es noch zu früh. Außerdem war ihr Kopf so voll, dass sie ohnehin keinen Schlaf gefunden hätte.

Sie ging die Treppe hinunter und erschrak, als John plötzlich auf dem Treppenabsatz erschien. Er sah zu ihr empor und hielt ihren Blick fest. Eine Weile verharrten sie bewegungslos, ohne etwas zu sagen.

»Sehe ich Sie noch, bevor Sie aufbrechen?«, fragte Charmaine nach einiger Zeit.

»Die *Raven* wird nicht vor dem Nachmittag Segel setzen. Wir haben also noch Zeit genug.«

»Die *Raven* … Mit diesem Schiff bin ich damals nach Charmantes gekommen, und nun bringt es Sie von hier fort.«

»Das klingt nicht sehr glücklich, *my charm*. Könnte es sein, dass auch Sie mich vermissen werden?«

»Natürlich werde ich Sie vermissen«, flüsterte sie. Sie mühte sich, ihre Gefühle im Zaum zu halten, und war irritiert, als er leise lachte. »Ist das so verwunderlich?«

»In gewisser Weise haben Sie diesen Tag doch seit zwei Monaten herbeigesehnt.«

Sie überging die Bemerkung, die noch vor zwei Wochen wahr gewesen wäre. »Werden Sie uns schreiben?«

»Ganz bestimmt.«

Er wandte sich der Treppe zu, aber Charmaine wollte ihn noch nicht gehen lassen. »Warum verlassen Sie uns wirklich?«

Langsam drehte er sich um. »Wissen Sie das denn nicht?«

»Nein«, log sie, um ihn noch etwas aufzuhalten.

»Süße, unschuldige Charmaine«, murmelte er träumerisch. »Nur gut, dass Sie es nicht wissen. Sonst würden Sie mich vielleicht genauso verachten wie die anderen.«

»Ich könnte Sie gar nicht verachten ... nicht mehr.«

Seine Blicke liebkosten jeden Zug ihres Gesichts. »Ich werde Sie mit mir nehmen, *my charm*. Sie haben mir zwei unvergessliche Monate beschert. Eine Zeit voll kostbarer Erinnerungen, die lange vorhalten müssen.«

Ein schleifendes Geräusch ließ sie nach oben sehen, wo Pierre Charmaines großen Koffer über die Dielen zerrte.

»Was, um alles in der Welt, machst du da, Pierre?«

Schuldbewusst richtete sich der Junge auf. »Ich fahre fort«, keuchte er und sah wild entschlossen von einem zum anderen.

»Und wohin fährst du?«

»Zu Johnnys Haus. Das habe ich doch gesagt.«

»Das tust du nicht«, sagte Charmaine und eilte nach oben. John folgte ihr. »Komm«, sagte sie und ergriff Pierres Hand. »Zurück ins Bett mit dir.«

»Nein.« Er riss sich los. »Ich will nicht schlafen! Ich will mit Johnny verreisen.«

Bevor der Junge an ihr vorbeilaufen konnte, nahm Charmaine ihn auf den Arm und überließ John den Koffer. »Johnnys Schiff fährt erst am Nachmittag ab.«

»Das glaube ich nicht.« Pierre zappelte wie verrückt.

»Du musst es aber glauben, weil es so ist.« Sie drückte den Jungen an sich. Als sie ins Kinderzimmer kamen, sahen Yvette und Jeannette ihnen mit großen Augen entgegen. »Du bleibst jetzt im Bett und schläfst, und wenn du lieb bist, dann darfst du John gleich am Morgen sehen, bevor wir zur Messe gehen.«

Pierre zog eine Schnute. »Wetten, dass ich das nicht darf? Wetten, dass er einfach fortgeht, wie Yvie gesagt hat?«

John sah Yvette an. »Nein, Pierre, Yvette irrt sich. Ich würde nie weggehen, ohne mich von dir zu verabschieden. Wir sehen uns morgen früh, wie Mademoiselle dir versprochen hat. Aber nur, wenn du jetzt brav schläfst.«

Der Junge strahlte. »Und dann nimmst du mich mit?«

»Dieses Mal nicht, und jetzt hör auf zu betteln.«

Pierre brach in Tränen aus. »Aber ich will mit! Bitte, lass mich mitfahren. Ich bin auch sehr, sehr, sehr lieb! Ich verspreche es. Bitte, Johnny! Bitte, nimm mich mit!«

»Nein!«, schimpfte John. »Und jetzt hör endlich auf zu weinen, oder ich komme nie mehr zu Besuch!«

Die Drohung hatte verheerende Folgen. Verbissen kämpfte der Kleine gegen die Tränen, wurde aber immer wieder von heftigem Schluchzen geschüttelt. Charmaine nahm ihn in den Arm, aber der Junge war untröstlich. Sie warf John einen tadelnden Blick zu.

Das war der letzte Schlag. Entrüstet wandte sich John seinen Schwestern zu. Yvette drehte sich zur Wand, doch Jeannettes gerunzelte Stirn bot ihm ein willkommenes Ziel und schürte seinen Ärger.

»Warum habt ihr ihn denn nicht aufgehalten? Oder Charmaine gerufen, als ihr gesehen habt, was er vorhat?«

»Pierre kann tun, was er will.« Jeannettes scharfer Ton war ein deutliches Zeichen, dass ihr Schmerz nicht weniger groß war.

»Wie meinst du das?«

»Das machst du doch auch, oder nicht? Du rennst davon, weil das leichter ist, als dich mit Vater zu verstehen. Wenn du erst wieder in Virginia bist, vergisst du uns alle. So wie beim letzten Mal. Yvette hat recht: Du liebst keinen aus dieser Familie.«

»Das ist nicht wahr, Jeannette!«, stieß John hervor. »Ich kann es nicht aushalten, wenn du so redest.«

»Warum gehst du dann weg?« Sie stöhnte, sprang vom Bett und umschlang ihn so fest, dass er wehrlos war. »Bitte, geh nicht weg! Sag, dass du hierbleibst! Oder nimm uns mit! Wir tun alles ... alles, wenn du uns nur ...«

»Das kann ich nicht«, murmelte er. Dann machte er sich los und lief aus dem Zimmer.

Charmaine lag im Bett und starrte zur Decke empor, ohne etwas zu sehen – außer ihren Erinnerungen an John. Das hatte bereits am ersten Abend nach seiner Rückkehr angefangen.

John ... Seit wann bedeutete er ihr so viel? Wann hatte sie beim Gedanken an ihn nicht mehr die Stirn gerunzelt, sondern gelächelt? *Er ist ein Rätsel – fürwahr. Entweder hasst man ihn oder man liebt ihn. Meistens in dieser Reihenfolge ...* Wann hatte der Herr ihr den wahren Menschen gezeigt?

John ... der zukünftige Erbe des riesigen Vermögens. Der Gedanke an solch ungeheueren Reichtum brachte einige Frauen um den Verstand, andere lagen ihm seufzend zu Füßen. Wie traurig für sie, denn ihnen entging der wahre Schatz, der darunter verborgen war. John könnte ein Bettler sein, und dennoch würde sie sich als reich bezeichnen, weil sie ihn kennengelernt hatte.

John ... der unweit von hier am Ende des Korridors schlief ... oder keinen Schlaf fand.

Betrübt überlegte sie, ob sie ihn überhaupt noch einmal zu Gesicht bekäme. Wie leer ihr die Zukunft erschien. Keine Picknicks, keine Ausflüge in die Stadt, keine Abenteuer, die das Leben lebenswert machten, und keine Wortgefechte mehr, die die Langeweile vertrieben. Jeder Tag, jede Begegnung mit John, war anders und unerwartet verlaufen und hatte sie reich beschenkt. Wie sollte sie das Leben ohne ihn nur aushalten?

Seine Melancholie setzte ihrer Seele zu und ebenso seine Entscheidung, die ihn selbst tiefer traf, als seine Schwestern ahnten. Charmaine dagegen hatte es begriffen. Die Teile des Rätsels ließen nur einen schrecklichen, aber logischen Schluss zu: Colette und John waren ein Liebespaar gewesen und hatten zusammen ein Kind gezeugt. Pierre war Frederics Enkel! Es konnte eigentlich nicht wahr sein, und doch musste es so sein!

Wie hatte das geschehen können?

Colette… war mit einem Mann verheiratet, der alt genug war, um ihr Vater zu sein. War das Grund genug, um John zu erhören? Unmöglich! Charmaine war sicher, dass für Colette das Treuegelöbnis viel bedeutete. Außerdem hatte sie behauptet, Frederic zu lieben, und sie hatte Charmaine erzählt, dass sie sich vom ersten Augenblick an zu ihm hingezogen fühlte. Warum also hatte sie ausgerechnet den Sohn dieses Mannes zum Liebhaber gewählt?

Frederic musste am Boden zerstört gewesen sein, als er erfahren hatte, dass seine Frau ihm untreu war, dass sein Sohn ihn betrogen hatte. Charmaine konnte sich vorstellen, dass bei einem Streit um die Frau, die sie beide liebten, die Wahrheit über Pierres Empfängnis herausgekommen war und den Schlaganfall ausgelöst hatte, der Frederic zum Krüppel gemacht hatte.

John… Warum hatte er überhaupt eine ehebrecherische Beziehung mit der Frau seines Vaters begonnen? Aus Rache für die Vernachlässigung, die er als Kind erfahren hatte? Nein, es musste mehr sein. John hatte Colette geliebt. Charmaine spürte, dass das so gewesen war. Und er liebte Pierre bis zur Verzweiflung – seine kostbare Erinnerung an diese Liebe.

Warum hatte Colette das alles zugelassen?

Durch ihre Liebe zu Vater und Sohn hatte sie Unglück über dieses Haus gebracht und die Familie zerstört. Dennoch konnte Charmaine sie nicht verurteilen. Welch eine Tragödie! Alle waren davon betroffen und würden für Generationen darunter leiden. Das war auch der Grund dafür, warum Colette noch immer durch diese Räume geisterte – ihre Seele hatte noch keinen Frieden gefunden!

Und Pierre? Würde er heranwachsen und Frederic für seinen Vater und John nur für seinen älteren Bruder halten? *John hatte ihn mitnehmen wollen*, begriff Charmaine. Doch in der Nacht am Piano hatte er von diesem Vorhaben Abstand genommen. *Niemand verdient es, verletzt zu werden. Am wenigsten ein unschuldiges Kind…* Er war bereit, sein eigenes Glück für Pierres Wohlergehen zu opfern. Aber würde der Junge ohne ihn glücklicher werden?

Angesichts solch ungeheuerlicher Gedanken erbebte Charmaine. Ob sie jemals die ganze unglaubliche Geschichte erfahren würde? Konnte die Familie die Vergangenheit jemals begraben? Nein. Ein solch entsetzliches Geschehen konnte weder vergessen noch vergeben werden, denn so etwas lebte in alle Ewigkeit weiter.

Charmaine ließ ihren Tränen freien Lauf. Sie vergrub das Gesicht im Kissen und weinte, in der Hoffnung, dass die Tränen ihre bösen Vermutungen wegwuschen.

Sonntag, 8. Oktober 1837

Am nächsten Morgen war Pierre krank. Er war zwar fieberfrei, doch sein Gesicht war gerötet, und er klagte über Kopfschmerzen und Bauchgrimmen. Offensichtlich litt er an gebrochenem Herzen.

»Wenn Pierre nicht in die Messe geht«, verkündete Yvette, »dann gehe ich auch nicht!«

»Und wie du gehst, junge Lady«, sagte Charmaine. »Dein kleiner Bruder fühlt sich nicht wohl, aber dir fehlt gar nichts.«

»Aber wer kümmert sich um ihn, wenn wir fort sind?«

»Ich bin sicher, dass John das gern für eine Stunde übernimmt.«

Yvette zog eine Schnute, und wie in der vergangenen Nacht drehte sie sich störrisch zur Wand.

Charmaine lächelte in sich hinein. John würde sich darum reißen, Pierre zu beaufsichtigen. Das war seine letzte Gelegenheit, um mit dem Jungen allein zu sein.

John setzte sich neben Pierre auf den Bettrand und strich ihm das zerzauste Haar Strähne für Strähne aus dem Gesicht. Im Haus war es still, und das tiefe Atmen des Kindes war das einzige Lebenszeichen. Die Stille nagte an seinem Herzen. Als er den schneidenden Schmerz nicht länger beherrschen konnte, tropften die ersten Tränen auf seine Hand.

Zwei Monate. Er hatte zwei Monate geschenkt bekommen. Das musste für den Rest des Lebens genügen. Acht Wochen voller Lachen. Seltsam, dass er sich gar nicht mehr an die anfängliche Verzweiflung und den Kummer erinnern konnte, als er Charmantes zu spät erreicht hatte. Zwei Monate … Falls es einen Gott gab, so dankte er ihm.

Ein markerschütternder Schrei gellte durch die Luft. John schoss in die Höhe und lief hinaus auf die Veranda. Drüben jenseits der großen Wiese herrschte Chaos. Ein Pferdeknecht lag schmerzverkrümmt auf dem Boden, und sein Arm war seltsam abgewinkelt. Ein anderer rannte über die Koppel. »Er ist dort drüben!«, rief er über die Schulter zurück. Zwei andere Männer rannten aufs Haus zu.

Aufgeregt schnaubend galoppierte Phantom im Kreis und schüttelte seinen mächtigen Kopf. Plötzlich blieb er stehen, rieb seine Nüstern an seinem Bein, stieg vorn hoch und trat dann mit den Vorderhufen laut wiehernd in die Luft. Anschließend nahm er den wilden Galopp wieder auf.

Die Pferdeknechte näherten sich ihm von mehreren Seiten mit Zügel und Leinen, aber der Hengst attackierte die Männer und erwischte einen von ihnen an der Schulter, der rückwärts zu Boden stürzte. Bevor er wieder auf die Beine kam, stieg der Hengst erneut hoch, und die tödlichen Hufe verfehlten den Mann nur um Haaresbreite.

Fluchend stürzte John ins Kinderzimmer zurück, wo Pierre noch immer schlief. Ohne lange zu überlegen, rannte er weiter den Korridor entlang und die Treppe hinunter.

John wollte Charmantes verlassen. Frederic ging in seinem Zimmer auf und ab, während die Worte in seinem Kopf widerhallten. Sein Sohn verließ das Haus. Verdammt, dass er gerade jetzt ging! Verdammt, dass er allein fortging!

In der vergangenen Nacht hatte Frederic nicht geschlafen, und seine Augen brannten vor Müdigkeit. Wieder und wieder hatte er die Szene an der Tafel durchlebt. Ob seine Familie jemals glückliche Tage erlebte? War das sein Vermächtnis an die nächste Generation?

Armer kleiner Pierre … so jung, so hübsch. Er liebte den Jungen so sehr, wie er John und sogar Paul nie geliebt hatte. Mit Pierre hatte er eine zweite Chance bekommen. Und was hatte er daraus gemacht? Voller Reue dachte er an die Monate nach dem Schlaganfall, an die verzweifelten Tage als stummer Krüppel. Er konnte sich erinnern, dass Rose ihm das winzige Kind in den Arm gelegt hatte. Rose war eine kluge Frau, denn dieses kleine Wesen hatte ihn aus seiner Starre erlöst. Wenn er den Jungen nun auf dem Schoß hielt, empfand er das größte Glück. Aber er wusste, dass er ihn loslassen musste, denn John verdiente die Liebe des Jungen weit mehr als er. John wollte dem Jungen keinen Schmerz zufügen und ihn von allem trennen, was er liebte, besonders nicht von seinen Schwestern und seiner Gouvernante. Deshalb die mutige Bitte um das Sorgerecht für die Mädchen. Im Gegensatz zu den Machenschaften seines Vaters hatte John ihn geradeheraus um die Kinder gebeten, obwohl er sie in der Woche zuvor einfach hätte stehlen können. Und was hatte sein Vater getan? Er hatte ihm die Bitte abgeschlagen. Erneut. *Du bindest deine Kinder an dich, indem du ihnen nicht gibst, was sie brauchen, sondern es ihnen vorenthältst.* Guter Gott. John hatte recht.

Frederic fuhr sich mit der Hand durchs Haar. Er wusste, was er tun musste, was Colette, ja, sogar Elizabeth gewollt hätten. Er öffnete den Safe und entnahm ihm drei Abschriften seines Testaments. Dann setzte er sich an den Schreibtisch und fügte jedem Exemplar eine Erklärung hinzu.

Aus dem Augenwinkel heraus bemerkte er eine Bewegung an den französischen Türen. Er musste blinzeln. Im Rahmen stand Colette und war so deutlich zu sehen, dass er an seinem Verstand zweifelte. Ob er eingeschlafen war? Hastig stand er auf, doch als er auf sie zuging, entfernte sie sich im selben Tempo von ihm. Ein Spiegelbild ihrer Ehe, dachte er. Er folgte ihr hinaus auf die Veranda, aber dort entschwand die Erscheinung in westlicher Richtung und löste sich im morgendlichen Dunst auf. Frederic schüttelte verwundert den Kopf.

War das eine Bewegung dort drüben am Rand des Wäldchens? Irgendetwas hatte seine Aufmerksamkeit geweckt. Er kniff die Lider zusammen, um besser sehen zu können. Aber umsonst. Er starrte auf die Stelle, wo der Weg begann, der zum See führte.

Sein Herz schlug schneller. Er wollte die Angst verscheuchen, die ihn packte, aber das war unmöglich. Achtlos ließ er den Stock fallen. Er hastete zurück in sein Zimmer und zerrte am Glockenstrang. Irgendjemand würde ihn hören. Sicher waren nicht alle in der Messe. Wieder zog er an dem Glockenzug. Er fluchte, als Minute auf Minute verging und sich nichts regte. Genug! Er hatte schon fast den Korridor hinter sich, als Felicia endlich am oberen Ende der Treppe auftauchte.

»Sie haben geläutet, Sir?« Sie wunderte sich, dass er ihr entgegengelaufen war.

»Hol Travis.«

»Aber er ist in der Messe, Sir, wie alle …«

»Hol ihn, verdammt noch mal, und zwar sofort! Er soll im Wald nachsehen – gleich hinter dem Haus! Am See stimmt etwas nicht!«

»Sir?«

»Beeil dich, Mädchen!«, brüllte er so laut, dass sie die

Treppe hinuntersauste. »Wenn Paul da ist, dann sag ihm dasselbe! Sie sollen beim See nachsehen!«

Die Kirchgänger versammelten sich im Vorraum und sprachen leise miteinander. Keiner wusste, warum man die Messe abgebrochen hatte und Paul und Travis so eilig zum See gehen mussten.

»Ich verlange eine Antwort«, sagte Agatha, ohne auf Father Benitos Empörung zu achten.

»Ich kann nichts dazu sagen, Madam«, erwiderte Felicia. »Ihr Mann hat geläutet, aber alle waren in der Messe. Bevor ich oben war, kam er mir schon entgegen. Er hat verlangt, dass Master Paul und Travis beim See nachsehen.«

»Weswegen denn? Was ist denn los?«

»Offenbar gibt es ein Problem, aber mehr hat er nicht gesagt.«

Als immer mehr Zeit verstrich und klar war, dass die Messe nicht fortgesetzt werden würde, gingen die Leute auseinander.

»Kommt, Mädchen«, drängte Charmaine, »wir wollen nach Pierre sehen.«

Im Kinderzimmer war es ungewöhnlich still. Im nächsten Moment wusste Charmaine, warum: John und Pierre waren nicht da. Wenn sie das Bett des Jungen leer vorgefunden hatte, war sie bisher immer besorgt gewesen. Aber diesmal lächelte sie. Pierre war bei John gut aufgehoben. Noch eine letzte Stunde.

Ein durchdringender Schrei vernichtete alle glücklichen Gedanken, dann donnernde Schritte.

Pauls verzweifelte Stimme drang zu ihnen empor – ein Feuerwerk an schnellen Befehlen. »Holen Sie Blackford! Jetzt, verdammt! Und Decken. Ich brauche Decken! Alle, die Sie finden können! Und suchen Sie Rose! Schnell!«

Stille. Eine Sekunde. Und dann: »John ... Mein Gott, wo warst du?«

Eine andere Stimme ... Johns Stimme. »Was, zum Teufel ...«

Dann wieder Paul: »Wir müssen ihn nach oben bringen! Verdammt, John! Er hat eine Menge Wasser geschluckt! Wir sind ...«

»Welches Wasser? Wo, um alles in der Welt, hast du ihn gefunden?«

»Am See! Guter Gott, John, wir haben keine Zeit für Erklärungen! Wir müssen Robert holen!«

»Gib ihn mir, Paul. Verdammt, Paul, gib ihn mir endlich!«

Mittwoch, 11. Oktober 1837

Am dritten Morgen in Folge stieg die Sonne am klarblauen Himmel empor und schenkte der Welt einen neuen Tag. Und am dritten Morgen in Folge herrschte im großen Herrenhaus auf Charmantes dieselbe bange Erwartung, wann es endlich gute Nachrichten aus dem Zimmer der Gouvernante gab.

Pierre lag in einer Art Fieberdelirium. Er wurde in einem Malstrom von Halluzinationen fortgerissen, und immer wieder starrte er mit weit aufgerissenen Augen zu den Ungeheuern an der Decke empor. Aber wenn Charmaine seinen Namen rief, reagierte er nicht.

Kaum dass Rose die Bettwäsche gewechselt hatte, war der Junge schon wieder von Kopf bis Fuß durchgeschwitzt. Danach wechselte sie die Kompressen auf der glühenden Stirn. Pierre bäumte sich kurz gegen die Kälte auf, aber Rose wechselte die Kompressen in kurzer Folge, weil sie im nächsten Moment schon wieder warm waren. Bisher hatten ihre Hausmittel keine große Wirkung gezeigt, aber deswegen verzweifelte sie nicht. Sie reichte Charmaine die Tücher und sprach leise murmelnd ihre Gebete, während die schimmernden Perlen des Rosenkranzes durch ihre Finger glitten.

Im Lauf des Tages veränderte sich Pierres Zustand. Er kämpfte gegen die Decken, die ihn in einer Sekunde zu ersticken drohten und in der nächsten nicht genug wärmten. Die kleinen Zähnchen klapperten in einem scharlachroten Mund. Er begann zu stöhnen und stieß zusammenhanglose Sätze und Wörter wie »Mama« oder »Mainie« hervor. Charmaine tröstete ihn mit sanftem Streicheln und ermutigenden Worten und fluchte innerlich, dass sie nicht mehr tun konnte.

Als die Schatten länger wurden und die Uhr in der Halle sieben Mal schlug, legte sich eine unwirkliche Stille über das Krankenzimmer. Pierres Unruhe war vorüber, aber seine Lungen kämpften darum, ein wenig Luft zu bekommen. Ein leises Pfeifen war zu hören, und der Brustkorb hob und senkte sich kaum merklich. Rose schlich auf Zehenspitzen aus dem Zimmer, woraufhin Charmaine ihren Platz einnahm. Ihre Müdigkeit nahm sie nicht zur Kenntnis. Sie würde erst zu Bett gehen, wenn sie sicher war, dass der Junge sich erholte.

Mit diesem Gedanken war sie nicht allein. Von allen, die nach Pierre gesehen und sich inzwischen unten in der Halle versammelt hatten, gab es nur einen, der den Jungen keine Sekunde allein gelassen hatte. Er hatte das Zimmer nur zu nötigen Verrichtungen verlassen und noch nicht einmal etwas zu sich genommen. Charmaines Blick wanderte über das Bett zu John hinüber. Er war endlich eingeschlafen, und sein Kopf war gegen die Sessellehne gesunken. Sie seufzte. Zum Glück musste sie die Verzweiflung und die Schuldgefühle in seinem Blick nicht mehr sehen. So sehr seine Erschöpfung sie auch beunruhigte, so war sie doch heilfroh, dass er endlich schlief und nicht mehr auf und ab lief.

Drei Tage lang war er mit großen Schritten durch den Raum gerannt und hatte nur innegehalten, wenn an der Tür geklopft wurde. Das Zimmer war eine schwer bewachte Festung, und es hatten nur ausgesuchte Personen Zutritt. Paul und George und Fatima mit ihrem Tablett. Die Übrigen wagten gar nicht zu fragen. Vermutlich hielten sie ihn für verrückt. Nach der äußeren Erscheinung war er das auch. Ein aschfahles Gesicht, dazu hohle Wangen, ein spitzes Kinn, ein drei Tage alter Bart und teilnahmslose, eingesunkene Augen. Selbst sein Haar glänzte nicht mehr und klebte an seiner feuchten Stirn. Er sah aus wie ein Besessener.

Die Zeit verrann. Irgendwann kehrte Rose zurück und brachte Paul mit. Schweigend traten sie ans Fußende des Betts. Paul hielt sich an einem der Pfosten fest. Mit ernstem Blick nickte er Rose zu, woraufhin sie leise zu Johns Sessel ging.

Er schien ihre Gegenwart zu spüren und schlug die Augen auf. Sie sah auf ihn hinunter, sah, wie matt und kraftlos er war. »Ich habe Paul gebeten, Robert Blackford zu rufen. Wenn Sie einverstanden sind, reitet er sofort los.«

Johns erloschener Blick belebte sich. »Nein«, stieß er drohend hervor.

»Aber, John …«

»Nein!«, bellte er. »Den will ich hier nicht haben!«

»Aber, John, ich bin doch kein Arzt. Ich kenne mich mit solchen Krankheiten nicht aus …«

»Oh, doch«, widersprach er. »Als wir noch klein waren, haben Sie uns immer gepflegt. Ganz egal, wie krank wir waren… Sie wussten immer das richtige Mittel. Auch wenn Sie es nicht glauben, aber ich weiß, dass Sie Pierre helfen können.«

»Sie erwarten zu viel von mir. Ich habe getan, was in meinen Kräften steht.«

»Wenn Sie ihm nicht helfen können, dann kann das niemand.«

»Das können Sie doch nicht wissen, John. Wir haben einen Arzt auf der Insel, der…«

»Ich habe ›nein‹ gesagt, verdammt! Dieser inkompetente Kerl fasst Pierre nicht an! Mein Gott, dieser Mann hat die Mutter des Jungen getötet, und er hat meine Mutter getötet!«

»Sie irren sich, John«, flüsterte Rose bekümmert.

»Denken Sie, was Sie wollen«, schimpfte er. »Aber ich schwöre, dass ich Blackford den Hals umdrehe, sollte er diese Schwelle überschreiten!«

»Nun gut«, lenkte Rose ein. »Ich werde Sie nicht länger drängen. Dafür gehen Sie aber jetzt in die Küche und essen etwas. Fatima hat Brühe gekocht. Anschließend sollten Sie ein wenig schlafen, damit Sie bei Kräften bleiben.«

»Nein.«

»Charmaine und ich halten Wache. Falls eine Veränderung eintreten sollte, sagen wir Ihnen augenblicklich Bescheid.«

»Nein.«

»Die Antwort nehme ich nicht an, John. Sie müssen etwas essen und sich ausruhen.«

»Nein und noch einmal nein! Ich lasse mich nicht wegschicken, damit Sie diesem Blackford heimlich Zutritt verschaffen!«

Rose knirschte mit den Zähnen. »So etwas würde ich niemals tun. Darauf gebe ich Ihnen mein Wort.«

Johns Miene blieb hart.

Rose versuchte es noch einmal sanfter. »Sie bringen sich in Gefahr, John. Wenn Sie zusammenbrechen, habe ich zwei Patienten.«

»Es geht mir gut, Rose. Kümmern Sie sich um Pierre, und machen Sie sich keine Gedanken um mich.«

»Rose hat recht«, drängte jetzt auch Paul. »Ich bitte dich, höre auf sie. Du weißt, dass sie nur Pierres Bestes im Sinn hat, oder nicht? Ich werde an deiner Stelle hier wachen.«

»Du?«

»Ja, ich.« Paul ignorierte Johns erregten Ton. »Es würde mir helfen. Wenn ich vor der Kapelle nicht so lange mit Travis diskutiert hätte, wären wir vielleicht am See gewesen, bevor das Boot umkippte. Ich würde gern etwas tun …«

»Dich trifft keine Schuld«, widersprach John. »Ich kenne den Schuldigen.«

»John, bitte. Ich schwöre, diesmal werde ich dich nicht enttäuschen.«

Paul wartete. Ob sein Bruder die Bitte überhaupt gehört hatte?

John schwankte ein wenig, als er aufstand, und sah bittend zu Charmaine hinüber. »Versprechen Sie, dass Sie Pierre nicht allein lassen, dass Blackford keinen Zutritt bekommt?«

»Ich … ich verspreche es«, stammelte sie überrascht.

»Schwören Sie!«

»Ich schwöre es.«

John fuhr mit den Fingern durch Pierres Haar und ging mit unsicheren Schritten hinaus. Charmaine sah ihm nach und fühlte mit einem Mal eine große Leere. Selbst in diesem verzweifelten Zustand strahlte John noch Zuversicht aus, die den Feind in Schach hielt. Beunruhigt sah sie zu Paul hinüber.

»Keine Sorge, Charmaine, John wird Ihnen keine Vorwürfe machen.«

»Vorwürfe? Was meinen Sie damit?«

Aber Paul hatte sich bereits zu Rose umgedreht, die drängend auf ihn einsprach. »Sie müssen sofort aufbrechen, wenn Robert nicht zu spät kommen soll …«

Jetzt durchschaute Charmaine den Plan. »Was reden Sie da? Sie wollen Dr. Blackford holen, obwohl Sie wissen, dass John ihn ablehnt?«

Das Schweigen der beiden war mehr als beredt.

»Ich kann es nicht glauben! Sie haben Ihr Wort gegeben!«

»Charmaine …«

»Kind«, beruhigte sie Rose, »uns bleibt keine Zeit für Erklärungen. Pierre stirbt.«

»Nein!«, widersprach Charmaine heftig. »Sie irren sich. Sie täuschen sich ganz schrecklich!«

»Ich wünschte, es wäre so. So wie John wollen Sie nicht wahrhaben, was Sie längst wissen. Der Junge stirbt, und wenn wir Dr. Blackford jetzt nicht rufen, wird John sich morgen die größten Vorwürfe machen. Und nicht nur wegen des Unglücks.«

Charmaines Blick suchte Pauls Augen, suchte ein Zeichen der Hoffnung, aber umsonst. »Sie haben John absichtlich getäuscht, ihn dazu gebracht, das Zimmer zu verlassen! Aber Pierre wird nicht sterben. Gott fordert nicht das Leben eines unschuldigen Kindes – nicht, wenn so viele für seine Genesung beten.«

Aber ihre Worte verhallten. Es gab keine Hoffnung, keine Wunder, die man der Hand des Allmächtigen hätte entreißen können. Paul wandte sich verzweifelt ab, und Rose sah stumm zu Boden.

Stille. Erschöpft sank Charmaine in den Sessel, auf dem John eben noch gesessen hatte, und suchte Zuflucht in der Stille, die sie drei lange Tage entbehrt hatte. Es war eine unglaublich friedvolle Stille, die sie einhüllte, eine Stille, die sich selbst genügte. Charmaine lauschte, um zu ergründen, was mit einem Mal so anders war. Die Last der vergangenen Tage war getilgt und die falsche Sicherheit verschwunden. Es gab nur noch diese Stille. Nichts weiter. Das leise Pfeifen war verstummt.

In der nächsten Sekunde sprang sie auf, warf sich über das Bett, griff nach Pierre. »Rose! Er bekommt keine Luft! Ich höre seinen Atem nicht mehr!« Sie zog die Decken beiseite und schüttelte das Kind. »Pierre … atme! Guter Gott … atme!«

Doch ihre Bitte verhallte ungehört, und ganz langsam, schmerzhaft langsam, verschaffte sich die Wahrheit Gehör. Sie sah auf den Kopf auf ihrem Arm hinunter, auf die langen Wimpern, die leicht geröteten Wangen. Mit tiefem Stöhnen drückte sie den schlaffen Körper an ihre Brust, vergrub die Lippen in den verklebten Haaren und schluchzte bitterlich.

»Charmaine …«

Aus weiter Ferne hörte sie Pauls Stimme, fühlte, wie er ihre Arme löste, sah, wie Rose den leblosen Körper aufs Bett zurücklegte, fühlte, wie man sie wegzog und immer weiter wegzog, bis alles vor ihren Augen verschwamm …

»Lassen Sie mich los!«, protestierte sie, als sie wieder bei sich war, und streckte die Arme aus, um Pierre zu berühren.

»Charmaine, es ist gut!«, sagte Paul. »Pierre ist tot. Sie haben lange genug durchgehalten.«

Mit aller Kraft, die sie aufbieten konnte, riss sie sich los, aber dann sah sie Pierre reglos auf dem Bett liegen und hielt inne.

»Er hat seinen Frieden«, murmelte Rose.

Der Satz schnitt Charmaine wie ein Messer ins Herz. Sie wollte nichts mehr hören und floh aus dem Zimmer.

»Charmaine ... warten Sie!«

»Lassen Sie sie gehen.« Rose hielt Pauls Arm fest. »Sie muss jetzt allein sein, und ich brauche Sie hier.«

Charmaine erreichte die Treppe und stolperte nach unten, weil ihr die Tränen die Sicht raubten. Mehrmals musste sie nach dem Geländer greifen, um nicht zu stürzen. Sie rannte quer durch das Foyer und weiter durch den verlassenen Ballsaal bis zur Tür der Kapelle. Sie unterdrückte ein Schluchzen, schloss die brennenden Augen und, bevor sie richtig denken konnte, betete sie: *Gütiger Gott im Himmel, hilf mir, deinen Willen anzunehmen. Bitte ... schenke mir die Kraft ...*

Sie hatte den Vorraum bereits betreten, als sie ihn entdeckte. John hing halb sitzend, halb kniend in der hintersten Bank und hatte die Ellenbogen auf die Rückenlehne vor ihm gestützt. Die Fingerknöchel traten weiß hervor, so heftig presste er die Stirn in seine Hände.

Er hob den Kopf, er sprang auf und klammerte sich haltsuchend an sie. »Was ist mit Pierre? Geht es ihm gut?«

Als sie zögerte, schob John sie nur wortlos zur Seite.

»Tun Sie das nicht, John.« Sie schlug die Hand vor den Mund. »Pierre ist tot. O Gott, John, er ist tot.«

Stumm starrte John vor sich hin ... als ob die Worte sein Herz und seine Seele zerstört hätten. Stille. Dann warf er den Kopf zurück und lachte mitleiderregend. »Und ich wollte Gott die Gnade abringen, die er gar nicht besitzt!«

»Das dürfen Sie nicht sagen, John!«

»Und warum nicht? Weil ich seinen Fluch herausfordere?«

Er trat zurück und starrte zu dem Kruzifix über dem Altar empor. »Wie lange soll ich mich noch quälen? Hat das denn nie ein Ende?«

»John! Hören Sie auf!«

»Er hat mir alles genommen! Alles, was ich jemals geliebt habe.«

»Nein, John. Gott trifft keine Schuld. Er hat keinen Grund, Sie zu verfolgen, und Sie brauchen ihn gerade jetzt... Sie brauchen den Trost, den er Ihnen bietet.«

»Aber ich will den verdammten Trost nicht!«, brüllte er. »Ich will meinen Sohn! Verstehen Sie... Ich will nur meinen Sohn!«

»Gnädiger Gott«, murmelte sie. *Ich hatte recht.*

Unwillkürlich wich sie einen Schritt zurück, was ihm nicht entging. »Arme Charmaine Ryan«, zischte er voller Zynismus. »Nur Übel und Dekadenz, wohin Sie auch blicken. Sie haben mich vom ersten Tag an richtig eingeschätzt! Ja, ich habe das Kind gezeugt, das Sie geliebt haben. Dabei war Pierre auch nur ein Bastard.« Seine Stimme brach, und gegen seinen Willen verließ ihn seine Wut. »Ich brauche keine Zuschauer. Kehren Sie lieber in Ihre selbstgerechte, ach so moralische Welt zurück! Ich komme allein zurecht. Das habe ich lange genug bewiesen.«

Seine Gemeinheiten beeindruckten sie nicht. So leicht ließ sie sich nicht vertreiben.

Er hasste sie, weil sie in diesem makabren Glauben Zuflucht fand und ihn anstarrte. Er würde noch früh genug einen Narren aus sich machen. Pierre stand ihm mit solcher Klarheit vor Augen, als ob er seine Hand in der seinen, als ob er seine Lippen auf seiner Wange spürte... eine flüchtige, schmerzliche Umarmung.

»Gütiger Gott, habe ich ihn geliebt«, stöhnte er. »Warum hast du ihn mir genommen? Warum?«

Mit zitternder Hand fuhr er sich durch die Locken und schluckte. Als ihm Tränen in die Augen stiegen, legte er seinen Kopf in den Nacken, doch sie suchten sich ihren Weg und sickerten in sein Haar. Die Schlacht war verloren, und mit lautem Stöhnen ergab sich die Festung.

»O Gott, Colette!« Er starrte noch immer nach oben, als ob er durch die Decke zum Himmel aufsehen und sie ihn hören könnte. »Warum hast du mich verlassen? Wofür? Was hast du gewonnen – außer Elend und Tod? Ich habe dich geliebt, aber du hast mich weggeschickt. Warum hast du diesem schrecklichen Ort nicht den Rücken gekehrt, als ich dich darum angefleht habe? Du würdest noch leben … unser Sohn wäre noch am Leben! Warum hieltest du es so für das Beste?«

»Hören Sie auf, John. Tun Sie sich das nicht an!«

Jemand flehte ihn an, zog an seinem Arm. Plötzlich lag dieser Jemand in seinen Armen, und er klammerte sich fest, als ginge es um sein Leben. Wenn er losließ, würde er stürzen. Seine Welt löste sich auf. Der schmale Grat, auf dem er stand, schwankte bedenklich, und darunter warteten die hungrigen Klauen des Wahnsinns.

Charmaine erwiderte seine Umarmung und streichelte seinen Rücken. Ihr eigener Schmerz hätte nicht schlimmer sein können. Er vergrub den Kopf an ihrer Schulter, und sie fühlte seine heißen Tränen auf ihrer Haut und hörte die Sätze, die er in seiner Verzweiflung unzusammenhängend, aber mit schrecklicher Klarheit hervorstieß.

»Colette … Halt mich fest! Bitte, halte mich!«

Ihre Arme umschlangen ihn noch fester. Dann presste sie ihr Gesicht gegen seine Brust und weinte bitterlich.

Sie wusste nicht, um wen sie weinte: um das zarte Kind, um ihre melancholische Freundin Colette oder um John, der so voller Leben und Lachen, voller Tränen, Hass und Liebe war? Ihr Herz schmerzte. Aber sie weinte auch um sich selbst, um den schrecklichen Verlust, der erst ganz langsam in ihr Bewusstsein drang und mit dem sie für den Rest ihrer Tage leben musste.

»Ich habe ihn getötet! Guter Gott ... ich habe ihn getötet!«

Charmaine löste sich von ihm. »Nein, John, Sie dürfen sich keine Vorwürfe machen. Es war ein Unfall, ein entsetzlicher Unfall.«

»Ein Unfall? Nein, Charmaine, das war kein Unfall! Unfälle geschehen, wenn Menschen eine Situation nicht mehr beherrschen. Seit ich von Pierres Empfängnis wusste, war er meiner Verantwortung anvertraut. Ich hätte ihn nie verlassen dürfen, doch genau das habe ich getan. Alles, was ich jemals getan habe, hat sich zu diesem Ende gefügt. Die Sünden des Vaters wurden dem Sohn angelastet. Er musste sterben, weil es mich gibt.«

»Unsinn, John. Gott würde Pierre niemals etwas antun, um Sie zu strafen. Pierre war ein liebenswerter Junge, den Gott genauso geliebt hat wie Sie. Ihre Sünden sind ein Teil der Vergangenheit, aber Pierre hat damit nichts zu tun.«

»Aber er war doch ein Teil davon!«

Seine Stimme klang schuldbewusst. Was sollte sie einem Mann sagen, der seinem Vater die Frau genommen und gewusst hatte, dass sie ein Kind erwartete?

»Ich hätte nie zurückkommen dürfen«, stieß er hervor. »Wenn ich mich nicht in sein Leben gedrängt hätte, wäre er verschont worden. Ich wäre besser der Bruder in der Ferne geblieben, ein Name, den man gelegentlich erwähnt, ein Name ohne Gesicht. Aber Colette hat darauf bestanden, dass ich nach Charmantes komme. Und als ich ihn gesehen hatte, diesen wunderbaren Jungen, konnte ich mich nicht mehr abwenden und gehen. Ich konnte es einfach nicht. Ich dachte, dass die Trennung leichter würde, wenn ich genügend Erinnerungen mitnehmen könnte. Aber ich wollte ihm doch nicht wehtun!«

Er sank auf eine der Bänke und barg das Gesicht in den Händen.

»Das weiß ich«, tröstete ihn Charmaine und setzte sich neben ihn.

»Ich habe ihn nicht verdient! Er war viel zu gut, um einen Vater wie mich zu haben.«

»Das ist nicht wahr!«

»O doch, es ist wahr! Wenn ich ein guter Vater wäre, hätte ich ihn dann allein gelassen?«

»Sie konnten doch nicht wissen, dass er sein Zimmer verlassen würde.«

»Wirklich nicht? Am Abend zuvor war er wild entschlossen gewesen, nach Virginia zu rudern. Er wollte nicht, dass ich wegfuhr, wollte mitkommen. Und was habe ich getan? Ich habe ›nein‹ gesagt und ihm das Herz gebrochen. Ich habe den Schmerz in seinem Gesicht gesehen … wie er mit den Tränen kämpfte. Und dann? Weil ich ihn nicht weinen sehen konnte, habe ich ihm auch noch mein eigenes Elend aufgeladen und gedroht, ihn ohne Abschied zu verlassen. Gott möge mir verzeihen.« Er schluchzte. »Das war die größte meiner Sünden! Ist es wirklich so verwunderlich, dass er beim Aufwachen dachte, ich sei längst fort, und mir folgen wollte?«

»Aber wie hätten Sie das vorher wissen können?«

»Ich konnte es nicht wissen, das ist richtig. Aber

ich hätte es verhindern können! Ich hätte ihm nur sagen müssen, was er hören wollte. Ich hätte ihn entweder mitnehmen oder hierbleiben sollen! Mein Vater hatte recht«, zischte er. »Ich war nicht mutig genug, um einzufordern, was mir gehört! Ich habe ihn verlassen – nicht nur ein Mal, sondern zwei Mal. Dabei habe ich meinen Vater die ganze Zeit über aus ebendiesem Grund gehasst. Wie scheinheilig ich doch bin! Sicher lacht er über mich.«

»Er lacht ganz bestimmt nicht«, widersprach Charmaine. »Das weiß ich.«

»O Gott, Charmaine, ich habe ihn so geliebt!« Wieder schluchzte er. »Ich schwöre es. Ich wollte ihn nicht von hier wegholen, um ihm und seinen Schwestern den Schmerz zu ersparen. Ich konnte die drei doch nicht auseinanderreißen oder die Mädchen glauben lassen, dass er mir wichtiger sei. Ich wusste, dass er mich dafür hassen würde. Aber ich war ihm schon zu nahe, um länger hierbleiben zu können. Ich wollte gehen, bevor ich diese Lüge nicht mehr hätte leben können.«

Charmaine trocknete ihre Tränen und legte eine Hand auf seine Schulter. »Es nützt niemandem, wenn Sie sich so quälen.«

Er schwieg eine ganze Zeit und barg den Kopf auf seinen Armen. »Warum hat Gott nicht mich zu sich geholt? Dann hätte ich niemandem Schmerzen zufügen müssen.«

»Sagen Sie doch so etwas nicht!«

»Aber genau das habe ich getan. Vor allem Colette – ich habe sie mehr geliebt, als ich jemals einen Menschen geliebt habe. Sie gehörte niemals wirklich mir, und doch habe ich sie genommen und verletzt …«

»John, bitte! Die Vergangenheit ist nicht zu ändern, aber Sie haben noch die ganze Zukunft vor sich.«

»Welche Zukunft? Meine Zukunft wird immer von meinen Sünden überschattet sein.«

»Ihre Sünden sind längst vergeben«, widersprach sie energisch. »Es gibt sie nicht mehr. Aber wenn Sie sie trotzdem beschwören, werden sie Sie zerstören. Denken Sie lieber an Ihre Liebe zu Pierre und beten Sie für ihn.« Sie räusperte sich. »Beten Sie, dass er seine Mutter im Himmel gefunden hat.«

»Im Himmel! Wenn ich an das Paradies glauben könnte, würde mich das vielleicht trösten.«

»Es existiert, John, und ich weiß, dass sie dort sind und zusammen für Sie beten.«

Er schien ihre Worte sorgfältig abzuwägen. »Liebe Charmaine«, flüsterte er. »Ich weiß, Sie trauern auch, und ich sollte Ihnen nicht noch meinen Schmerz und meine Beichte aufladen. Bestimmt sind Sie angewidert, und doch sind Sie voller Mitgefühl. Warum verdammen Sie mich nicht so wie die anderen?«

»Weil ich weiß, dass Sie Pierre geliebt haben. In meinen Augen sind Sie kein böser Mensch.«

»Was dann?«

»Sie sind einsam.«

Er nickte. »Einsam und allein.«

»Sie irren sich schon wieder. Sie haben noch Ihre Schwestern, außerdem Rose und George. Und Paul und obendrein noch mich. Sollten Sie jemals eine Freundin brauchen, so bin ich immer für Sie da.«

»Fürchten Sie nicht, dass ich diese Freundschaft beschmutzen könnte?«

Sie lachte ein wenig. »Wenn Ihnen das zu Beginn unserer Bekanntschaft nicht gelungen ist, glückt Ihnen das jetzt erst recht nicht mehr.«

Ein Lächeln huschte kurz über sein Gesicht.

»Wenn Sie lieber allein sein wollen, gehe ich.«

»Nein, bleiben Sie bei mir.« Er ergriff ihre Hand.

So saßen sie lange da und ließen sich von der Stille des heiligen Ortes und der Anwesenheit des anderen trösten.

Charmaine seufzte tief. *Je größer der Reichtum, desto tiefer der Schmerz…* Leider behielt ihre Mutter immer wieder recht. Trotz ihres Vermögens hatte die Familie gelitten und würde das auch in Zukunft tun. Mit einem Mal war Marie ihrer Tochter sehr nahe.

Als sie die Kapelle verließen, wurden sie bereits von Fatima erwartet. Sie trocknete ihre Tränen mit der Schürze und brachte sie in die Küche, wo sie ihnen ein wenig Suppe vorsetzte.

Charmaine brach als Erste zusammen. Die Müdigkeit holte sie ein, und die Erinnerungen an den sommersprossigen Jungen gaben ihr den Rest. Die Augen fielen ihr zu.

»Charmaine«, rief John und umschloss ihre Hand.

Beim Klang seiner Stimme schrak sie auf.

»Kommen Sie, Sie müssen ins Bett.«

Sie fühlte, wie sich seine Arme um sie legten und sie durch das Speisezimmer zur Treppe führten. Auf der obersten Stufe wusste sie nicht mehr, wo sie sich befand. Dann sah sie die Tür, ihre Tür, die Tür zu Johns früherem Zimmer… und wusste wieder, was sie darin erwartete. Plötzlich kam sie zu sich.

Die Tür öffnete sich, und Father Benito kam heraus. Er musterte John mit finsterem Blick. »Ich habe den Leichnam gesegnet.« Charmaine spürte, dass er mehr sagen wollte, doch dann ging der Priester wortlos an ihnen vorbei.

»Ich möchte ihn noch ein letztes Mal sehen«, flüsterte John. »Danach bringe ich Sie in eines der Gästezimmer. Wollen Sie mich begleiten?«

Charmaine nickte und ließ ihn in das Zimmer vorangehen, in dem sie viele Tage lang gefangen gewesen waren. Rose bereitete den kleinen Körper für die Beisetzung vor. Sie hob den Kopf und sah John voll Dankbarkeit an, als er ans Bett trat. Paul löste sich von der Wand, an der er gelehnt hatte, und seufzte erleichtert, weil John so ruhig blieb. Auch George war da. Er hatte die letzten Tage mit den Zwillingen verbracht. Plötzlich sorgte sich Charmaine. Ob sie schon Bescheid wussten? Wie sollte sie es ihnen sagen?

Minutenlang sah John auf den kleinen Pierre hinunter. Charmaine stand dicht hinter ihm, wollte ihn unter keinen Umständen allein lassen. Denn als sie ihn das letzte Mal hatte gehen lassen, war das größte Unglück über sie hereingebrochen.

Der Junge war nicht mehr verschwitzt und sein kleines Gesicht nicht mehr vom Schmerz gezeichnet. Der verzweifelte Kampf war ausgestanden, und Einsamkeit war an seine Stelle getreten. Pierre hatte seinen Frieden gefunden. Mit großer Ruhe betrachtete John das kleine Gesicht. War er bereit, sich mit dem Tod des Jungen abzufinden? In diesem Augenblick war das Charmaines größter Wunsch.

Als John schließlich das Wort ergriff, richtete er sich weder an seinen Sohn noch an die Anwesenden im Raum, auch nicht an Gott, sondern allein an Colette. »Ich vertraue dir unseren Sohn an, meine Liebste. Nimm ihn und hüte ihn bis zu dem Tag, an dem wir wieder vereint sind.«

Charmaine erschauerte. Eine Stille, die größer war als der Tod, legte sich über den Raum und verbreitete Hoffnung. Ihre Blicke glitten über die Anwesenden, aber außer ihr schien keiner diese lebendige Gegenwart zu spüren, die sie mit jeder Faser ihres Körpers empfand. Es dauerte nicht lange, dann war es vorüber, und außer ihrem klopfenden Herzen war nichts mehr zu spüren. Als sie Pierre ansah, lag ein Lächeln um seine Lippen, das sie zuvor nicht wahrgenommen hatte. Colette hatte ihren Sohn zu sich geholt.

8

Donnerstag, 12. Oktober 1837
Mitternacht

Paul fuhr sich mit der Hand durchs Haar und atmete noch einmal tief ein, bevor er die Räume seines Vaters betrat. Der alte Mann war noch genauso verzweifelt, wie er ihn vor ein paar Stunden verlassen hatte. Er hatte sich nicht aus seinem Sessel wegbewegt und trug noch immer dieselbe Kleidung wie an dem Tag, als der Unfall geschehen war. Seine geröteten Augen starrten blicklos vor sich hin, und sein Kinn war von Bartstoppeln bedeckt. In diesem Augenblick spiegelten sich Johns Züge in den seinen.

Paul durchquerte den Raum und suchte seinen Blick. »Er ist tot«, sagte er heiser und musste gegen den Schmerz in seiner Kehle ankämpfen.

Abrupt ließ Frederic den Kopf sinken.

Als Paul merkte, dass sein Vater weinte, wollte er sich zurückziehen.

»Und John?« Die Stimme brach.

»Er hält sich tapfer.«

Wieder wollte Paul gehen. Nach den Ereignissen der letzten Tage konnte er sich nicht auch noch die Verzweiflung seines Vaters auf die Seele laden. Aber diesmal ließ ihn ein Blatt Papier auf dem Boden innehalten. Er hob es auf und überflog es, während er es zu zwei weiteren Kopien auf den Schreibtisch legte. »Was hat das zu bedeuten?«, fragte er verwundert.

Frederic hob den Kopf. »Das ist mein Vermächtnis an John – zu wenig und zu spät.«

»Du hast ihm das Sorgerecht für die Mädchen und Pierre übertragen?«

»Das ist doch jetzt unwichtig, nicht wahr?«

»Aber warum auch für Yvette und Jeannette?«

»Am Samstag hat John mich um das Sorgerecht für alle drei Kinder gebeten. Aber ich mochte nicht in mich gehen – und habe seine Bitte abgelehnt. Als ich es mir überlegt hatte, war es zu spät.«

Frederics Gesicht war eine Maske des Kummers. »Wegen mir musste mein Enkelsohn sterben. Vergib mir, Colette, er ist nur wegen mir gestorben.«

Das Mondlicht fiel ins Zimmer und auf den Teppich, das Fußende des Betts und auch auf den Mann, der keinen Schlaf fand. Erschöpft grübelte John über sein sinnloses Leben und starrte zu den Spinnweben an den Deckenbalken empor.

Diesmal hatte er sich mit der Strömung treiben lassen, aber das Ergebnis war noch schrecklicher als sonst, wenn er das Schicksal zu seinen Gunsten zu beeinflussen suchte. Er war ein dämlicher Narr! Wann würde er begreifen, dass er immer nur Unglück brachte? Niemals! Er hatte Gott, hatte seinen Vater herausgefordert, und als Ergebnis war Pierre tot. Pierre und …

Die Nachtluft trug einen zarten Lilienduft ins Zimmer. Sie war gekommen, und ihre Gegenwart war so lebendig wie in der Vergangenheit. Es war nicht das erste Mal, dass sie ihn in den Stunden vor der Dämmerung besuchte. Also war klar, dass er träumte.

Zauberhafte Colette … auf seiner Schwelle, in erregter Erwartung einer Liebesstunde, mit gelöstem Blondhaar und Augen so blau wie das Meer, die leicht geöffneten Lippen, die seinen Kuss ersehnten. Das Mondlicht enthüllte ihren nackten Körper unter dem hauchdünnen himmelblauen Gewand.

Stöhnend schloss er die Augen, doch sie schwebte auf ihn zu, als ob sie sicher sei, dass er nicht widerstehen könne. »John«, flüsterte sie, »mein liebster John.«

Bisher hatte sie nie etwas gesagt. Wie vom Donner gerührt sprang er auf. Mit ausgestreckter Hand berührte er sacht ihren Arm und erwartete, dass die Erscheinung sich auflöste. Als sie es nicht tat, packte er ihre Schulter und grub zornig die Finger in ihr Fleisch. »Lass mich in Ruhe! Du hast mich lange genug gequält!«

Sie lehnte ihren Kopf an seine Brust und umschlang ihn. »Schick mich nicht fort«, bat sie.

»Ich soll dich nicht wegschicken? Dabei warst du es doch, die mich verlassen hat!« Er schüttelte sie, bis ihr Kopf nach hinten sank und Tränen aus ihren Augen quollen. »Geh weg! Du bist tot. Verdammt. Du bist tot!«

»Nicht, solange du leidest. Ich wollte, dass du nach Charmantes kommst, John, aber was geschehen ist, wollte ich nicht. Du weißt, was du tun musst, worum ich dich gebeten habe.«

Tod… eine einfache Lösung…

John zog sie an sich, und seine Lippen löschten ihren Wunsch. Er hob sie auf seine Arme und trug sie zum Bett. Dann zog er den dünnen Schleier zur Seite und liebte sie heftiger als je zuvor. Er küsste das verlockende Grübchen an ihrem Hals, das er nur ein einziges Mal berührt hatte. Ihr leises Keuchen und ihre zarten Koseworte beflügelten seine Leidenschaft. Sie war so ganz anders als die Frau, an die er sich erinnerte, und er ergötzte sich an der ungewohnten Unschuld ihrer Berührungen.

Der frische Duft der Dämmerung betörte seine Sinne, und eine leichte Brise trieb den schweren Duft der Lilien aus dem Raum. Er küsste ihr Kinn, und sein Mund legte sich auf ihre leicht geöffneten Lippen. Ihre Unschuld befeuerte seine Sinne, und er nahm sie wieder und hielt den Atem an, als er den Kopf hob und sie ansah.

»Charmaine …«, flüsterte er heiser und völlig verwirrt. Ihre Arme lösten sich von ihm, und obgleich er sie fester an sich zog, verschmolz sie mit den Laken, und er erwachte.

»Verdammt!« Er setzte sich auf und barg sein Gesicht in den Händen. Sein Kopf schmerzte, und seine Augen brannten wie glühende Kohlen. »Verdammt!« Von wem hatte er geträumt … von Colette oder von Charmaine?

Unentschlossen stand Paul im leeren Korridor. Er hatte schon mehrmals die Hand gehoben, um an die Tür zum Gästezimmer zu klopfen, doch jedes Mal hatte er sie wieder sinken lassen. *Vermutlich schläft sie. Dann sollte ich sie nicht stören. Aber vielleicht ist sie ja wach und braucht eine Schulter, um sich auszuweinen*?

Er wollte für Charmaine da sein, wollte sie trösten. Gestern Nacht wollte er sie schon in den Arm nehmen, aber Rose hatte ihn davon abgehalten.

Ein paar Stunden später, er erinnerte sich, hatte Charmaine aufrecht und mit trockenen Augen hinter seinem Bruder gestanden. Nach ihrem ersten Ausbruch beim Tod des Kleinen griff ihm jetzt ihre Stärke ans Herz. Er wusste, dass sie die Kraft nur für John aufbrachte, damit er in das Zimmer zurückkehren und von seinem Sohn Abschied nehmen konnte. Aber wer war für sie da? Mit neuer Entschiedenheit öffnete er die Tür und betrat das Zimmer.

Agatha saß am Frisiertisch und betrachtete ihr Spiegelbild. Trotz ihres Alters war sie noch immer hübsch. Lächelnd sah sie, wie ihr Hals von dem breiten Kragen des schlichten schwarzen Kleides eingerahmt wurde. Etwas zu schlicht, entschied sie und öffnete die Schatulle, um eines der wenigen verbliebenen Schmuckstücke auszuwählen. Mit Colettes und Elizabeths Schmuck hatte sie den Erpresser bezahlt und nur ab und zu ihren Unterhalt angreifen müssen. Dadurch war das Vermögen, das sie von ihrem verstorbenen Mann geerbt hatte, noch immer unberührt. Eine kluge Entscheidung! Sie runzelte die Stirn. Wohl oder übel musste sie sich mit dem Verlust eines Teils ihres hart erarbeiteten Vermögens abfinden. Für sie war das eine Investition, und heute sollte sie sich auszahlen. *Das alles wird bald hinter dir liegen, meine Liebe.* Sie steckte eine mit Diamanten besetzte Brosche an ihr Trauerkleid und strich einige feine Härchen von den Schläfen zurück. Zuletzt versteckte sie ihre Zufriedenheit hinter einer Maske aus Zerknirschung und nahm ihre nächste vielversprechende Rolle in Angriff.

Charmaine regte sich und drehte sich auf ihren schmerzenden Rücken. Weil sie so lange geweint hatte, tat ihr sogar das Atmen weh. Außerdem hatte sie Kopfschmerzen. Trotzdem lächelte sie, als sie die Augen aufschlug. Sie hatte geträumt, aber zum Glück war es nur ein schrecklicher Albtraum gewesen.

Sie starrte zur Decke empor und wandte dann den Kopf zur Seite. *Dies ist nicht mein Zimmer.* Verunsichert zog sie die Decke bis ans Kinn. Kein Traum. *Guter Gott… es war kein Traum!* Vor dem gewaltigen Schmerz schloss sie die Augen, doch Sekunden später riss sie sie wieder auf und nahm den Mann wahr, der am anderen Ende des Raums auf einem Sessel saß und schlief. *Paul.*

Sie drehte das Gesicht zur Seite und stöhnte in ihr Kissen. Schreckliche, untilgbare Bilder bedrängten sie. Das Sterbezimmer, Pierre, die Kapelle, John … keines ließ sich vergessen. Und doch musste sie es versuchen, wenn sie den Tag überstehen wollte.

Ganz langsam überwand sie ihre Angst und zwang sich zum Aufstehen. Sie ging zu dem schlafenden Mann hinüber und kniete geräuschlos neben dem Sessel nieder. Sie legte ihm die kühle Hand auf die Stirn, die er im Schlaf gerunzelt hatte, und strich ihm eine Locke aus der Stirn. Paul rührte sich nicht und atmete tief und ruhig weiter. Im ersten Licht der Morgendämmerung betrachtete sie seine jungenhaften Züge und die dunklen Wimpern. Sie tätschelte seinen Arm und dankte ihm flüsternd für seine schützende Gegenwart. Dann zog sie sich zurück, um sich anzukleiden.

»Hast du mich gehört?«

»Ja, Agatha, ich habe dich gehört.« Frederic stand an den Verandatüren und wandte seiner Frau nur leicht den Kopf zu. Das erste Morgenlicht beleuchtete sein Profil. Er hatte gerade eben gebadet und war dabei, sich für diesen schrecklichen Tag anzukleiden … und schon ging ihm seine Frau auf die Nerven. »Auf Charmantes existiert kein gesellschaftliches Leben«, wiederholte er mechanisch. »Ich sollte mir Gedanken machen, ob wir die Mädchen vielleicht in ein Internat nach London geben sollen.«

In Gedanken war er weit weg, weil er kaum geschlafen hatte. *Als Erstes muss ich meine Töchter besuchen. Dieses Mal sollen sie nicht allein trauern müssen …*

»… und du, mein liebster Mann, wirst viel ruhiger sein, wenn du deine Töchter in guten Händen weißt.«

»Agatha, bitte! Ich will das jetzt nicht diskutieren …«

»Ich weiß«, unterbrach sie ihn. »Du hast im Augenblick Wichtigeres zu bedenken. Aber heute wird John dir zum letzten Mal wehtun.«

Mit gerunzelter Stirn sah Frederic seine Frau an. »Wovon redest du?«

»John ist es nicht wert, dein Sohn genannt zu werden«, erklärte sie. »Sicher siehst du das jetzt auch so.«

»Ich sehe überhaupt nichts.«

»Dann bist du blind«, sagte sie und machte sich auf einen Wutanfall gefasst. »Der Junge war ihm anvertraut, aber John hat ihn wegen seines Pferdes vernachlässigt! Er wusste genau, wie verzweifelt der Junge war. Aber hat es ihn gekümmert? Nein. Er hat sich sogar noch lustig gemacht.«

Angesichts dieser Unterstellung war Frederic sprachlos. »Bist du verrückt, Frau? John hat den Jungen geliebt … und er trauert über die schreckliche Tragödie.«

»Eine Tragödie, die man leicht hätte verhindern können! Mag sein, dass John nicht voraussehen konnte, dass der Junge zum See gehen würde, aber du kannst sicher sein, dass er darauf gehofft hat, dass der Kleine beim Aufwachen heulen und schreien und die Familie erneut in Aufregung versetzen würde. Er hat die Kinder mit Absicht ausgenutzt. Pierre ganz besonders.«

»Das ist infam. Ich allein bin für alles verantwortlich und niemand sonst.«

»Ach ja?«, fragte Agatha treuherzig. »Man hat dich getäuscht und dich dazu gebracht, alle Schuld auf dich zu nehmen. Mag sein, dass man dich zu einem Wutanfall gereizt hat, aber deswegen bist du doch nicht schuldig …

naiv vielleicht, aber nicht schuldig. Ich dagegen habe mich zurückgelehnt und beobachtet, und was ich über die Jahre zu sehen bekam, war nur schwer zu verdauen. Das letzte Dinner ist dafür ein perfektes Beispiel. John hat uns allen den Abend verdorben, weil er von Beginn an feindlich gesinnt war. Er hat seine Mutter ins Gespräch gebracht und sowohl deine Liebe zu ihr als auch mich lächerlich gemacht.« Voller Abscheu hielt sie inne. »Wie konnte er sich vor der ganzen Familie und der Dienerschaft nur so gebärden?«

»Er hat jedes Recht, mich zu hassen«, entgegnete Frederic müde.

»Im Gegenteil«, widersprach Agatha. »Du bist viel zu nachsichtig. Wie lange willst du seine Missetaten noch mit deiner Liebe zu Elizabeth entschuldigen? Sie ist seit dreißig Jahren tot ... und sie lebt nicht weiter, jedenfalls nicht in ihrem Sohn!«

Frederics Blicke verdunkelten sich, doch Agatha war nicht zu beeindrucken. »Du hast selbst gesagt, dass er Elizabeth nicht ähnlich ist. Aber was ist er denn dann ... nur die Saat eines Banditen?«

»Er ist mein Sohn«, erwiderte Frederic kalt. »Mein Sohn. Alles, was er ist, hat er unmittelbar von mir. Von seinem Vater.«

»Aber ...«

Er funkelte sie an. »Behaupte nie wieder, dass an Johns Vaterschaft Zweifel bestehen! Ich glaube das schon lange nicht mehr. John ist mein Fleisch und Blut!«

»Aber das ist unmöglich!«

»Das habe ich auch geglaubt, doch das ist vorbei.«

»Du kannst nicht sicher sein«, widersprach sie hitzig.

»Ich bin es aber. Du musst John nur ansehen. Du hast selbst gesagt, dass ich blind war. Nun, das war ich, und es hat mich eine Menge gekostet. Ich habe deinem Bruder geglaubt, als er bei Johns Geburt wegen der Größe des Babys besorgt war und mich überzeugen wollte, dass John einen Monat zu früh geboren sei. Ich glaubte ihm auch, als er das Kind für den Tod der Mutter verantwortlich machte. Gott möge mir verzeihen. Ich habe ihm auch geglaubt, als er das Datum der Empfängnis berechnet und – obgleich er wusste, dass Elizabeth und ich schon vor ihrer Entführung ein Liebespaar waren – daraus geschlossen hat, dass John unmöglich mein Sohn sein konnte, sondern die Frucht eines heimtückischen Verbrechens war. Aber ich glaube ihm nicht länger, Agatha. Ich habe den Unsinn endgültig satt.«

»Aber, Frederic, Robert würde dich doch nicht belügen! Du tust ihm bitter Unrecht.«

»Es gibt nur einen Menschen in diesem Haus, dem Unrecht geschehen ist, und das ist mein Sohn. Zehn Jahre seines Lebens habe ich ihn missachtet, und als ich gemerkt habe, was ich tat, war es zu spät. Heute weiß ich das, und ich weiß auch, dass es für John und mich für immer zu spät sein wird. Ich habe nicht das Recht, Vater genannt zu werden, und er hat jedes Recht, mich zu hassen. Doch ich werde nie wieder etwas tun, das ihn verletzen könnte.«

»Dafür erlaubst du ihm, dich zu verletzen! Hat Colette deshalb dieses Kind empfangen? Warst du so sehr damit beschäftigt, deinen Sohn nicht zu verletzen, dass du nicht gemerkt hast, als er deine Frau verführt hat? Was kommt als Nächstes?«

Frederics Augen verdüsterten sich. »Woher weißt du das?«, herrschte er sie an.

Agatha verzog das Gesicht. »Demnach hat Robert recht.«

»Robert … immer nur Robert!«

»Was sollte er denn sonst denken? Er hat mir von der Geburt der Zwillinge erzählt und davon, wie Colette ständig nach John gerufen hat! Sind die Mädchen etwa auch seine Kinder?«

»Nein, Agatha, es sind meine Kinder.«

»Wie kannst du dann sicher sein, was Pierre angeht?«

»Sagen wir es einfach so: Ich bin sicher.« Er lächelte zynisch. »Wie du siehst, hat John niemanden ausgebeutet. Er hat Pierre geliebt und wollte ihm nur ein guter Vater sein.«

»Das glaube ich nie und nimmer. Aber ich bewundere Johns schauspielerische Leistung. Wahr ist, dass er dich hasst und dass du seine Liebe nie mehr gewinnen wirst. Er ist entschlossen, die Familie zu zerstören.«

»Und wie will er das anstellen?«

»Indem er dich deinen Kindern entfremdet«, erklärte sie. »Du siehst tatenlos zu, wie er seine Eifersucht auf seine Geschwister und auf Colette nährt. Er wird nicht ruhen, bevor du im Grab liegst. Sieh doch nur, wie er Paul behandelt! Er beneidet euch um das Band, das euch verbindet. Seit Paul Espoir besitzt, ist sein Neid noch gewachsen. Aber hat er zumindest versucht, sich so respektvoll wie sein Bruder zu benehmen? *Niemals!*« Sie unterstrich die Bemerkung mit einer emphatischen Geste. »Stattdessen sät er Unfrieden, wo immer er kann. Du magst gern glauben, dass er nach Charmantes gekommen ist, um Pierre ein Vater zu sein, aber ich sage dir, dass er nur gekommen ist, um dich leiden zu sehen. Warum siehst du das nicht? Du bist zu gut, Frederic! Er hatte zwei Monate Zeit, um sich mit den Kindern vertraut zu machen, und die ganze Zeit über hat er deine Gegenwart ertragen. Und plötzlich kann er das nicht mehr? Wie naiv ist er eigentlich?

Er hat alles getan, um dich in ein schlechtes Licht zu rücken – angefangen mit dem Ausflug ins Dulcie's. Warum, um alles in der Welt, hat er die Kinder ausgerechnet dorthin ausgeführt? Er wollte nicht Yvette vorführen, sondern dich! Und du hast den Köder geschluckt! Er hat nur auf deine Bemerkung im Foyer gelauert, um dann mit gesenktem Kopf davonzurennen. Mein Gott, welch ein Schauspieler! Alles ist so gekommen, wie er es geplant hat. Am Tag darauf hat jeder auf Charmantes gewusst, dass sein tyrannischer Vater ihm das Leben unerträglich macht und er seine Schwestern und seinen eigenen Sohn verlassen muss. Ich kann mir genau vorstellen, was er gesagt hat: Ich wünschte, ich könnte bleiben, aber ich bin nicht länger willkommen. Mein Vater hasst mich. Nein, du kannst leider nicht mitkommen, Pierre. Er würde das nicht erlauben.

Aber du warst bereit, ihm den Jungen zu geben, nicht wahr? Das war der Grund für unsere Reise nach Espoir. Du hast John diese fünf Tage eingeräumt. Fünf Tage, um Pierre mitzunehmen. Im Hafen lag sogar ein Schiff. Wenn er Vater sein will, warum hat er den Jungen nicht einfach mitgenommen? Erzähle mir jetzt nicht, dass er Pierre nicht das Herz brechen wollte! Vor vier Tagen beim Dinner hatte er keine Gewissensbisse, genau das zu tun, nicht wahr?«

Als Frederic schwieg, schüttelte sie indigniert den Kopf. »Pierre war vielleicht zu jung, um es zu verstehen, aber John hat dafür gesorgt, dass deine Töchter nur zu gut verstanden haben. Es ist sehr traurig, dass sie in dir den Schuldigen sehen. Vor einigen Monaten hattest du es satt, der finstere Patriarch zu sein. Aber vielleicht gewöhnst du dich besser daran, mein lieber Mann. Irgendwann wird man dir vielleicht sogar noch Pierres Tod anlasten.« Sie gab vor, einen schlechten Geschmack im Mund zu haben. »Aber nicht mit mir! Ich habe genug von diesem Theater. Du meinst, dass ich John hasse? Das stimmt. Und zwar für alle Nöte, in die er dich gestürzt hat. Aber das gleicht sich aus, denn er hasst mich genauso. Und warum? Weil ich ihn durchschaue!

Denk, was du willst, Frederic. Glaube ruhig, dass er dein Sohn ist, aber wenn er dir ein Messer in den Rücken sticht, dann beklage dich nicht! Denk an Colette und wie er sich den Weg in ihr Bett erschlichen hat. Ihn hält nichts auf. *Nichts*, hörst du? Beschütze ihn nur weiter und binde ihn mit der Erbschaft an dich, aber beklage dich nicht, wenn er deine Familie zerstört. Dir wird nichts bleiben. Und John? Er wird alles haben ... das triumphierende Grinsen und dein Vermögen ... einfach alles. Denke daran, dass ich dich gewarnt habe.«

Frederic räusperte sich, um den Kloß in seiner Kehle zu beseitigen, und drehte sich wieder zu den Verandatüren um. »Schick bitte Miss Ryan zu mir, sobald sie wach ist«, sagte er, als Agatha gehen wollte.

Sie war erstaunt. Und neugierig. Vielleicht konnte er wenigstens heute eine Sache richtig machen. Eine Sache, die alle freute, sogar seine Frau. Dazu musste er jedoch wissen, ob die Gouvernante gewillt war, zusammen mit seinen Töchtern für einen Besuch nach Richmond zu reisen.

Agatha lehnte sich gegen die Tür und seufzte erleichtert. Das Gespräch war nicht ganz so wie geplant verlaufen, doch ein Fenster der Hoffnung stand noch offen. Frederic wollte mit der Gouvernante sprechen. Das war ihre Gelegenheit.

Denke nach und lass dir Zeit!

Sie kehrte über den Korridor in ihre Räume zurück. Es war noch früh, und sie hatte noch genügend Zeit, um einen Plan zu schmieden. *Während ich die Einzelheiten überlege, wird Frederic über meine Argumente nachdenken.*

Ein heimtückisches Lächeln spielte um ihre Lippen. Auch wenn sich ihr Mann nach Frieden mit seinem Sohn sehnte, so war doch dessen schlechter Charakter eine Tatsache. Wenn John seinen Vater reizte, würde dessen hitziges Temperament den Rest erledigen.

Roberts Verdacht hatte sich also bestätigt: Colette war ein Flittchen gewesen. Agatha war entzückt. Am Morgen nach Johns Ankunft hatte sie versucht, diesen Verdacht ihres Bruders zu beweisen, indem sie heimlich in Johns Zimmer geschlichen war und in seinen Schubladen gekramt hatte. Dabei hatte sie Colettes Brief gefunden, über den das gesamte Haus redete. Aber leider war die lästige Gouvernante genau in diesem Moment ins Zimmer gekommen, sodass sie gerade noch über die Veranda flüchten konnte. Als sie ihr Abenteuer einige Tage später wiederholte, war der Brief jedoch verschwunden. Über die Wochen hatte sie sich die Geschichte zusammengereimt… und heute nun hatte sich der Verdacht endlich bestätigt.

Fürwahr, John hatte Grund genug, seinen Vater zu hassen. Sie musste nur den Kessel ihrer Feindschaft schüren, damit er im entscheidenden Moment überkochte. *O ja, lieber Neffe, noch heute lege ich die Schlinge aus, in der du dich verfangen wirst!* Die Bühne war vorbereitet, nun musste sie noch die Akteure arrangieren und das Stichwort geben. Dann konnte sie sich zurücklehnen und das Schauspiel genießen.

Frederic sank schwer in seinen Sessel. *O Gott, Elizabeth, was habe ich getan!*

Die Jahre lösten sich in nichts auf. Elizabeth stand wieder vor ihm und bebte vor Angst davor, dass sie die Koffer packen müsse. Aber genau das war sein Ziel. Nach einiger Überlegung war er zu der Meinung gelangt, dass sie in England am besten aufgehoben war. Aber hier stand sie und bot sich ihm an, damit er sie bleiben ließ. Seine jämmerliche Ausflucht, dass sie zu jung sei, überlebte die Nacht nicht. Sie schenkte ihm alles, sogar ihr Herz, und erwartete nichts dafür außer Geborgenheit in seinen Armen und ein Heim auf Charmantes.

Selbst am nächsten Tag ahnte sie noch nicht, welchen Eindruck sie auf ihn gemacht hatte. Ihre Augen schwammen in Tränen, als er verlangte, dass sie die nächtliche Episode vergaß. Im Grunde hätte er dankbar sein müssen, dass sie befürchtete, ihm nichts zu bedeuteten. Schließlich brachte er sie zu ihrer Familie zurück. Er hatte andere Pläne, die sie nicht einschlossen, und musste ein Versprechen halten.

Aber das Schicksal wollte es anders. Während der Reise wuchs seine Zuneigung von Tag zu Tag, und statt Elizabeth aus dem Weg zu gehen, suchte er ihre Gesellschaft. Als sie England erreichten, hielt sie sein Herz in ihren Händen. Er liebte sie.

Wenn er gewusst hätte, was sie erwartete, hätte er das Mädchen auf der Stelle nach Charmantes zurückgebracht und sich dort mit ihr versteckt. Aber sich vor ihrer Familie zu verstecken, das war keine Lösung. Außerdem wollte er Elizabeth heiraten und brauchte einen Priester. Sie wählten also den ehrbaren Weg, doch bevor die Gelübde gesprochen waren, wurde ihre Zukunft unwiderruflich beschmutzt.

In den letzten Januartagen wurde Elizabeth das Opfer einer Entführung und von den Banditen brutal vergewaltigt. Eine ganze Woche war sie wie vom Erdboden verschwunden. Wie ein Verrückter hatte er die Umgebung abgesucht und sogar gebetet. Und genauso hatte er den Engeln gedankt, als sie ihm wie durch ein Wunder wieder geschenkt wurde. Was die Kerle ihr angetan hatten, war für ihn ohne Bedeutung, solange sie nur am Leben war.

Viele Wochen lang war Elizabeth sehr verzagt, sodass man die Hochzeit hinausschob. Frederic wich ihr nicht von der Seite, bis sie sich ganz langsam erholte. Währenddessen änderte sich auch die Meinung der widerspenstigen Eltern. Wenn Frederic ihre Tochter heiratete und mit nach Charmantes nahm, würde die Schande der Vergewaltigung bald vergessen sein. Ende März wurden die beiden endlich getraut und kehrten nach Charmantes zurück.

Anfang April teilte Elizabeth ihrem Mann mit, dass sie ein Kind erwartete. Eigentlich hätte Frederic überglücklich sein müssen, doch ihr sorgenvoller Blick bestätigte seine Befürchtungen: Das Kind war womöglich nicht von ihm. Kurz nach Mitternacht am 29. September 1808, acht Monate nach der Entführung, wurde John geboren. Seine Eltern waren gerade einmal sechs Monate verheiratet, und dennoch war er nach den gesellschaftlichen Regeln ein eheliches Kind.

Obwohl das Baby nicht groß war, war die Geburt lange und schwer, und die Blutungen waren kaum zu stillen. Das Kind hatte seiner Mutter letztlich das Leben gestohlen. Als Frederic in die verschwitzten Laken weinte, fühlte er Elizabeths Hand in seinem Haar und hörte ihre kraftlose Stimme, ihren letzten Wunsch, den Jungen nach ihrem verstorbenen Bruder John zu nennen. Dann verließ sie ihn, ließ ihn mit dem Wunder, einen Sohn bekommen zu haben, allein und in tiefster Verzweiflung zurück.

Anschließend richtete sich seine ganze Wut auf Robert Blackford, indem er ihn für Elizabeths Tod verantwortlich machte. Der Mann bebte vor Angst, bis Rose mit dem Kind zwischen die beiden trat und Robert bat, die Gesundheit des Babys zu überprüfen. Ein paar Minuten später schnalzte der Arzt leise mit der Zunge. »Mit Sicherheit ist der Junge keine neun Monate lang getragen worden. Zu denken, dass sie Elizabeth doch noch getötet haben…«

»Wer? Wer hat sie getötet?«

»Die Banditen. Es tut mir leid, Frederic, aber der Junge ist viel zu klein, um dein Sohn…«

Es verging mehr als eine Woche, bis Frederic das Kind überhaupt ansah und sich dann angeekelt abwandte. *Wenn du nicht zur Hälfte von Elizabeth wärst, würde ich dich den Hunden vorwerfen.* Sein Hass stieß ihn ab, und doch konnte er ihn nicht beherrschen, und er wies den Jungen zurück.

Pauls Gegenwart machte die Sache nur schlimmer. Bei ihm wusste Frederic, dass er der Vater war. Manchmal hielt er den Jungen sogar für Elizabeths Sohn und erinnerte sich gern an die Momente, als sie den kleinen Kerl in den Wochen vor ihrem Tod bemuttert hatte. Paul war ein glückliches Kind, das zu einem wunderbaren Mann heranwuchs. John dagegen war eher widerborstig und führte alle Welt gar zu gern an der Nase herum. Wenn Frederic ehrlich war, so hatte es durchaus Augenblicke gegeben, in denen er sich John plötzlich sehr nahe gefühlt hatte und auch sehr zerknirscht gewesen war. Doch seine Bitterkeit hatte die schwache Flamme regelmäßig ausgelöscht. Wenn John nicht gewesen wäre, wäre Elizabeth noch am Leben.

So vergingen die Jahre, und irgendwann war John ein junger Mann. »Ein so gut aussehender Junge!«, lobte ihn Frederics ältere Schwester Eleanor, die normalerweise in den Staaten lebte und zu Besuch nach Charmantes gekommen war. »Er sieht genau aus wie du in diesem Alter, Frederic … ganz genau wie du …«

Ja, Frederic war blind gewesen, aber der Schaden war geschehen, und John hasste seinen Vater bitterlich.

Unsicher sah Joseph zu John empor und betete, dass Yvettes Bemerkung über ihren Bruder richtig war. »Er spielt nur Theater, um die Leute zittern zu lassen. In Wahrheit ist er ein Feigling. Das hat er selbst gesagt.«

Theater oder nicht, jedenfalls blickte Master John mit finsterer Miene auf Joseph hinunter und schien gar nicht bemerkt zu haben, dass der Junge ihm sein Bad vorbereitet hatte.

»Das ist alles, Joseph«, murmelte er, während er in das heiße Wasser stieg. »Oh, noch etwas. Miss Ryan schläft im Gästezimmer nebenan und darf nicht gestört werden, bis sie läutet.«

»Aber sie ist doch schon lange auf, Sir.«

Mit geröteten Augen sah John den Jungen an. »Das kann ich mir vorstellen.«

»Sir?«

»Nichts, Joseph. Gar nichts.«

»Sir?«, begann der Junge nun etwas mutiger, als er Johns geschwächten Zustand bemerkte. »Ich wollte nur sagen, dass es mir leidtut, was mit Ihrem kleinen Bruder …«

John schloss die Augen.

»... Sie haben ihn sehr geliebt. Das wussten wir alle. Nun ja, ich wollte nur sagen, wie traurig wir sind ...«

John konnte kein Wort herausbringen. Wie sollte er diese Beileidsbekundungen überleben, diese ständigen Erinnerungen, die ihm ans Herz griffen?

»Joseph ...«, stieß er mit rauer Stimme hervor, als der Junge schon an der Tür war.

»Ja, Sir?«

»Vielen Dank.«

»Ja, Sir.« Der Junge nickte. Dann verließ er den Raum, und John griff zu Bürste und Seife.

»So ist es richtig, Jeannette. Weine nur, bis du alle Tränen vergossen hast. Dann geht es dir besser.«

»Es wird mir nie mehr besser gehen!«, schluchzte das Mädchen.

Aber Charmaine tröstete sie. »Das denkst du jetzt, aber später wirst du auch wieder lachen, wenn du dich an Pierre erinnerst, wenn du an die glücklichen Tage denkst, die wir zusammen erlebt haben ...«

John presste die Stirn gegen die geschlossene Tür. Er sollte eigentlich hineingehen und seine Schwestern trösten, wie Charmaine das tat, aber er brachte es nicht über sich. Sein eigener Schmerz war noch zu groß, noch zu frisch ...

»Aber warum musste er sterben?«, schluchzte Jeannette.

»Vielleicht hat Gott ihn bestraft, weil er sich am Sonntag nur krank gestellt hat.«

»Yvette!«, mahnte Charmaine. »Du weißt, dass das nicht wahr ist!«

Das Mädchen brach in Tränen aus. Eine Weile war nichts zu hören, und dann hörte er Charmaines Stimme, konnte die Worte jedoch nicht verstehen, obwohl er sich Mühe gab.

Dann wieder Jeannette: »Warum hat Gott uns das angetan? War ihm Mama denn nicht genug?«

»Oh, Jeannette, darauf gibt es keine Antwort. Aber ihr habt doch noch euch, und ihr habt mich. Und ihr wisst, dass ich euch sehr, sehr liebe, nicht wahr?«

»Ja«, antworteten zwei bebende Stimmchen.

»Und ihr habt John. Er braucht eure Liebe jetzt mehr denn je.«

»Warum?«

»Weil er Pierre lieb hatte und genauso traurig ist wie ihr. Wenn wir einander beistehen, wird die Wunde eines Tages heilen, und der Schmerz wird vergehen. Dann lacht ihr, wenn ihr an euren Bruder denkt. ›Wisst ihr noch, als er John beim Picknick am Strand Sand auf den Kopf gestreut hat?‹, werdet ihr sagen, oder …« Charmaines Stimme brach ab.

»Es ist schon gut, Mademoiselle«, hörte er Jeannette sagen. »Sie haben Pierre genauso sehr geliebt wie wir. Wegen uns müssen Sie jetzt nicht tapfer sein.«

»Sie müssen auch weinen«, sagte Yvette.

»Aber nein, ich habe schon viel zu viel geweint.«

Mit gesenktem Kopf löste sich John von der Tür und schlich davon.

»Sie sind entlassen, Miss Ryan. Ihre Dienste werden nicht länger benötigt.«

Mit offenem Mund starrte Charmaine Mrs. Duvoisin an.

»Tun Sie doch nicht so überrascht, meine Liebe! Und schließen Sie den Mund. Das sieht höchst unvorteilhaft aus.«

»Aber … warum?«

»Das fragen Sie nicht im Ernst, oder? Es liegt doch auf der Hand. Pierre ist tot.«

Charmaine zuckte zusammen. Über den Tod des Jungen zu sprechen, war eine Sache, aber es aus anderem Mund zu hören, war herzlos. »Wann soll ich gehen?«

»Sie haben Zeit bis zum Wochenende.«

»Aber das … das ist …«

»Morgen«, ergänzte Agatha ungerührt.

»Und wenn ich mich weigere?«, fragte Charmaine, als sie den ersten Schrecken überwunden hatte.

»Weigern? Meine Liebe, in dieser Beziehung haben Sie, fürchte ich, nichts zu sagen.«

»Und wer hat etwas zu sagen, Mrs. Duvoisin? Sie etwa? Weiß sonst noch jemand von dieser Entscheidung? Ihr Mann vielleicht? Oder Paul? Sollte ich das nicht lieber mit ihnen besprechen?«

»Glauben Sie wirklich, dass Paul die Autorität seines Vaters wegen einer kleinen Schlampe wie Ihnen anzweifelt, Miss Ryan? Inzwischen hat er Sie doch längst satt.«

»Sie sind eine niederträchtige Person!«

»Und Sie eine Närrin«, zischte Agatha. »Aber Sie haben zum letzten Mal so mit mir geredet! Sie haben den Tod eines unschuldigen Kindes auf dem Gewissen! Mein Mann hat seinen Irrtum endlich eingesehen. Die Zwillinge kommen in ein englisches Internat und brauchen keine Gouvernante mehr.«

»Das ist nicht Ihr Ernst.«

»O doch, Miss Ryan. Mein Mann hatte drei Tage lang Zeit, um über das Wohlergehen seiner Kinder nachzudenken. Er hat alle Möglichkeiten gründlich durchdacht. Als ich heute Morgen mit ihm sprach, hat er darum gebeten, dass Sie ihn aufsuchen. Er möchte mit Ihnen sprechen.«

Charmaine riss die Augen auf.

»Ja, Miss Ryan, es ist seine Entscheidung, nicht meine«, erklärte sie mit hochgezogenen Brauen. »Ich warne Sie, er ist nicht mit Ihnen zufrieden. Ganz und gar nicht.«

Charmaine erbleichte.

Die Tür fiel ins Schloss, und Agatha war wieder allein. Sie lächelte zufrieden. Sie hatte alles richtig gemacht, hatte genau die wundesten Punkte getroffen. Im Augenblick stand Charmaine voller Wut über diese ungerechte Behandlung vor Frederic und würde, so Agatha das Glück hold war, ihre Grenzen überschreiten und ihr Schicksal selbst besiegeln. Aber was noch wichtiger war: Sie konnte endlich die entscheidende Konfrontation zwischen Vater und Sohn in Gang setzen.

Doch einen Augenblick zögerte sie noch. *Was, wenn Frederic einen neuen Anfall erlitt? Schlimmer noch – wenn die Sache ein fatales Ende nahm?* Im nächsten Moment wischte sie die Bedenken entschlossen beiseite. Dieses Risiko musste sie eingehen.

Ihr Blick wurde hart. Sie durfte keine Zeit verlieren. Miss Ryans Unterredung mit Frederic dauerte nicht ewig. Jetzt zählte jede Sekunde. Es war an der Zeit, mit den Zwillingen zu reden. Vor allem mit Yvette. Sicher war sie entsetzt, wenn sie erfuhr, dass ihr Vater ihre geliebte Mademoiselle zu sich gerufen hatte, um sie zu entlassen – und natürlich würde sie sofort zu John rennen und ihn zu unüberlegten Aktionen veranlassen … Vorsorglich hatte sie sichergestellt, dass John sich im Haus befand. Wenn er in die Räume seines Vaters stürmte, war die Frage nach der Wahrheit gegenstandslos. Dann zählte allein der Hass, der ihr nur zu vertraut war. Und Frederic würde trotz seiner guten Vorsätze den entscheidenden Schlag führen …

Charmaines Hände waren feucht, und ihr Magen schmerzte. Wo war nur ihre Wut? Als sie das Zimmer des Hausherrn betrat, löste diese sich gänzlich in Luft auf. So, wie Tautropfen in der Glut der Hölle verdampften. Ihr verfluchtes Temperament! Agatha hatte sie hereingelegt.

Doch der Mann, dem sie gegenüberstand, hatte keine Ähnlichkeit mit dem Teufel. Und Hörner oder Klauen besaß er auch nicht. Nur eine Krücke, um sich fortzubewegen. Sein Körper schien geschrumpft zu sein. Dies war kein Mann, der aus Verachtung einen Sohn von sich stieß und den anderen in seine Arme schloss. Der Verstand sagte ihr, dass beide Seiten Schuld auf sich geladen hatten und auch John gefehlt hatte. Aber John hatte auch geliebt… Doch wo war Frederics Liebe?

Sofort bedauerte Charmaine ihr schnelles Urteil. Frederic hatte Pierre geliebt! Um das zu wissen, musste sie ihn nur ansehen. Er konnte zwar nicht mit dem Jungen herumtoben, aber er hatte ihn geliebt und große Ängste durchlebt, dass John ihn einfach mitnehmen könnte. Mit einem Mal machte alles Sinn. Frederic hatte nie mit dieser Liebe geprotzt, um sich seinen Sohn nicht noch mehr zu entfremden, und sie in seinem Herzen verschlossen. Ob John das jemals begreifen würde? Frederic schien ausgerechnet diejenigen vor den Kopf zu stoßen, die ihm eigentlich am nächsten stehen sollten, doch nun hatte sich der alte Mann in eine Ecke manövriert, aus der es keinen Ausweg gab.

Frederic betrachtete Charmaine genauso eindringlich, wie sie ihn ansah, und suchte in ihrem Gesicht nach Spuren ihrer Trauer. Es dauerte einen Augenblick, bis sie merkte, dass er sie angesprochen hatte. »Wie geht es Ihnen?«

Der besorgte Ton der Frage überraschte sie.

»So gut, wie das unter diesen Umständen möglich ist«, murmelte sie und war froh, dass er nicht ahnte, was sie inzwischen über Pierres Herkunft wusste. »Das alles tut mir entsetzlich leid.«

»Sie müssen sich nicht entschuldigen, Charmaine. Es war ein grauenhafter Unfall, und niemand, am wenigsten Sie, sind daran schuld. Ihr Mitgefühl nehme ich allerdings gern entgegen.«

Sie nickte, dann räusperte sie sich und kam direkt auf ihr Anliegen zu sprechen. »Gibt es einen Grund, weshalb Sie mich sprechen wollten, Sir?«

»Ja, den gibt es. Aber dazu wollen wir uns lieber setzen.« Er deutete auf den Stuhl vor seinem Schreibtisch, und während er um den Tisch herumging und sich setzte, trat Charmaine vorsichtig näher.

Von Fatima hörte George, dass sie John das Frühstück im Arbeitszimmer serviert hatte. Dort fand er den Freund hinter einem Berg von Papieren vergraben. Er sagte nichts, sondern legte ihm nur stumm die Hand auf die Schulter und goss ihm eine Tasse Tee ein.

»Ich habe Paul heute Morgen noch nicht gesehen«, sagte John. »Ist er schon fort?«

»Nein, er ist oben.«

»Ich habe jedes Zeitgefühl verloren. Ich weiß nicht einmal, wann der nächste Segler Charmantes verlässt.«

»Und warum ist das so wichtig?«

»Gleich nach der Beisetzung fahre ich nach Richmond zurück.«

George senkte den Kopf, weil seine Brust spannte und seine Augen brannten. In der plötzlichen Stille war nur das Rascheln der Papiere zu hören, die John in seinen Koffer legte.

Im nächsten Augenblick flog die Tür auf, und Yvette stürmte herein, gefolgt von einer heulenden Jeannette und einem besorgt dreinschauenden Paul.

»Johnny!«, rief sie schon von weitem. »Vater schickt uns in ein Internat. Er hat Mademoiselle zu sich gerufen. Er will ihr kündigen!«

»*Wie bitte?*« Johns Miene verfinsterte sich, und er eilte zur Tür.

»John!«, rief Paul ihm nach, aber George hielt ihn am Arm zurück.

»Lass ihn.«

»Aber sie gehen sich gegenseitig an den Kragen ...«

»Lass ihn trotzdem gehen«, sagte George kühl. »Sie müssen es ein für alle Mal austragen. Du kannst sie nicht ständig voreinander beschützen. Zum Schluss machen sie dir noch Vorwürfe, dass du dich eingemischt hast.«

Frederic wartete, bis Charmaine Platz genommen hatte. »Wie geht es meinen Töchtern? Ich nehme an, dass sie inzwischen alles wissen?«

»So ist es, Sir.« Sie sah auf ihre Hände hinunter und dachte wieder an die ungläubigen Blicke und das Entsetzen, das sich auf ihren Gesichtern gespiegelt hatte, als sie vom Tod des kleinen Bruders erfahren hatten, der nun nicht mehr Teil ihres Lebens war. »Letzte Nacht haben sie geschlafen«, flüsterte sie kaum hörbar, »aber als sie aufgewacht sind, war ich bei ihnen. Sie waren völlig außer sich und haben den ganzen Morgen lang geweint. Ich darf nicht zu lange wegbleiben.«

Frederic nickte. An diesem trüben Morgen war Charmaine Ryan der einzige Lichtblick. In seiner Gnade hatte Gott sie seiner Familie geschickt. »Dieses Mal bleiben die Mädchen nicht allein mit ihrem Kummer«, versprach er.

»Sie sollen wissen, dass ich dieses Mal für meine Töchter da sein und sie trösten werde.«

Im Stillen dankte Charmaine ihrem Schöpfer. »Das wird ihnen sehr helfen, Sir, und ihnen guttun.«

»Wollen Sie die Kinder zu mir bringen, oder halten Sie es für besser, wenn ich ins Kinderzimmer komme?«

Charmaine fasste neuen Mut. »Also wollen Sie mich nicht entlassen, Sir?«

Er zog die Brauen in die Höhe. »Weshalb fragen Sie das?«

»Mrs. Duvoisin sagte, dass Sie die Mädchen nach Europa in ein Internat schicken wollen.«

Mit Mühe hielt Frederic seinen Zorn im Zaum. »Das ist ihre Idee, nicht meine«, brummte er. »Ein Internat ist der letzte Platz, wohin meine Töchter im Augenblick gehören! Sie brauchen ihre Familie, und sie brauchen Sie, Charmaine. Trotz ihrer jungen Jahre mussten die Mädchen bereits zwei schreckliche Tragödien durchmachen. Ich will, dass sie eines Tages wieder glücklich sind.«

»Das liegt auch mir am Herzen, Sir.«

»Und das bringt mich wieder auf das Thema, weshalb ich Sie heute Morgen sprechen wollte. John kam am Samstag zu mir und bat mich …«

Der Satz blieb unvollendet in der Luft hängen, weil Charmaine das Gesicht verzog. »Was ist los, Miss Ryan?«

»Nichts, Sir«, log sie. Mit aller Kraft unterdrückte sie ihre Tränen und das Zittern, das sie plötzlich überfiel.

Aber Frederic überzeugte das nicht. »Haben Sie John heute Morgen schon gesehen?«, fragte er und fürchtete gleichzeitig ihre Antwort.

»Heute Morgen nicht, Sir.« Ihre Sorge wuchs, weil sie keinesfalls über John sprechen wollte.

»Und gestern Abend?«

»Ja, Sir.« Im Geiste war sie wieder in der Kapelle, lag wieder in seinen Armen und durchlebte seinen schrecklichen Schmerz von Neuem.

Charmaines mitfühlender Ton rührte Frederic. »Möchten Sie darüber sprechen?«

»Er spricht sich selbst schuldig!«, brach es aus ihr hervor. »Er nimmt alle Verantwortung auf sich.« Sie begann zu weinen …

Frederic war äußerst besorgt, doch bevor er Charmaine trösten konnte, gab es Unruhe auf dem Korridor. Im nächsten Augenblick stürmte John herein und knallte die Tür hinter sich ins Schloss.

»Du Mistkerl!«, schrie er, als er Charmaines tränennasses Gesicht gewahrte. »Weidest du dich an ihrem Unglück? Wie grausam du bist!«

Frederic runzelte die Stirn. »Wovon, um alles in der Welt, redest du?«

»Das solltest besser du mir sagen! Warum hast du kein Wort davon erwähnt?«

Charmaine sprang auf. »John, hören Sie mir zu!«

Ihre Bitte traf auf taube Ohren. Vor Wut schien er sie gar nicht zu sehen. »Es macht dir offenbar Freude, Frauen weinen zu sehen! Du fühlst dich dann mächtiger, was?«

Mit geballten Fäusten schoss Frederic in die Höhe. Agathas Sätze hallten in seinem Kopf wider. »Ich weiß nicht, was du mir unterstellst, John, aber …«

»Aber was, Vater? Was verstehe ich nicht? Ich sage dir, was ich nicht verstehe … Wie kannst du deinen Kindern nur alle Zuneigung und Liebe rauben? Willst du die Mädchen verletzen? Oder soll es mich treffen? Ist das dein Ziel? Mit Pierre ist es dir ja schon gelungen, nicht wahr? Verdammt.«

Frederic wurde leichenblass. Gegen Johns hasserfüllte Miene waren selbst diese ungeheuerlichen Worte unwichtig. »John, es tut mir entsetzlich leid, dass Pierre … Ich wollte doch niemals …«

»Sprich es bloß nicht aus! Sag einfach gar nichts! Ich glaube dir kein Wort! Pierre war auch nur ein Stein in deinem raffinierten Spiel um Macht und …«

»Bitte, John, das ist alles nur ein Missverständnis!«, unterbrach ihn Charmaine und trat mutig zwischen Vater und Sohn.

John schien sie zum ersten Mal wahrzunehmen. »Nein, Charmaine, das verstehen Sie nicht! Ich habe Ihnen bereits gesagt, dass mein Vater ein Meister der Manipulation ist. Pierre war ein wertvoller Stein in seinem Spiel, ein überaus wertvoller Stein, weil er mein …«

»Pass auf, was du vor der Gouvernante sagst, John!«

»Und weshalb, Vater? Hast du Angst, dass sie merkt, für was für einen Teufel sie arbeitet?«

»John!« Charmaine schnappte nach Luft. »Bitte, sagen Sie nichts …«

»Außerdem kennt sie längst die ganze Geschichte«, kam John ihrem Protest zuvor.

»Du hast also deine intimsten Geheimnisse mit einer Angestellten diskutiert?«

John lachte leise. »Da diese Angestellte größeres Mitgefühl besitzt als die eigene Familie – ja. Charmaine weiß, dass Colette einen Ehemann und gleichzeitig einen Liebhaber hatte. Aber sie weiß nicht, dass der Liebhaber eigentlich der Ehemann hätte sein sollen!«

»Es reicht!«, fuhr Frederic auf. »Ich will, dass du mein Zimmer verlässt. Und zwar sofort.«

»Ich denke nicht daran. Zuvor will ich wissen, warum Charmaine entlassen wurde. Warum, verdammt?«

»Aber ich wurde doch gar nicht entlassen«, widersprach Charmaine überrascht.

Aber John hörte sie nicht. »Mir wolltest du die Mädchen nicht geben, als ich dich darum gebeten habe, aber ein Internat ist gut genug für sie! Ist das die Liebe und Zuneigung, die sie von dir zu erwarten haben? Oder ist das wieder eine Möglichkeit, um Colette zu bestrafen? Willst du sie immer noch strafen, obwohl sie längst im Grab liegt? Verdammt! Du sollst zur Hölle fahren!«

»John, hör auf! Ich bitte dich, hör auf!«

»Nicht, bevor du mir antwortest! Du hast Colette an dich gefesselt, weil du ihre Töchter nicht gehen lassen wolltest. Mit mir hast du dasselbe versucht... und nun schickst du sie einfach weg? Wirfst sie weg, weil sie dir nicht länger von Nutzen sind?«

»John, ich habe nie die Absicht gehabt, sie wegzuschicken. Ich wollte...«

»Lügner! Du lügst, sobald du den Mund aufmachst. Gott, wie ich diese Lügen hasse! Wie ich dich hasse! Wie kannst du nur immer weiter lügen... mich belügen... Colette belügen?«

»Ich habe keine Ahnung, wovon du sprichst!«

»Ach nein? Colette hat mich geliebt. Mich! Wir wollten heiraten! Aber irgendwie ist es dir gelungen, dass sie ihr Versprechen gebrochen hat!«

Charmaine schnappte nach Luft.

»Das ist die Wahrheit, Charmaine. Ich kannte Colette als Erster, aber mein Vater hat ihr eingeredet, dass ich nichts tauge, dass ich kein Vermögen besitze außer dem, was er mir eines Tages vererbt. Der große Frederic Duvoisin dagegen konnte ihre Familie unterstützen, sie aus der Armut erlösen. Colette hat sich für ihren verkrüppelten Bruder geopfert. Aber was hat sie davon gehabt … außer einem verkrüppelten Ehemann?«

»Es ging nicht nur ums Geld, John«, entgegnete sein Vater betrübt.

»Worum denn dann? Etwa um Liebe? Erzähl mir nicht, dass sie dich geliebt hat! Als ich in ihr Leben zurückkam, war sie nur noch traurig. Sie hatte sogar das Lächeln verlernt. Für mich hat das nicht nach Liebe ausgesehen!«

»Was verstehst du denn schon von Liebe!«

»Nichts, was ich jemals von dir gelernt hätte.« Die Bemerkung traf seinen Vater bis ins Mark. »Du behauptest ja auch, dass du meine Mutter geliebt hast, aber das glaube ich nicht, denn dann hättest du mich nie so behandelt. Im Gegensatz zu dir habe ich meinen Sohn geliebt. Und nun ist er tot … und das nur, weil du mich hasst.«

Zutiefst verletzt schnappte Frederic nach Luft. *Agatha hat recht. John hasst mich, und das wird sich nie ändern.*

Aber John war noch nicht fertig. »Du hast mir alles genommen. Alles … alles, was ich jemals geliebt habe, hast du mir aus den Händen gerissen!«

»John«, versuchte es Frederic noch einmal, »es tut mir leid.«

»Lass es! Lass diese Entschuldigungen, Vater! Ich werde dir *nie* vergeben! Ich bin froh, dass Colette zu mir zurückgefunden hat, dass sie endlich auf ihr Herz gehört hat. Wenn sie dich jemals gemocht hat, so nur aus Mitleid. Wenn du zuerst gestorben wärst, dann wäre die Lady heute *meine* Frau!«

Charmaine wich zurück, so sehr griff ihr Frederics schmerzvoller Gesichtsausdruck ans Herz.

Aber der Mann war durchaus gerüstet. »Diese Lady, wie du sie nennst, war diesen Titel nicht wert. Du machst mich für ihren Tod verantwortlich. Dabei weißt du gar nicht, woran sie gestorben ist – nämlich an der Fehlgeburt eines Kindes, das nicht von mir stammte.« Sichtlich genoss er den verdutzten Blick seines Sohnes. »Ja, John, deine Colette hat dich so sehr geliebt, dass sie noch einen anderen Liebhaber erhört hat.«

Nachdem John sich von dem ersten Schrecken erholt hatte, lachte er los. »Wer hat dir denn diesen Blödsinn erzählt?«

»Blackford …«, sagte Frederic. »Frag Blackford.«

»Nein, den frage ich ganz bestimmt nicht! Blackford ist ein verdammter Lügner, der alles behaupten würde, um seine Unfähigkeit zu vertuschen! Falls er dir das überhaupt gesagt hat …«

Johns Schlussfolgerung blieb nicht ohne Auswirkung auf Frederic. Plötzlich konnte er nur noch schwer atmen.

Als Frederic schwieg, fuhr John in ernstem Ton fort: »Ich habe Colette geliebt, Vater. Ich habe sie geliebt, weil sie ein zutiefst anständiger, liebenswerter Mensch war. Du tust mir leid, wenn du das nicht verstehst. Ich habe sie geliebt, und im Gegensatz zu dir habe ich nur ein einziges Mal an ihr gezweifelt. Diese Lüge fällt also auf taube Ohren.« Er schüttelte den Kopf. »Was Colette betraf, so hast du immer das Schlimmste geglaubt, nicht wahr? Als ich sie zum ersten Mal nach Charmantes brachte, warst du ihr gegenüber sehr herablassend. So sehr, dass sie es gespürt hat und sich deswegen gesorgt hat. Ich habe ihr geraten, sich nicht darum zu kümmern. Das würde sich geben. Ich hatte ja keine Ahnung. Ich denke, dass deine Meinung über sie feststand, als sie deinen Heiratsantrag angenommen hat. Du warst überzeugt davon, dass sie es allein auf das Vermögen der Duvoisins abgesehen hatte. Dabei hat sich Colette immer nur um ihre Familie, besonders um ihren Bruder, gesorgt und dich deshalb geheiratet. Welch ein Narr war ich, sie nur wegen ihres verdammten Pflichtgefühls zu verlassen – und das sogar noch ein zweites Mal! Ich hätte wissen müssen, dass du sie zerstörst! Ich hätte sie beschützen müssen!«

»John, es ist mir nie in den Sinn …«

»Wenn ich es doch nur wiedergutmachen könnte!«, redete John einfach weiter. »Ich würde sie nie mehr allein lassen. Es wäre mir gleichgültig, ob du mich enterbst. Geld ist mir einerlei. Im Gegenteil. Ich würde alles Geld der Welt geben, wenn ich sie nur für eine Sekunde wieder lebendig machen könnte!«

Angesichts dieser tiefen Gefühle senkte Frederic den Kopf und dachte an die beiden letzten Nächte zurück, in denen er Colette im Arm gehalten hatte. Tränen stiegen ihm in die Augen. »Ich weiß, dass du mir das niemals glauben wirst, mein Sohn, aber auch ich würde mit Freuden alles hingeben.«

»Du hast recht, Vater. Ich glaube dir nicht. Es klingt zwar gut, aber es ist nichts weiter als eine neue Lüge.«

Mit einem Mal wurde Frederic alles klar: Der eine Betrug vor knapp zehn Jahren war der Auslöser für alles. »Es gab nur eine einzige Lüge, John«, flüsterte er. »Ich dachte, dass du das wüsstest. Ich dachte, dass Colette dir in den letzten Jahren die Wahrheit gesagt hätte.«

John war verwirrt. »Dass sie mir was gesagt hätte?«

Unbehaglich sah Frederic kurz zu Charmaine hinüber, aber dann sprach er weiter. »Als Colette nach Charmantes kam, fühlte ich mich von ihr angezogen.« John schnaubte ungehalten, aber Frederic ignorierte ihn. »Doch ich habe ihre Koketterie missdeutet und sie eines Abends verführt.«

»Das glaube ich nicht!«, fuhr John auf. Ein flüchtiges Bild schoss ihm durch den Kopf, als Colette einmal mit seinem Vater geflirtet hatte, und vergiftete sein Inneres. »Verführt oder vergewaltigt?«, fragte er mit hohler Stimme.

Totenstille breitete sich aus. Je länger die Antwort auf sich warten ließ, desto bleicher wurde John, bis seine Erinnerung schließlich einer hässlichen Wahrheit Platz gemacht hatte. »Du hast sie dazu gezwungen! Du sollst zur Hölle fahren! Colette war rein und unschuldig… und du hast sie vergewaltigt!«

Er stürzte sich auf seinen Vater, doch Charmaine warf sich dazwischen und packte seine Arme. »Nein, John! Hören Sie auf! Auf diese Weise ändern Sie gar nichts! Hören Sie auf!«

Der drängende Appell verfehlte seine Wirkung nicht. John sah auf die Hände hinunter, die ihn festhielten, dann auf Charmaines verzweifeltes Gesicht. Dann sah er sich um, doch sein Vater war wie ein geschlagener Mann auf dem Sessel zusammengesunken und hielt den Kopf gesenkt.

John trat einen Schritt zurück. Als Charmaine ihn losließ, ergriff er eine ihrer Hände und zog sie aus dem Zimmer und weiter durch den Korridor, ohne die Versammlung vor der Tür überhaupt wahrzunehmen.

Als Nächstes bemerkte Charmaine, dass sie sich im Kinderzimmer befanden. Den Leichnam hatte man inzwischen fortgebracht. Die Glastüren standen offen, um die frische Brise hereinzulassen und die dunklen Erinnerungen an die letzten Tage zu tilgen. Alles war so aufgeräumt und sauber, als ob die Klarheit dem Aufruhr in ihrem Inneren spotten wollte.

John lehnte sich gegen den offenen Türrahmen und starrte auf die Wiese hinunter. Schließlich ergriff Charmaine das Wort: »Ihr Vater hat überhaupt nicht vor, die

Mädchen nach England zu schicken. Er hat mich auch nicht zu sich gerufen, weil er mich entlassen wollte.«

John sah über die Schulter zurück. »Sie hätten dem allen nicht ausgesetzt werden dürfen.«

»Ich hätte das Zimmer verlassen sollen.«

Aber John hörte nicht zu. »Vergewaltigung«, stieß er hervor. »Aber warum? Hat er mich so sehr gehasst? Oder ist er einfach nur böse? Nie wäre ich in all den Jahren auf die Idee gekommen, dass Colette mich deshalb verlassen hat. Mein Gott! Ich habe ihr so oft Unrecht getan, sie bestraft, und doch hat sie mich geliebt. Weil sie wusste, dass mich die Eifersucht zerfressen hätte, hat sie mir nie die Wahrheit gesagt. Warum nur ließ sie mich das Schlimmste denken – dass sie das Geld der Duvoisins mir vorgezogen hätte und dass sie die Schuldige sei?«

»Ich wusste gar nicht, dass Sie Colette zuerst kennengelernt haben. Waren Sie tatsächlich verlobt?«, fragte Charmaine.

Sie wartete, während er stumm nach draußen starrte. Als er endlich zu sprechen begann, entfaltete sich die ganze Geschichte.

»Im Jahr 1827 gingen George, Paul und ich in Frankreich auf die Universität. Wir waren damals wilde Gesellen – zumindest ich.« Er lachte in sich hinein. »Wir hatten kaum Zeit für die Bücher, dafür umso mehr fürs Trinken. Das Frühjahrssemester war zur Hälfte vorbei, als ich die junge Frau kennenlernte, die Paul von einer Soirée zur nächsten schleppte. Sie war sehr hübsch«, flüsterte er träumerisch, »und in der Sekunde, als sie ihr aristokratisches Näschen rümpfte, wollte ich sie besitzen. Was schwieriger war als ich gedacht hatte. Kaum dass ich sie von meinem Bruder weggelockt hatte, merkte ich, dass sie, obwohl sie sich weltgewandt gab, in Wahrheit ein anständiges, unschuldiges Mädchen war. Aber da war es zu spät. Ich hatte mich längst in sie verliebt. Und sie sich in mich, wie ich glaubte. Was dann kam, war Folter. Da es mir nicht gelang, sie zu verführen, war klar, dass ich sie heiraten musste. Zugegeben, ich war jung. Aber wenn eine Frau mit siebzehn Jahren heiraten durfte, dann waren neunzehn Jahre für einen Mann durchaus zu vertreten.

Doch ihre Mutter war dagegen. Als Schwiegersohn war ich der Lady nicht willkommen, aber dank eines redseligen Freundes erfuhr sie vom Vermögen unserer Familie und dass ich der Erbe war und nicht der liebe Paul, wie sie anfangs geglaubt hatte. Derselbe Freund schlug vor, die Hochzeit auf Charmantes zu feiern, sodass Colettes Mutter meinen Vater in Augenschein nehmen und sich vergewissern konnte, dass ich auch wirklich der Erbe war. Ich war nicht sehr begeistert, aber Colette hat mich letztlich überredet. Ihre Freundin aus Kindertagen würde uns begleiten, und zusammen mit George und Paul würde es sicher eine romantische Reise werden. Ich wollte zwar nicht so lange warten, aber ich liebte sie, und so tat ich ihr den Gefallen.

Wir hatten unseren Spaß und unterstellten Colettes Mutter Absichten auf meinen verwitweten Vater. Ihr Mann hatte während der Revolution sein Vermögen eingebüßt, und nach seinem Tod musste Colettes Mutter auf alle Mittel zurückgreifen, unter anderem auch auf ihre Tochter, um sich selbst und ihren Sohn durchzubringen.

Unsere Vermutungen kamen der Wahrheit ziemlich nahe. Kaum auf Charmantes angekommen, machte sich Adèle Delacroix tatsächlich an meinen Vater heran, doch der war nicht interessiert… zumindest nicht an Colettes Mutter.« John schnaubte, als er an die wahren Absichten seines Vaters dachte.

»In den Jahren danach fragte ich mich öfter, ob Adèle nach ihrer Niederlage dafür gesorgt hat, dass Colette in den Armen meines Vaters landete. Hatte sie die Krankheit ihres Sohnes benutzt, um ihre Tochter davon zu überzeugen, mich für den direkten Zugang zu dem Vermögen der Duvoisins aufzugeben? Rein zufällig habe ich einige Gespräche mitangehört, die diese Möglichkeit andeuteten. Adèle beobachtete sehr genau, sodass ihr unser angespanntes Verhältnis nicht lange verborgen blieb. Sobald wir miteinander stritten, wuchsen ihre Sorgen. Mein Vater hielt mich für nicht reif und auch nicht für arbeitsam genug, um für eine Frau zu sorgen – doch ich wollte ihm unbedingt das Gegenteil beweisen. Damals habe ich angefangen, auf den Feldern zu arbeiten …« John schwieg, und während er sich erinnerte, verfinsterte sich seine Miene. »Unnötig zu sagen, dass Adèle sich um die Erbschaft sorgte, die mir entzogen werden könnte, falls ich mich nicht gut benahm. Auf jeden Fall hat sie ihre Tochter ständig mit Bemerkungen über Verantwortlichkeit und Familiensinn belastet und vor allem an Colettes Liebe und ihre Fürsorge für ihren kleinen Bruder appelliert.

Ich weiß nur, dass wir an einem Tag noch die Hochzeit planten und dass Colette mir am nächsten Tag den Laufpass gab. Sie wollte nichts mehr mit mir zu tun haben. Sie machte das sehr diplomatisch, sagte, dass sie mich gern habe, mich nicht verletzen wolle, dass sie das Theater aber inzwischen zu weit getrieben habe. Eigentlich sei sie nur auf der Suche nach einem reichen Mann. Da Paul nicht ins Schema passte, habe sie sich mir zugewandt. Schließlich müsse sie an ihre Familie und besonders an ihren behinderten Bruder denken, an die Arztrechnungen. Sie wollte ihrer Mutter Geld nach England schicken, um die Kosten endlich zu begleichen. Doch als ihr klar wurde, dass mein Vater noch alles Geld kontrollierte, habe sie ihre Zuneigung auf ihn konzentriert. Ich bat sie, unsere Liebe nicht so einfach zu opfern. Ich wollte härter arbeiten, um für alles zu sorgen, aber sie schüttelte nur den Kopf und sagte, dass das nicht reiche. Sie brauchte das Geld sofort. Als ich wissen wollte, wie sie es ertrug, unsere Liebe einfach wegzuwerfen, brach sie zusammen und weinte. Doch als ich sie umarmen und noch einmal mit ihr reden wollte, wandte sie sich ab. Sie schwor, dass sie mich nie geliebt hätte. Ich wurde wütend, weil ich ihre Worte lächerlich fand, und drohte ihr, meinem Vater zu erzählen, dass sie nur ein Flittchen, eine geldgierige Hure sei. Aber sie lachte nur und sagte: ›Er weiß genau, was ich bin, und ihm ist es egal. Er will mich trotzdem!‹

Damals bin ich fortgerannt und habe nicht aufgehört zu rennen. Ich bin über meine eigenen Füße gestolpert, weil ich immerzu an Colette und ihre rot geweinten Augen denken musste, aber vor allem an ihren Schwur, dass sie mich nie geliebt habe. Ich bestieg das nächstbeste Schiff und wartete, bis es ablegte. Selbst damals wollte ein Teil von mir noch umkehren, aber der andere Teil war wie tot. Also blieb ich, wo ich war, und schwor, nie mehr nach Charmantes zurückzukehren. Ich wollte Colette so schnell vergessen, wie sie mich vergessen hatte.

Ich ging nach Virginia und übernahm die Geschäfte meines Vaters, um mich endlich von dem verdammten Vermögen unabhängig zu machen, damit er mich nicht länger kontrollieren und mein Leben zerstören konnte. Während dieser Monate war ich von Wut und Hass zerfressen. Ich hasste Colettes Mutter, sogar ihren Bruder, und ich hasste meinen Vater für seine Einmischung, auch wenn er mich vielleicht davor bewahren wollte, an eine geldgierige Frau zu geraten. Am meisten hasste ich mich jedoch selbst, weil ich mich noch immer nach Colette sehnte, sie noch immer liebte. In diesen Tagen war ich meinem Vater nicht unähnlich. In manchen Nächten habe ich Colette im Traum vergewaltigt, um ihr und meinem Vater den Schmerz heimzuzahlen, den sie mir zugefügt hatten. Letztlich brach ich meinen Schwur und kehrte nach Charmantes zurück.

Damals waren Colette und er seit einem knappen Jahr verheiratet, und sie stand kurz vor der Geburt ihres Kindes. Sie begrüßte mich so herzlich wie einen lange verlorenen Bruder, als ob nichts geschehen sei und wir eine große glückliche Familie seien – mein Vater eingeschlossen. Am liebsten hätte ich mich übergeben. Doch das Theater hatte rasch ein Ende, als sie begriffen, dass ich nicht die Absicht hatte, ihr nettes Leben zu teilen. Eine ganze Woche lang haben wir nicht miteinander gesprochen, doch mein Hass wuchs ständig. Eines Abends habe ich Colette im Wohnraum abgepasst und meinem Herzen gründlich Luft gemacht. Voller Wonne habe ich sie zum Weinen gebracht und war entzückt, als sich mein Vater eingemischt hat. Wir hätten uns sicher auch geprügelt, wenn er nichts Besseres zu tun gehabt hätte, weil Colette mit den ersten Wehen auf das Sofa sank.

Ich bin auf der Stelle nach Virginia zurückgekehrt, ohne dass ich von der Geburt der Zwillinge erfahren hätte, und vier Jahre lang dortgeblieben. Bei meinem nächsten Besuch war schnell klar, dass sich etwas geändert hatte. Die Launen meines Vaters waren schlimmer denn je, und Colette lächelte nur selten. Ich war entzückt, denn sie bekam ja nur, was sie verdiente. Ich widmete mich hauptsächlich den Zwillingen, die süß und unschuldig waren und die ich leicht für mich gewinnen konnte. Außerdem bot sich mir so die Gelegenheit, grausam zu Colette zu sein. Ich schloss sie von allen Ausflügen aus und plante alles allein mit den Mädchen, und als mein Vater dieses Treiben verbot, schob ich Yvette und Jeannette gegenüber alle Schuld auf ihre Mutter. Colette wusste, was ich tat, aber sie wandte sich kein einziges Mal gegen mich. Das machte mich nur noch wütender. Es sollte ihr leidtun, dass sie das Geld meines Vaters geheiratet hatte. Also lud ich Frauen ins Haus ein und flirtete mit ihnen, was Colette zwar missbilligte, aber schweigend ertrug. Doch nach einiger Zeit ödete mich das Spiel an. Dann, eines Morgens …« Er holte tief Luft und ließ sie ganz langsam wieder entweichen. »… verließ ich die Insel erneut. Ich dachte, dass ich geheilt und die Entfernung groß genug sei, um mit meinem Leben fortzufahren. Aber das war ein Irrtum. Ich konnte nicht aufhören, an Colette zu denken, und ich begriff, dass es ihr noch schlechter ging als mir. Ich dachte an die glückliche Zeit in Frankreich zurück, als ihr strahlendes Lächeln einen ganzen Raum erhellen konnte. Mein Vater hatte ihr all dies genommen, und das war nicht gerecht. Also bin ich nach Charmantes zurückgefahren.

In diesem Sommer hatte mein Vater mit der Kultivierung von Espoir begonnen und war nur selten auf Charmantes. Die Begeisterung der Mädchen führte Colette und mich rasch zusammen, und es war kinderleicht, so zu tun, als ob mein Vater gar nicht existierte. Ich verliebte mich von Neuem, allerdings in eine völlig andere Frau. Während die Wochen vergingen, sagte mir mein Gefühl, dass auch sie mich noch immer liebte. Es waren ihre falschen Vorstellungen über Verantwortlichkeiten, die uns in diese Misere gebracht hatten. Ich hasste meinen Vater, obgleich Colette immer wieder versuchte, ihn von allen Vorwürfen freizusprechen. Er hätte ihrer Familie genauso gut ohne diese Gegenleistung helfen können, und wenn er mich geliebt hätte, hätte er genau das getan. Aber er wollte nicht, dass ich von seiner Großzügigkeit profitierte. Stattdessen stürzte er sich gierig auf alle Freuden, die ihm sein Geld ermöglichte, und machte Colette zu seiner Hure, indem er sich den Sohn vom Hals schaffte. Ihre Ehe war ein Skandal.

Als Colette sagte, dass sie von mir schwanger sei, bat ich sie, ihn zu verlassen. Ich hatte inzwischen mein eigenes Vermögen erworben, und wir konnten in New York leben, wo niemand von unserer Vergangenheit wusste. Aber mein Vater verweigerte ihr das Sorgerecht für die Mädchen, und Colette konnte sich nicht von den Kindern trennen. Das führte zu einer wilden Auseinandersetzung. Mein Vater und ich sagten beide Dinge, die wir einander nie wieder vergeben können. Ich erinnere mich vage, dass er irgendwann zusammenbrach, aber ich konnte nicht aufhören, ihn anzuschreien. Irgendwann rief Colette, dass ich das Haus verlassen und abreisen solle, und dann hat mich Paul aus dem Zimmer gezogen …

Ich liebte Colette, Charmaine, und ich werde sie immer lieben. Und nach all den Jahren kenne ich jetzt endlich die Wahrheit: Colette war nicht hinter dem Geld her, aber eine Heilige war sie auch nicht. Sie hat meinen Vater geheiratet, weil er ihr Gewalt angetan hat, und sie blieb wegen der Mädchen bei ihm … und wegen ihrer Schuld. Er hat ihre Gefühle benutzt, aber dafür hat sie ihn auch nicht geliebt.«

Mit brennenden Augen sah er Charmaine an. »Den Rest kennen Sie«, murmelte er mit rauer Stimme. »Sie hat sich geweigert, ihn zu verlassen, ihn jemals zu verlassen. Als mir klar wurde, dass er den Anfall überleben würde, kehrte ich nach Virginia zurück. Allein.« Er drehte sich wieder zu den französischen Türen um. »Zumindest wird mich die Vorstellung, wie sie vor ihm kniet und ihn um Verzeihung bittet, nicht länger verfolgen, weil ich endlich die Wahrheit kenne. Sie hat mich geliebt.«

Frederic umarmte Jeannette ein zweites Mal und sah dann zu Paul empor. »Bitte, bringe die Mädchen ins Kinderzimmer. Vielleicht kann Rose sich um sie kümmern, falls Miss Ryan nicht da ist.«

Paul nickte. »Es tut mir leid, Vater. Ich wollte Yvette noch beruhigen, aber da war sie schon davongerannt, um John zu suchen. Bist du sicher, dass es dir gut geht?«

»Ja, es geht mir gut. Du kannst jetzt Agatha zu mir schicken.«

Agatha zog sich einen Stuhl neben den Sessel ihres Mannes. »Es tut mir sehr leid«, flüsterte sie, »dass ich all das verursacht habe.«

Überrascht musterte Frederic ihr Gesicht und suchte nach einem sichtbaren Zeichen der Zerknirschung, die in ihrer Stimme mitschwang. »Warum hast du Miss Ryan gesagt, dass ich die Mädchen in ein Internat schicken will?«

»Wir haben doch darüber gesprochen.« Sie sah auf ihre Hände hinunter und spielte nachdenklich mit ihrem Ehering. »Ich weiß, die Sache war noch nicht entschieden, und ich hätte besser meinen Mund halten sollen. Aber Miss Ryan ist zuweilen sehr vorlaut, worauf es mir unvorsichtigerweise herausgerutscht ist. Es tut mir leid.«

»Und John … Du hast dafür gesorgt, dass ihm dieselbe Geschichte zu Ohren kommt, nicht wahr?«

Agatha straffte die Schultern. »Seit wann glaubt John denn, was ich sage?«

Frederic ließ sich Zeit. Agatha hatte recht. Es schmerzte ihn, dass John nur nach einer Entschuldigung gesucht hatte, um ihn anzugreifen. Und dass er das vor der Gouvernante getan hatte, machte die Sache noch schlimmer. Bestenfalls.

Bevor er weiter grübeln konnte, ergriff Agatha wieder das Wort. »Ich habe über alles nachgedacht, was ich heute Morgen zu dir gesagt habe, Frederic. Es war falsch, so etwas zu sagen. Ein unverzeihlicher Fehler. Du hast so schon viele Verletzungen von deinen liebsten Menschen um dich herum hinnehmen müssen, dass ich zutiefst bedauere, mich ihnen angeschlossen zu haben.«

»Agatha... bitte«, flehte er inständig und wehrte zugleich das Mitgefühl ab, das sie ihm offenbar zugedacht hatte. »Die Beisetzung findet in einer knappen Stunde statt, und ich brauche noch etwas Zeit für mich allein, um mich auf diesen qualvollen Augenblick vorzubereiten.«

»Wie du meinst, mein Liebster, ganz wie du meinst.« Damit verließ sie ihn ohne die Gewissheit, wie der Streit von diesem Morgen letztlich enden würde.

9

Freitag, 13. Oktober 1837

Charmaine schrak hoch und saß gleich darauf senkrecht in Pierres Bett. Sie war aufgewacht, weil jemand weinte. Rasch schlich sie zu Jeannette hinüber und setzte sich zu ihr. »Wach auf, mein Schatz, du hast schlecht geträumt.«

Ganz langsam tauchte das Mädchen aus den Tiefen des Schlafs empor. »Oh, Mademoiselle«, wimmerte sie, »wir waren mit Johnny im Ruderboot. Es fing an zu schaukeln … und Pierre fiel ins Wasser! Aber dann fing er an zu schwimmen und hat es, glaube ich, geschafft.« Sie stöhnte aus tiefstem Herzen. »Warum ist das nicht in Wirklichkeit auch so gewesen? Ich vermisse meinen Bruder so sehr!«

»Ich weiß, mein Mädchen, ich weiß«, tröstete Charmaine sie. »Aber er ist jetzt bei deiner Mama. Sie passt auf ihn auf und ist nicht mehr allein.«

Charmaine liebkoste das verzweifelte Mädchen und strich ihr sanft das Haar zurück, bis sie wieder ruhiger atmete. Als sie sicher war, dass Jeannette eingeschlafen war, zog sie die Decke über das Mädchen und küsste sie auf die Wange. Dann erhob sie sich und trat hinaus auf den Balkon. Der Regen hatte aufgehört, und sie spürte, wie die Luft in ihrem Nacken spielte und den Schmerz in ihrer Brust ein wenig erleichterte. Aber dieser erholsame Moment war nicht von Dauer. Mutlos ließ Charmaine den Kopf sinken und musste heftig schlucken, um ihre Tränen zu unterdrücken.

Noch vor einer Woche hatten sie wie im Paradies gelebt. Vor einer Woche war sie mit den Kindern und John in den Wald gegangen, und zusammen hatten sie einen wunderbaren Tag an dem versteckten See verbracht. Und dann war die zauberhafte Woche jäh zu Ende gegangen, als am Abend Yvettes Schritte und lautes Geschrei sie aus dem ersten Schlaf gerissen hatten. Heute konnte Charmaine über diese Aufregung nur lachen. Ein solches Theater … und alles wegen eines Kartenspiels!

Aber all das war jetzt vorbei. Am vergangenen Tag hatten sie Pierre zu Grabe getragen, und zwar unter einer gleißend hellen Sonne, die alle Lügen und Wahrheiten, allen Streit und alle Enthüllungen des frühen Morgens überstrahlte. Johns Augen waren so trocken geblieben wie dieser herrliche Tag voll verlogener Versprechungen, und selbst das war eine Lüge.

Nichts als Lügen …

Frederic hatte sich mit einer Hand auf Jeannettes zarte Schultern gestützt und mit der anderen auf seinen schwarzen Stock, als er den kleinen Sarg auf dem Weg von der Kapelle zum Friedhof begleitet hatte, wo Pierre neben Colettes Grab seine letzte Ruhe finden sollte.

Yvette hatte versucht, John zu trösten, doch der war seinen Weg allein gegangen. Nach einer Weile hatte sie sich stattdessen zu Charmaine gesellt und den ganzen Weg über mit gesenktem Kopf schniefend gegen die Tränen gekämpft.

Alle Bewohner des Hauses waren dem Sarg gefolgt, nicht zuletzt auch Rose und George. Am Grab hatte George seinem Freund den Arm um die Schultern gelegt und reglos bis zum Ende bei ihm ausgeharrt, hatte zugesehen, wie die Erde auf den kleinen Sarg gehäuft wurde und wie Jeannette nach vorn getreten war und Pierres ausgestopftes Lämmchen auf den Erdhügel gelegt hatte.

Wie versteinert hatten Vater und Sohn einander kein einziges Mal angesehen. Doch kaum dass die Gesellschaft zu Hause angekommen war, waren schwarze Wolken aufgezogen, und der Himmel hatte seine Schleusen geöffnet und all die Tränen geweint, die Vater und Sohn nicht hatten weinen können. Der restliche Tag war in stiller Trauer vergangen.

Charmaine wischte sich die Tränen ab. Eigentlich hätte sie in ihrem eigenen Zimmer schlafen müssen, doch sie hatte noch nicht den Mut gefunden, in dem Bett zu schlafen, in dem Pierre gestorben war. Früher oder später musste sie es tun, aber heute noch nicht.

Sie drehte sich um, als sie ein Geräusch am Ende der Veranda vernahm. Es war Paul, der langsam zu ihr herüberkam. Seit sie ihn schlafend im Sessel vorgefunden hatte, waren sie nicht mehr allein gewesen. Und das schien bereits Ewigkeiten zurückzuliegen.

Sie bemerkte seinen kummervollen Blick und seine tiefe Traurigkeit.

»Es ist schon spät«, flüsterte er. »Konnten Sie nicht schlafen?«

»Ich bin immer wieder aufgewacht. Ich hoffe, dass ich irgendwann so müde bin, dass ich das Denken vergesse …«

Die Worte erstarben auf ihren Lippen, als Paul sie wortlos in seine Arme zog. Sie hielt sich an ihm fest, vergrub den Kopf an seiner Brust und musste sich große Mühe geben, um nicht zu weinen. Sanft strich er über ihr Haar und über ihren Rücken. »Es ist gut, Charmaine, weinen Sie doch endlich«, sagte er leise. »Bis heute waren Sie stark für uns alle, aber jetzt will ich endlich für Sie da sein.«

Da war es mit ihrer Beherrschung vorbei.

»Genau das wollte ich schon gestern tun«, sagte er nach einer ganzen Weile.

»Ich weiß.« Das klang zwar kläglich, aber sie presste ihr Gesicht noch immer an sein Hemd und konnte ihre Tränen nicht aufhalten.

»Wir müssen diesen Schmerz überwinden, dann werden auch wieder glücklichere Tage kommen.«

»Ich bete zu Gott, dass Sie recht behalten, Paul. Ich weiß nicht, wie ich ohne Pierre leben soll. Ich vermisse ihn schon jetzt.«

»Ich verspreche Ihnen, dass Sie das lernen werden, Charmaine. Das verspreche ich Ihnen.«

Sie hielten einander noch eine ganze Weile fest. Als der größte Schmerz vorüber war, trat Charmaine einen Schritt zurück. Paul ließ sich gegen die Balustrade sinken und zog sie neben sich. Dabei legte er einen Arm um ihre Schultern.

»Vielleicht können wir ja morgen etwas mit den Mädchen unternehmen«, schlug er vor. »Vielleicht einen Ausflug in die Stadt?«

Charmaine schmiegte ihren Kopf an seine Brust und gab ihm schweigend zu verstehen, wie sehr ihr seine Sorge um die Kinder gefiel.

Als es sehr viel später wieder zu regnen begann, kehrte Paul in seine Räume zurück. Zart fuhr er mit den Lippen über die ihren und wünschte ihr leise eine gute Nacht.

Charmaine sah ihm nach. Dann kehrte sie in ihr eigenes Zimmer zurück, zog die Decke beiseite und schlüpfte zwischen die Laken. Lange konnte sie nicht einschlafen, doch als sie ihr Kissen in die Arme nahm, spürte sie, wie sicher Pauls Arme sie umfasst hielten… und ihre Lider wurden schwer.

Samstag, 14. Oktober 1837

Wenn du immer nur das Schlimmste glauben willst, dann tue es, Frederic… Frederic schrak hoch. Er hatte im Traum mit Colette gestritten, und sie hatte ihn wie in den ersten Wochen ihrer Ehe mit blitzenden Augen angestarrt. Aber diese Worte hatte sie erst vor nicht allzu langer Zeit zu ihm gesagt… ungefähr einen Monat vor ihrem Tod.

Er schloss die Augen und wollte den Traum wiederfinden, aber als die Minuten vergingen und nichts geschah, stand er auf.

Obwohl die französischen Türen seines Zimmers nach Norden zeigten, spiegelte sich das Licht der Morgendämmerung in den Tropfen an den Lamellen der Fensterläden und warf bunte Reflexe in den düsteren Raum. Frederic sank in seinen Lehnsessel und starrte auf die hellen Punkte, bis er alles um sich herum nur noch als Hell und Dunkel wahrnahm.

Er hatte diesen Raum satt und erst recht sein Dasein in diesem selbstgewählten Gefängnis. Er dachte an John und spürte, wie ihn ein Gefühl beschlich, das er erst langsam entdeckte. Seine Augen wurden feucht, als er begriff, dass er diesen Sohn liebte, sogar sehr liebte. Ja, mehr noch, dass er ihn bewunderte. Kalt und ablehnend zu sein war sehr viel leichter als mild und mitfühlend. Durch Eifersucht und Schmerz hatte er sich von dem Einzigen fernhalten lassen, das ihn hätte heilen können: von seinem eigen Fleisch und Blut. Im Gegensatz zu seinem Vater hatte John die Last nicht auf andere abgeladen. Trotz all seiner Wut und seiner Fehler konnte John mit sich und mit seinen Entscheidungen leben.

Frederic senkte den Kopf. Wann war er eigentlich ein solch bemitleidenswerter Idiot geworden, dem niemals verziehen werden würde, wie John gesagt hatte? Warum sollte er ihm auch verzeihen?

Pierre war tot – diese Wahrheit schnitt ihm wie ein Messer ins Fleisch. *Pierre ist tot, weil du mich hasst.* Solch weitreichende Folgen seiner Verbitterung hatte Frederic nicht bedacht und auch nie erwartet, dass sie sich eines Tages auf ihn selbst auswirken würden. War er schon so verkommen, dass er die Vernichtung seiner Familie in Kauf nahm? Und schlimmer noch, den Tod eines unschuldigen Jungen? Er musste sich endlich seiner Vergangenheit stellen. Er hatte Elizabeth und John und auch Colette schmählich im Stich gelassen.

Colette ... Er hatte sie vom ersten Augenblick an falsch eingeschätzt. Als sie im Alter von siebzehn Jahren auf die Insel gekommen war, hatte ihm ihre zauberhafte Schönheit den Atem geraubt. Aber noch beunruhigender war ihr Benehmen – etwas in ihrer Art zu sprechen und sich zu bewegen, das ihn stark an Elizabeth erinnerte, hatte ihn täglich mehr fasziniert, bis er sich kaum noch beherrschen konnte.

Aber Colettes Absichten waren genauso verwirrend. John war hingerissen, doch Frederic blieb argwöhnisch. In erster Linie wegen der Mutter. Er hatte die Frau schnell durchschaut und die Sorge um zukünftige Armut in ihrem Blick gelesen. Und dann Paul. Man hatte ihn einfach ausgebootet, als Colette erfuhr, dass er kein Vermögen erben würde. Und natürlich das Mädchen selbst, das im dekadenten Frankreich geboren und aufgewachsen war. Ihre ungewohnte Freizügigkeit war ihm sofort aufgefallen, und er war überzeugt, dass sie seinem Sohn durchaus das eine oder andere beibringen konnte. Was die frechen Bemerkungen zu bestätigen schienen, die er hin und wieder im Vorbeigehen aufschnappte. Das Mädchen war sogar so weit gegangen, auch mit ihm zu flirten, was ihn ernsthaft an ihrer Unschuld zweifeln ließ. Womöglich war die angebliche Unschuld nur ein Vorwand, um John zur Hochzeit zu bewegen. Getreu dem Motto, dass ihren Körper nur derjenige bekam, der ihr einen Ring an den Finger steckte und ein größeres Guthaben auf der Bank besaß. Ganz offensichtlich tat diese fast verarmte Familie alles, um ihre jammervolle Situation zu verbessern.

Was John anging, so hatte Frederic nichts dagegen, wenn der junge Mann seinen Spaß hatte. Andererseits hielt er ihn noch für viel zu jung und zu undiszipliniert für eine Ehe. Im Gegensatz zu seinem fleißigen Bruder war John auch als Student kein Vorbild gewesen. Seine Musikstudien waren die Ausnahme, aber sonst fehlte es ihm an Geduld, um lange Vorträge anzuhören oder gar Examen abzulegen. Frederic hatte immer wieder Briefe von der Universität erhalten, die Johns Lustlosigkeit und häufige Abwesenheiten vom Unterricht beklagten. Es gab nur noch wenige Lehrer, die ihn überhaupt in ihren Vorlesungen duldeten, da er ihre Behauptungen mit Vorliebe in Zweifel zog und sie vor den anderen Studenten zu blamieren suchte, damit diese ihren Spaß hatten. Obwohl die Sorbonne nur ungern auf das Geld der Duvoisins verzichtete, kamen die Professoren überein, John mit entsprechenden Noten bestehen zu lassen und auf seine geschätzte Anwesenheit während des nächsten Semesters zu verzichten. Da die Universität John nicht hatte zähmen können, setzte sein Vater für die Zukunft auf harte

Arbeit und praktische Erfahrungen, bevor an eine Hochzeit zu denken war.

Als Frederic eines Tages zufällig hörte, wie Colette ihrer Freundin erzählte, dass die Spielchen mit John wesentlich mühsamer waren, als Stallknechte auf dem Heuboden zu küssen, hatte er endgültig genug. Er wollte nicht zusehen, wie sie ihre Gunst irgendeinem Dahergelaufenen schenkte und vor dem naiven John die Jungfrau spielte! Nein. Es war an der Zeit, dass Colette mit einem wirklichen Mann Bekanntschaft machte, der ihre Spielchen durchschaute und ihr den Kopf zurechtrückte. Falls sie es wirklich auf das Geld abgesehen hatte, würde außerdem verhindert, dass sein Sohn auf eine Geschäftemacherin hereinfiel… und sei sie auch noch so schön. Natürlich würde John wüten und toben, aber das kannte Frederic bereits. Es gab eine Menge anderer Frauen, die er erobern konnte. Mit der Zeit würde sich seine Empörung legen, und womöglich würde er eines Tages seinem Vater sogar Beifall zollen.

Unvermittelt tauchten Bilder vor Frederic auf… Bilder der Nacht, die Colettes Schicksal besiegelte…

Nach einem anstrengenden Tag auf den Zuckerrohrfeldern war er müde nach Hause gekommen. Bis auf einige Lichter in der Halle war das Haus dunkel. Er nahm an, dass alle im Bett waren, und ging in die Küche, um etwas zu trinken. Als er das Esszimmer durchquerte, hörte er Gekicher und Geflüster aus dem Garten. Er trat ein Stück näher, bis er Colette und ihre Freundin in angeregter Unterhaltung erblickte. Sie sprachen zwar Französisch, aber Frederic konnte die Sprache gut genug, um dem Geplänkel zu folgen.

»Ich behaupte trotzdem, dass Paul sehr viel besser aussieht«, sagte Pascale, »nur ist er leider nicht der reiche Bruder.«

Frederic mühte sich, die Antwort zu verstehen, aber Colette sprach zu undeutlich.

»Der Vater ist aber auch nicht zu verachten. Es wäre doch die reinste Verschwendung, ihn deiner Mutter zu überlassen. Ob ich einmal mein Glück versuche?«

»Psst! Sei still!«, zischte Colette und rückte enger zu Pascale. »Jemand könnte dich hören!«

»Ich schlage vor, dass du dich an ihn heranmachst. Ich glaube, er findet dich attraktiv!«

»Hör auf damit, Pascale!«, warnte Colette. »Allerdings würde ich gern das Küssen mit ihm üben«, fügte sie mit schamlosem Lachen hinzu.

»Klingt nicht übel.« Pascale kicherte. »Ich bin sicher, dass er das bestens kann. Und ein bisschen Training täte dir vor der Hochzeitsnacht sicher gut.« Sie kicherten immer lauter.

»Du bist einfach furchtbar, Pascale!« Unwillig schnalzte Colette mit der Zunge.

»Wir sollten allmählich zu Bett gehen«, schlug Pascale vor. »Kommst du mit?«

»Ich will erst noch etwas trinken. An diese Hitze werde ich mich nie gewöhnen. Geh du schon vor, Pascale. Wir sehen uns morgen. Gute Nacht.«

Colette ging in die Küche, doch im nächsten Augenblick blieb sie wie angewurzelt stehen, als sie Frederic am Tisch stehen sah, wo er sich ein Glas Wasser einschenkte.

»Wie ich höre, sind Sie durstig, Mademoiselle Delacroix?«

Sie nickte und errötete unter seinem Blick. Er goss ein Glas ein, und als er es ihr reichte, berührten sich ihre Hände. Sie trank es rasch aus. »Noch mehr?«

»Nein, danke«, murmelte sie mit bebender Stimme.

»Dann begleite ich Sie zu Ihrem Zimmer.«

Während sie vor ihm durch die Halle ging und die Treppe emporstieg, bewunderte er ihre Figur, ihren schlanken Hals und die schwingenden Hüften.

Vor ihrem Zimmer wandte Colette sich um, um ihm eine gute Nacht zu wünschen. Doch er trat einen Schritt näher und öffnete den Türknauf hinter ihrem Rücken. Als sie das Zimmer betrat, folgte er ihr. Sie war zwar überrascht, aber nicht beunruhigt.

»Ich habe außerdem gehört, dass Sie zur Vorbereitung der Hochzeitsnacht noch das Küssen lernen wollen.« Er schloss die Tür.

Colette schnappte nach Luft. »Sie haben unser Gespräch belauscht!«

»Richtig.«

Er trat auf sie zu und umfasste ihr Kinn. Dann hob er langsam ihren Kopf, sodass sie zu ihm aufsehen musste.

»Wir haben doch nur Spaß gemacht.« Nervös wollte sie sich ihm entziehen. »Wir sind immer noch aufgeregt, dass wir hier auf der Insel sind.«

»Ach wirklich?«

»Aber ja.« Sie kicherte. Und ihre blauen Augen blitzten, als ob ihr das kleine Abenteuer gefiel.

Rasch griff er in ihr Haar, zog ihren Kopf nach hinten und presste seine Lippen auf ihren Mund. Entweder war sie überrascht oder erregt, jedenfalls wich sie nicht zurück. Also umfasste er ihre Schultern und zog sie an sich. Seine Zunge drängte ihre Lippen auseinander und erkundete zärtlich ihren Mund.

»Monsieur!«, rief sie atemlos, als er sie freigab.

»Was wollen wir sonst noch üben, Mademoiselle?« Er war erregt, und seine Stimme klang rau. Seine Hand strich über ihren Rücken und umfasste ihr Gesäß. »Falls Sie überhaupt noch üben müssen …«

»Ich fürchte, Sie haben mich missverstanden, Monsieur!«

»Oh, ich denke, ich verstehe nur zu gut.« Mit diesen Worten machte er sich an den Knöpfen ihres Mieders zu schaffen. Ihr frischer Duft berauschte ihn genau wie ihre Lippen und weckte seine Leidenschaft. »Aber, aber, Colette, wir wissen doch beide, dass französische Mädchen gern spröde tun… wie perfekte Jungfrauen, obwohl sie das längst nicht mehr sind. Besonders die Mädchen der feinen Gesellschaft.«

»Sie sehen das wirklich völlig falsch!«

Sie wich vor ihm zurück, aber dabei stieß sie gegen das Bett und fiel darauf. Dort lag sie mit geöffnetem Mieder, und die wunderschöne Schwellung ihrer Brüste war unter dem Korsett zu ahnen.

Hastig schlüpfte Frederic aus Stiefeln und Hemd und öffnete die Knöpfe seiner Hose. Als sie davonkriechen wollte, packte er lachend ihr Fußgelenk und zerrte sie in die Mitte des Betts zurück. Sie sträubte sich, bis er sie ganz unter seinen Körper gezogen hatte und ihren Protest mit seinen Lippen erstickte. Dann löste er die Häkchen des Korsetts und entblößte ihre weißen Brüste. Gierig umfasste er sie und war entzückt, wie zart und weich sie sich in seine Handflächen schmiegten. Und als sich ihrer Kehle ein tiefes Stöhnen entrang, wurde seine Lust nur noch größer.

»*Mon Dieu*«, wimmerte sie, als sich seine Lippen von ihrem Mund lösten und stattdessen ihre Brustwarzen suchten. Trotz der Hitze in ihrem Zimmer zitterte sie von Kopf bis Fuß.

Sie rührte und regte sich nicht, als er über ihr kniete und ihr die letzten Kleidungsstücke vom Leib zog, und als er aufstand und seine eigenen ablegte, schrie oder protestierte sie mit keiner Silbe. Offenbar hatte sie die Vergeblichkeit eingesehen. Ein leises »*Non, s'il vous plaît!*« war alles, was er hörte.

»Zu spät, Mademoiselle.« Seine Lust war längst geweckt. »Wer mit dem Feuer spielt, um einen reichen Mann zu fangen, verbrennt sich zuweilen die Finger. Hat Ihre Mutter Sie das denn nicht gelehrt?«

Mit gerunzelter Stirn sah sie stumm zu ihm auf und ergab sich, als er ihre Beine spreizte. Er küsste sie voller Leidenschaft und drang mit einem einzigen gierigen Stoß in sie ein. Als sie sich aufbäumte und sich ihrer Kehle ein erstickter Schrei entrang, war er überrascht. Und als er endlich begriff, dass sie noch unschuldig war, hatte er seine Lust längst nicht mehr unter Kontrolle.

Colette sammelte ihre Kräfte, wollte ihn wegschieben, doch er packte ihr Gesäß und presste sich tief in sie hinein, um sie endlich zu besitzen. Danach hielt er inne, fühlte die Schwellung ihrer Brüste, bemächtigte sich ihrer Lippen, trank ihren Schmerz, umschloss ihr Gesicht mit seinen Händen und liebkoste ihre Haut vom Kinn bis zu den tränennassen Wangen mit kleinen Küssen. Sie mochte ihn nicht ansehen, also küsste er zärtlich ihre Lider und wartete geduldig, bis sich ihr Körper unter ihm entspannte. Als sie einen Seufzer ausstieß, begann er, sich langsam zu bewegen, ganz sanft und langsam und dann immer schneller, bis er schließlich alle Beherrschung verlor. Sie umschlang ihn, grub ihre Nägel in seine Schultern, doch die Augen hatte sie noch immer fest geschlossen, als ob sie nicht sehen wollte, was geschah. Als seine Leidenschaft abgeebbt war, sanken ihre Arme kraftlos herab, und als er sich von ihr löste, entrang sich ihren schmerzenden Lippen ein Schluchzen.

Das blutbefleckte Laken und ihr Weinen bestätigten nur, was er längst wusste. Dieses Mädchen war unschuldig gewesen, woran außer ihm niemand gezweifelt hatte. Plötzlich überkam ihn tiefe Scham. Er hatte einen schrecklichen Fehler begangen, hatte dem Mädchen Unrecht getan und bedauerte sein rüdes Benehmen zutiefst. Er hatte sie beschmutzt und seinem Sohn die Braut genommen.

Er stand auf und sah einen Moment auf sie hinunter, doch als er etwas sagen wollte, sich zu ihr setzen, sich entschuldigen und ihr die Tränen trocknen wollte, zog sie nur stöhnend die Decke über sich, wandte sich ab und weigerte sich, ihn überhaupt anzusehen. Da er nicht wusste, was er tun sollte, kleidete er sich an und verließ den Raum.

Den nächsten Tag verbrachte sie allein in ihrem Zimmer, schützte Unwohlsein vor und wollte weder ihre Mutter noch John oder ihre Freundin sehen. Spät in der Nacht, als alle längst zu Bett gegangen waren, kam Frederic wieder zu ihr – doch dieses Mal, um ihr einen Antrag zu machen. Sie hatte keine andere Wahl und nahm ihn an.

Während der darauffolgenden Tage setzte ihm Colettes Liebeskummer zu. Sie bestand darauf, dass sie allein mit John sprechen wollte. Obgleich er seinem Sohn lieber die Wahrheit gesagt hätte, war sie strikt dagegen. Er hatte nie erfahren, was genau sie John gesagt hatte. Vermutlich hatte sie sich Hure und Geschäftemacherin nennen lassen, um größeren Schaden abzuwenden. Dennoch war John am Boden zerstört.

Da ihm die Verbitterung seines Sohnes lästig war, hatte er sie einfach weggewischt. Er würde sich in kürzester Zeit von seinem gebrochenen Herzen erholen. Er war noch jung und würde eine andere Frau finden. Und

Colette vergessen. Was ihn selbst anging, so gab er sich Mühe, damit Colette die Sache vergaß. Sie faszinierte ihn und ging ihm nicht mehr aus dem Kopf. Trotz ihrer schwachen Proteste hatte sie sich doch nicht ernsthaft gewehrt, hatte ihn nicht mit aller Kraft von sich gestoßen, bis es zu spät war. Und warum? Hatte sie Angst vor ihm? Je länger er darüber nachdachte, desto mehr gelangte er zu der Überzeugung, dass er ihr keine Gewalt angetan, sondern sie nur verführt hatte.

Die ersten Wochen ihrer Ehe waren äußerst turbulent verlaufen, und sein Puls beschleunigte sich, sobald er nur daran dachte. Er erinnerte sich an den Mut, mit dem sie seinen ehelichen Übergriffen begegnete, und an die zahllosen Nächte, in denen sie sich der Leidenschaft ergab und in seinen Armen stöhnte. Sie fürchtete sich nicht vor ihm, obgleich er zuweilen dachte, dass sie hart an der Haltung arbeitete, die sie zur Schau trug.

Teil ihrer anfänglichen Schwierigkeiten war ihre skrupellose Ablehnung der Sklaverei. Entweder sprach Colette nicht mit ihm, oder sie stellte seine moralische Haltung in Bezug auf die Sklaverei infrage. Er erinnerte sich an heftige Auseinandersetzungen, besonders wegen seines Sklaven Nicolas. Sie konnte ungewöhnlich gesprächig werden, um die missliche Lage der Sklaven zu beschreiben. Doch er war entschlossen, seine Plantagen mit harter Hand zu führen, und hielt an seiner despotischen Haltung fest. Hier stand ein Wille gegen den anderen. Nur im Bett räumte Colette für Augenblicke das Feld. Eine vertraute Wärme durchströmte ihn, wenn er an diese Momente dachte. Keine Frau hatte ihn je so befriedigt wie Colette … mit Ausnahme von Elizabeth. Doch für ihn waren die beiden ohnehin meistens ein und dieselbe Person.

Im Lauf von Wochen und Monaten wurde ihr stürmisches Verhältnis allmählich sanfter. Sein Feuer brannte so heiß wie immer, und Colette wich seiner Leidenschaft nicht mehr aus, indem sie sich hinter verletztem Stolz verschanzte. Stattdessen genoss sie sein Liebesspiel und schlief Nacht für Nacht zufrieden in seinen Armen ein. Als sie dann auch noch ein Kind erwartete, platzte sein Herz beinahe vor Stolz. Es war ein glückliches Jahr. Er hatte eine zweite Chance bekommen.

Damals dachte er oft an John und kämpfte mit den Sätzen, die er hätte schreiben oder hätte sagen können, um die Sache aus der Welt zu schaffen. Irgendwie ahnte er, dass er alles nur schlimmer machen würde. Letztlich konnte er nur hoffen, dass die Zeit alle Wunden heilte.

Die Zeit kam: John kehrte nach Charmantes zurück. Colette war zu dieser Zeit hochschwanger. Obgleich sie John freundlich begrüßte, mochte er sie kaum ansehen, und sobald sie sich im selben Raum befanden, stand ihm die Ablehnung ins Gesicht geschrieben. Je mehr Zeit verging, desto mehr ärgerte sich Frederic über die absichtlichen Kränkungen und Sticheleien. Warum war er zurückgekommen? Offenbar hasste er sie beide. Gegen Ende der Woche wurden seine Absichten schmerzhaft klar, als seine Stimme nämlich so wütend durchs Haus schallte, dass Frederic ihn oben in seinen Räumen hören konnte. Er rannte die Treppen hinunter und starrte entsetzt auf die Szene im Wohnraum. Das Einzige, was ihn in diesem Moment von einer Prügelei abhielt, war Colette, die mit den ersten Wehen aufs Sofa niedergesunken war.

Die Geburt der Zwillinge war schwer und dauerte mehr als vierundzwanzig Stunden. Frederic wich nicht von Colettes Seite und weigerte sich zu gehen, selbst als Blackford das verlangte. Er dachte an Elizabeths Wehen vor zwanzig Jahren und war vor Angst wie gelähmt. Er betete und handelte mit dem Allmächtigen, damit er Colette verschonte. »Geben Sie ihr etwas!«, schimpfte er ungehalten, als Colette sich vor Schmerzen krümmte.

Blackford gehorchte, und Frederic wurde ruhiger, als das Laudanum seine Wirkung tat. Trotzdem keuchte Colette und warf unruhig ihren Kopf hin und her. Frederic strich ihr das Haar aus der Stirn und murmelte tröstende Worte an ihrem Ohr. Schließlich verfiel sie ins Delirium und rief ein ums andere Mal lauthals nach John. Als sein Trost keine Wirkung zeigte, wandte Frederic sich ab.

Es dauerte noch Stunden, bis es endlich vorüber war und man ihm zwei gesunde Mädchen präsentierte. Aber die Liebe, mit der er die Kinder noch am Tag zuvor hatte überschütten wollen, war gestorben.

Von da an berührte er Colette nie wieder und nahm voll Bitterkeit zur Kenntnis, dass ihr Herz wohl für immer seinem Sohn gehörte. Er hatte sie beide bestohlen. Dass sie John als Liebhaber nahm, hätte ihn nicht überraschen dürfen. Und schmerzen auch nicht. Doch das konnte er nicht verhindern. Er dachte daran, wie sie vor einigen Jahren in der Öffentlichkeit mit seinen Geschäftspartnern geflirtet hatte. Ihre Wünsche waren deutlich, aber mit ihm hatten sie nichts zu tun. Als Colette ihm ihre Affäre mit John gebeichtet hatte, ihn um Verständnis gebeten und ihre Ehe als Fehler bezeichnet hatte, war er davon ausgegangen, dass sie John die Wahrheit erzählt hatte. Aber das hatte sie nicht getan.

Wenn er zurückblickte, wurde ihm klar, dass Colette ihn stets beschützt hatte. Selbst als sie gelitten hatte, hatte sie das Band zwischen Vater und Sohn immer über ihre eigenen Wünsche gestellt. Sie hatte erst damit aufgehört, als er ihrer Seele zugesetzt hatte, indem er sie aus seinem Bett verbannt und ihr das erste zarte Band der Liebe verweigert hatte, das gerade zwischen ihnen keimte. Er schluckte, weil die Erkenntnis schmerzte. Auch diese Wahrheit hatte Colette seinem Sohn verschwiegen, um einen endgültigen Bruch zwischen ihnen zu vermeiden. Sie hatte sie beide geliebt und immer voreinander geschützt.

Er senkte den Kopf, als er an den traurigsten Punkt dachte: Trotz all seiner Intrigen und Verleumdungen hatte Colette ihn nie verdammt. Sie hatte immer nur das Beste angenommen und ihn mehr verehrt, als er gewusst hatte. Sie musste seine innersten Zweifel gekannt, musste geahnt haben, dass seine raue Art nur ein Schutzschild war und ihm letztlich anderes wichtig war. Und nun war sie tot. Auch das hatte er geschehen lassen. Selbst im Grab hatte er sie nicht aus dieser Not erlöst. *Wenn du immer nur das Schlimmste denken willst, Frederic, dann mach nur so weiter… Du vertraust mir nicht… nicht einmal jetzt vertraust du mir…*

Nein, ma fuyarde, schwor er, *ich vertraue dir. Ich werde nie wieder das Schlimmste glauben*. Blackford hatte gelogen. *Aber warum?*

Frederic erhob sich aus seinem Sessel. Dies sollte das letzte Mal sein, dass er den ganzen Tag hier verbracht hatte.

Robert Blackford erhielt Frederics knappe Botschaft, als er gerade die Praxis schloss. Sobald Joseph fort war, fragte er sich, was wohl so eilig war. War der Mann krank? Rasch schob er den Gedanken von sich. Darüber hätte ihn seine Schwester längst informiert. Oder war sie krank? Nein, in diesem Fall hätte die Botschaft anders gelautet. Warum also wurde er so dringend ins Herrenhaus gerufen? Vielleicht war ja die Wahrheit entdeckt worden.

Er mahnte sich zur Ruhe, während er in Weste und Jacke schlüpfte. Jetzt durfte er nicht die Haltung verlieren. Diese Sache hatte vermutlich nichts mit ihm, sondern mit seinem bockigen Neffen zu tun, der sich geweigert hatte, ihn ans Bett des Jungen zu rufen. Nachdem der erste Schreck vorüber und das Kind beigesetzt war, konnten die ungelösten Fragen an die richtige Adresse gerichtet werden. Sicher würde Agatha mit dem Ergebnis zufrieden sein. War es nicht das, was sie die ganze Zeit über angestrebt hatte? Diesmal hatte sich John selbst ein Bein gestellt.

Robert griff nach Hut und Tasche und verließ das Haus. Es war besser, pünktlich zu sein.

Charmaine schlang die Arme um ihren Körper. Sie erschauerte angesichts der ungewohnten Kühle. Das Wetter war noch genauso schlecht wie am Tag zuvor. Die Regenzeit hatte begonnen, und ein kühler Nieselregen hatte die strahlend schönen Tage vor Pierres Beisetzung abgelöst.

Lügen. Seit diesem Tag verfolgte sie das Wort.

»Sie hätten mit Paul und den Mädchen in die Stadt fahren sollen«, bemerkte Rose, woraufhin sich Charmaine von den regennassen Scheiben abwandte. »Aber nicht bei diesem Wetter.«

»Am Nachmittag wird es aufklaren«, prophezeite Rose. Sie sah von ihrer Strickarbeit auf, während sich die Finger aber eifrig weiterbewegten.

Charmaine nickte abwesend. »Zweifellos ist Paul verärgert. Mit der Einladung beim Frühstück hat er sicher nicht nur seine Schwestern gemeint.«

»Ich bin überrascht, dass Yvette mitgefahren ist.«

»Ich nicht«, meinte Charmaine und setzte sich neben Rose. »John hat das Haus schon sehr früh verlassen. Vermutlich hofft sie, ihn in der Stadt zu treffen.«

Rose schüttelte den Kopf. »Sie ist ein ganz besonderes Mädchen und ähnelt ihrer Mutter sehr.«

Charmaine hörte die Rührung in Roses Stimme und musste sich zusammennehmen. »Guter Gott, Nana«, hauchte sie. »Welch eine Geschichte.«

Rose legte ihre Strickarbeit weg. »Möchten Sie darüber sprechen?«

Charmaine zögerte, da sie nicht wusste, wie weit Rose eingeweiht war. Doch der melancholische Blick verriet ihr, dass sie alles wusste. »Oh, Nana, dieser Streit zwischen John und seinem Vater... Es war furchtbar. John hat Sachen gesagt, die ich nie hätte hören dürfen.«

»Lassen Sie nur.« Rose tätschelte ihre Hand. »Diese Wahrheiten sind oft hilfreich, um die Beteiligten besser verstehen zu können.«

»Besser verstehen?« Charmaine sah Rose ungläubig an. »Wie kann ich einen Hass verstehen, der seit neunundzwanzig Jahren besteht... einen Hass, der so viel Unheil gebracht hat?«

»Unheil? Sie sprechen von Menschen, die Sie lieben, Charmaine. Menschen sind fehlbar und machen auch zuweilen schwere Fehler, aber es sind nur Fehler. Mehr nicht.« Sie lächelte. »Ihre Reaktion ist nur natürlich, aber es ist noch längst nicht alles verloren. Die Zeit ist der beste Heiler. Die Zeit und die Gemeinschaft. Die Mädchen brauchen Sie jetzt mehr als je zuvor.«

Charmaine dachte über das Gesagte nach. »Aber was soll werden, wenn man mich entlässt? Mr. Duvoisin wollte nicht, dass ich den Streit mitanhöre. Für ihn bin ich jetzt eine Mitwisserin, die ihn ständig an diese Szene erinnert.«

»Er wird Sie nicht entlassen«, erklärte Rose mit Bestimmtheit.

Charmaine war sich dessen nicht so sicher. Sie dachte an Agatha und ihre Machenschaften. »Warum hat Mrs. Duvoisin mich angelogen? Was wollte sie damit erreichen?«

»Sie wollte erreichen, dass John und sein Vater sich wieder an den Kragen gehen, damit John ein für alle Mal von Charmantes verbannt wird.«

»Und warum? Warum hasst sie ihn so sehr? Er ist doch ihr Neffe.«

»Sie wissen sicher noch, wie man sich als Opfer seiner spitzen Zunge fühlt, nicht wahr? Agatha hat nie klein beigegeben und sein Verhalten jahrelang ertragen. Aber jetzt ist sie Frederics Frau, und das nützt sie aus. Was Mrs. Duvoisin angeht, so hat sich John heute sein eigenes Grab geschaufelt.«

Charmaine war wütend. »Ich hätte ihr kleines Spiel durchschauen sollen.«

»Das ist kein kleines Spiel«, flüsterte Rose mit düsterer Miene. »Es ist richtig… auch Agatha hat Narben davongetragen, aber statt sie heilen zu lassen, beklagt sie ständig das Los, das man ihr auferlegt hat. In Zukunft sollten Sie sich vor ihr in Acht nehmen.«

»Das tue ich. Am besten gleich vor beiden.«

Rose runzelte die Stirn. »Sie sollten Frederic nicht so schnell verurteilen. Denken Sie daran, auch er wurde getäuscht.«

»Als Ergebnis seines Verhaltens.«

»Mag sein oder auch nicht. Trotz seiner Fehler ist Frederic ein guter Mensch. Als ich nach Charmantes kam, war ich so alt wie Sie, Charmaine. Frederic war mein kleiner Pierre. Ich habe geholfen, ihn aufzuziehen, und es tut mir weh, ihn so bekümmert zu erleben. Ich weiß, dass er große Verantwortung für alles empfindet, was zwischen ihm und John vorgefallen ist, und es am liebsten ändern würde. Aber das ist schwierig, wenn man sich nach dem Tod der geliebten Frau so in seinem Hass vergräbt. Johns Mutter hatte ein fröhliches, unerschrockenes Wesen, und das hat sie ihrem Sohn vererbt. Es hat John geholfen, Frederics Bitterkeit zu ertragen. Aber leider hat genau das Frederic wiederum an die tote Elizabeth erinnert.« Sie seufzte bekümmert. »Es stimmt, dass Frederic seinen Sohn für Elizabeths Tod verantwortlich gemacht hat. Aber die Ablehnung war nicht ganz unbegründet … da er nicht sicher war, dass John wirklich auch sein Sohn war.«

Wie gebannt lauschte Charmaine, als Rose ihr die Geschichte von Elizabeths Entführung und Vergewaltigung erzählte. »Frederic und Elizabeth waren gerade seit sechs Monaten verheiratet, als John geboren wurde.«

»Aber John ist Frederics Sohn! Dazu muss man die beiden doch nur ansehen.«

»Das ist richtig. Heute ist das völlig klar, doch als John noch ein Kind war, war die Ähnlichkeit nicht so deutlich zu sehen. Der Zweifel verursachte diese Abneigung. Als Frederic endlich erkannte, dass John sein Sohn war, war es zu spät. Ganz gleich, was Frederic tat oder sagte, nichts verbesserte die Situation. Im Gegenteil. John stellte die Geduld seines Vaters mit Wonne auf die Probe und dachte sich immer neue Konflikte aus, um als Letzter zu lachen. Über die Jahre wurde das zur schlechten Gewohnheit. Aber wir haben damit leben gelernt.«

»Weiß John, was mit seiner Mutter geschehen ist?«

»Nein«, flüsterte Rose. »Darüber hat Frederic nie gesprochen, und meine Aufgabe war es nicht, ihm in dieser Sache vorzugreifen. Es hätte vermutlich auch keinen Unterschied mehr gemacht.«

Charmaine dachte darüber nach. Wie konnte Frederic ein kleines Kind für so etwas verantwortlich machen? »Das erklärt vieles, was Johns Kindheit betrifft. Aber was war mit Colette?«

»Für Frederic war sie die Rettung, seine zweite Chance. Sie haben Colette erst kennengelernt, als ihre Gesundheit und ihre Kräfte bereits nachließen. Als sie nach Charmantes kam, war sie mutig und lebenslustig, fast so wie Yvette. Bis auf ihre blonden Haare war sie ein Spiegelbild von Elizabeth. Sie ging mit John um, wie Elizabeth früher mit Frederic umgegangen war. Ich habe das bemerkt und Frederic auch. Das machte ihn reizbar. Eine Zeit lang versuchte er, die verwirrenden Ähnlichkeiten zu übersehen, obgleich sie ihm andererseits auch gefielen. Aber letztlich ging er ihr nur noch aus dem Weg, und Colette rätselte, womit sie ihn beleidigt hatte. Um ihn zurückzugewinnen, versuchte sie sich unklugerweise auch im Flirten.« Rose seufzte aus tiefstem Herzen. »Es gab Zeiten, da …«

»Da?«

Rose rieb sich die Stirn, als ob ihr die Erinnerung unangenehm sei. »Colette wusste Dinge … Es war seltsam … als ob …«

»Als ob?«

»Als ob sie schon früher hier gewesen wäre.« Rose lachte, aber wirklich wohl war ihr dabei nicht. »Eine alte Frau wie ich zweifelt manchmal an ihrem Verstand. Es war Schicksal, einfach nur ein schweres Schicksal, das Frederic und Colette zusammengeführt hat, bis …«

Ob Rose wusste, was wirklich geschehen war? *Vergewaltigung…* Charmaine verzog das Gesicht. Aber dann hörte sie klar und deutlich Colettes Stimme, *Ich liebe ihn noch immer*, und war völlig durcheinander.

»Ich will die Wahrheit wissen! Ich will nur die Wahrheit wissen.«

Angesichts von Frederics Zorn stand Robert Blackford wie erstarrt da. Er hatte diesen Mann längst abgeschrieben, doch hier stand er vor ihm – aufrecht und in frisch gebügelten Sachen. Der Stock erinnerte eher an ein Szepter als an eine Krücke, Kinn und Wangen waren glatt rasiert, das Haar ordentlich gescheitelt und frisiert, und sein Blick ließ keinen Zweifel daran, dass er klar bei Verstand war.

»Die Wahrheit?« Blackford zögerte. »Welche Wahrheit denn?«

»Über meine Frau – meine verstorbene Frau Colette. Ich weiß aus sicherer Quelle, dass der Anlass für ihren Tod nicht derjenige war, den Sie mich glauben machen wollten. Wie ich schon sagte, ich will die Wahrheit wissen.«

»Aber, Frederic!«, warf Agatha ein. »Willst du Robert vielleicht unterstellen, dass er dich belogen hat?«

Frederic hatte auch seine Frau rufen lassen, und sie war sichtlich überrascht, als sie ihren Bruder bei ihm antraf.

»Ist das nicht offensichtlich, Frau?«, stieß Frederic zwischen verkniffenen Lippen hervor und funkelte Agatha an.

Blackford war seiner Schwester für die dumme Bemerkung dankbar, weil sie ihm Zeit zum Überlegen bot, wie er sich gegen diesen unerwarteten Vorwurf zur Wehr setzen konnte.

»Und du hältst gefälligst den Mund, Agatha!«, befahl Frederic. »Du hast schließlich durch das Unglück am meisten profitiert.«

Agatha fühlte sich bis ins Mark getroffen, und ihre Augen füllten sich mit Tränen.

»Wer hat meine Diagnose in Zweifel gezogen?«, fragte Blackford. »Ich war doch der einzige Arzt, der Ihre Frau behandelt hat. Wer also hat Ihnen gesagt …?«

»Das ist meine Sache! Ich weiß es!«

Robert schwieg. *Wer ist dieser Informant?*

»Ich warte, Blackford! Ihr Schweigen macht Sie zum Schuldigen.«

Da der Vorwurf Blackford völlig unerwartet getroffen hatte, sah er nur zwei Möglichkeiten: die Lüge oder die Wahrheit. Damit er sich nicht entscheiden musste, hielt er sich lieber an den einmal eingeschlagenen Weg. »So wie Sie das Recht haben, an meiner Diagnose zu zweifeln, so habe ich das Recht zu erfahren, was dieser Diagnose widerspricht.«

»Sie haben überhaupt kein Recht!«, zischte Frederic. »Ihre Arbeitsmöglichkeit auf der Insel beruht allein auf meinem guten Willen. Bisher war ich Ihnen wohlgesinnt, aber das kann sich blitzschnell ändern. Ich weiß, dass meine Frau mir nicht untreu war, also konnte sie auch keine Fehlgeburt erleiden. Warum haben Sie mich belogen?«

Die Spannung löste sich erst, als Agatha einen Schritt nach vorn trat. »Robert trifft keine Schuld, Frederic. Das Ganze war meine Idee.«

Unter seinem durchdringenden Blick senkte sie den Kopf. Ihre unerwartete Beichte ließ ihn die Stirn runzeln. Sie atmete tief ein, bevor sie den Kopf hob und ihn ansah. Ihre Wangen waren tränennass. »Robert wollte es nicht tun, aber ich habe ihn angefleht, bis er schließlich mir zuliebe eingewilligt hat.«

Sie schien nach Worten zu suchen und tastete vergeblich nach einem Taschentuch. Letztlich wischte sie sich die Tränen mit den Händen ab.

»Was sagst du da?« Frederic konnte kaum an sich halten.

»Ich liebe dich, Frederic!«, stieß sie hervor. »Und wie du weißt, habe ich das immer getan! Nach Colettes Tod hast du dich so sehr in deine Trauer hineingesteigert, dass mein Herz für dich geblutet hat. Bevor du verhungern oder wahnsinnig werden konntest, habe ich Robert angefleht, Colette in ein schlechtes Licht zu rücken und dir zu beweisen, dass sie solch tiefe Trauer nicht wert war. Ich hoffte, dass dich das zu den Lebenden zurückbrächte. Außerdem gab es ja noch die Kinder. Sie mussten den Verlust ihrer Mutter verkraften… und du warst nicht an ihrer Seite! Sie haben allerlei beängstigende Einzelheiten aufgeschnappt und wollten irgendwann auch nicht mehr essen.«

Agatha legte eine kleine Pause ein, damit Frederic das Gehörte überdenken konnte. Natürlich würde er Rose und die Gouvernante dazu befragen. Als sie wieder sprach, wirkte ihre Reue sehr überzeugend. »Was ich getan habe, war falsch. Aber ich war außer mir vor Angst, dass die Kinder dich auch noch verlieren, wenn wir keine Maßnahmen ergreifen. Du hattest doch so vieles, wofür sich das Leben lohnte: deine Söhne und Töchter und… *mich*. Ja, auch mich. Ich habe zu Gott gebetet, damit du für mich weiterlebst.«

Frederics Blick wanderte von der leise schluchzenden Agatha zu Blackfords todernster Miene. *Demnach… hatte John recht.* Er empfand nur noch Abscheu. Vor sich selbst und vor seinem schrecklichen Benehmen, das den Anlass zu dieser heimtückischen Lüge geboten hatte. Er konnte die beiden nicht verurteilen, wenn er selbst die Bühne für ihr Theater bereitet hatte. Aber er konnte sie auch nicht länger ansehen. »Geht mir aus den Augen!«

Rasch verließen die beiden den Raum, und Frederic blieb mit seiner Verachtung und dem zunehmenden Mitleid für Agatha allein zurück.

Am frühen Nachmittag hörte es auf zu regnen, und der Himmel klarte auf. Der einzige Beweis für den Dauerregen waren die winzigen Wasserperlen, die wie Tautropfen an jedem Grashalm glitzerten. Charmaine bewunderte die Schönheit der Natur um sich herum und fühlte, wie ihr Kummer ein wenig abebbte. Paul war mit den Kindern noch unterwegs, und angesichts des besseren Wetters rechnete sie auch nicht vor einer weiteren Stunde mit ihrer Rückkehr. Sie dachte an Pierre, als sie über die Zufahrt schlenderte.

Ziellos spazierte sie zum Stall hinüber und strich ihrer grauen Stute zärtlich über die Nüstern. »Sie ist eine richtige Schönheit«, hörte sie plötzlich eine Stimme aus einem der Ställe sagen.

»Das ist wahr.« Die Stute schnupperte an ihr, als sie sich zu dem Pferdeknecht umdrehte. Vom Sehen her war ihr der Mann vertraut, aber sie wusste nicht, wie er hieß.

»Und eines der friedlichsten Pferde im Stall.« Der Mann rieb seinen Arm, den er in einer Schlinge trug. »Ich habe sie persönlich ausgesucht, als Master John ein anständiges Pferd für die Gouvernante gesucht hat. Er hat mich bis nach Virginia geschickt.«

Charmaine war verblüfft. »Wirklich?«

Der Mann nickte. »Sir Richards hat alles geplant und

auch die Kosten für den Mietstall bezahlt, als die Pferde auf Charmantes angekommen sind. Aber ich habe die Stute und die Ponys ausgesucht.«

Sie freute sich. »Dann muss ich mich ja bei Ihnen bedanken, Mr. ...«

»Bud. Sagen Sie einfach Bud.«

»Also gut, Bud.« Sie lächelte. »Haben Sie Master John heute schon gesehen?«

»Nur ganz früh am Morgen, als er weggeritten ist.«

»In die Stadt?«

»Nein, Ma'am. Richtung Westen. Ich denke, er muss allein sein. Er fühlt sich immer noch schuldig, weil er mir zu Hilfe gekommen ist, als Phantom mich angriff. Er hat das Kind allein gelassen, aber er konnte doch nicht wissen, was passiert!«

Charmaine war überrascht. Bisher kannte sie nur einige Bruchstücke der Geschichte. »Hat Phantom sich losgerissen?«

»Ja, Ma'am. Wie so oft. Manchmal benimmt er sich wirklich wie der Teufel. Am Sonntag haben seine Augen wie wahnsinnig geglüht. Als er auf mich losgegangen ist, dachte ich, mein letztes Stündchen hätte geschlagen. Zum Glück konnte Gerald ihn ablenken, sonst hätte er mich zu Tode getrampelt.«

»Und Master John?«

»Er muss das Geschrei bis ins Haus gehört haben. Dann weiß ich wieder, dass sich Phantom nicht so leicht zähmen ließ wie sonst, wenn er seinen Herrn sah. Es hat ganz schön lange gedauert, bis er ihn wieder unter Kontrolle hatte. Dann hat sich Master John um mich gekümmert. Heute wünschte ich, er hätte es nicht getan. Ich mache mir Vorwürfe. Besser hätte es mich getroffen als den kleinen Kerl...«

»Sagen Sie das nicht. Sie trifft wirklich keine Schuld. So gesehen träfe uns alle Schuld, aber gegen Gottes Willen sind wir machtlos.«

»Danke, dass Sie das sagen«, murmelte der Mann.

Charmaine lächelte zum ersten Mal. Dann fiel ihr Blick auf die Stute. »Würden Sie mir die Stute bitte satteln?«

»Was? Sie wollen ausreiten?«

»Ja«, sagte sie rasch, bevor sie den Mut verlor.

Der Mann gehorchte, und keine zehn Minuten später folgte Charmaine dem Pfad, der zur Rückseite und dann weiter nach Westen in die Einsamkeit führte. Langsam legte sich ihre erste Nervosität. *Wenn ich in Schwierigkeiten gerate, wird John mir helfen.*

Eine Begegnung mit ihm wäre jetzt genau das Richtige. Sie wollte ihn sehen und mit ihm sprechen. Sie verstand, dass er den anderen aus dem Weg ging, aber warum mied er auch sie? Er hatte sich ihr anvertraut und ihr seine Seele geöffnet. Das musste etwas bedeuten. Oder bedauerte er inzwischen diese Beichte und ging ihr aus Scham aus dem Weg?

Auf dem Weg in die Halle starrte Robert Blackford seine Schwester ungläubig an. Sie schwieg beharrlich, und ihre Miene forderte dasselbe von ihm. Doch als Agatha in seinem Wagen saß und sie durch das Tor fuhren, stieß sie einen Freudenschrei aus.

»Oh, welch wunderbares, welch außerordentliches Glück!«

»Bist du jetzt völlig übergeschnappt?«, schimpfte Blackford und sah sie an, als ob er an ihrem Verstand zweifelte. »Dabei hätte ich gerade fast meinen Kopf verloren.«

»Robert, Robert, Robert!«, jubelte Agatha und tätschelte seine Hand. »Glaubst du denn, dass ich das zugelassen hätte? Im Gegenteil. Die Dinge konnten gar nicht besser laufen. Du hast unsere Chance nur nicht gesehen. Es ist wichtig, in einer Niederlage sein Glück zu erkennen! Glück, Robert!« Sie lachte. »Die Wahrheit liegt auf dem Tisch. Das wird unseren Erpresser enttäuschen, schätze ich. Dabei dachte der Arme, dass er die Sache perfekt eingefädelt hätte.« Vor Begeisterung spitzte sie die Lippen. »Wie fandest du meinen Auftritt? War ich überzeugend?«

»Du hast mich fast zum Weinen gebracht, liebe Schwester.« Er war begeistert, wie klar sie auch unter Druck denken konnte und wie schön sie war. »Du solltest dich beim Theater bewerben. Dazu ist es nie zu spät. Wie wäre es mit… New York?«

»Aber nein, Robert. Die hiesige Produktion ist doch viel einträglicher.«

»Woher wusste Frederic so genau über Colette Bescheid?«

»Das tut jetzt nichts mehr zur Sache. Wenn Frederic mehr Informationen gehabt hätte, hätte er mir die Geschichte nicht abgenommen. Ich persönlich glaube, dass er nur geblufft hat.«

»Wie dem auch sei, jedenfalls ist sein Misstrauen jetzt geweckt.«

»Und wir haben ihn darin bestätigt«, sagte Agatha. »Von nun an glaubt er, dass wir uns um sein Wohlergehen sorgen. Wie könnte er uns daraus einen Vorwurf machen? Nein, Robert, um Colette müssen wir uns keine Sorgen mehr machen. Es gibt noch andere Probleme, um die wir uns kümmern müssen.«

»John?«

»Ja, genau.«

»Aber er verlässt Charmantes. Paul hat das bei der Beisetzung erwähnt.«

Nachdenklich sah sie ihn an. Sie hatte keinen Zweifel an Johns Absicht, aber freiwillig zu gehen war etwas anderes, als fortgejagt zu werden. Plötzlich war ihre gute Laune ein wenig getrübt.

»Du bist jetzt Frederics Frau und Hausherrin auf Charmantes ... Was willst du mehr?«

»Ich will alles, Robert. Ich will vor allem, dass dem rechtmäßigen Erbe das gesamte Familienvermögen zufällt. Du wirst sicher besser schlafen, wenn du weißt, dass Frederics Vermögen an Paul fällt, und zwar an Paul allein. Wie die Dinge augenblicklich stehen, wird John uns den Hunden zum Fraß vorwerfen, sobald Frederic die Augen schließt.«

Robert erschrak, doch insgeheim musste er seiner Schwester recht geben.

Bei ihrer Rückkehr erfuhr Charmaine, dass John kaum fünf Minuten, nachdem sie aufgebrochen war, über die Hauptstraße nach Hause gekommen war. Sie übergab Gerald die Zügel und ging ins Haus.

Aber weder im Wohnraum noch in der Bibliothek war eine Spur von ihm zu entdecken. Auf dem Rückweg bemerkte sie die Post, die wie immer auf dem Tisch in der Halle lag. Der oberste Brief auf dem Stapel war an sie gerichtet und stammte von Loretta Harrington. Rasch erbrach sie das Siegel und überflog den Inhalt.

Liebe Charmaine,
Dein letzter Brief hat mich sehr beunruhigt. Du weißt, dass ich keine voreiligen Urteile fälle und einen Menschen lieber zuerst kennenlerne. Aber Deine Beschrei-

bung von John Duvoisin hat mich doch sehr beunruhigt. Ich hoffe nicht, dass der Mann so unerträglich ist, wie Du ihn schilderst, aber ich habe trotzdem meine Bedenken. Vielleicht gibt es ja noch andere Gründe für seine düsteren Stimmungen …

Guter Gott. Charmaine stöhnte. Sie musste Loretta noch heute Abend antworten und das schreckliche Bild berichtigen, das sie von John gezeichnet hatte. Allerdings wusste sie nicht, wie sie es über sich bringen sollte, über Pierres Tod zu schreiben.

Es war schon spät. Charmaine hatte ihre Gebete beendet und wollte soeben zu Bett gehen, als es an der Tür klopfte. Sie streifte ihren Morgenmantel über und öffnete. Es war John. »Haben Sie schon geschlafen?«

»Nein, noch nicht.«

»Ich muss Sie einen Augenblick sprechen, Charmaine.« Er bedeutete ihr, zu ihm in den Korridor zu kommen.

Obwohl sie ahnte, dass es um etwas Unerfreuliches ging, folgte sie ihm zu seinem Ankleidezimmer. Er schloss die Tür und lehnte sich dagegen. Charmaine sah ihn an und wartete, dass er begann.

»In der Morgendämmerung verlasse ich Charmantes und fahre nach Virginia zurück.«

Sie schloss die Augen. Hatte sie nicht gewusst, dass es so kommen würde? *Die Mädchen werden verzweifelt sein.*

»Ich hoffe, dass Sie mir noch einen Gefallen tun, Charmaine, und Yvette und Jeannette in meinem Namen Adieu sagen. Ich habe es den Mädchen nicht selbst gesagt, weil ich ihren Kummer nicht ertrage. Ich will ihnen nicht wehtun.«

»Müssen Sie denn fort?«, flüsterte sie.

»Außer meinen Schwestern gibt es nichts mehr, was mich hier hält. Wenn ich könnte, würde ich Sie alle drei mitnehmen und aus dieser Hölle befreien. Aber mein Vater hat mir diese Bitte vor einer Woche abgeschlagen. Nach Pierres Tod würde er es erst recht nicht erlauben.«

Charmaine war wie betäubt. Sie sah die Bitterkeit in seinen Augen und wusste, was er dachte. Wenn sein Vater zugestimmt hätte, wäre Pierre noch am Leben.

»Sagen Sie den Mädchen das bitte nicht«, fügte er hinzu, weil er ihr die Gedanken am Gesicht abgelesen hatte. »Sie würden ihn nur hassen. Ich mache meinen Vater nicht für das Geschehene verantwortlich, nur mich selbst. Keiner von uns hätte diese Tragödie erleben müssen, wenn ich mich vor vier Jahren nicht so entsetzlich geirrt hätte.« Stille trat ein. Und dann: »Werden Sie den Kindern für mich Adieu sagen?«

»Aber natürlich. Werden Sie wiederkommen?«

»Das weiß ich noch nicht.« Und auf ihren verzweifelten Blick hin fuhr er fort: »Vielleicht ändert ja mein Vater seine Meinung und gestattet den Mädchen im Frühjahr einen Besuch in Richmond, wenn sich die Wogen ein wenig geglättet haben.«

»Sie werden am Boden zerstört sein und Sie vermissen«, sagte Charmaine. »Und wie wird es Ihnen gehen? Sie sollten jetzt nicht allein sein.«

»In Virginia und New York wartet sehr viel Arbeit auf mich. Ich habe alles vernachlässigt, während ich hier auf Charmantes war.« Er seufzte. »Ich werde mich also in die Arbeit stürzen.«

Sie nickte, obwohl sie ihn am liebsten überredet hätte, doch noch zu bleiben. Aber sie wusste, dass er gefühlvolle

Szenen verabscheute. »Ich werde Sie vermissen«, sagte sie stattdessen.

Zum ersten Mal lächelte er und sah ihr in die Augen. »Dann hatte mein Besuch doch wenigstens etwas Gutes.« Er öffnete die Tür. »Ich werde Sie auch vermissen, *my charm*.«

Auf der Schwelle zögerte sie und sah zu ihm empor.

»Ich danke Ihnen sehr«, murmelte er.

Sie wusste, dass ihm der Abschied nicht leichtfiel, und wollte ihm gern ein wenig Trost mit auf den Weg geben. Sie trat einen Schritt näher und umschlang ihn. Dann lehnte sie ihren Kopf, die Augen geschlossen, an seine Brust und lauschte auf den Schlag seines Herzens. Es war wohltuend, seine Arme um die Schultern und sein Kinn in ihrem Haar zu fühlen. »Auf Wiedersehen, John«, flüsterte sie. Sie zog ihn kurz an sich und spürte, wie ihr die Rührung die Kehle verschloss. »Leben Sie wohl.« Dann löste sie sich von ihm und flüchtete in ihr Zimmer.

Sonntag, 15. Oktober 1837

Am nächsten Morgen begrüßte George Charmaine und die Zwillinge vor der Kapelle. Sie waren zu früh gekommen und lächelten George entgegen. Er wollte ihnen sagen, was Charmaine bereits wusste und den Mädchen auch sofort beim Aufwachen eröffnet hatte. Die *Falcon* hatte in der Morgendämmerung Segel gesetzt, und John befand sich auf dem Rückweg nach Virginia.

»Er hat mir Briefe für euch gegeben«, sagte George. »Sie liegen auf dem Tisch in der Halle.«

Während die Mädchen losrannten, um die Briefe zu

holen, sah Charmaine George an. »Ich mache mir Sorgen um ihn, George. Er wird sehr allein sein.«

»Er will allein sein, Charmaine«, antwortete George leise. Er hätte nie erwartet, solche Besorgnis aus ihrem Mund zu vernehmen. »Er wird das schon schaffen.«

Die Mädchen kamen mit den Briefen zurück. Einer davon war für Charmaine. Sie scheuchte die Kinder durch den kleinen Vorraum und sank auf die hinterste Bank der Kapelle. Dort öffnete sie den Brief.

Charmaine,
ich danke Ihnen für Ihre Freundlichkeit in den letzten Tagen, aber am meisten danke ich Ihnen für die Liebe, die Sie Pierre gegeben haben. Sie sind ein außergewöhnlicher Mensch, und die Mädchen dürfen sich glücklich schätzen, Sie zu haben. Ich weiß, dass Sie ihnen auch in Zukunft alle Liebe geben werden, und ich hoffe, dass das umgekehrt ebenso gilt. Falls Sie jemals irgendetwas brauchen, so zögern Sie nicht, sich an mich zu wenden. George weiß, wo ich zu finden bin.

John

Charmaine faltete den Brief und schob ihn in ihre Tasche. Dann sah sie zu dem Kruzifix über dem Altar empor. Die Worte des Briefs hinterließen eine gewisse Leere: nett, freundlich und unbeteiligt. *Und wer wird Sie trösten, John?*, rief ihre Seele.

Sie verstand seine Abreise, genauso wie sie begriff, warum er gekommen war. Was ihn nach Charmantes gezogen hatte, war nicht mehr da. Colette und Pierre waren tot, und mit seinem Vater verband ihn nichts. Sie wusste, dass er die beiden Mädchen liebte, aber sie waren Frederics Kinder und nicht seine. Es gab also keinen Grund, länger auf Charmantes zu bleiben.

Sie sah die tiefe Enttäuschung in den Augen der Kinder, bevor sie sich stumm abwandten und auf ihre Plätze in der vordersten Reihe setzten. Insgeheim wunderte sie sich über ihre Stärke. Sie heulten und jammerten nicht, wie sie es früher unweigerlich getan hätten. Vielleicht ahnten sie, dass sie nie wieder so glückliche, sorgenfreie Tage wie vor der Tragödie erleben würden.

Charmaine betete, dass sie die Wirklichkeit ertrug. Sie konnte nichts tun. John hatte seine Entscheidung getroffen, und nichts würde die *Falcon* jetzt noch zurückbringen. Es war an der Zeit, nach vorn zu blicken und in der täglichen Arbeit Trost zu finden. Sie hatten es schon ein Mal geschafft, und genauso würden sie das wieder tun, so schwer es ihr auch fiel. Als sie in die Zukunft blickte, überkam sie plötzlich ein Gefühl großer Einsamkeit, als ob sie Colette noch einmal verlor. Da wurde ihr klar, dass John diese Einsamkeit in dem Moment von ihr genommen hatte, als er in ihr Leben getreten war.

Charmaine war überrascht, als Frederic Duvoisin unerwartet die Kapelle betrat und nach vorn ging. Jeannette stand auf, umarmte ihren Vater kurz und forderte ihn dann auf, sich neben sie zu setzen.

Ebenso überrascht war Agatha, als sie kurz darauf hereinkam. »Warum hast du nicht gesagt, dass du zur Messe gehst? Ich hätte dich doch gern begleitet.« Frederics Antwort war leider nicht zu verstehen, doch zu Yvettes großem Missvergnügen nahm ihre Stiefmutter neben ihr Platz.

Charmaine blieb, wo sie war, und verschwand nach der Messe ohne ein Wort. Sie wollte mit niemandem reden, und die Zwillinge wussten, wo sie zu finden war. Sie ließ das Frühstück aus, und beim Lunch teilte Travis ihr mit, dass Frederic sie um Punkt ein Uhr im Arbeitszimmer zu sprechen wünschte.

Sie war verunsichert. Warum im Arbeitszimmer? Warum wollte er sie überhaupt sprechen? Er hatte viele Tage Zeit gehabt, um über die Situation nachzudenken. Empfand er sie als unliebsame Mitwisserin des Familiengeheimnisses, wie sie Rose gegenüber angedeutet hatte? Würde er sie doch noch entlassen?

Fünf Minuten vor eins verließ sie das Kinderzimmer und ging zur Bibliothek hinunter. Zitternd klopfte sie an.

»Herein.«

Der Raum war ungewöhnlich hell, da alle Fenstertüren offen standen und das Licht auf den Schreibtisch und den Teppich fiel. Frederic saß hinter einigen Papierstapeln, und auch auf dem Boden neben dem Tisch türmten sich die Akten.

»Wie geht es Ihnen, Miss Ryan?« Er bedeutete ihr, sich zu setzen.

»Es geht mir gut, Sir.« Sie war nervös, weil sie aus der höflichen Begrüßung nicht auf seine Absicht schließen konnte. »Sie wollten mich sprechen?«

»Ja. Ich werde Sie auch nicht lange aufhalten. Ich möchte Ihnen nur mitteilen, dass ich im Stundenplan meiner Töchter einige Änderungen vornehmen werde.«

Charmaine musste schlucken. *Jetzt kommt es.*

»Von heute an werden die Mädchen die Samstage mit mir verbringen. Ich erwarte, dass sie pünktlich um neun Uhr am Frühstückstisch auf mich warten. Bis um sieben Uhr am Abend werde ich mich um die Kinder kümmern, sodass Sie von Ihren Pflichten entbunden sind.«

»Von meinen Pflichten entbunden?«, wiederholte sie und dachte nur »entbunden«. *War das eine Kündigung?*

»Sie dürfen frei über Ihre Samstage verfügen – außer ich bin krank oder sonstwie unabkömmlich. Sind Sie damit zufrieden?«

Charmaine war verunsichert. »Es geht nicht darum, ob ich zufrieden bin, Sir. Es geht allein darum, Ihre Wünsche zu erfüllen.«

Frederic schmunzelte. »Sie haben in Zukunft einen Tag in der Woche frei. Ihr Lohn ist davon nicht betroffen, da ich erwarte, dass Sie in Notfällen Ihre Pläne ändern. Ist daran etwas auszusetzen?«

»Nein, Sir.«

»Also gut, dann bis nächsten Samstag um neun Uhr. Das ist alles, Miss Ryan.«

Charmaine seufzte abgrundtief, als sie die Tür hinter sich schloss. Er hatte sie nicht entlassen! Aber was noch wichtiger war: Er hatte sich ihr gegenüber benommen, als ob nichts vorgefallen sei. Dafür war sie ihm sehr dankbar.

Yvette war weit weniger glücklich, als sie die Neuigkeit erfuhr. »Er will nur Johnny nachmachen, aber er wird nie so werden wie er! Von nun an sind unsere Samstage ruiniert!«

Charmaine sah zu Jeannette und dann wieder zu Yvette. »Vielleicht will euer Vater gern Zeit mit euch verbringen, solange ihm das noch möglich ist. Wäre es denn so schlimm, wenn er John nacheifern wollte?«

Yvette warf sich auf einen Sessel. »Aber warum müssen wir das den ganzen Tag lang mitmachen?«

»Wie wäre es denn, wenn ihr euch erst einmal Gedanken macht? Vermutlich ist euer Vater für jede Hilfe dankbar.«

Sofort machten sich die Mädchen an die Planung, und Charmaine fragte sich insgeheim, wie Frederic die Pläne seiner Töchter in die Tat umsetzen wollte: Picknicks, Ausflüge in die Stadt, Bootsfahrten und Spiele auf dem Rasen. Frederic hatte die letzten vier Jahre praktisch bewegungslos in seinen Räumen zugebracht. Ob er wirklich mit der Energie von zwei Neunjährigen mithalten konnte? Charmaine lachte leise. Welche Änderungen würde sie wohl noch erleben?

Als es klopfte, sprang Yvette auf, doch ihr hoffnungsvolles Lächeln erstarb, als Paul ins Zimmer kam. »Hallo, alle zusammen!«

Sie brummte einen Gruß und verzog sich schmollend an ihr Pult.

»Hallo, Paul«, rief Jeannette.

»Ich habe eine Überraschung für euch.«

Yvette sah mit neuem Interesse auf.

»Gestern ist Fracht aus England angekommen. Darunter auch ein Fass mit Leckereien aus dem Zucker, der hier auf Charmantes gewachsen ist. Wollt ihr sie einmal versuchen?« Er zog eine große Papiertüte hinter seinem Rücken hervor und bot den Kindern die Süßigkeiten an.

Jeannette riss ihm mit einem begeisterten »Danke!« die Tüte aus der Hand und machte sich mit Yvette daran, die Beute in Augenschein zu nehmen und sich die schönsten Stücke auszusuchen.

Paul sah Charmaine an. »Es war auch neuer Tee dabei. Fatima bereitet ihn gerade zu. Wollen wir auf der Veranda eine Tasse trinken?«

»Sehr gern«, sagte sie rasch und überließ die Mädchen ihren Plänen.

»Mussten Sie auch am Sonntag arbeiten?«, fragte Charmaine, nachdem sie sich gesetzt hatten.

»Ja, die Sache duldete keinen Aufschub. Aber am frühen Nachmittag war die Ladung fertig registriert.«

»Hat die *Falcon* diese Ladung mitgebracht?«

»Ja«, sagte er, ohne den Blick von ihr zu wenden.

»Haben Sie John heute Morgen noch gesehen?«, fragte Charmaine leise.

»Wir sind zusammen in die Stadt geritten.«

»Hat er noch irgendetwas gesagt?«

»Nicht allzu viel.« Paul seufzte. »Er wollte unbedingt nach Virginia zurück, Charmaine, und ich kann es ihm nicht verdenken. Während der letzten Tage war es hier unerträglich. Außerdem hat er seine Arbeit in den letzten Monaten sehr vernachlässigt. Damit kann er sich jetzt ablenken«, sagte er voller Mitgefühl. »Ich dachte mir, dass die Mädchen nach dieser Neuigkeit unglücklich sind und eine Aufmunterung brauchen könnten.«

»Die Süßigkeiten helfen sicher. Es war lieb, dass Sie daran gedacht haben.«

Fatima brachte den Tee und goss zwei Tassen ein. »Und wie geht es Ihnen?«, fragte Paul. »Ein wenig besser als am Freitag?«

»Ich tue, was ich kann. Ich versuche, nicht daran zu denken, aber ich verfluche mich noch immer, dass ich Pierre an diesem Morgen allein gelassen habe.« Tränen traten ihr in die Augen.

»Es war nicht Ihre Schuld, Charmaine.« Tröstend ergriff er ihre Hand. »Es war auch nicht Johns Schuld. Wie oft haben Sie Pierre zum Schlafen ins Bett gelegt und sind dann noch nach unten gekommen, wenn er eingeschlafen war? Sie haben das doch nur getan, weil Sie wussten, dass er gut aufgehoben ist. Das Zimmer zu verlassen war das Normalste von der Welt. Alle Eltern tun jeden Tag nichts anderes.«

»Ich weiß ja, dass Sie recht haben.« Sie tupfte ihre Augen trocken. »Und doch denke ich immer, wie glücklich wir alle wären, wenn ich es nicht getan hätte. Ich vermisse ihn so sehr.«

»Das weiß ich.« Er streichelte ihre Hand. »Mir geht es doch genauso.«

Sie schwiegen eine ganze Zeit und nippten an ihrem Tee. Dann kam Charmaine noch einmal auf John zu sprechen. »An diesem Morgen hat mir John die ganze Geschichte erzählt«, begann sie nervös, weil sie nicht wusste, wie Paul reagieren würde.

Er sah sie an, aber verärgert wirkte er nicht. »Und Sie sind noch immer neugierig?«

»Ich wüsste gern, wie Sie darüber denken. Ich hatte ja keine Ahnung, dass Sie Colette schon vor John kannten.«

Paul lehnte sich zurück und trank einen Schluck. »Ich habe Colette nicht geliebt, falls Sie das meinen. Ich war ein Freund, und unsere Freundschaft vertiefte sich im Lauf der Jahre. Als ich Colette kennenlernte, fand ich sie sehr anziehend. Und wunderschön. Sie kannte sich in der Pariser Gesellschaft bestens aus und stellte mich ihren Freunden vor. Als John sich in sie verliebte, war ich nicht eifersüchtig – zumindest nach einiger Zeit nicht mehr. Es gab schließlich noch andere Frauen … und äußerst reizvolle und entgegenkommende obendrein …«

Charmaine fühlte, wie ihr die Röte in die Wangen stieg. »Aber trotzdem waren Sie während der ersten Tage nach Johns Rückkehr wütend auf ihn.«

Paul schüttelte den Kopf. »Damals hatte er es darauf angelegt, mich zu provozieren. In meiner Wut habe ich vielleicht überreagiert. Ich verstehe allerdings bis heute nicht, warum John die Beziehung mit Colette so weit getrieben hat. Das mache ich ihm zum Vorwurf. Nun gut, er war mit ihr verlobt, und mein Vater hätte sich niemals einmischen dürfen. Aber nachdem er es getan und

Colette ihre Wahl getroffen hatte, hätte John die Sache auf sich beruhen lassen müssen. Stattdessen hat er sie gepeinigt. Er hasste meinen Vater so sehr, dass er Colette in diese unmögliche Situation gebracht hat.«

»Und Colette hatte keinen freien Willen? John hatte alles unter Kontrolle?«

Paul rieb sich die Stirn. »Nun gut, Charmaine, weder Colette noch John haben mich jemals über Einzelheiten aufgeklärt. Ich weiß nicht, wann ihre Affäre begann und wie lange sie dauerte. Aber ich weiß, dass es John nicht an anderen Möglichkeiten mangelte. Es gab genügend Frauen, die ihm sofort zu Füßen gesunken wären, und zwar bereitwilligst. Er hätte ihnen nur Tag und Uhrzeit nennen müssen. Warum also musste er eine Affäre mit einer verheirateten Frau – ja, schlimmer noch, mit der Frau seines Vaters – beginnen? Er hat meinen Vater tief verletzt, und das nicht nur physisch. Was für ein Gefühl ist das wohl – Hörner aufgesetzt zu bekommen? Und das im eigenen Haus, von seinem eigenen Sohn? Stellen Sie sich nur vor, wie viele Menschen im Haus von dem Skandal wussten.«

Wer mit dem Schwert lebt, wird durch das Schwert umkommen, dachte Charmaine. »Aber John hat Colette geliebt.« Während sie den Satz sagte, hatte sie den Eindruck, als ob Paul überrascht sei.

»Dann weiß ich nicht, was Liebe ist. Oder ich habe noch nicht genug geliebt, um zu wissen, ob man darüber den Verstand verlieren kann.«

Charmaine war zu enttäuscht, um etwas darauf zu erwidern, und so schwiegen sie eine ganze Zeit. Aber dann dachte sie über seine Äußerung nach und begriff zum ersten Mal, weshalb Paul Johns Verhalten so verachtete. Er sah die Sache eher unpersönlich – als ob man eine Frau durch eine andere ersetzen könnte.

Sie goss ihnen noch Tee ein, weil sie das Gespräch nicht an einem solchen Punkt beenden wollte. »Ihr Vater hat mich nach dem Mittagessen ins Arbeitszimmer rufen lassen.«

Fragend sah Paul sie an. »Ins Arbeitszimmer?«

»Ja. Und nach Arbeit sah es dort auch aus. Von heute an will Ihr Vater die Samstage immer mit seinen Töchtern verbringen. Ich habe an diesen Tagen frei«, ergänzte sie und lachte.

Paul grinste. »Dann werde ich in der Woche wohl noch etwas mehr arbeiten müssen, damit ich an den Samstagen auch frei habe.«

An diesem Abend nahm Frederic am Dinner der Familie teil, aber trotz aller Mühen wollte es ihm nicht gelingen, gelöst und herzlich zu erscheinen. Auch die Unterhaltung mit den Mädchen verlief recht einsilbig. Mit einem resignierten Lächeln überließ er seine Töchter schließlich ihren trüben Gedanken.

Bevor die Mahlzeit vorüber war, klagte Yvette über Müdigkeit und Bauchschmerzen und entschuldigte sich. Sie versprach, sofort in ihr Zimmer zu gehen, doch als Charmaine nach oben kam, war das Mädchen nirgendwo zu finden. Offenbar hatte die letzte Woche auch einem so willensstarken Mädchen alles abgefordert.

Nach kurzer Suche im Haus fand Charmaine das Mädchen drüben im Stall. Sie hockte, das Kätzchen im Arm, in Phantoms Box auf einem Strohhaufen und weinte.

»Diesmal hat Johnny Phantom mitgenommen, Mademoiselle«, schluchzte sie. »Also kommt er nie mehr zurück. O Gott! Ich will meinen Bruder wiederhaben! Ich will ihn wiederhaben!«

Charmaine fand nicht den Mut, Yvette Hoffnungen zu

machen. Als sie das letzte Mal auf Wunder gehofft hatte, hatte das Schicksal sie verlacht. Sie hatte aufgehört, an Wunder zu glauben. Stattdessen sank sie neben Yvette auf die Knie und zog sie in die Arme, damit sie sich in Ruhe ihren Kummer von der Seele weinen konnte.